夏日汽水

乖乖的

有爱的青春陪伴者

江有无 · 著

花山文艺出版社
河北·石家庄

图书在版编目(CIP)数据

烈犬 / 江有无著. -- 石家庄 : 花山文艺出版社, 2023.3
ISBN 978-7-5511-6658-4

Ⅰ. ①烈… Ⅱ. ①江… Ⅲ. ①长篇小说-中国-当代 Ⅳ. ①I247.5

中国国家版本馆CIP数据核字(2023)第033248号

书　　名：烈犬
Lie quan
著　　者：江有无

责任编辑：董　舸
责任校对：郝卫国
美术编辑：王爱芹
特约编辑：周丽萍
封面设计：刘　艳
内文设计：孙欣瑞
封面绘制：vikki
出版发行：花山文艺出版社（邮政编码：050061）
（河北省石家庄市友谊北大街330号）
销售热线：0311-88643221
传　　真：0311-88643225
印　　刷：长沙鸿发印务实业有限公司
经　　销：新华书店
开　　本：880mm×1230mm　1/32
印　　张：10
字　　数：383千字
版　　次：2023年3月第1版
2023年3月第1次印刷
书　　号：ISBN 978-7-5511-6658-4
定　　价：45.80元

目录

第一章 遇见 001

第二章 跑来找他做什么？ 015

第三章 橘子汽水 029

第四章 她凶死了 043

第五章 乖乖听话 063

第六章 他的口味 075

第七章 傻瓜 094

第八章 生日快乐 109

第九章 他才不会喜欢她 127

第十章 盛夏结束了 144

第十一章 不要早恋 157

L I E Q U A N / / / / /

目录

第十二章 他想好好保护她 173

第十三章 她就是觉得他好 192

第十四章 以后他都听她的 210

第十五章 他是最好的 227

第十六章 然后重新遇见我 245

第十七章 再遇见 256

第十八章 他是她一个人的池烈 271

第十九章 驯服 285

番外 过年 305

后记 313

LIEQUAN

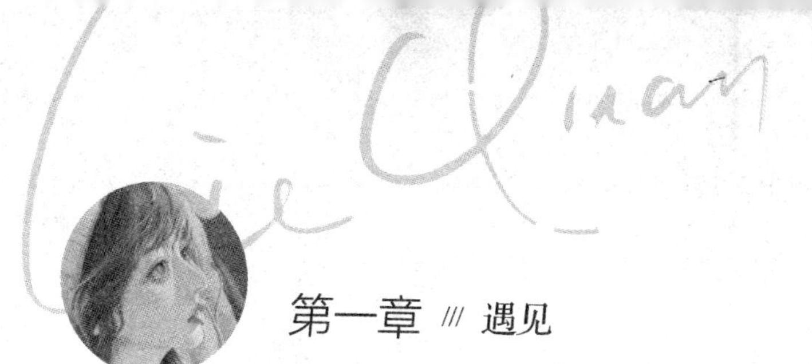

第一章 /// 遇见

“绿豆冰！绿豆冰！绿豆冰五块钱十支咯！”

七月，平城一年里最灼热的季节。

小贩的吆喝声穿过发烫的青石板和浓郁的树荫，在小巷上空盘旋一圈，最后落入巷尾的阳光福利院中。

喻见站在院长办公室外，下意识地屏住呼吸，她一动不动，纤弱的背挺得笔直，只在吆喝声传进走廊时稍稍掀了掀眼皮。

“提前见面不太符合流程……不不不，我没有别的意思。”隔了一层门板，程院长慈祥的嗓音时隐时现，“毕竟现在没有最终确定见见到底是不是你们的孩子，万一到时候……”

院里榕树上的蝉鸣骤然聒噪数倍，后面的话，喻见听不清了。她又在门外站了一会儿，直到再也听不到任何动静，这才放轻脚步，蹑手蹑脚地离开。

拐出走廊，立刻有几个年纪不大的孩子冲过来：“见见姐姐！”

他们穿着哥哥姐姐们穿过的衣服，不太合身，身板也瘦，眼睛却一个个亮晶晶的。

“见见姐姐！你是不是要回家了？”

“你回家以后还会回来看我们吗？”

“你见过你爸爸妈妈了没？他们是不是和你长得一样好看呀？”

小豆丁们把喻见团团围住，叽叽喳喳地问个不停，喻见只能岔开话题：“我要去买绿豆冰，你们谁和我一起？”

孩子们纷纷举手：“我我我！”

最后，喻见挑了个叫兔子的小男孩和她一起出门。

兔子是个先天兔唇的小孩儿，即使后来在好心人的资助下做了手术，嘴唇上依旧有道明显的疤。所以他平时不太爱说话，方才也没跟着那帮孩子一同起哄。

“姐姐……”但在去追小贩的路上，兔子还是怯怯地抬头，“你……不开心吗？”

夏日炎炎，喻见让兔子走在靠墙根的阴凉下，自己走在外侧，以免他被车撞到。

过于炽烈的阳光肆意洒在脸上，她面皮细薄，脸颊很快滚烫一片，甚至有些头脑发晕。

喻见抬手，试图遮住光线："没有，我没有不开心。"

重新回到家人身边，是福利院里每一个孩子的梦想——哪怕其中很多人心知肚明，当初抛弃自己的正是日夜想念的亲生父母，喻见自然也不例外。

和兔子这样因为先天残疾而被丢掉的小孩儿不同，十几年前，喻见被警方从打拐行动中解救后，就一直生活在福利院中，直到三个月前，派出所民警前来通知程院长，喻见的 DNA 比对终于有了结果。

这原本是值得庆祝的好消息，只是……

"知了——知了——"

天气炎热，趴在树上的蝉并没有随之怠惰，而是躲在叶隙里不知疲倦、声嘶力竭地鸣叫。

喻见的心在蝉鸣中骤然狠狠一紧。

她下意识地摇摇头，不再去想方才办公室里的对话，说道："走快一点，不然卖绿豆冰的要走了。"

好在小贩推着自行车，走得并不快。喻见和兔子沿着小巷走了一会儿，很快追上了他。

喻见买了十块钱的绿豆冰，拎着塑料袋，分给兔子一支。装满了绿豆冰的袋子沉甸甸的，少女白到透明的手腕细瘦，似乎不太能承载这份重量。

两个人沿着来时的路往回走。

这一片是平城的老城区，巷陌纵横交错，一条巷子往往延伸出数道通往其他地方的小路，外人一不留神，很容易在相似的青砖间迷失方向。

走着走着，几步开外的小巷里传来一声撕心裂肺的惨叫："啊！"

兔子登时一个激灵，手里还没吃完的绿豆冰掉到地上，粘了尘土，脏兮兮的。顾不上弯腰去捡，他面色发白地看向喻见："姐、姐姐……"

老城区鱼龙混杂，治安管理水平不高，尤其是阳光福利院所在的巷弄附近时常有游手好闲的混混儿打架斗殴，打进派出所是常有的事，而且福利院的小孩儿们更是隔三岔五被欺负。

没人要，更没人撑腰，是没有父母的野孩子，处在巷弄这个半封闭社会的最底层，再没有比他们更合适当被欺压逗弄的取乐对象。

喻见回忆起从前不愉快的经历，脸色也白了一瞬，随即一把拽过僵在原地的兔子，迅速躲进另一条小路："别出声。"

小路里的空间窄小，堪堪挤下两个身形瘦弱的孩子。

喻见伸手捂住兔子的嘴，自己则死死抿住唇，一动不动地盯着墙面，仿佛这样就可以不被发现。

将近一个月没有下雨了，空气干燥。青砖缝中的苔藓干瘪下来，有气无力地贴在墙上，像是一道又一道丑陋发霉的疤痕。

几米之外，惨叫声还在继续。

似乎是两个群体正在互殴，此起彼伏的哀号并不来自同一人，其间还夹杂着沉闷的撞击声。喻见根据经验判断，大概是有人被一脚踢到了墙上。

斗殴不知道持续了多久，最后，有人尖厉地怒骂一声："去死吧！"接着是一阵嘈杂的响动。

混混儿们身上挂了彩，个个鼻青脸肿，连路都走不稳，他们相互搀扶着，朝喻见和兔子的方向一瘸一拐地走过来。

两人默契地同时屏住呼吸。

"真是条疯狗！"为首的红毛混混并没有注意到躲在小路里的他们，用力啐了一口，吐出两颗带血的牙，"老子今天倒血霉了！"

"他……他会不会死啊？"搀着红毛的小混混一瘸一拐，声音都在发抖，"万、万一……"

一行人走远。

害怕混混儿们会折返回来，喻见死死抓住兔子，直到再也听不见那些污言秽语，这才精疲力竭地松开手。

装着绿豆冰的袋子放在脚边，天气炎热，已经化了一大半，正淌着水珠。

喻见指尖有些发抖，弯腰一连拎了两次，才把袋子拎起来："我们回去吧。"

兔子默默点头。

两个人谁也没提起刚才的事，仿佛那场近在咫尺的斗殴从未发生过。

自保是他们在福利院学到的第一课。

混混儿们你搀我扶地走远后，小巷里又恢复了平静，蝉一声接一声地叫着，和无数个夏日的午后别无二致。

滚烫闷热的风里多了几分甜腥，似有若无，是鲜血的味道。

喻见并不打算掺和到混混儿们的斗殴中，牵着兔子的手，目不斜视地往回走，只在路过血腥味最浓的巷口时，下意识地往里瞥了一眼，然后脚步一顿。

"去、去打 120！"

喻见没有想到会是这样的发展，愣怔两三秒才回神，推了把身边同样目瞪口呆的兔子。

和想象中两拨混混儿互殴的场景截然不同，偏僻狭窄的巷弄里没有其他人，只有一个正倚靠在墙上的少年。少年个头很高，即使半靠在青砖墙上，他也比方才那些逃走的混混儿高出一截。

他低着头，漆黑碎发凌乱地遮住眉眼，看不清脸上的表情，只能窥见一段锋利而苍白的下颌线。他同样苍白的手紧紧按在腹部，却止不住迅速在棉质 T 恤上洇开的血渍。

白色柔软的布料吸饱液体，那些没有去处的血珠便淅淅沥沥地往下淌，落到散落在地的作业本和草稿纸上，一连串触目惊心的鲜红。

看上去仿佛是一个好学生在半路遭遇了小混混儿。

兔子磕磕绊绊地应了声“好”，撒开腿往回跑，留下喻见一个人站在巷口。

离得近了，先前在热风里似有若无的血腥味便逐渐分明。

满目都是灼眼逼人的红，她几乎站立不稳，只好伸手扶上一旁的青砖，这才稳住心神，继续看向少年。

喻见抬起头，蓦然撞上一双完全不属于好学生的眼睛。

似乎听见了他们这边的响动，少年捂着小腹，抬眸看过来。

夏季炎热，他的眼睛却像是深海浮冰，又黑又凉，狭长眼尾锐利地勾起，透出全然不加掩饰的不善和傲慢，看上去比那些小混混儿还要邪气。

喻见被这么盯着，心重重一磕，即将出口的字句卡在唇齿间，不上不下，难以挪动半分。

“看什么看？”见她不说话，少年就轻嗤一声，“我还没死呢。”

他的声音有些发哑，却充满磁性，疲惫里夹杂着十足的不耐烦和嘲讽。

喻见毫无预料，被这句带刺的话刺得脸颊直发烫，不禁开始后悔自己为什么要多管闲事。

池烈靠在墙上，看见几步开外的少女瞬间垂下头。

她穿着一件样式简单、有些发旧的白裙，身形格外单薄。白到近乎透明的小腿细瘦而纤弱，仿佛用手握住，一使劲就能轻易折断。

这么脆弱的存在，竟然还能在这片巷弄里活下来。

池烈眯了眯眼，按在伤口上的手不自觉一沉，痛楚随即越发明显，一抽一抽的。

于是他抬起下颌，说道：“把那个给我。”依旧是发哑低沉的嗓音。

在一对多的斗殴中散落一地的，除了作业本和草稿纸，还有满地凌乱的文具。

少年的语气毫无顾忌、理所当然，喻见抿了抿唇，最后还是上前两步，捡起滚到脚边的订书机。

她并未抬头，起身后依旧盯着地面，把订书机递过去。收回手时，她的指尖不可避免沾了温热的鲜血，星星点点。

现在应该先想办法止血吧？

喻见在这里生活了十几年，早已学会如何和无法无天的小混混儿们周旋，但这么近距离的可怕场面，还是第一次见到。

顾不上擦掉手上的血渍，她头脑一片眩晕，不明白他要订书机做什么。

手头没有其他可供急救的药品，池烈攥着订书机，沉默一会儿，迅速进行了应急止血。

止血完毕，神经放松的瞬间，他眼前毫无防备地一黑。

喻见下意识地伸手去扶，被突如其来的重量带得一个趔趄，僵持几秒，最终一起倒了下去。

她重重地跌坐在青石板路面上，怀中是已经昏迷过去的少年。

粗糙的墙砖磨得人脊背生疼，喻见一动不动，只努力睁大了眼睛，死死咬紧唇，拼命不让因疼痛而产生的泪水掉下来。

热风和蝉鸣声里，她想：疯子，这是个不折不扣的疯子。

救护车很快到达现场。

随车医生郑建军是社区医院的熟人，问清楚喻见并不认识昏迷不醒的少年，便冲她连连摆手："行了，你快回去换身衣服，别让程院长瞧见了担心。"

喻见低头看了眼自己："我知道了，郑叔叔再见。"

闪烁不停的红蓝急救灯消失在巷尾，沉闷夏风里，尖锐的鸣笛声渐行渐远，最后融在窸窣虫鸣中。

喻见被兔子扶着，慢慢走回福利院，正撞上从办公室里出来的程院长。

程院长上了岁数，只在一个箭步冲过来时，能看出当年风风火火的利索劲儿："你这是怎么了？！"

少女的白裙上沾着大片凌乱的血迹，头发微微散开，几绺发丝坠在肩头，小臂上蹭出数道明显擦伤。她皮肤细白，衬得那些触目惊心的红越发狰狞恐怖，透着十足暴力的味道。

"是不是那群小混混儿欺负你？"程院长一把拉过喻见，上下打量，"伤到哪儿了？别怕，咱们现在就去医院！"说着便往门口走。

喻见的腿还有些隐隐发麻，踉跄几步，伸手拦下程院长："程奶奶，我没出事，您先别激动，这不是我的血。"

并非政府拨款的公立机构，阳光福利院规模不大，目前总共有二十七个孩子，年届六十的程院长是他们共同的奶奶。

"不是姐姐……"兔子也在一旁帮腔，"是、是大哥哥！"

听了事情的经过，程院长依旧半信半疑，拽着喻见去了办公室，仔细检查一遍，确认她真的没受伤，这才勉强放心："没事就好，没事就好。刚才看见你浑身是血，我差点没晕过去。

“这一片的环境还是不行，听说前几年进去的那几个最近又放了出来，绝对会继续惹事。

“还好你过几天就能走了，不然……”

程院长嘴里絮絮念叨着，话说到一半，似乎想到什么，突兀地停顿几秒。

随后，她牵紧喻见：“你放心，奶奶一定帮你把那边的事处理妥当，要是岑家对你不好，咱们就不回去，在这儿接着住。”

程院长语气温和而坚定，喻见眼睫飞快颤动两下，用力回握住老人粗糙的手：“您别替我操心，如果他们真的是我亲生父母，肯定不会对我不好。”

三个月前，得知DNA比对终于有了结果，喻见和程院长都很高兴，但这份喜悦并没有持续多久。

初次比对后，为了最终结果的准确性，还要进行进一步采样与检验。喻见很快在民警带领下去医院抽血检查，岑家那边却不知道出了什么状况，将预定好的时间一拖再拖，一周拖成一月，一月拖成一季，硬生生拖到入夏一月有余，这才终于做了采样。

眼下结果还没出来，而喻见当初的欣喜早在节节攀升的气温里融化、蒸发，被灼热夏风一吹，消失得干干净净，瞧不出一点儿踪迹。

喻见应得很轻，程院长看着她略显苍白的脸，又想到岑家今天打来的电话，难免有些心酸：“这有什么操心的，奶奶看着你长大的，还能让别人欺负你吗？”

这么说着，程院长眼眶有些发红，借着去书架上拿小药箱的动作遮掩：“快回去把裙子换了，伤口仔细消毒，免得以后留疤。”

程院长背过身去，喻见只能装作什么都没看见，伸手接过小药箱：“您放心，只是些擦伤，不会留疤。”

“嗯嗯。”程院长抬手擦了下眼睛，“你快换衣服吧。”

喻见拎着小药箱回去。

福利院财力有限，人手物资一概不足，占地面积虽不算小，但由于资金问题，只盖了一栋二层小楼。不过人口不多，倒也住得过来。

年纪小的孩子们由生活老师带领着住在一楼，喻见作为目前院里最大的小孩儿，在二楼有一个属于自己的单人间。

她从衣柜里找了一条干净的裙子换上，把那条沾满少年血迹的白裙扔进盆中，准备一会儿擦完药去水房清洗。

好在那些擦伤只是看起来可怕，实际并没有多严重。喻见用棉签蘸了酒精，很快将所有伤口都消毒完毕。

收好棉签和酒精，她没有立刻下楼，而是站在窗前朝外看去。

夏日炎炎，前院的老榕树长得很高，枝叶繁盛，投下近乎大半个院子的浓郁树影。有孩子在绿荫下追逐误入院内的野猫，那只圆滚滚的大橘猫逃跑时分外灵巧，一个猛子扎出门外，留下满院吵嚷兴奋的笑声。

喻见垂眸，觉得没结果也挺好。

在福利院生活了十几年，这里才是她真正的家。即使有朝一日真的找到了亲生父母，她也舍不得程院长和兔子他们。

“咚咚！”正这么想着，门被敲响了。

喻见打开门，看见兔子正费力地抱着一个袋子：“姐姐，大哥哥的东西怎么办？”

救护车离开得匆忙，并没有留下收拾的时间。少年的物品散落一地，无人看管，于是喻见就和兔子一起把它们先收了起来。

喻见想了想：“先放我这儿吧，待会儿吃完晚饭送到医院去。”

社区医院离福利院不算太远，吃过晚饭，喻见没有叫兔子，自己一个人拎着袋子出门。

夏日傍晚，空气躁动。

不大的社区医院挤满了人，醉酒闹事的，打架斗殴的。痛苦的呻吟声和脏话交织在一起，像蜜蜂振翅般嗡嗡作响。

一片喧嚷中，喻见刚走进急诊室，就听到郑建军陡然高八度的训斥：“胡闹！这简直是胡闹！你到底要不要命了？这么瞎折腾自己，是不是想死？！”

她下意识地循声望去，毫无意外看见了下午倒在小巷中的少年。

他已经从昏迷中醒来，正躺在急诊室的病床上，面色一如白日里苍白，那双狭长的眼睛却黑得深不见底，冷冰冰的，仿佛藏匿着涌动的旋涡。

少年脸上毫无血色，连眼皮都很单薄，日光灯自头顶打下，照出他眼尾处淡青色的血管。

他盯着天花板，一声不吭，不知道在想些什么。

直到郑建军再度提高声音，他这才漫不经心地扯了下嘴角，露出一个极轻佻的笑容，满不在乎地说：“谁说我想死了？”

“你……”夏季是外伤高发期，郑建军早对打架斗殴的患者见怪不怪，但仍被这过于无所谓的语气气到，“不想死你用订书机订伤口？要不是这次运气好有人替你打 120，那就等着被送去城东吧！”

平城最大的公墓就在城东。

这句严厉的训斥并不好笑，但喻见站在几步开外，看见少年眼尾收拢，笑容越发散漫怠惰：“哦，知道了。”

简单敷衍，根本没把郑建军的话当回事。

郑建军深吸一口气，勉强把到嘴边的脏话咽了下去，还有别的病人要处理，他硬邦邦地丢下一句：“一周后来拆线，伤口不要沾水，也别再跑去打架。”

他转身准备离开，骤然发现喻见，脸上露出几分惊讶和紧张：“见见怎么来了？程院长不舒服，还是院里有孩子受伤？”

喻见摇头：“大家都没事。”

她把手上的袋子稍微举高一些：“这是他的东西，我过来送一趟。”

郑建军得知福利院并没有出状况，松了口气，朝喻见点点头，便接着去忙自己的事。

喻见目送郑建军走出急诊室，还没来得及收回视线，就听见一声轻嗤：“你要什么？”

喻见一怔，怀疑或许是急诊室太吵，少年听错了自己刚才说的话，于是耐心解释：“你的东西落在巷子里了，我……”

她没有说完，便被粗暴打断。

池烈睨她一眼，哑着嗓子，不咸不淡地重复道：“说吧，你要什么？”

他声音低沉，漫不经心，说出来的话却很不好听。

没人会做毫无回报的事，这是巷弄这个半封闭的底层社会里独有的生存准则。

混混儿们能为了几包烟勾肩搭背称兄道弟，也能为了几瓶酒相互捅刀打成一片；小贩们时常团结一致通风报信逃避城管，也会为了自己的利益私下举报别人。

池烈不信眼前的少女会没有理由专门跑来医院一趟。

但很可惜，他现在一穷二白，连养活自己都勉勉强强，没什么能给她的东西，只能先欠着。

池烈还在等待回应，半晌，却看见少女沉默地将袋子放在床尾，然后一声不吭，转身就走。

喻见有一瞬间火大，随即又宽慰自己：连一向好脾气的郑建军都能被气得青筋直跳，这人果然有病！我也没必要和这个拿订书机订伤口的疯子计较，总归以后再也不会有交集了。

喻见径直朝急诊室外走去。

傍晚已至，新送来医院的大多是些醉醺醺的患者，跟着他们的同伴也个个喝了不少，酒精上头，落在少女身上的目光便逐渐肆无忌惮起来。但很快，那些不怀好意的视线又纷纷收了回去。

喻见面前骤然出现一片压迫性极强的阴影，她被迫停住脚步。

去路被挡住，她没有抬头，而是冷静地平视前方。她身高不够，看不到少年的表情，只能看见白 T 恤上星星点点的干涸血迹，已经没有最初不经意一瞥时那么鲜红。

盯着那点血色，喻见迟疑了下：“你……有事吗？”她不想再和这个疯子有什么瓜葛。

“疯子”瞥她一眼，声音依旧懒洋洋的，根本听不出来下午被捅过一刀：“你几岁了？”

池烈盯着面前的少女。她离开得太过干脆，他反应不及，躺在病床上，对着那道纤细的背影望了一会儿，才发现她比自己先前以为的还要单薄，整个人瘦瘦小小的，像纸片一般，挤在人群里，有种随时会被扯烂揉碎的错觉。

此刻他站在她面前，居高临下，稍一低头，就能看见她白皙细瘦的脖颈，幼小、脆弱，谁都可以轻而易举摧毁。

池烈问得自然，喻见脸色微微一僵。

她一时判断不出来这是真心实意的发问，还是和那些露骨目光一样是别有用心的戏谑，她眨了眨眼，飞快回应：“和你没关系。”

喻见答得格外斩钉截铁，和细瘦伶仃的小身板完全不相称。

池烈没想到她竟然还会有这么强硬的语气，难得愣了愣。待到回过神来，少女已经绕开了他，迅速朝医院大门的方向跑去。

单薄纤弱的身板在此刻成了最大的优势，她灵活地穿梭在走廊熙攘的人群中，不受任何影响，像只机敏警觉的猫。

仅仅几十秒的时间，那片有些泛旧的裙摆就消失不见，消弭在夏夜微热的晚风里，再也寻不到任何踪迹。

池烈一个人站在急诊室门口。

灯光将少年笔挺的影子拖得细长，他站在原地，扫了眼拥挤的走廊，目光沉沉，眼尾一并压着，透出几分刀锋般的冷冽。

半晌之后，池烈轻轻勾了下嘴角。

也是，能在这种地方活下去的，不会是什么懵懂脆弱的小孩儿。

喻见生怕他会追出来，不敢停歇，一路跑得飞快，直到冲进福利院大门，才终于有空回头去看。

不同于社区医院附近的热闹喧嚷，福利院所在的巷子偏僻而安静，鲜有人走动。夜渐深，几盏斑驳掉漆的路灯在门外次第排开，照亮有限的空间，昏黄灯光下无数小虫飞舞。

并没有少年颀长的身影，喻见这才放心。

福利院周围的环境算不上好，光是应付那些成天无所事事的小混混儿，就够孩子和老师们头疼的，她不想在这时再招惹上一个疯子，给大家带来更多麻烦。

长时间的奔跑几乎耗尽所有体力，喻见在院里坐了一会儿，待到气息慢慢喘匀，才蹑手蹑脚地上楼去。

第二天依旧是晴天，喻见起得很早，简单吃过饭后，一头扎进了水房。

沾着少年血迹的白裙格外难洗，昨天清洗许久，还是有星星点点的暗沉，在白色布料上格外扎眼，显然不能再穿出去。

按着程院长的意思，直接把这条裙子丢掉就行。喻见犹豫了一会儿，到底没舍得把白裙扔进垃圾桶。

福利院里的小孩儿穿的基本都是哥哥姐姐的旧衣服，她上面没有年岁相近的孩子，平时衣服都是程院长新买的，价格不贵，放在外面甚至不够家境优渥的女生一顿饭钱，但已经足够让喻见成为院里所有孩子羡慕的对象。

日头刚挂在榕树树梢上，气温还没有升起来，水龙头里流出来的水因此格外冰冷。而浅淡的血迹无论怎么揉搓都十分顽固，直到喻见指节开始隐隐作痛，还是没有一点儿消失的迹象。

喻见皱眉，一边揉着自己的手，一边思考到底怎样才能洗干净这条裙子。

她正在犯难，兔子蹦蹦跳跳跑进水房，手里拿着一个本子："姐姐，我写完了，你给我批一下吧？"

喻见侧身避开兔子，甩了下手上的水："你写完了？速度挺快的啊。"

眼下是暑假，院里正在念书的小孩儿都不用去学校。人手不足，照顾那些身有残疾的孩子已经耗掉生活老师们所有精力，没有时间再管其他小孩儿的学习。

喻见作为姐姐，自然主动承担起教育的责任。

好在小豆丁们一个个都很争气，即使不像兔子这样早早就能完成功课，也不会故意拖拉糊弄，一笔一画写得极其认真。

学习为重，喻见暂时把裙子抛在脑后，出了水房，和兔子一起搬着小板凳坐在榕树下。

微风吹过，树叶沙沙作响，少女的声音很轻："你看这个地方……"

日头渐高，榕树下的临时补习小班慢慢多了一长串学生，喻见给兔子改完作业，又从下一个小朋友手里接过新的功课。

喻见给去年才入学的大虎解释"玉米被农民伯伯种到地里"与"农民伯伯被玉米种到地里"的区别，眼看大虎的眼神越发迷茫混乱，小嘴越抿越紧，她正要安慰几句，就被一个陌生的柔婉女声打断。

"不好意思，打扰了。我找你们程院长，请问她在吗？"

喻见抬头朝大门的方向看去，门外停着一辆崭新的宾利。

喻见不认识豪车，但宾利的黑色烤漆镜面色泽幽深，没有一丝划痕，和福利院已经掉漆生锈的大铁门格格不入，看起来根本不是一个世界的产物。同样，坐在车里妆容精致、气质不俗的女人也绝不属于这片拥挤衰败的老城区。

喻见把作业本还给大虎，起身走到门口，停在几步开外，和宾利保持了一段距离：“程院长出去了，可能要到下午才能回来。您有什么事？着急的话，可以先留个联系方式。”

程院长并不总是像昨天一样留在院里，为了筹措资金，她时常往平城新市区跑，偶尔还会到周边的县市去，今天更是一大早就出了门。

院里有几个孩子今年将升入高中，不再属于九年义务教育的范畴，高中学费是一笔不小的数额。

听了喻见的话，女人摇头：“不用了，我没什么着急的事。”

她眉眼一弯，露出一个温柔可亲的笑容，视线顺势落在喻见身上，问道：“你多大了？叫什么名字？”

每年都会有慈善团体和好心人来福利院组织活动，从小到大，喻见回答过无数次一模一样的问询。可不知道为什么，这次听见女人这么问，她本能地皱眉，心里有种很奇怪的感觉。

没等喻见琢磨清楚那种异样来自何处，小豆丁们先兴奋起来，七嘴八舌的：

“我六岁了！”

“我八岁半！”

“我马上七岁了！”

“好好好，都是好孩子。”女人笑容更盛，又冲喻见点头，客气道，“既然程院长不在，那我改天再来拜访。”

贴了单向膜的车窗缓缓上升，宾利驶离小巷。就算再也看不见车的踪影，孩子们还是很激动。

大虎把“玉米和农民伯伯”彻底忘了个干净：“刚才的阿姨真漂亮！和见见姐姐一样好看！”

“好想和阿姨回去啊！她家是不是每天都能吃排骨？”

“那必须的！说不定还有吃不完的水果和零食！”

童言无忌，小豆丁们你一嘴我一句地说了半天，又咯咯笑起来，乖巧地排好队，继续拿着作业找喻见批改。

年纪虽然小，但他们心里也很清楚，那辆宾利代表的世界和福利院泾渭分明，对方绝对不会收养自己。

想要离开这里，就只能像程奶奶说的那样，从小好好学习，以后才会有出路。

喻见用了整整一上午，给所有小朋友耐心地讲了一遍作业。

午饭之后是休息时间，生活老师带着年纪小的孩子们去睡午觉，喻见惦记早上没洗完的裙子，重新跑去水房。

水流声哗哗，喻见蹲在地上，用力揉搓着白裙，不由自主地想到那个坐在宾利里的女人。

她从小心思细腻，察觉到了对方视线中隐含的感情——观察、分辨，甚至还暗自带了一丝试探。

那个女人为什么要这么看她?

喻见下意识地想起昨天在院长办公室门外偷听到的那通电话。岑家提出，在DNA比对结果正式出来前先见她一面。

一个模糊的想法在喻见脑海里慢慢成形，还没来得及彻底完整，她先摇了摇头，把这个念头驱逐出去。

没影的事还是不要乱猜，想太多对谁都不好。

这一回，喻见费了一番劲儿，直到手指被冷水浸得发红，终于把残存的血迹尽数洗掉。

她揉了一会儿手，满意地点点头，拿着裙子往后院去。

种着榕树的前院是孩子们玩耍嬉戏的地方，后院则空旷得多，除了几排铁质晾衣架，就是一些堆在墙根下、不怕风吹日晒的杂物。

喻见把白裙挂在晾衣架上，又仔细抚平褶皱。

她正要转身回房间，头顶却突然传来一个磁性沙哑的嗓音：“小矮子。”

夏日燥热，阵阵蝉鸣间，少年的语气依旧漫不经心，懒洋洋的，带着一丝轻微的邪气。

喻见顿时僵在原地。

午后阳光最盛，晾衣架下没有树荫，毫无遮蔽。她站在日光里，却感觉一股凉气陡然从地上升起，沿着小腿悄无声息爬上后背，冰冰凉凉地渗进骨缝。

怎么可能? 明明昨天回来的路上刻意绕了远路，他怎么还会找到这里?

喻见深吸一口气，缓缓抬头。

考虑到附近常年糟糕的治安状况，程院长专门请人加高加固了福利院的围墙。当时喻见年纪不大，却还记得师傅拍着胸脯一个劲儿地保证，寻常人绝对爬不上来。

然而此刻，少年就坐在那堵高高的围墙之上。

他不知道在那里坐了多久，无处安放的长腿有一搭没一搭地踢着，黑色裤脚松松挽起，露出一截儿冷白的脚踝。

夏日树影浓郁，阳光自叶隙间穿过，在他脸上投下细碎的阴影。他下颌处新鲜的瘀青并未因此被埋没掩藏，热风一吹，碎影随之摇晃，唯独青到发紫的痕迹死死钉在原处，格外惹人注目。

喻见盯着那块瘀青看了一会儿，这才将视线往上移。她对上那双黑而凉的眼睛，努力使自己的声音听起来平静："医生不让你打架。"

池烈扬了扬眉，没想到她会这么说。

他并不回应这一句，坐在围墙上，居高临下，慢条斯理地打量喻见。

少女语气冷静，吐字清晰，一字一句说得认真而分明，听上去既没有因他突然出现而惊慌失措，也没有被叫了那声小矮子后的恼羞成怒。但她垂在身侧的手不自觉攥成拳头，指节绷紧，很容易让人看见那几抹被冷水浸出的红。

池烈视线停顿两三秒，又不动声色瞥了眼不远处晾衣架上的白裙："你管得着吗？"和昨日一样不善的语气。

刚刚这句提醒原本只是为了勉强撑住场面，被这么一噎，她不知道该如何继续与少年周旋，于是闭上嘴，低头盯着地面，不吭声了。

少女垂眸时模样很乖，安安静静的，巴掌大的脸又白又小，几绺发丝被风吹起，在空中拂动，看上去温和而无害。

池烈却想起昨日她飞快逃离的背影，果断而敏锐，灵巧得像只蓄势待发、随时准备给人一爪子的猫，于是他难得笑了："你叫什么名字？"

少年微笑起来时声音难得柔软了几分，带着点夏日炽烈的温度，只是仍旧有点哑，钻进耳朵里微微发痒。

喻见脸色蓦然一变。

她对这个句式万分熟悉，那些盘桓在这片区域的小混混儿总爱拿这一句当开场白，随之而来的就是裹挟颜色的嬉笑和不怀好意的眼神，以及惹人厌烦的纠缠。

尽管眼前的少年昨天才狠狠揍过那帮小混混儿，喻见的心还是不受控制，瞬间拼命跳了起来。她甚至下意识地往后退了一小步，直接拉开同他的距离。

这个招数以往都非常好用。老城区小巷纵横、道路交错，即使身后跟着没安好心的流氓，喻见也能在小巷里绕来绕去，最后平平安安地回到福利院。

可现在她根本没办法绕路，只能眼睁睁看着池烈一个纵身，轻而易举地从高高的围墙上跳下来。

少年落地时很轻，像是敏捷的猫科动物，悄无声息，没有一点儿动静。那双长腿随便一迈，就直接挡在了她面前。压迫感极重的阴影再度落下，将穿过树荫的那点阳光尽数遮去。

两个人距离太近，仿佛是错觉，喻见似乎又闻见了昨日似有若无的血腥味。她一瞬间神经紧绷："你不要乱来，我会报警。"

这根本称不上是有效的威胁，连街头最弱的小混混儿都不会当回事，而池烈同样这么想。

觉得少女陡然惊惶的模样有点意思，他也没在意她这句没有威慑力的话，只是慢悠悠抬手。

喻见以为他要动手打人。

在街上游荡的小混混儿找起事来不分性别，更没有什么所谓不打女生的江湖规矩。怀着十分的恶意，他们恃强凌弱、毫无怜悯心，只想着把所有美好都一脚踩进泥里，彻底粉碎摧毁。

然而此刻避无可避，喻见只能僵硬地站在原地，看着池烈缓缓抬手，将一只骨节漂亮的手举到她眼前。

没有昨日浓重的血色，少年的手和脸色一样苍白，指节清晰分明，上面带着些擦伤，有新有旧，重叠在一起，难以分辨。

这是什么意思?

喻见已经做好了挨打的准备，却没有等来预料中的疼痛，她盯着他手上交错纵横的伤口，满心满眼全是茫然。

池烈的耐心一向有限，等了一会儿，很快不耐烦了。

“小矮子。”他再次抬了下手，“你拿着啊。”

喻见这才注意到他手里还有个黑色纸袋，封着口，看不见里面装的是什么，但她没有伸手去接。

附近的混混儿们曾经也玩过类似的把戏，在街上拦住她，试图送上包装精美的“礼物”。

然而喻见前一天才听见他们在街角抽着烟，毫无顾忌地指使小弟去抓最恶心最吓人的虫子，和垃圾装在一起，好治一治她没眼色假清高的毛病。

不清楚池烈的用意，喻见又想往后退，他却先一步动作，直接把纸袋粗暴地塞到她手中。

仅仅是一瞬的接触，喻见的手便有些发疼，不由得轻轻“咝”了一声。

“记住了，我叫池烈。”

他才不管这么多，丢下一句话，然后转身。

那道高高的围墙在池烈眼里似乎只是个徒有其表的摆设，不需要垫脚的石头，更不需要助跑，只是纵身一跃，就轻盈越过了枝叶繁盛的树梢。

短短几秒钟的时间，院子里只剩下了喻见一个人。

突然，不知道从何处刮来一阵风，晾衣架上的裙子被吹得呼呼作响，险些落在地上。

搞不清这是什么情况，喻见犹豫了好一会儿，最后还是下定决心，小心翼翼拆开纸袋。

没有虫子，没有垃圾，纸袋里装着一条崭新的白裙。

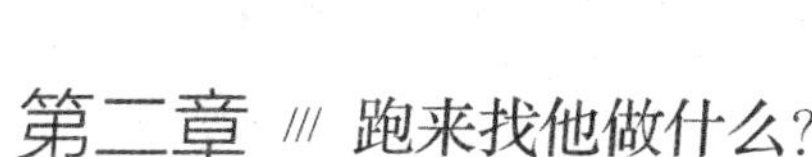

第二章 /// 跑来找他做什么？

池烈越过围墙，落地时，身形不易察觉地一晃。

小腹传来带着阵阵撕裂感的疼痛，下颌挨过一拳的地方也隐隐发麻，他不由得停顿了几秒，随即若无其事地朝社区医院的方向走去。

夏日躁动，沿着墙根洒下的些许阴影可以遮住兔子，却挡不住瘦瘦高高的少年。炽热阳光迎面洒下，将他身上的瘀青和伤口照得清晰，一道一道分毫毕现、狰狞可怕。

大概是天气炎热的缘故，少年额上起了薄薄一层汗。

阳光福利院离社区医院不算远，寻常步行只要二十分钟就能走到，但他慢条斯理地前行，用了将近四十分钟才走完这段充斥热风与骄阳的路程。

“我看你真是不想活了！”郑建军今天在医院坐班，见了池烈，气得额上青筋直跳，“说好了去给人家小姑娘赔裙子！怎么着，不跟人动手打架就不舒服是吧？”

池烈冷笑：“不是我先动的手。”

他只是在去给喻见买裙子的路上，碰巧遇到了昨天那帮混混儿。对方没想到他竟然还能出现在街头，就又招呼同伴围了上来。

郑建军觉得不可思议：“那你就不知道跑吗？你才搬过来多久，能不能消停点儿？少给自己找麻烦！”

在社区医院工作了多年，郑建军见惯了小混混儿之间的打架斗殴，原本不该这么多嘴，但眼前皱着眉头的少年昨天才租了他家的院子，于情于理，他都得提醒几句。

只可惜对方一点儿不领情：“跑有用吗？”

“我今天跑了，他们以后就会放过我？”昨日缝合的伤口因为激烈打斗而渗出血来，池烈眉峰敛得更紧，却还是低笑出了声，嘲弄道，“别做梦了，不可能的。”

他和那帮小混混儿素不相识，自然更谈不上有什么仇怨。昨天只是无意在小巷里遇见，三言两语不和，对方便拉着小弟招呼上来。

先前落下的拳脚或许只是人多势众的欺压，可后面那一刀再偏一点，就能直接要了他的命。

混混儿们也许会忌惮造成更严重的后果，一时偃旗息鼓，不再找麻烦，然而等这段时间过去，就会再度卷土重来。

池烈没那个耐心继续纠缠，他们害怕闹出人命，他无所谓，横竖就这么一条命，他豁得出去。

比谁更不怕死就是了。

郑建军一时不知道该说什么：“你这孩子……”

“你准备什么时候搬过去？”于是，他索性换了个话题，“那院子很久没住人了，我给你添置点儿东西。”

这一片独自过活的年轻人不少，所以昨天池烈询问租房事宜时，郑建军并不怎么惊讶，直到拿到身份证才发现，比他高出一个头的少年只有十七岁。

不过郑建军并没有多问，只是以一个极低的价格把院子租给了池烈。

在这里生活的小孩儿都不容易，近了有阳光福利院那群被程院长收留的孩子，远了有拥有父母，父母却十年不回家最后流落街头的小混混儿。

郑建军是这片的老住户，见惯了世间百态，并不打算打探别人家里的私事。

池烈倒是愣了下：“不用，我自己有，什么都不缺。”

他顿了顿，又说道：“明天我去那边把东西拿过来，等下个月再把欠你的钱还上。”

郑建军不知道他说的“那边”是什么地方，猜想或许是打工的场所，连忙摆摆手：“不着急，见见那孩子是我看着长大的，就当我给她买衣服了。”

郑建军原本只把池烈当成职业生涯里少见的病人，但昨天下班时，少年难得收敛起锋芒，向他询问过租房事宜后，又提起要给喻见赔裙子的事，这倒让郑建军有点意外。最后看池烈不像说笑，郑建军就告诉了池烈福利院的地址，又借出去一百块钱。

池烈身上带的钱不多，只够交一个月的房租，连押金都不够。

“不过……”郑建军到底觉得自己有些欠考虑，又急忙找补，“衣服赔了就行，你以后也不用去找她了，他们院里都是孩子，你去了……”

郑建军不觉得池烈和街头那帮混混儿是同类，但能用订书机订伤口的也绝不是什么善茬儿。

福利院里老的老小的小，遇到意外状况根本毫无还手之力，这么多年安安分分没出什么大事已经算得上奇迹，要是池烈动了什么别的心思，到时候后悔也来不及。

池烈明白郑建军的意思。

他伸手摸了摸下颌处的瘀青，想起少女故作平静的语气，眼尾淡淡压了下：

“你别多想，我只是讨厌欠人情。”

欠得多了，他还不起。

“押金和剩下两个月的房租到时候也还你，身份证先放你这儿押着。”伤口被重新消毒处理，池烈起身，放下衣摆，从衣兜里掏出身份证，直接丢在郑建军面前的桌上，“还有事，走了。”

郑建军一怔：“哎哎哎！你先别走啊！”

等他追出去，少年已经走到了巷尾，一个转身，就消失在了盛夏灼热刺眼的阳光里。

池烈沿着墙根前行。

一路上，依旧有小混混儿时不时偷偷朝他投来打量探询的目光，没有人光明正大地端详，更没有人上来替红毛强出头。

谁敢招惹一个连命都不要的疯子？

池烈对小混混儿们畏惧的视线视而不见，他皱着眉，一步一步地走。

方才在医院还没什么太明显的感觉，或许是午后的日头越发毒辣，池烈走了一会儿，感觉浑身上下都疼。被捅了一刀的小腹疼，挨过一拳的下颌也疼，走着走着，似乎每一个关节、每一寸骨头都被重重敲打，发出不堪重负的嘎吱声。

“小哥，来块西瓜吧？刚切的瓜！一元一块！不甜不要钱！”直到路边的摊贩热情招徕他，池烈才发现自己不知什么时候停下了脚步。

酷暑难耐，汁水丰盈的西瓜是解暑降温的佳品。摆在手推车上的西瓜的确是小贩才切出来的，一块一块挨挨挤挤放好，离得近了，热风送来沙沙的甜味，格外沁人心脾。

池烈忍不住看了一眼，随即挺直身板，面无表情地继续往前走。

吃什么吃？

他舔了下有些干裂的嘴唇，喉头艰难地动了动。

连赔人家小姑娘的裙子都要借钱，按他眼下的境地，没资格这样奢侈地享受。

夏风炎热。

福利院里，孩子们正围在榕树下，乖乖排好队，等着老师和喻见给他们分西瓜。

喻见扶着一个西瓜，小心翼翼地下刀，还没完全用力，已经熟透的瓜发出轻微一声响动，竟然自己裂成了两半。

在一旁眼巴巴盯着的大虎立刻欢呼：“这个瓜好！熟透了！一定好吃！”

喻见觉得好笑：“在你嘴里这世界上就没难吃的东西！”

大虎是院里最不挑食、最壮实的孩子，喂什么都吧唧吧唧吃得很香，明明和兔子一个年纪，可已经比兔子足足高出小半个头。

大虎闻言挠头傻笑："西瓜最好吃！"

喻见已经习惯了他吃什么都说最好吃的脾气，分给大虎一块，又递给兔子一块："去吃吧，慢一点，别被呛到了。"

大虎捧着西瓜，欢呼雀跃地跑远。兔子在喻见身后找了个位置坐下，一边吃，一边安静地看喻见切西瓜。

福利院的条件算不上好，程院长却从来没有亏待过孩子们的饮食，一日三餐有肉有菜，隔三岔五还会有水果。

夏天吃西瓜，冬天吃蜜橘，春秋两季也有应季果子。

喻见帮生活老师分完西瓜，自己拿了一小块，坐在兔子旁边，和他一块儿吃。

西瓜一直放在冷水里冰镇，即使七月温度高，吃进嘴里也冰冰凉凉的，只要轻轻咬上一口，顿时一片清凉。

兔子吃完自己手里的西瓜，发现喻见举着只咬了一口的瓜发呆，不由得奇怪："姐姐，你怎么了？"

喻见回过神："没、没什么。"

她冲兔子笑了笑，继续吃瓜，心里还在想那个叫池烈的少年。

要把他来过的事告诉程院长吗？喻见有些犹豫。

为了不给程院长添麻烦，她向来很少提起外面的一切——这也是福利院里孩子们的共识，奶奶为了他们四处奔波很辛苦，他们不想再让奶奶操心。

只要不是被欺负得太惨，大家一般不会主动说起，但这次有些不一样。

小混混儿们胆子再大，终究没胆量和本事越过高高的围墙，而池烈仅仅纵身一跃，就轻而易举翻了进来。

喻见不觉得池烈和那些小混混儿是一样的人，疯归疯，他脾气不好，说话也带刺，可到底没有伤害她，还专门跑来赔裙子。

只是那条白裙子是喻见衣柜里没有的款式，程院长见了，肯定要问上几句。

喻见慢慢咬着西瓜，最后决定暂时先把裙子压在箱底，不提这件事。

要是那个总是无所顾忌、自说自话的少年再一次翻墙进来，她再告诉程院长也来得及。

吃完西瓜，生活老师去准备晚饭，喻见领着大一些的孩子收拾剩下的瓜皮和垃圾，才收拾好，程院长就回来了。

喻见有些惊讶："奶奶今天回来得真早。"

一般情况下，程院长一出去就是一整天，早上在微薄晨曦里出门，要到晚上路灯亮起才会回院里，像这样下午就回来的情况比较少见。

随即，喻见看见门外送程院长回来的车——统一制式的蓝白涂装，车顶上是红蓝相间的警灯，车里，穿着夏季浅色制服的民警正冲她微笑点头。

喻见一下明白了。

“奶奶和你一起去。”程院长牵住喻见的手，“别紧张，奶奶陪着你，咱们不害怕啊。”

喻见点点头：“我没事的。”

这么说着，她还是不自觉抓紧了程院长的手。

尽管当初的喜悦在岑家不断推诿中消磨殆尽，如今，那种难以言说的情绪又瞬间冒了出来，随着心跳一下一下敲着，激烈到几乎要破骨而出。

喻见想：他们会是什么样的人？

她没敢用那两个陌生而熟悉的词汇指代，从有记忆起，那四个字就是最普通、最寻常，却又最遥不可及的概念。

喻见轻轻地呼吸，生怕稍一用力，就会惊醒这场夏日里难得的美梦。

警车一路平稳行驶，很快到了派出所。喻见扶着程院长下车，一抬头，就看到了在派出所门口并肩而立的一对男女。

她短暂地一怔。

目光相接，上午才见过的女人兀自红了眼眶，跌跌撞撞地冲过来，一把将喻见搂入怀里：“我的孩子！你受苦了！”

“这孩子真不像十六岁。”一旁的男人用手帕擦了下眼角，声音哽咽，“看着太小了。”

喻见骤然落入一个充满香水味道的柔软怀抱，顿时僵在原地，脊背下意识地绷紧，瞬间进入自我防御状态。

过了好一会儿，在女人的啜泣声中，喻见缓慢抬起手，学着曾经在福利院里见到的场景，轻轻搭上对方的肩。

喻见回抱住女人，脑海里想的却是与这场重逢毫无瓜葛的事。

原来，少年昨天那句“你几岁了”并不是在戏弄她。

真实情况其实没有那么夸张。和同龄人相比，喻见只是个头矮了些，在学校常年领最小号的校服，升旗仪式总排在队伍的前面。

但她瘦，肌肤又是惊人的细白，往人群里一站，往往被衬得无比单薄，平白透出几分稚气。

女人抱着喻见不撒手，最后还是开车来接她们的民警出声：“有什么先进所里说吧，别在外面站着，让孩子吹风了。”

一行人进入派出所。所里专门安排了用于见面的会议室，民警客气地把他们引进来，又对着程院长介绍：“这是岑平远先生和方书仪女士。”

方书仪还在搂着喻见掉眼泪，岑平远拿下金丝边眼镜，擦了擦泛红的眼眶：“程院长，这么多年辛苦你照顾小见了。”

程院长到底上了年纪，反应了几秒才明白岑平远说的“小见”是谁：“不辛苦，她叫我一声奶奶，我照顾她是应当的。”

程院长一边这么说，一边不动声色地打量岑平远，她还没忘记先前岑家推三阻四的态度。

岑平远在商海沉浮多年，是何等精明的人，当即明白程院长在想什么：“家里之前有些麻烦事，不得不处理，实在不是故意忽略这个孩子……”岑平远似乎有什么难言之隐，说到一半，话锋一转，干脆利落地承认错误，“还是我们当父母的不好，让小见和您都担心了。”

说着，他起身深深鞠了一躬。

程院长连忙避开：“岑先生太客气了。”

岑平远言辞恳切、态度端正，程院长就不好再多问，只能把目光投向一旁刚刚相认的母女。

方书仪紧紧搂住喻见，哽咽道：“上午我不敢认你……都是我和你爸爸的错，要是那时没请那个保姆，你也不会……”

喻见只知道自己是在打拐行动中被警方解救的，并不清楚具体情况，如今从方书仪断断续续的描述中，倒是勉强拼凑出大概。

当时负责照顾喻见的保姆年纪不大，在某次带喻见去医院检查时疏于看护，一个不小心，让人贩子钻了空子，抱走了喻见。岑家当即报警，然而十几年前的监控系统远远没有现在完善，也没有建立 DNA 打拐数据库，几经周折，最后还是没能找到喻见。

提及往事，方书仪失声痛哭：“都怪我不好！都是我的错！”

喻见不太熟练地安慰方书仪：“不怪你，不是你的错。”

福利院里的小孩儿分为两种，一种像兔子那样因为先天残疾而被父母抛弃的，一种则是喻见这种被拐卖的孩子。

前者的家长根本不配做父母，而后者只是无妄之灾，真正的罪魁祸首是丧尽天良的人贩子。

喻见这么一安慰，方书仪哭得更凶，将她搂得更紧：“好孩子，好孩子……”

喻见一向不是爱哭的性格，此时听着方书仪的哭声，也难免红了眼眶，小心翼翼地抱住对方。

这一场相认持续了好几个小时，直到月亮挂上树梢，方书仪的情绪才勉强稳定下来，和程院长交谈几句后，恢复成白日里温柔可亲的模样。

岑氏夫妇很体贴喻见对福利院的感情，没有要求她立刻搬回家，而是先邀请她第二天去岑家看一看。

喻见对上方书仪期待的眼神，最后轻轻点了点头：“好。”

还好，她终究不是被父母抛弃的小孩儿。

翌日清晨，岑家司机来接喻见时，喻见正和兔子、大虎一起，站在楼下看施工队修补房顶。

福利院的二层小楼有些年头，当年承包的工程队早就不知道去了哪儿，年久失修，还是前几日兔子和大虎跑到楼顶玩耍，才发现屋顶有条不大不小的裂缝，已经生出了一片野草。

程院长当即联系人来处理，时间正好安排在了今天。

喻见听着叮叮当当的响动，再次沉着脸叮嘱："以后不许随便跑到楼上去，万一掉下来怎么办！"

喻见平时很少发火，因此冷下脸就格外让人害怕。兔子自然乖乖点头，连向来没心没肺的大虎都咬着嘴，小声应了句："以后不会了。"

大虎瘪着嘴想哭又不敢的样子格外可怜，喻见最后还是免不了心软，伸手揉了把他的头："我这是担心你们。"

兔子点点头："我们知道的。"

岑家司机并不着急，戴着白手套站在他们身后，直到喻见和两个小豆丁说完话，这才客气地冲她微微躬身："小姐。"

喻见对这个称呼很不习惯，怎么听怎么别扭，最后还是没说什么："麻烦你了，走吧。"

离开狭窄弯曲的巷弄，来到大路上，不过二十分钟的车程，就进入了一片新天地。

和青苔斑驳、小巷幽暗的老城区截然相反，正值早高峰时段，商圈里高层建筑林立，明净的玻璃幕墙映出行色匆匆的白领，他们妆容精致、套装笔挺，即使是倒影也熠熠生辉。

喻见坐在后排，放在膝上的双手不自觉地攥紧。

司机开车极平稳，驶过商圈，最后到达位于平城核心的独栋别墅区。

"小见来啦！"方书仪和岑平远今天都没外出，等喻见一下车，就亲切地拉住她的手，"快进来，看看给你准备的房间喜不喜欢！"

喻见被方书仪牵着往里走，心中更多的是无措的情绪。

DNA初次比对成功后，程院长和她都不清楚岑家的信息，直到昨天正式见面，才从民警那里得知了岑平远和方书仪的身份。

岑家在平城经营百年，涉足领域广泛，如今家大业大，是平城商圈里不容小觑的存在。而岑平远以次子的身份，越过大哥继承了家业，和世交之家的方书仪育有两女，其中一个是喻见。

"你姐姐上个月和同学去国外玩了，下周才能回来，不然说什么都得让你们见上一面。"

另一个是方书仪口中的姐姐。

说是姐姐，岑家长女岑清月其实只比喻见早出生两分钟——方书仪当年怀的是异卵双胞胎，为此，姐妹俩出生后，岑家还邀请了平城大半个商圈，专门举办了庆祝晚宴。没想到后来会发生拐卖事件。

方书仪显然也想到了这一点，眼眶有些泛红："要是当年……"

"好了好了，好不容易小见回来，提这些不愉快的做什么。"岑平远笑着打断，又看向喻见，"怎么样，对你的房间满意吗？"

其实完全不必问这一句。岑家条件优渥，买的是地段寸土寸金的独栋三层别墅，房前屋后都有花园，内部装修大气精致。喻见前十六年不在，两个主卧分别由岑氏夫妇和岑清月居住，如今专门为她收拾出的套房也毫不逊色，光是露台都比福利院的单人间大。

喻见却没有什么特别高兴的感觉。她无端想起福利院楼顶裂缝里长势旺盛的野草，轻轻点头："很好。"

方书仪就笑了："你喜欢就行！"

看完房间，岑氏夫妇又拉着喻见去参观其他地方。别墅里套房众多，连岑清月养的两条萨摩耶都分别有自己单独的房间。

重新回到一楼，方书仪拍拍喻见的手，亲切地问："转累了吧？咱们先去吃点东西？"

喻见正要点头，一抬眸，看见对面的岑平远倏忽脸色一沉。

"你怎么进来的？"他厉声发问。

池烈倒是没想到岑氏夫妇今天都在家。

按着岑平远夫妻往日的安排，这个时候应该在公司和下属开会，或者与朋友在高尔夫球场高谈阔论。但他从来没把岑平远放在眼里："走进来的。"

门岗保安没有人敢拦下他。

少年牵动嘴角，露出一个十足嘲讽的笑容。过了一夜，他下颌处的瘀青变得越发显眼刺目，那双黑而亮的眼睛眼尾勾起，冷冷扫过来的目光依旧含着不加掩饰的傲慢和凌厉。

目光相接的瞬间，喻见和池烈都是一愣。

岑平远怒上心头，并没有注意到这短暂的瞬间："你还有脸进我们家的门？给我滚！"

一改方才在喻见面前温文尔雅的慈父形象，岑平远直接上前，用力推了把池烈的胸口："你这个狼心狗肺的东西！我们岑家不欢迎你！"

池烈一连两天都在打架，身上新伤旧伤叠在一处，被这么一推，朝后踉跄两步。

"清月她爸！"方书仪赶紧出来打圆场，"你也不要这么冲动，毕竟他也是……来人！保安！保安在哪儿！"

池烈并没有如岑平远预料中的跌倒在地，他退后几步保持平衡，然后直接迈步上前。少年个头高挑，眉宇凛冽，上前时压迫感极重。

岑平远没想到池烈敢冲着自己来，下意识地往后退去，一时不察，脚下绊在一处，身形歪了歪，竟然顺势磕在了一旁的玉石摆件上。

"池烈，你疯了！"这一下磕得不算轻，玉石摆件上登时见了血，方书仪顾不上继续牵着喻见，对冲进来的保安尖叫，"把他拉出去，然后报警！快点！"

保安队长略有迟疑，最后还是上前一步。

池烈没让保安队长为难，后退一步，表情淡漠地冷冷扫了一眼把自己磕晕过去的岑平远。

他的眼神很凉，没什么情绪，像是在看一堆毫无用处的垃圾。

方书仪连忙扑过去："清月她爸！"

"你别以为仗着年纪小就可以乱来！"方书仪用手帕按住岑平远不断流血的额头，转头对池烈怒目而视，"这儿不是你该来的地方！我现在就报警！你打人也是要负法律责任的！"

方书仪本身家世不俗，又做了多年的岑夫人，瞪起眼威胁人时极有威慑力。

池烈冷笑一声，似乎根本没把方书仪说的话放在心上，他连一个多余的眼神都没给岑氏夫妇，只是抬眸，隔着一众闻声而来的保安，在人群中遥遥看了喻见一眼。

依旧是深不见底的眸色，在盛夏时节翻涌着冰凉的旋涡。

喻见心跳一顿，不由得张了张嘴。池烈却在她即将开口前，毫无留恋地错开视线，一如昨日轻盈越过围墙时的干脆利落。

池烈全然不理会正厅里的一片兵荒马乱，保安也不敢拦他，只能眼睁睁看着少年双手插兜，步履散漫地朝别墅深处走去。

一阵穿堂风吹过，T 恤宽大的衣摆被吹起，带血纱布露出一瞬，很快又隐在风中。

方书仪先前还能勉强撑住，眼看岑平远额头伤口止不住地出血，不禁一个腿软，瘫倒在地。还好保安队长反应快，在进来前就叫了救护车。

救护车很快赶到，将岑氏夫妇一起拉走。

喻见本来也想跟着去，却被保安队长劝下："外面的事有秘书应付，小姐还是先待在家里吧。"

负责主宅的杨阿姨带着她去了偏厅，端上琳琅满目的糕点。喻见经历过刚才的事，哪里会有胃口。

初来乍到，她不好太直白，于是小心翼翼斟酌措辞：“刚才那个男生……”

杨阿姨闻言，对她露出一个安抚的笑容：“小姐别怕，不是什么大事。阿烈以前也住在咱们家，前几天跟岑总和夫人闹了点儿小矛盾，就搬出去了，今天应该只是来拿东西。”

喻见不知道该震惊池烈竟然和岑家有渊源，还是惊讶杨阿姨并不把岑平远被打这件事放在心上，一时语塞。

喻见看着杨阿姨镇定自若的神色，对着面前的糕点沉默好一会儿，又想到另一件奇怪的事。

“阿姨。”喻见轻声问，“他住哪个房间啊？”

岑氏夫妇刚才领着喻见把别墅上下参观了一遍，除了属于岑清月的那个主卧没有进去，剩下的房间都一一介绍过。从书房到客房，甚至狗狗的专属住处，没有一处遗漏。并未听方书仪说别墅里还住着池烈，也没有看见任何一个装修风格适合少年的房间。

喻见这么一问，杨阿姨很是为难，支支吾吾半天，想着这位以后也要在别墅里长住，这才开口：“阿烈没住哪个房间，小姐你刚才可能没注意，他的东西都在后面的楼梯间。”

这栋别墅有两条楼梯，前面是供主人与宾客上下的主梯，后面的暗梯则给阿姨和保洁人员使用。

喻见闻言一怔。

所以，在这栋漂亮精致的别墅中，每个人都有住处。岑氏夫妇和岑清月住在主卧，喻见有自己的套房，保安和阿姨住在附带的用人房里，甚至两条萨摩耶都分别有单独的房间。

而池烈住在楼梯间里，连狗都不如。

救护车离开没多久，喻见接到了方书仪给家里打来的电话。

电话中，方书仪已经恢复了平静，只是声音还有些哽咽：“小见，别担心，你爸爸没事，我们在医院观察几个小时再回去。你自己先在家里待着，有什么需要找阿姨，要是那个疯子又犯病，就去找你姜叔叔。”保安队长姓姜。

喻见在老城区见惯了混混儿们斗殴时的惨烈场景，但根本没想到池烈会和岑家有关系，更没料到岑平远会直接对池烈动手。

一时不知道该如何接话，喻见稍显沉默，电话那端的方书仪似乎误会了什么，又连忙开口：“刚好趁这次跟你说开了，这些上不得台面的事本来也不想让你知道。”

方书仪叹了口气，说：“那个池烈和咱们家没血缘关系，他是你爸爸朋友的小孩儿，从小父母都不管，你爸爸看他可怜，把他接回家里住，没想到最后养成这个脾气。

“前几个月你爷爷去世，我们想着好好送老爷子最后一程，谁知道他在灵堂里大吵大闹，差点儿把葬礼都毁掉。我和你爸爸实在受不了，打算把他送回去，结果他又摔东西又打人。这段时间尽折腾这件事了，不然早该把你接回来，不会拖到现在。”

这算是就先前的拖延给了喻见一个解释。

“今天吓着你了吧？别放在心上，他以后不能再回来闹事了。”方书仪那边似乎有医生在呼唤，不得不加快语速，“想吃什么和阿姨说，现在这是在自己家，不要拘束。”

说完，方书仪匆匆挂断电话。

喻见坐在沙发上，手里拿着听筒，听见一连串嘟嘟的声响。

杨阿姨站在一旁，自然听到了方书仪都说了些什么。她有些后悔刚才的多嘴，又不好继续描补，只能岔开话题：“早上才修剪过花园，小姐要不要去看一看？”

喻见放下听筒，摇了摇头：“您去忙吧，我在这里坐一会儿。”

杨阿姨本就尴尬，听喻见这么说，松了一口气：“那好，如果有需要就喊我。”

杨阿姨离开后，偏厅里只剩下喻见一个人。夏风从半掩的珐琅窗户里吹进来，夹杂着花苞甜美柔软的气息，温暖而明媚。

喻见并没有被窗外繁盛的花景吸引。她独自坐了一会儿，最后起身朝别墅深处走去。

供用人使用的暗梯很偏很狭窄，与之相应，楼梯间留下的空间也同样狭小逼仄、局促窘迫。

身高寻常的普通人站在里面，想要完全挺直身板都勉勉强强，更不用说本就个头高挑的少年。

不过池烈现在顾不上这些。

自己的身体状况自己最清楚，他之所以会选择这个时间来，就是不想在此刻节外生枝，和岑家人起冲突，没想到岑氏夫妇竟然都在家里，岑平远还气势汹汹地要对他动手。

池烈没理由忍让岑平远，而他的身体同样忍受不了这段时间近乎自虐的对待。

从被小混混儿捅刀的那一天开始，池烈就没怎么好好吃东西，唯一能算得上食物的，是郑建军随手递过来的一块小面包，真正的巴掌大小，还没有女孩子的手掌大。

他靠这块小面包撑了两天半。

其间和那帮小混混儿又狠狠打了一架，去福利院给小姑娘赔裙子。为了省钱，今天来岑家的路上，有一大半的路程都是步行。直到最后眼前隐隐发黑，这才不情不愿地选择坐公交车。

他强忍小腹隐约的刺痛，没有当着岑氏夫妇的面丢脸地跌倒在地。少年的心硬归硬，终究不能和自然规律抗争。

池烈撑着一口气，从正厅往里走，脚步渐渐虚浮，等走到熟悉的楼梯间，终于没有办法再硬撑下去。他几乎直不起身，凭着最后一点微弱意识，把自己狠狠摔在坚硬的床板上。

喻见对别墅完全不熟悉。

上午，方书仪和岑平远已经拉着她走过一圈，但想要找到暗梯的位置，还是费了一番劲儿，结果一走过去，就看见池烈躺在床上不省人事。

其实那哪里能算得上是一张床，即使喻见从小在福利院长大，生活条件不宽裕，程院长也绝不会给孩子们睡这样的床——四个高脚凳支起一块木板，没有棉褥、没有床垫，一张被水洗到发白的床单蒙在上面，床尾放着一床同样泛白的薄被。

少年脸色苍白，双眼紧闭，已经失去意识，嘴角依旧绷成一条锐利而清晰的线，似乎在一片混沌中，依旧有要奋力抗争死斗的对象。

这是喻见第二次碰到池烈昏迷不醒。有之前的经验打底，她没有惊慌失措，微微吸了口气，就要去叫阿姨打 120。

还没来得及转身，池烈突然睁眼，然后直接坐了起来。

喻见压根儿没想到他会在此时苏醒，脚步一顿，下意识地询问："你还好吗？"

少年仿佛完全没听见。

他坐在床上，那双黑沉沉的眼睛涣散两三秒，重新聚焦，目光死死盯在狭小空间里的某处，半点儿不挪动。

喻见顺势看去，一下明白过来，没有继续和池烈搭话，转身朝偏厅跑去。

池烈并没有察觉到少女轻快细碎的脚步，他的全部注意力都放在书桌一角那个已经发干发硬的馒头上。

当然，如果那个同样由木板和凳子搭出的玩意儿能叫作书桌的话。

池烈盯着馒头看了好一会儿，直到腹部又开始一抽一抽地疼，终于后知后觉地发现，支撑着他保持清醒的疼痛或许根本不是因为伤口，而来自已经几十个小时没有进食过一丁点儿东西的胃。

这个想法在脑海里冒出来的瞬间，那种扩张撕裂的疼痛变得无比清晰，像是不断蔓延的黑洞，几乎要将他整个人都吞噬殆尽。

池烈毫不犹豫地伸手。

楼梯间空间极其有限，放了一张床一个书桌，就被挤得满满当当，连一把多余的椅子都容不下。少年坐在床上，一伸手，就轻轻松松够到了那个不知道什么时候放在这里的馒头。

平城处于北方，气候一向干燥，这几个月又没有下雨，馒头自然也没坏，只是失去水分，又干又硬，毫无出锅时松软香甜的口感。

池烈完全不在意，用力嚼着馒头，咯吱作响的声音给他一种正在咀嚼自己骨头的错觉。胃里那种火烧火燎的疼痛显而易见被压了下去，取而代之的是骤然吃到食物后无穷无尽的饥饿。

一个馒头分量不多，即使干硬，也很快就吃完了。

吃完馒头，池烈抿唇，察觉到口腔里隐隐约约的血腥味——馒头太硬，他吃得太快，不可避免地划破了嘴。

他抬手擦了下，果不其然，手背上有一道刺目的鲜红。

池烈用手撑着床面，摇摇晃晃地起身，一开始脚步还有些踉跄，走着走着，步伐便渐渐稳定。

他拐了个弯，从别墅后门往后花园去。

喻见端着点心和饮料回来时就有点蒙：人呢？拿个点心的工夫怎么就没了？

喻见把盘子放在书桌上，又在一旁的走廊里转了好几圈，始终没看见少年的身影。

惦记着他先前脸色苍白的模样，她也不敢走开，只能继续在楼梯间附近徘徊。

喻见方才的注意力全在池烈身上，现在终于有空仔细端详这个狭小的楼梯间。

是真的很小，除去床和书桌，剩下能被称得上家具的，大概只有一盏蒙着红色灯罩的老式台灯。喻见读小学时也用过这种台灯，后来就被程院长换成了护眼的日光款。

少年好像没什么私人物品，几套夏季衣服在床尾叠得整齐，一个黑色帆布包放在书桌右侧，里面满满当当塞着课本。原本摆在书桌左侧的馒头消失不见，连渣都没剩下。

床下似乎堆着些什么，从喻见的角度看不清，只能瞧见隐约的轮廓。她不好弯腰去窥探别人的隐私，于是站在一旁，思维渐渐发散。

这就是方书仪和她说的，岑平远看池烈可怜，所以接他回来住吗？

后花园里，池烈蹲在喷灌装置旁边，用手一连掬了三四次水。不同于厨房里的直饮水，甚至不如盥洗室里的生活用水，用来浇灌花园的水都是直接从地下抽出来的，未经处理，又凉又涩，吞咽时有种吞小刀的感觉。

池烈毫不犹豫、大口大口地喝了好几捧，嘴里的血腥味被压下去，清凉感涌上来。身体逐渐恢复一点力气，他靠在花坛边。渐高的日头从头顶照下，映亮少年稍显疲惫的眉眼。

池烈晒着太阳，懒洋洋地想：命真贱啊。

走回楼梯间那几步，他以为自己这次是真的要死了，没想到最后竟然硬生生饿醒，靠着一个已经干硬的馒头和几口生涩的冷水，又这么活了过来。

看来老天爷实在懒得收他。

池烈空荡荡的胃里依旧一阵一阵发疼，不过比起先前已经好了许多。他眯着眼，又晒了一会儿太阳，感觉自己从过于炽热的阳光里汲取了一些能量，于是慢吞吞地起身，准备去收拾本来就没几件的东西。

进了别墅，拐过走廊，直到远远看见一片雪白的裙角，池烈这才想起之前同少女的一瞬对视。

他太饿了，刚才完全忘记还有这回事。

喻见靠在墙上，安静地盯着地板出神，一道略显熟悉的阴影沉沉压下来。

“你是喻见。”极其笃定、不容置疑的口吻。

喻见抬起头，少年正垂眸看她。

他脸上依旧没什么血色，甚至连眼皮都单薄，离得太近，还能看见上面浅淡的青色血管：“岑平远那个丢了十多年的小女儿。”

几个月前消息传来时池烈还在岑家，这点儿事瞒不住他。

池烈语气太过肯定，说的又是无可辩驳的事实，不知道为什么，喻见心里莫名有种淡淡的异样。

她不好说其他的话，指了指放在桌上的盘子：“你先吃点儿东西吧。”他方才显然是饿得狠了，光凭那一个馒头，怎么都是不够的。

喻见只是好心地指了下放点心的盘子，下一瞬，手腕却被牢牢捏住。

池烈已经有意收敛，没用多少力气，可天生的体力差距摆在那里，喻见被捏得一阵生疼，不得不跟随少年的力道，被强行拽出楼梯间。

来到走廊，他仗着身高优势，居高临下地看她。他黑漆漆的双眸里带有几分似是而非的戏谑，懒散恣意，透出十足的漫不经心，而说出来的话一如既往的不好听：“你是岑家的人，跑来找我做什么？”

第三章 /// 橘子汽水

池烈嗓音低沉，有些发哑，尾音微微上扬，漾出几分似有若无的笑意，落在喻见腕间的力道却又重了些。

少年手指很漂亮，即使还带着新旧不一、层叠错落的伤口，依旧修长骨感。才浸过凉水，他的手温度很低，慢条斯理地压下来，冷冰冰一片，像是无声沉默的禁锢。

喻见吃痛，不由得下意识地挣扎一下，不但没能挣开，反倒被拽得更紧了。她顿时有些生气："你……你有病啊！"

这人怕不是真的有点儿毛病！

昨天来赔裙子的时候勉强能算个正常人，今天又莫名其妙变回了听不懂人话的疯子，明明她对他没有一丝恶意。

要是知道好心端来糕点，竟然会落得个被硬生生拽到走廊的下场，喻见说什么都不会来。

少女并不是毫无脾气，实在气得很了，不再安静地盯着地面，而是仰起头瞪他。因为疼痛，一双杏眼沁出迷蒙的水雾，黑白分明的眸子里没有一丝畏惧，目光清凌凌瞪过来，恼火之中有显而易见的怒意。

池烈被这么一瞪，愣了愣，随即低笑出声。

果然，他就知道她没有表面看起来的那么温和无害。看这恼怒的模样，要是再逗几下，急眼了，幼猫似的小姑娘估计还得毫不客气地给他两爪子。

池烈还有东西要收拾，歇了那点儿玩笑的心思，松开手，懒洋洋地点头承认："我当然有病了。"

两天半的时间动了三次手，没病也得有病，何况落在身上的拳脚和刀子都是实打实的，只是他不太在意而已。

喻见不解，怎么听这语气还挺骄傲?

少年松开了手，她被捏过的手腕还在隐隐作痛。喻见仍旧有几分恼火，继续瞪向池烈。

瞪着瞪着，她最后那点火气很快没了。

池烈连自己被捅了一刀都不在乎，更不会介意少女从身后投来的目光，继续该做什么做什么。

说是收拾行李，其实也没什么好收拾的，毕竟他全部的家当就这么一丁点儿。用床单卷好衣服和被子，将台灯勉强塞进书包，最后剩下的只有放在床底的东西。

池烈蹲下身，喻见沉默地看着他。

或许是因为前几次发生的暴力事件让人印象太过深刻，她并未察觉到少年其实比同龄人要瘦削许多。

他肩膀宽阔，用力拽东西时，手臂上鼓起的肌肉线条流畅而漂亮。然而与此同时，薄薄的白 T 恤被过分明显的肩胛骨支起，日光从走廊一侧的窗户洒进来，照在上面，隐约能看见一点疏离单薄的轮廓。

他并不像看上去的那么高挑结实，反而瘦得厉害。

“他们一直都这样对你？”

喻见轻声问。

池烈一连两天半没吃饭，即使刚才狼吞虎咽吞下一个馒头，总体摄入还是不足。

他蹲下去拿东西，起身时，眼前不可避免有些发黑，耳边嗡嗡作响，什么都听不清：“你说什么？”

喻见瞧着他皱眉的模样，安静两秒后开口：“我说……你还是先吃几块点心吧。”她真怕他待会儿再晕过去。

池烈倒是听清了这句话，然而就像没听到一样，一点儿不理会，自顾自把从床下拖出来的东西同样用床单裹好。

喻见这时才发现，他放在床下的是用过的草稿纸，厚厚几大摞，上面写满了字，密密麻麻挤在一起，看不清写的究竟是什么。

楼梯间东西本来就不多，池烈收拾得又快，没过一会儿，楼梯间里只剩下那两张由木板与凳子拼凑而成的床和书桌，以及放在书桌上，根本没动过一口的糕点和饮料。

池烈把黑色帆布包背在肩上，右手拎着床单制成的简易包裹，一转头，看见少女正皱眉盯着那盘糕点，嘴角勾了勾：“别看了，我不会吃的。”

这么多年，岑平远和方书仪给予他的就是这样一个狭小逼仄、阴暗偏僻的楼梯间。如今，他已经离开这里，自然再也不会碰和岑家相关的任何东西，哪怕只是一块最普通的点心。

喻见眉头皱得更紧，却没再劝了。

她沉默地看着池烈背好书包，拎着包裹走远。稍显沉闷的夏风从走廊窗户吹进，撩动少年宽松的白 T 恤，勾勒出笔挺而瘦削的宽肩窄腰。

眼看即将走到回廊尽头，他似乎想到了什么，蓦然顿住脚步，回过头来，懒散地瞥了她一眼，嘲弄道：“忘了说，以后离我远点儿。”

池烈说完这一句，自己都觉得十分好笑。

哪里还会有什么以后？

他本来也就没像郑建军担心的那样，存了刻意纠缠她的心思。更何况，他现在从岑家搬走，而她即将搬进岑家，两个人根本不会再有任何交集。

觉得自己这是在犯蠢，池烈没等喻见回应，马上扭过头，自顾自地走了。

晚饭时分，岑平远和方书仪回到别墅。

岑平远头上贴着纱布，脸色稍显苍白，笑着看向喻见，语气温和：“小见今天是不是吓着了？别担心，爸爸没事，休息两天就好了。”

方书仪推了推他：“好了好了，别说这些不高兴的，快来吃饭。”

两个人没有任何关于池烈的只言片语，也没给喻见询问的机会，直接牵着她往餐厅去。

岑家的晚餐很丰盛，不知道是因为喻见第一次来，还是往日规格一向如此。明明只有三个人用餐，装满精美菜肴的盘子却从长桌这头一直排到了另外一头，琳琅满目，少说也有十几样。

方书仪坐在喻见旁边，亲自给她夹菜：“多吃一点儿，看你瘦的。唉，福利院肯定吃得不好，瞧这孩子都不长个儿了。”

喻见手一顿：“没有，院里吃得挺好。”

福利院平时的用度可能比不上小康家庭，但在饮食上，程院长从来没有亏待过任何一个小孩儿。尽管院里的孩子大部分都比较瘦，身体却一个个都很健康。

当然，先天残疾的孩子不在此列。

方书仪不信：“怎么可能呢？”她也是见过那群孩子的。

“小见这是懂事，怕你心疼。”岑平远同样没把喻见说的话当回事，让阿姨给自己盛了碗汤，又笑着看向喻见，“总算现在你回来了，不然你妈妈不知道又要偷偷哭多少次，都多大的人了。”

方书仪顿时不好意思起来：“清月她爸！”她继续给喻见夹菜，“来尝尝这个，这个好吃。”

喻见胃口本就不大，桌上的菜又多，一样吃上一点儿，很快就饱了。

她盯着彩瓷盘上精美的图案，莫名地想到楼梯间里，那盘少年没有动过一口的点心。

岑平远见她低头，不由得好奇道：“小见在想什么？”

喻见原本并不想回答，但岑平远语气极温和，她犹豫了一会儿，还是开口了：

“池烈……”

喻见其实不知道自己想问什么。毕竟池烈那里的情况如何，她是亲眼所见，即使问了，以今天方书仪电话里的表现，想必也不会说实话。

果然，喻见只来得及说出个名字，就被直接打断。

岑平远捂住额头，一副头疼不已的模样：“以后别再提那个冤孽了，听到他的名字我就难受。”

“不提了不提了，小见这也是才回来不知道。”方书仪急忙起身查看岑平远的状况，发现没什么大碍，又坐回喻见身边，语重心长地拉起她的手，“你爸爸身体不好，以后就不要再提他了，好吗？”

方书仪语气温柔、神色诚恳。喻见对上她的目光，沉默半晌，最后安静地点了点头。

没再提起池烈，接下来的晚餐气氛很正常。

吃过饭，方书仪又拉着喻见说了好一会儿话，无非是询问她这些年过得好不好、在哪里上学、有没有什么兴趣爱好。

喻见一一作答，方书仪这才满意地放她去睡觉。

说好了只是先回来看看，第二天，岑平远夫妇也没有强行留下喻见，依旧派了昨天的司机送她回福利院。

喻见一下车，翘首以盼的小豆丁们就纷纷冲过来，他们都知道了方书仪是喻见的亲生母亲。

“姐姐！之前那个漂亮阿姨真的是你妈妈吗？”

“你家是不是超级大！一个人能睡一张大床？”

“姐姐昨天回家吃的什么啊？有没有蛋糕和薯片？”

喻见被孩子们团团围住，只能先蹲下，给他们展示手里的袋子：“蛋糕有，薯片也有，都给你们带回来了。”

这些零食是出门前方书仪塞过来的，说是拿回去让院里其他小孩儿尝个鲜。

程院长的确不太给孩子们买零食，一向都是水果买得多。小豆丁们很少吃零食，此刻一见到，个个都很兴奋，立即欢呼雀跃起来：“姐姐最好了！”

喻见把零食交给生活老师：“董老师，程奶奶在吗？”她想和程院长谈一谈岑家的事。

董老师接过零食，摇头：“院长今天也早早出去了，估计要到晚上才能回来。”

“你现在有没有空儿？”房间里有行动不便的孩子大声哭了起来，董老师急忙往回走，“吴老板说好了今天要来收废品，打了好几个电话也没打通，你要是有空，就过去看一下吧。”

福利院进项少，卖废品算是其中一项经济来源。虽说钱不算多，日积月累下来也是一笔不小的数额。废品站的吴老板是个热心人，十分照顾院里的孩子，每次都开着小金杯车过来收废品。

喻见点头：“那我去找吴老板。”

既然程院长现在不在，她也没有别的事要做，刚好可以跑一趟。

废品站在四条街之外，离福利院有一段距离，中间穿插许多曲折蜿蜒的暗巷。早上天气还不是很热，喻见趁着日头尚未完全升起，赶紧出了门。

老城区的夏日清晨，蝉声阵阵，反而显出几分静谧。

那些无所事事的小混混儿一般不会起这么早，大多要到日上三竿，才会趿拉着拖鞋出来吃饭。所以喻见一开始便抄了近路，小巷偏僻，却可以省下不少时间，一来一回比走大路要快半个小时。

喻见想得很好，可她拐进小巷里，还没走多久，就听见了骂骂咧咧的暴躁嗓音。

红毛顶着缠满绷带和纱布的脸，一张嘴，被揍到变形的面容越发扭曲：“你说什么！我还能怕了那个疯子不成？”

同样鼻青脸肿的小混混儿哭丧着脸：“哥，我不是、不是那个意思！”

“不是那个意思你什么意思？”红毛心头火起，狠狠踹了小混混儿一脚，“给我滚！别在这儿碍眼！”

喻见脚步一顿，听出这是那天捅了池烈一刀的混混儿，她毫不犹豫地直接转身，掉头就跑。

小混混儿格外眼尖：“哥！那个死丫头！那天她去医院看过那疯子！肯定是她帮他叫的救护车！”

红毛不敢再找池烈的麻烦，正好碰上现成的出气筒：“给老子站住！不许跑！”

喻见哪里会听他的话，此时不跑才是傻瓜。听见红毛的声音，她跑得反而更快，白色帆布鞋踩在青石板上，交替出朦胧细碎的影子。

换作平时，混混儿们一般不会追逐太久，往往追过几条街巷就腻烦松懈，不再继续纠缠。但红毛一连挨了两次揍，正是心头火起无处发泄的时候，哪里会这么轻易放过她。

喻见在前面跑，红毛带着小混混儿在后面追，还突然灵光一现地学会了包抄：“去！你们到那边去堵她！”

喻见一连拐进两三条小巷都被堵住，渐渐地，体力有些不支，步伐开始慢了下来。

可她不敢停，只能一路在巷子里飞奔。

喻见拐过巷角，狠狠撞在一道劲瘦有力的身影上。跑得太快，这一下撞得结结实实，她疼得几乎站立不稳，踉跄几步，眼看就要跌倒在地。

身后，混混儿们骂骂咧咧的声音已经很近了。

同样毫无防备，被撞到的少年愣了一下，随即伸手。

他再一次牢牢扣住了她的手腕。

喻见被池烈伸手拉住，这才没有狼狈地跌倒在地。

与此同时，红毛也带着小混混儿们追了上来。看见池烈，他们都是一愣，还有几个人下意识地往后退了两步。

“㞞什么㞞！”红毛虽心里发怵，面上却还在努力摆大哥的谱，硬气道，“咱们这么多人怕什么！”完全忘了前几天就是这么多对一挨揍的。

都在这片混，小混混儿们不好不听红毛的话，一个个腿直发抖，强撑着往这边走，但走着走着，又逐渐有了底气。

他们一共有七八个人，而对方只有两个，其中一个毫无战斗力，另一个之前才受过伤。真要打起来，哪方赢面大还不好说。

喻见同样这么想。

昨天刚见过池烈再一次昏迷过去的模样，她对他的身体状况多少有了猜测。即使已经过去了一晚上，以他现在的状态，想要打过这帮小混混儿也不容易。

不然还是算了，吃一时的亏总比造成更严重的后果好。

喻见这么想着，不防池烈突然偏头，似有所觉地看过来。

不同于曾经夹杂着笑意的戏谑眼神，这一眼极深、极寒凉。在七月的夏日里覆着深冬飞雪，冷冰冰的，尖锐而凛冽，一下制住了她想要走上前的步伐。

喻见僵在原地。

池烈没说话也没动作，只是静静地盯着她。时间一分一秒地过去，直到身侧的少女终于安分地低下头，他这才勾了下嘴角，松开被自己捏住的纤细手腕。

“怎么？”随即，他抬头看向红毛，“上回还没挨够揍？”

少年嘴里说着挑衅的话，语气倒很平淡，似乎根本没把眼下的局面当回事儿，显出几分不为所动的轻蔑。

方才还信心满满的小混混儿们气焰瞬间就有点蔫，纷纷迟疑地停下脚步，不敢再前进。

“你……”红毛被这群不成器的小弟气得倒仰，“你少在这儿装腔作势！真以为老子不敢打你？！”

池烈闻言，没有说话，似笑非笑看了红毛一眼，然后把手伸向放在一旁的编织袋。

喻见先前的注意力全放在小混混儿身上，根本没发现池烈还拎着个袋子，此刻她站在一旁，蒙蒙地看着他从编织袋里随手捡起一个啤酒瓶，而后向前一步，挡在她面前。

直到这一步，他所有的动作都依旧冷静克制，云淡风轻，一点儿都看不出昨日对岑平远动手时的凌厉暴躁。

“啪”的一声，啤酒瓶重重砸在布满苔藓的青砖墙面上。

巷子窄小，清脆的破裂声显得格外清晰。破碎的玻璃四下溅开，落在少年脸上，割出细小的伤口，有些许血珠渗出来，微微发疼。

池烈连眉都不皱，瞥了眼手里剩下的半个啤酒瓶，目光从尖锐的裂口上划过，嘴角随之勾了勾，又顺手掂了掂酒瓶：“那你试试看？”

少年苍白的脸上有几道血痕，眼尾冷冷收拢，黑眸中是不加掩饰的漠然狠戾。

他攥着啤酒瓶，肩颈和手臂上的肌肉绷紧，摆出蓄势待发的姿态，随时准备给第一个冲上前的人狠狠来上一下。

小巷里一时没有动静，只有夏蝉的鸣叫一声接一声，由远而近地刮在耳膜上。

两三秒后，红毛作为大哥，第一个转过身去，带头拔腿就跑。

小混混儿们早在池烈砸啤酒瓶时就惊呆了，如今红毛一跑，哪里还会继续忠心地替大哥出头。他们短暂地一愣，接着纷纷有样学样，直接掉头逃窜。

似乎害怕池烈会追上来，他们一个比一个跑得快。

没多久，凌乱的脚步声就听不见了。

池烈没松手，难得极其有耐心地等了一会儿，确定小混混儿们不会再折返回来，这才把啤酒瓶重新扔回编织袋中，然后蹲下身，清理散落一地的玻璃碎片。

这一切只发生在两三分钟之内，喻见先前跑得太快太久，气都还没喘过来，只能先靠着墙歇息。

池烈把大块的玻璃碎片捡起收好，将那些细小的、不会划伤人的碎片踢去墙角。起身后，瞥见少女透着薄红的脸，他不由得嗤笑：“就你这小胳膊小腿，刚才还想自己扛？”怕不是一出去就要被打哭了。

喻见好不容易才把气喘匀，正想对他说一声谢谢，被这么一噎，直接哽住，好半天都说不出话。

这家伙怎么说话总是这么呛人？

她明明是怕会连累到他好吧。

池烈一点儿都不在意喻见会怎么想，重新把编织袋扎好口，又扭过头看她，问道：“对了，废品站怎么走？”

“手机早上掉水槽里了，一大早赶紧拿去找人修，这不才回来，下午就去你们院！”废品站里，吴清桂一看到喻见就笑开了花，“天气热吧？你看这小脸红的，等着啊，姨给你倒点儿水喝！”

喻见没好意思说刚才的事：“不用了，吴姨，你赶快忙你的吧。”

老城区环境不好，人口成分复杂，不过并非全都是红毛那种无所事事、游手好闲的小混混儿。吴清桂独自开废品站，干活勤快办事利索，一个人忙里忙外，将一切安排操持得井井有条，虽说赚不到什么大钱，生活倒也富足美满。她心好，骂起找碴儿的小流氓毫不客气，对来废品站的老人和小孩儿则愿意多照顾几分。瞅着池烈问她要了记号笔，在装着玻璃碎片的袋子外写上“内有锐器，小心割伤”的字眼，她就暗自在原本数好的钱里又添了一张十元纸币：“好了，一共这么多，你自己数一下啊。”

池烈接过钱，只扫了一眼，立刻看出不对，皱眉道：“老板，你给多了。”

他拿过来的东西总共没多少，里面又没什么值钱玩意儿，尽管不清楚废品买卖的具体价格，想来应该也不会有这么多。

吴清桂白他一眼，并不搭腔，直接拉着喻见进里屋说话。

“我听派出所小刘说你找到亲生父母了？”吴清桂给喻见倒上水，搬了把凳子坐到她旁边，“那是不是过几天就要走了？啥时候搬出去？以后还能回来看你吴姨吗？”

喻见被这连珠炮式的发问弄得有点蒙，愣了一下，轻轻摇头：“是找到了，不过……也不一定会搬走吧？”

吴清桂纳闷：“为什么不搬？”

“他们不认你？嫌弃你？对你不好？”随即，她脑补出一连串可能，“我跟你说，现在都有媒体曝光，他们不认你就去找记者！哪有这样的家长，自己的孩子都不要了？”

喻见哭笑不得：“不是……吴姨你都想些什么呢，没有那样的事。”

平心而论，岑家的确在刚开始时拖延了些，让人忍不住多想。不过相认之后，岑平远和方书仪没有对她有什么不好，这两天接触下来，不说面面俱到，也尽了为人父母的本分。

只是……

喻见垂眸，想到他们谈起池烈时语焉不详、漏洞百出的谎言。

其实倒也算不上漏洞百出，倘若她从没见过池烈，没去过那个狭小逼仄的楼梯间，只是瞧见昨日池烈对岑平远动手的一幕，大概会相信他们的话，毕竟那是血浓于水的亲人，没有理由欺骗她。

然而，他们确实骗了她。

十六年未见，喻见之前一直没待在岑家生活，她不是不明白，自己或许根本没有立场在意这件事。毕竟她只是初来乍到，全然不清楚池烈和岑家有怎样的纠葛。

可她总忍不住去想那盏红色的老式台灯、木板与高脚凳支起的简易床铺，还有少年单薄而明显的肩胛骨。

岑家没有哪里不好，漂亮的花园、宽阔的卧室、二十四小时供应的热水，以及随时可以吃到的糕点和零食，每一项都能让院里的孩子们惊呼不已。

但喻见还是更喜欢那个院里只有榕树、楼顶长着野草的地方。

吴清桂看喻见脸色有些差，没有多问，轻轻拍了拍她的手，说：“要是谁对你不好，就跟吴姨说！吴姨力气大，帮你打他们！”

喻见这回是真的笑了：“那到时候吴姨你下手要轻点儿。”

吴清桂脾气火暴，威名在外，附近的小混混儿都不敢轻易招惹她。

两个人又说了一会儿话，喻见惦记着还要回福利院，起身告别：“吴姨，我先走了。”

她出来时，院里已经没有少年的身影，大概早已离开了。

吴清桂把喻见送到废品站门口，殷切叮嘱：“天气热，挑阴凉地方走，别中暑了！”

送走喻见，吴清桂准备开车出去收废品，来到小金杯车旁，极其意外地“咦”了一声。

雨刷器下压着个东西，是她刚才多给出去的十元钱。

有了几个小时前遇到小混混儿的事，回去的路上，喻见不敢再从巷子里绕近路，而是老老实实在大街上走。

临近中午，日头渐高。

市政对这片区域的绿化不怎么上心，街道两旁没种多少行道树。树影零星细碎，阳光炽热，一路吹来的风都带着沉闷滚烫的气息。

喻见瓷白的脸很快透出一层薄红，这回是热的。

有些想念那天最终没能吃到嘴里的绿豆冰，她环顾四周，这条街上却全是修理摩托车、贩卖五金配件的小店，没有卖冷饮的小卖部，更没有走街串巷吆喝绿豆冰的小贩。

喻见走了一会儿，实在热得不行，逐渐脸颊滚烫、头脑发晕，像是中暑的征兆，于是赶快找了片离得最近的树荫。

喻见坐在马路牙子上。头顶交错的行道树枝叶将烈日遮住，多少比先前凉快了点儿，但那种头重脚轻的眩晕感还是很明显，她不由得眯起眼，双手抱膝，微微埋头，试图让自己舒服一些。

没过多久，脸上蓦然一冰。

喻见登时一个激灵，下意识地抬起头，正对上少年那双噙了点儿笑意的黑眸。

他蹲下来，伸出手，将一罐橘子汽水贴在她脸上。

才从冷柜里取出没多久，橘子汽水的罐身很凉，冰冰凉凉地贴在少女面颊上。空气躁动，细小水珠迅速成型，沿着易拉罐缓慢下淌。

池烈起了点儿坏心思，不但没松手，反而稍稍用力，将那罐橘子汽水贴得更紧了些。

果然看见还在发愣的喻见瞬间回神，往后一躲，动作幅度有些大，她连忙将手撑在地上，这才没丢脸地摔进身后的灌木里。

他挑眉，把汽水塞进她手中："笨死了。"还是不耐烦的语气。

喻见："……"

这人实在是不讲道理。

她把冰凉的汽水罐捏在手里，重新坐好，看向池烈："你一直跟着我？"从废品站出来时明明没看见人，还以为他早就走了。

池烈点头："嗯。"

承认得极其干脆利索。

他回答得毫不犹豫，喻见反而有些拿不定主意："你昨天不是说……"

昨天，眼前这个蹲在地上的少年分明语气认真地说过，让她以后离他远一点儿，怎么今天突然变卦了？

池烈没想到喻见会提这个，短暂地愣了愣，随即一点儿不在意地弯了下嘴角。他并不起身，继续蹲在她面前："你不打算回岑家？"方才废品站里，喻见和吴清桂说的话，他在外面都听见了。

喻见下意识地抠了下橘子汽水的拉环："和你没关系。"

拉环被抠了一下，回弹时撞在杯壁上，发出微小却清晰的一声"啪"。

池烈瞥了易拉罐一眼，轻嗤："那我的事和你有关系？"

他想不通，眼前这小姑娘明明看着挺机灵，怎么还会有这么犯蠢的时候。

蹲的时间长，池烈有些腿麻，他索性站起身，跺了两下脚，直接坐在喻见旁边："再说了，你不愿意回去，他们就真的不会接你走？"

喻见抿了下唇，攥紧橘子汽水："不可能。"怎么想都不可能。

DNA 最终结果已经出来，有法律效力。除非岑家故意推诿拖延，否则，作为亲生父母，岑平远夫妇自然可以把她接回去。

阳光福利院没有任何权利留下喻见，即使她在这里生活了十几年。

少女细白手指绷紧，嫩生生的，池烈扫了一眼，说："今天要是真动手，我肯定打不过他们。"

少年话题转得突兀，喻见不由得偏头。他不看她，反而仰起头，眯眼去看不远处在高压电线上跳跃的两只鸟。

"但我不能跑。"池烈看见其中一只鸟飞走，又懒懒地收回视线，"逃跑就彻底完了。”

一次逃跑或许可以带来短暂的安宁，可随之而来的，会是越发无穷无尽、难以挣脱的暴行。

想要立足，就只能比他们更凶狠、更放肆、更不管不顾，只有这样，心存顾忌的小混混儿们才不会再来招惹他。

“你呢，小矮子。”他转头看她，嗓音里带着一贯的笑意，很是磁沉，“你是能打过那群人，还是能跑一辈子？”

少年眼尾勾起，显出凌厉而尖锐的弧度。喻见对上他微眯的狭长黑眸，一时间无话可说。

半晌，她轻轻摇了摇头。

福利院里的孩子们从小就学会了如何自保，但也仅仅限于自保。和小混混儿们相比，他们太小太脆弱，能保住自己已经是万幸，根本做不了更多的事。

“所以别犯蠢，你和我不一样。”池烈从身后的灌木丛里随手揪了根狗尾巴草，闲闲叼在嘴里，“你是他们的亲生女儿，他们不会对你不好。”

喻见的目光被那根上下晃动的狗尾巴草吸引：“你为什么……和我说这些？”

要不是手里还抓着冰凉的橘子汽水，她很难想象一贯桀骜不驯的少年居然会和她这么说。

眼下的一切更像是中暑后产生的幻觉——蝉鸣阵阵，夏风沉闷滚烫，她和他并肩坐在马路牙子上，头顶是行道树斑驳错落的树荫，眼前是炽热明媚的阳光。

很不真实。

池烈回答得飞快：“不想欠你人情。”

他站起身，细碎光影落在眉骨处，伸手指了指她手里的那罐汽水：“现在扯平了。”

少女没动弹，依旧坐在马路牙子上，仰着头，一双杏眸清凌凌看过来，斑驳树影掉进她澄明的瞳孔，安安静静的。

池烈不知道她听没听明白，索性当作明白了，于是一句废话不多说，插着兜，直接向前走去。

“你真的去闹了灵堂？”一阵风吹过，送来喻见稍显迟疑的嗓音。

池烈没回头，脚步不停：“嗯。”

他并不意外她会知道这些，毕竟他的的确确做了，既然是自己做过的事，那就没有什么不好意思承认。

现在讲清楚也好。早早讲明白，她就不会用那种他根本无法理解的逻辑，莫名其妙对他释放不该有的善意。

事实上，池烈的确一直没想通。生长在这样的地方，连独自活下去都很不容易，按他从小得到的经验教训，应该先管好自己，再去考虑其他。

怎么就会有这种时而清醒时而犯蠢的小矮子？

想不通，池烈便不想了。

得了他肯定的回答后，热风里再也没吹来只言片语。在预料之内，少年并没有感到任何沮丧或气馁，径直往前走去。

这样才对，这样才是正常的。

过了一会儿，或许是五分钟，或许是十分钟，池烈听见背后传来的响动。和早晨在小巷里听到的一样，少女跑起来时极轻盈，洒下一路细碎零星的脚步声。

她跑到他面前，因为在烈日下奔跑，脸上好不容易褪去的薄红又鲜明起来。她把刚买到的东西举到面前，沉默而固执地盯着他。

三天后，将所有手续办理完毕，岑平远和方书仪来到福利院接喻见。

兔子眼眶通红，看起来像只货真价实的兔子："姐姐，我、我会认真学习……"

大虎在旁边拼命点头，伸手擦小胖脸上的泪："我也会！一定乖乖写作业！"

方书仪拉着程院长的手，温声道："您放心，我们肯定会好好照顾小见。知道您舍不得她，以后让她每周都回来看您。"

他们和喻见商量过，等到了周末，就让司机送她回福利院住。

岑平远站在一旁，同样笑得温文尔雅："这段时间我特别忙，捐款的具体事宜安排秘书来处理，下午就让他联系您，也算是感谢您这么多年对小见的照顾。"

程院长对岑平远提出的捐款没什么反应，只客气地笑了笑，随后看向喻见，嘴唇动了动，似乎想说点儿临别赠言。但最后，她只是伸手摸了摸喻见的头，轻声说："走吧，该回家了。"

喻见抿了下唇，没说话，上前抱住程院长。

她在心里轻声说：福利院永远都是我的家，从前是，现在是，以后也是。

不管喻见有多么想在福利院再留一会儿，最终，宾利还是缓缓驶离了小巷。

车速提起来，院里榕树摇晃的树影、孩子们挂着泪痕的脸、程院长沉默而清瘦的身影，都渐渐被抛下，连同声嘶力竭的蝉鸣声一起，留在苔藓丛生、青砖嶙峋的老城区。

很快回到岑家。岑平远和方书仪似乎还有别的事要办，和喻见吃过一顿午饭后，两人又匆匆出了门。

喻见没什么事可做，回到房间，收拾从福利院带过来的东西。

其实也没什么要收拾的，诸如纸笔、本子一类的文具和书本都留给了院里其他小孩儿，兔子得了一支比赛奖励的钢笔，大虎抱走了一套他眼馋很久的连环画。

喻见只带来了程院长给她买的衣服。下面的女孩儿们和她岁数差得大，一时半会儿穿不了。

喻见打开衣柜，柜中挂满了方书仪挑好的各式衣裙，种类繁多、款式齐全、春夏秋冬不一而足，裁剪用料都十足用心。

喻见手里的裙子瞬间被衬得灰头土脸、黯淡无光，但她还是很珍惜、很小心地把它挂在衣柜里。

没有多少衣服，很快，喻见拿起最后一条白裙。白裙上还挂着吊牌和标签，她愣了下，随即反应过来，这是池烈当初翻过围墙来赔给她的那一条。

喻见想了想，把这条白裙也放进了衣柜。

与此同时，老城区，废品站。

吴清桂上下打量着面前眉目硬朗的少年："你真想来我这儿干活？丑话说在前头，别看这是个小破地方，活儿可一点儿不轻松！"

多少打零工的大小伙子都吃不了这份苦，第一个月没干完，连工资都不要就跑了。

池烈点头，十分坦荡："嗯，我现在缺钱。"

和在餐馆洗盘子比起来，废品站的工作辛苦归辛苦，赚的钱要多些。

眼下他欠着郑建军的房租，等到下个月开学后，还有一笔为数不少的学费。如果不趁现在赶快打工挣钱，到时候他不但没有地方住，甚至可能连学都上不起。

少年语气认真，神情不似作伪，吴清桂想到那张压在雨刷器下的十块钱，最终点了头："行吧，那我先给你预支一个月工资。你接下来就好好干，要是偷懒耍心眼儿，小心吴姨我抽你！"

池烈没吭声，直接去院里搬东西。

休息了几天，他的体力多少缓过来一些，此刻一点儿都不知道节省，专挑又沉又笨重的大件下手。日头毒辣地照着，少年使劲时肌肉鼓起，汗水沿着额头下淌，大颗大颗砸在地上。

最后吴清桂不得不吼他："我说祖宗！你明天还得过来呢！少用点儿力气！我又不姓周！"

池烈这才停下。他从吴清桂手里接过瓷碗，将水一饮而尽，坐在门槛上休息。

吴清桂过来拿碗，瞥了眼他脸上尚未完全褪去的瘀青，没多问其他的："你要红花油吗？"

池烈摇摇头："我有。"

吴清桂很是怀疑，上下打量他一番，到底没说什么，拿着碗走了。

池烈独自坐在门槛上。确实很累，他半闭着眼，倚靠着院门。微风拂动，掠过下颌处狰狞分明的青紫色，带来幻觉般的刺痛。少年下意识地伸手摸了摸裤兜，摸到那个小巧的玻璃瓶子，喉头动了动，又若无其事地收回手。

池烈不知道自己为什么要从喻见手中接过这个。

他明明已经还完了她的人情，自此之后可以两不相欠、再无瓜葛。可当少女站在面前，仰头看他，倔强沉默地举起手时，鬼使神差般，他心神晃了下，回过神，玻璃瓶已经安静躺在掌心里。

池烈听着树上一声高过一声的蝉鸣，懒洋洋地想，真见鬼，小矮子太笨，连带着自己也一起跟着犯蠢了。

第四章 /// 她凶死了

喻见在岑家度过了平静的一周。

岑平远夫妇似乎很忙碌，行程安排得满满当当。岑平远忙于各种会议和见面，方书仪每天都接到新的看秀请柬或珠宝展邀约。两个人极少在家，只吩咐杨阿姨一定照顾好喻见。

“岑总和夫人一直都这么忙。”厨房里，杨阿姨一边准备晚饭，一边跟喻见说话，“有时候忙起来一个月不见得能回来一次，所以你别往心里去。”

喻见点头：“我明白。”

杨阿姨又继续劝慰：“别担心，总归现在已经回家了，以后有的是时间相处，这感情不都是处出来……”

话说到一半，杨阿姨觉察到不对，揭开锅盖，转移话题：“汤还得再炖半个小时，小见你先去忙你的好了。”

喻见很不习惯之前“小姐”的称呼，提过后，阿姨们就改了口。

喻见佯装没听到最后那一句：“我没什么事儿，一个人待着无聊，您和我再说一会儿话吧。”

其实杨阿姨说的也没什么错。血缘天生归天生，情分却都是经年累月相处出来的。十几年不曾相见，别说岑平远和方书仪，就连喻见自己，在相认之后，都对这两个本该最熟悉的人感到十分陌生。

眼下这种互不打扰的状态是最好的。

喻见继续待在厨房里，和杨阿姨有一搭没一搭地聊天。

或许是得了方书仪的嘱咐，这一次，当喻见再问起池烈时，杨阿姨要么转移话题，要么干脆不开口。

喻见问过几次，也就不再问了。

明天是回福利院的日子，她有些东西要收拾，于是出了厨房，准备上楼去。刚走到正厅，就被才到家的岑平远叫住。

“小见！来来来。”他一边叫住喻见，一边看向身侧，“清月，这就是你妹妹。”

喻见循声回头，看见一个女孩儿站在岑平远身旁。

虽然是双胞胎，岑清月和喻见在容貌上却一点儿也不相似。

岑清月习惯性地扬起下颌，拿眼白盯着喻见看了一会儿，然后挽住岑平远的手臂撒娇：“爸爸，我们晚上去吃之前那家餐厅的鱼露吧？”

竟然完全不理会喻见。

岑平远顿时脸色一变：“清月！”

他没说什么其他的话，只是语气重了些，但岑清月立刻气呼呼地甩开手，狠狠瞪了喻见一眼后，径直跑上了楼。

岑平远万分头痛：“怎么就养出这么个性子！”

他带着歉意看向喻见：“都是我们没教好，把你姐姐教成这个脾气。小见，你别往心里去，我待会儿就上去好好说她一顿。”

喻见垂眸，没有说话。

这两天，阿姨和她隐晦地提起过岑清月的脾性。拐卖事件发生后，岑平远夫妇对这个唯一的孩子格外娇宠，要什么给什么，硬生生惯出了一副谁说话都不听的大小姐脾气。

见喻见低头不吭声，到底是才接回家的女儿，岑平远也心疼，安慰几句后又说道：“今天不去外面，正好你妈妈晚上回来，咱们一家人坐在一起，好好吃顿团圆饭。”

说完，他上楼去敲岑清月的门。

别墅隔音做得很好，喻见站在楼下，听不见岑平远说了什么，但砸东西时发出的沉闷响动断断续续从楼上传来，过了好一会儿才消停。

晚饭时分，将近一周没回家的方书仪果然回来了。

听岑平远讲了下午发生的事，方书仪没偏袒岑清月，还给喻见夹了一筷子炒西芹：“你别管她，多大人了还跟自己亲妹妹闹别扭，都是惯的，这次冷上她几天，也算治一治那些毛病。”

岑清月走到餐厅门口，正好听见这么一句，当即不干了：“妈！你说谁有毛病！”

自小娇养长大，她哪里受过这种委屈，红着眼睛瞪向喻见。

方书仪脸色一冷，把筷子往瓷盘上重重一搁：“你看看你这个样子，像是当姐姐的吗？”

岑清月从小到大没听过几句重话，下午被岑平远训斥后，憋着气等方书仪回来告状，没想到一连被训了两次，又委屈又恼火：“我不吃了！”

岑平远皱眉，指了指桌上的菜：“今天做了你喜欢的菜，青椒牛柳、豌豆虾仁，都不吃？”

话没说完，岑清月已经捂着脸跑走了。

"别管她，爱吃不吃。"方书仪瞥了眼面色不豫的岑平远，给喻见舀了一勺豌豆虾仁，"小见吃这个，这虾仁是空运过来的，特别鲜。"

喻见谢过方书仪，岑平远也顺势给她夹了几筷子菜，又说起明天回福利院的事。光看饭桌上的气氛，岑平远夫妇倒也像是一对合格温柔的父母，只是……喻见看了眼碗底的虾仁，想起岑平远刚才说的话。

从回来后，直到现在，他们似乎并没有问过她喜欢吃什么。

第二天。

惦记着今天可以回福利院，喻见起得很早。

方书仪和岑平远还在休息，岑清月昨天才从国外飞回来，更不会早早起床。喻见独自吃过早饭，坐上了回去的车。

她一下车，在门口眼巴巴等了半个多小时的大虎像小炮弹一样往她怀里冲："姐姐！"

兔子稍显腼腆地跟在后面，抬手擦了下眼睛。

"哭什么，都七岁了，不能动不动哭鼻子。"喻见搂着大虎，又抬手揉了把兔子的头，"这么早就起来了，吃饭了没？"

大虎立刻骄傲地挺胸："吃了！全吃完了！一点儿也没剩！"

兔子闻言，立刻偏头，红着眼睛瞪他。

"啊，不、不是！"大虎被这么一瞪，顿时想起来，小胖手在衣兜里掏了半天，"没吃完！没吃完！姐姐，这个给你吃！"

他把肉乎乎的小手摊到喻见面前，兔子也伸出手来。

喻见一看就笑了："都留给我呀？"

两个小豆丁手里是用锡纸包住的绿豆糕。

为了孩子们的身体，阳光福利院的早餐吃得比较丰盛，每天都有牛奶鸡蛋，但绿豆糕一类的小点心不常有，通常一个月只能吃上三四回。

兔子有些不好意思，别扭地挪开视线："我们不喜欢吃。"他和大虎都知道，姐姐喜欢吃这些甜口的小点心。

孩子们纯真的心思浅白易懂，喻见没戳穿，伸手接过绿豆糕："那我就收下啦！"

见她收下，大虎嘿嘿地笑起来，兔子也扬了扬唇。

程院长依旧不在院里，听董老师说，最近市里新批了一笔资金，用于救助残疾儿童。院里有几个腿脚不便、常年只能卧床的孩子，如今到了可以做手术的年纪，正是需要用钱的时候。程院长大概是为这笔钱去奔走了。

喻见于是又在榕树下开起了补习小班，和之前一样，一直上到午饭时分才结束。

吃过午饭，大虎和兔子却没有乖乖去睡觉。

“姐姐！姐姐！”他们一起跑来找喻见，“我们去逛街吧！”

喻见有些意外，愣了下，最终还是点头：“行，我和董老师说一声。”

说是逛街，其实是去逛每周末都会有的集市。

距离福利院几条街外，一条穿过老城区的河流的两岸空地上，每到周六周日，就会有人提前占好位置，叫卖自己手头的东西。

种类很多，从蔬菜瓜果到杂志文具不一而足，甚至有住在郊区的人赶着自家鸡鸭前来赶集。

总之，每周两次的集市是老城区难得的繁华时刻。

有了上次不愉快的经历，喻见这次选择走大路。

日头高，等走到集市，连一向活泼的大虎都热得蔫了下来，直勾勾地盯着一旁叫卖冰棍的小贩，兔子也禁不住投去渴望的目光。

于是喻见买了三支冰棍，一人一支，赢得大虎一阵欢呼：“姐姐最好了！”

时间还早，他们不着急去逛。三个人坐在沿岸的柳树阴凉下，一边看着来往的小贩行人，一边慢吞吞地吃冰棍。

吃着吃着，兔子突然戳了下喻见：“姐姐。”

见他盯着不远处的地方，喻见偏头，问道：“怎么了？”下意识地顺着兔子的视线看去，目光一顿。

池烈把最后一个柜子从小金杯车上搬下来，探头扫视一遍车内：“没了，都搬完了。”

“这里交给我，你晚上再来就行。”他又从车里拿出一把折叠凳，然后看向吴清桂，“大件五十小件十五，中间的看着给，没错吧？”

吴清桂点头：“没错！”

“要是有那种看起来实在手头紧的，少要一点儿也可以。”赶着去收其他地方的废品，她叮嘱了一句，匆匆跳上车，“我先走了！晚上来接你！”

小金杯缓缓开走后，池烈开始收拾从车上搬下来的东西。

废品站时常会收到一些还能用的物件，吴清桂把它们攒起来，攒够一定数量就拿到集市上来卖。这回攒的东西不少，有几个挺大的柜子、两三把成色还算新的椅子、一张附近学校淘汰下来的老课桌，还有其他零零碎碎的小玩意儿。

池烈问吴清桂要了那张老课桌，然后主动承担起摆摊的工作。

这项工作并没有想象中那么轻松，特别是在气温渐高的夏天——河流沿岸的柳树树荫一早被小贩占满，后来的人只能在空地上支起遮阳伞，试图在过分炽烈的阳光下寻求一点儿阴凉。没撑遮阳伞的，也会戴上一顶帽子，防止自己被晒伤。

而池烈什么也没有。

这倒不是吴清桂有意苛待他，实在是今天事情太多，电话从早上就一直在响，连轴转忙个不停，出来得匆忙，直到离开时，吴清桂也没想起来还要准备遮阳伞这回事。

池烈第一次来集市，自然更不清楚这些弯弯绕绕，一直等到在烈日下开始整理东西，才觉得头顶的日头分外毒辣滚烫。

不过他一点儿不在意，继续顶着阳光，挪动那个比他还高出十几厘米的衣柜。

不远处，喻见站在晃动的柳树树荫下，默不作声地看着池烈。

一周不见，他身上的伤似乎已经好得差不多了，看起来没有什么大碍。用力时，手臂上肌肉绷紧，线条紧实流畅，轻轻松松就能搬动一个沉重的立式衣柜，仿佛比同龄人都要结实健康很多。

但阳光毫无遮蔽地从头顶洒下，他站在日光里，原本冷白的皮肤显得越发苍白，透着一种隐约的病态感。

少年本人一无所觉，把衣柜和椅子都放好，又铺开一张干净的塑料布，将余下的零碎物品一一在面前摆开。

做完这些，他拉开折叠凳，没有伞，也不戴帽子，直接坐了下来。

喻见不由得一怔，他该不会打算就这样摆摊吧？

午后时分，正是阳光最毒辣最滚烫的时刻。即使她站在河边的柳树阴凉下，从垂下的枝条中吹来的风依旧沉闷滚烫，携着夏日独有的炽热气息。

而池烈坐在空地上，毫无遮挡，连一点儿树荫都没有，这么晒下去肯定会晒出问题来。

喻见看了一会儿，等着他什么时候从一旁的柜子里拿出遮阳伞或帽子，然而一直等到兔子和大虎珍惜地把冰棍棒都舔得干干净净，也没看见少年有任何动作。

明明几个摊位外就有卖帽子的小贩，他却像没看见一样，头都不抬，原本苍白的后颈被太阳直接晒着，已经有些微微泛红。

这家伙是真的不要命了！

喻见难以置信。

中暑这件事可大可小，轻了只不过头晕目眩，可要是万一严重起来，甚至会死人。

她有一瞬的恼火，随即，想起岑家别墅里那个狭小昏暗的楼梯间，一时间又无话可说。

于池烈而言，这大概已经是衡量利弊后做出的选择。

不能眼睁睁看着他这么胡来，喻见去小贩那里买了一顶帽子，拿到手上，却又有些犹豫。

池烈多半不会接受这顶帽子。

他似乎有一套自成体系的古怪逻辑，强硬地抗拒别人对他的好意，把所有带着善意的举动都粗暴归到“别有用心”的那一栏里。

有人对他好，他就要找机会立刻还回去，一点儿不想欠所谓的人情。

就连那瓶红花油，都是她趁着少年难得愣怔的那几秒，强塞到他手里的。要不是她跑得快，想必他会追上来，不依不饶把玻璃瓶重新塞回她手心。

池烈就是这样的一个人。

上次接了红花油，这一回，要是她再露面，他说不定宁愿被晒到中暑。

喻见想到这里，捏紧帽子，一时间不知道该怎么办。

池烈在日头下坐了一会儿，最终不得不承认，午后的阳光实在晒得有些过分。

不远处有卖帽子的小摊，他眯起眼，看清瓦楞纸上用水彩笔歪歪扭扭写出的价格，不由得啧了声，懒懒收回视线。

算了，不过是一个下午而已。连被捅一刀、两天半不吃饭还得打架都能忍，这世界上还有什么不能忍的东西?

总归他命硬，一时半会儿想死都死不了。

这么想着，池烈没有起身，只是挪动了一下折叠凳，借着立式衣柜投下的一点儿阴影，稍微将自己遮住。

午后气温逐渐上升，蝉鸣越发聒噪，地面似乎都升腾着热气。

池烈再一次把手伸向放在一旁的水瓶，察觉到分量有异，低头看了眼。天气太热，他又直接坐在阳光下，短短十几分钟的时间，带来的水就被喝掉一大半。

河水能喝吗?

池烈下意识地回头看了眼身后的河流。

视线自河面上纵横的青绿藻荇上飞速掠过，他面无表情地把头扭过来，再拧开瓶盖时，动作和速度都放慢了许多。

倒不是没那一两块买水的钱，吴清桂人不错，提前给他预支了一个月的工资，但后头还有房租和学费等着，一两块零钱是不怎么起眼，零零碎碎积攒下来就很多了。

池烈喝了一小口水，没有立刻咽下，在脑海里将未来几个月的支出和收入盘算了一遍，这才慢吞吞把水咽下去。

将瓶盖仔细拧好，池烈放下水瓶，再抬头时，一个虎头虎脑的小男孩正站在摊位前。

小男孩打扮挺滑稽，他头上歪歪扭扭地扣着顶明显大出许多的帽子，怀里则抱着一个容量很大的水瓶。水瓶似乎灌得很满，小男孩要用两只胳膊一起努力使劲儿，才能勉强抱住。

池烈瞥他一眼："你要什么？"来者都是客，倒也不必拘泥年龄。

小男孩不吭声，笨拙地把水瓶放到摊位前，又从头上摘下那顶帽子，扣在水瓶上，然后眨巴眨巴眼睛看他。

池烈一愣：这谁家倒霉孩子？

被晒得有些发晕，池烈一时没反应过来，大虎也傻愣愣不吭声，两个人大眼瞪小眼对视了好半天后，池烈一个皱眉。

"谁让你来的？"池烈下意识地望向四周。

今天来逛集市的人很多，热风吹过河岸，柳树柔软的枝梢下人头攒动，一眼扫过去，并没有那个熟悉的单薄身影。

但他莫名觉得还是她。

大虎得了喻见的叮嘱，立意一定要圆满完成任务，听见池烈这么问，低头思考了一会儿，然后小脸一板，严肃道："我姐姐说了，不能告诉你！"

喻见担心会被池烈发现，于是拉着兔子，刻意躲在柳树后。生长多年，柳树树干粗壮宽阔，藏匿两个孩子完全没问题。

这一次她不露面，他应该不会拒绝了吧？

结果没一会儿，就看见大虎气喘吁吁地又把水瓶和帽子抱了回来。他哭丧着小脸："姐姐——大哥哥让你下回派个聪明点儿的。"

喻见原本想让兔子去送东西，顾忌池烈可能会记得兔子的长相，进而联想到她，这才拜托了大虎。没想到同样被发现了。

"给我。"既然已经被拆穿，那也没什么需要顾忌的，喻见从大虎手里接过水瓶和帽子，又叮嘱兔子，"你们在这儿等我，乖乖的，不要乱跑。"

兔子干脆应下："好。"

大虎还在拼命挠头，他的小脑瓜儿想不明白，自己到底哪里露馅儿了。

喻见绕过柳树，一出来，就对上少年似笑非笑的神情。

池烈坐在折叠凳上，位置不占任何优势。他却像那一日在围墙上一般恣睢放肆，用手撑着下颌，慢条斯理地打量她。炽烈的阳光下，那双黑眸越发深邃，沉沉的，泛着幽暗的光。

喻见深吸一口气，顶着池烈投来的视线，一步一步走到摊位面前，把水瓶和帽子放在矮柜上。

"这是绿豆汤，冰镇过的。"把东西放下，她的尴尬多多少少淡了一些，耐心地和他解释，"天气太热了，你留下喝吧。"

喻见没什么坏心，池烈一如既往不领情，冷嗤一声："多管闲事。"

他就不明白了，是他之前说得不够清楚，还是她天生傻里傻气，明明碰见那帮小混混儿时，还聪明地知道拔腿就跑，现在怎么就不懂离他远一点儿？

池烈偶尔也会觉得，和这个小矮子沾边的人似乎都傻乎乎的。远了有不知道什么毛病，硬是把身份证还给他不要抵押的郑建军，近了有非得喊他来废品站吃饭，美其名曰可以顺便多干点儿活的吴清桂。

他们有种让他本能抗拒、感到不适的善意。

池烈很清楚这是多么虚假缥缈的东西。

少年嗓音微哑，语气潦草漠然，十足的不留情面。换作以前，喻见免不了被刺得尴尬万分，无话可说，但这段时间接触下来，她已经习惯了他从来不会好好说话的脾气，因此根本没放在心上。

池烈还等着少女像之前一样被气到，然后气呼呼地跑走，却不防额前落上一片阴影，头顶被骤然扣上一顶帽子。

要是平时，喻见肯定够不到。但现在他坐她站，难得能仗一回身高优势，她把帽子轻快地扣在少年头顶，又趁他没反应过来，将水瓶塞到他怀中。

经常在福利院里这么哄弟弟妹妹，喻见玩这一套特别熟练："那我走啦！"赶在池烈回神前，她赶紧开溜。

池烈愣在原地。

帽子扣过来，多少遮挡住一点儿阳光。在日头下晒得太久，他浑身都在发烫，装着冰镇绿豆汤的水瓶被塞进怀里，冷热相撞，一种奇怪的发麻感顺着胸膛往上爬，死死扼住咽喉，呼吸瞬间不畅。他喉头艰难地动了动，仿佛吞咽不下任何一口空气。

几秒后，池烈猛地咳嗽起来。

温热空气涌入胸膛，他一连呼吸了好几口，这才终于摆脱短暂的窒息，得以抬头望去。

这么一会儿工夫，喻见已经跑开很远。熙攘人群里，那抹白色的裙角若隐若现，柔软裙裾下，少女匀称的小腿细白，被阳光照着，泛着莹莹的光。

渐渐地，他看不见她了。

一阵风吹来，沉闷燥热的夏风里，他却觉察出一丝酸酸甜甜的冰凉气息，像是那一日，他强行塞进她手里的那罐橘子汽水的味道。

这个小矮子！

池烈不禁咬了下牙。

他轻手轻脚地把手里的水瓶放下，猛地站起身，动作太急，折叠凳倒在一旁。

喻见十分擅长逃跑，在来往的小贩和行人里灵活穿梭片刻，很快回到集市另一头的葱茏柳树下。还没来得及和兔子大虎说话，她就看见两个小豆丁一脸惊恐地盯着她身后，眼睛瞪得一个比一个大。

这是怎么了？光天化日，为什么露出见了鬼的表情？

喻见下意识地回头，然后也被吓了一跳。

池烈就站在她身后，距她一步之遥。少年牙关紧咬，覆着一层薄汗的额头隐隐现出几道青筋。他攥着手，指节绷紧，修长手指拢成拳状，活脱脱一副气极之后要找人打架的模样。

喻见不解：就算他讨厌我送东西，也远远不该被气到想要动手打人的地步，怎么一下就气成了这样？

还没等喻见想明白，池烈沉声："你伸手。"

他是真的不太高兴，连声音比往日还要低沉，沙哑着，在夏日里听上去冷冰冰的，没有分毫温度。

喻见莫名其妙，搞不清楚池烈闹什么名堂，考虑到这里是人来人往的集市，他应该也不会做出什么特别过分的事，于是乖乖伸手。

少女小巧掌心摊在面前，嫩生生的，白净中微微透着点儿粉。池烈眸色微暗，脸色越发不善，一声不吭把藏在手里的小玩意儿放在她手上，然后掉头就走。

喻见只感觉到有一个很轻的东西落在掌心，仿佛带着点儿棱角，不太光滑，扎得肌肤有些微微发痒。

他这是做什么？

喻见还在对着少年远去的背影发愣，一旁的大虎看清她手上的东西，瞬间一蹦三尺高："姐姐！虫子！虫子！是虫子！"

大哥哥可真是太坏了！

姐姐分明在好心帮他，他怎么还恩将仇报呢？

大虎这么惊天动地地一吼，喻见也被吓了一跳，下意识地想把手里的东西往外甩。还好在甩手前看了一眼，她不由得松了一口气："别怕，这不是真的。"

掌心里，是一只由草叶扎成、栩栩如生的蚱蜢。

"大哥哥好厉害！"兔子惊叹地看着喻见手上的草蚱蜢，不禁用手碰了下芦苇叶编出的触须，"看起来和真的一样！"

就地取材，用的是河岸两边肆意疯长的芦苇叶，少年的手出乎意料的灵巧。喻见轻轻按动上翘的长尾，草蚱蜢甚至还会向前跳跃，活灵活现，十分生动。

大虎哼了一声，别开头不看。他现在反应过来了，大哥哥刚才在嫌弃他蠢！他才不会在姐姐面前给大哥哥说好话！

喻见就……挺意外的。

没想到那双总是新伤旧伤交错的手能编出这么逗趣可爱的小玩意儿，她想了想，去岸边摘了几片芦苇叶，编成一个简易结实的小笼子，然后把草蚱蜢放进去，拎在手上。

看着笼里的草蚱蜢，喻见想：所以……应该没生气吧?

然而池烈先前的脸色无论如何都称不上好看，喻见琢磨了一会儿，实在琢磨不出什么，最后干脆放弃试图理解他的想法。

反正他已经收下了冰镇绿豆汤和帽子，这个燥热的夏日午后，就没有先前那么漫长难熬了。

喻见拎好小笼子，继续带着兔子和大虎逛集市。

福利院的小孩儿平时没什么零花钱，不过程院长不管孩子们在学校的奖学金。喻见学习一直不错，每学年都能评优，一年一年积攒下来，小金库里有相当的一笔数额。

岑平远夫妇在这方面倒是很大方，但今天喻见带的依旧是自己的钱。

兔子和大虎如今正是好奇的年纪，无论什么都想凑上去看个究竟。可当喻见问他们想要什么，两个小豆丁又拨浪鼓似的摇头："就是看一看，不买！"

"对！不买！"

他们不想花姐姐的钱，等长大以后有奖学金，就可以自己买了。

喻见把他们的这点儿小心思看得一清二楚，无奈又心软："好吧。"

于是大家一起站在贩卖金鱼的摊位前，看金鱼摆着尾巴在玻璃缸里吐泡泡。一串泡泡浮到水面上，破裂时发出微不可闻的"砰"声。

气泡破裂的同时，集市另一头发出一声巨大的响动。

池烈把草蚱蜢塞进少女手中，然后飞快跑回自己的摊位。

重新坐下时，他的表情依旧算不上好看，甚至比先前喻见看到的时候还要阴沉几分。

旁边刚过来炸爆米花的阿婆不由得多瞧了他几眼："小伙子，你没事吧？"

池烈抿着唇，没吭声，只是摇了摇头。

阿婆倒是没被他吓到，说："瞧你嘴唇干的，快喝点儿水，别一会儿中暑了。"

池烈很不习惯这样亲切自来熟的寒暄，淡淡点了点头，伸手拿过水瓶。他还在生气，被太阳晒得头昏脑涨。直到拧开瓶盖，闻见冰冰凉凉的清甜，才发现这不是他带过来的那个水瓶。

池烈手一顿，几秒后，若无其事地喝了口绿豆汤。

水瓶做了保温设计，在井中凉着的冰镇绿豆汤此刻依旧凉爽。小贩往里面加了绵绵的白砂糖，一口下去，唇齿间都是止不住的甜。

阿婆坐在一旁，看见旁边的少年明明只是喝了几口水，不知为何，放下瓶子时，眉眼间凌厉的神色却缓和了很多。

池烈回味着那点儿甜，整个人懒洋洋的，想着这一回就不和她多计较了。

池烈心情难得不错，接下来的摆摊时光似乎也跟着一同顺风顺水。要价不高，几个大件很快被买走，没过多久，只剩下一些零零碎碎的小玩意儿，还有那个最大的立式衣柜。

池烈一边数钱，一边想，日子好像也没那么难过。

尽管他近乎身无分文地离开岑家，搬进老城区的第一天就和人打架，如今还得在废品站打工谋生，但生活的确一点一点变得温柔起来。

他活着，而且会活得更好。

“这柜子多少钱？”池烈正在出神，有一个中年人问起立式衣柜的价格。

池烈迅速把钱收好：“五十。”

其实按理说这么大的柜子，又没有什么损伤，收来的时候近乎白送，完全可以卖出更贵的价格。但吴清桂已经定了价，池烈也就不打算多要，至于虚报价格从中抽成的念头，他压根儿想都没想过。

中年人递给池烈五十块钱，又指了指停在不远处的卡车：“小兄弟，帮我搬到车上吧。”

池烈点点头，正要拿过那五十块钱，冷不防一旁突然冲出来一个年轻人，扯着嗓子大喊：“不能买！这柜子是偷来的！”

池烈手一顿，还没做出什么反应，中年人先把钱收了回去，佯装吃惊地同年轻人一唱一和：“真的吗？怪不得卖这么便宜！我还觉得奇怪呢！”

两个人存了找碴儿的心思，刻意将每一句话都说得格外大声。集市上人多，不一会儿，看热闹的人就凑成了一个小圈，把他们团团围住。

“和你说话呢！”年轻人嘴皮子不带停地说了半天，始终没见池烈吭声，担心这个少年不上套，于是伸手狠狠推了他一把。

池烈后退一步，撞在立式衣柜上。

衣柜原本放得很稳，但中年人趁年轻人大声宣传的时候偷偷挪动，已然有些歪斜。如今池烈这么一撞，衣柜跟着向后倒去，“砰”的一声，直接砸在阿婆用来炸爆米花的机器上。

“哦哟哟！”阿婆吓了一跳，“你们有话好好说，不要动手！”

池烈没说话。

衣柜轰然倒下，爆米花机被砸倒，连带着那个装着绿豆汤的水瓶也顺着人群缝隙骨碌碌地滚开，离他越来越远。

池烈盯着滚落在地的水瓶，莫名想起当年去到岑家的第一天。

那时他还小，只是六七岁的年纪。岑平远和方书仪笑着拉起他的手，带他去看专门为他准备的房间。房间很大，床上放着变形金刚的正版玩具，书柜里摆满当时最火的连环画。

那个时候，他也像今天一样，模模糊糊地觉得生活终究是在变好的。

水瓶渐渐滚远，被围上来瞧热闹的人群遮住，再也看不见了。池烈收回视线，面无表情地盯着还在表演的两个骗子。

真可笑。

像他这样的人，怎么可能会活得更好?

离开了那个根本不能称之为家的地方，就遇到了岑平远和方书仪，好不容易摆脱掉他们，又陷入更深、更无止境的旋涡中。

这个世界注定不会待他好。

他的确活着，咬紧牙关、狼狈不堪、跌跌撞撞地活着。

能活下去就行，何必幻想那些从一开始就不属于他的东西?

池烈盯着还在表演的年轻人，神色渐渐冷下来。他的手背在身后，拳头缓慢攥紧。这一套动作做过无数次，已经形成了肌肉记忆，只要对方再胡言乱语一句，就毫不犹豫地出手。

没必要讲道理或辩解，没人会听。

他们只会像现在这样围在一旁，看戏一般，对他评头论足、指指点点。

“你骗人！”

池烈即将动手的前一秒，身后，少女清软嗓音响起，脆生生的，带着显而易见的怒意。

池烈一怔，攥紧的拳头顿了下，没能打在年轻人脸上。

他愣神的工夫，一片裙角从身侧飘过，柔软雪白，像晴空里捉摸不透的白云。

喻见凭借纤细的身形从围观人群里挤出来，毫不客气地质问年轻人：“这是废品站吴老板拜托他来卖的东西，你敢不敢把刚才的话在吴老板面前重新说一遍？”

听见那声响动，不知道发生了什么事，她有些担心，于是领着大虎和兔子过来看一眼，没想到一走近，就听到这两个骗子在毫无廉耻地扯谎。

喻见知道他们打的什么算盘，无非是看池烈面生又年轻，一个人好欺负，于是随口编个谎言来讹诈，要么骗走那个衣柜，要么强行逼着池烈掏出钱来息事宁人。

老城区不缺这样的骗子人渣，但喻见倒是不怎么怕他们。比起毫无顾忌不知分寸的小混混儿，这些欺软怕硬的家伙好对付多了。

“什、什么吴老板？”果然，一听喻见提到吴清桂，年轻人立刻㞞了，“你该不会和他是一伙的吧？”

吴清桂性格大胆又泼辣，无论骂人还是打架都是一把好手。附近这一片没人不知道吴老板的厉害，即使是最无法无天的小混混儿，也会选择远远绕开废品站。

喻见一点儿不怵年轻人的胡搅蛮缠：“那你可以现在打电话问吴老板。”吴清桂人缘好，一条街上大半人家都有她的号码。

喻见言之凿凿，条理清晰，又是个漂亮可爱的小姑娘，见她这么说，周围的人立刻信了大半，纷纷催促起年轻人：“就是就是，你说话得有证据。我手机借你，现在就给吴老板打个电话。”

年轻人哪料想过会有这种局面，视线一瞥，看见中年人已经趁乱悄悄溜出人群，一咬牙：“我才不问！”

说完，他猛地推开离他最近的一个人，竟然直接拔腿跑了。

骗子跑得没影儿，围观群众顿时失了看热闹的兴致，回摊位的回摊位，逛集市的逛集市，才围起来没多久的圈子顷刻散开。

等人都走了，喻见这才扭头看池烈：“你刚才怎么不解释？”她声音里难得带有几分恼火。

骗子固然可恶，一声不吭的少年却更让人生气。原本只要三言两语就可以解释清楚的事，他硬是一句话都不说。而且刚才她看见了，他背在身后的拳头捏得紧紧的，分明是想直接冲上去揍人。

喻见气得不行，哪有这么解决问题的?

池烈不说话，只是稍稍低下头，垂眸看她。

少女还是那副细瘦纤弱的模样，即使因为生气，眸中沁着薄怒，也依旧毫无攻击力，一如既往的脆弱、幼小，轻而易举就会被摧毁。

可就是这么一个单薄的小姑娘，在所有人看热闹的时候，却毫不犹豫地站到他身前。明明她自己遇上小混混儿都只能慌不择路地逃跑。

温热夏风吹过，蝉鸣声骤然聒噪，刮在耳膜上，一声高过一声。

“啧。”池烈喉头动了动，若无其事地别开视线，“你凶死了。”

眉眼冷淡，嗓音发哑，少年语气和以往一样懒散恣意。他嘴角略微上扬，露出一个很不明显、几近于无的笑容。

喻见顿时愣住。

她直接被这一句气蒙了，愣怔了好一会儿，最后想起手上正好拎着芦苇叶编成的小笼子，于是干脆利落地往他身上砸：“你乱说什么！”

他好意思吗?

一个只知道动手的家伙哪儿来的底气说别人凶?

天生的体力差距摆在那儿，喻见没什么力气，草叶编织的小笼子又软，即使距离近，砸在少年胸口上也一点儿都不疼，他嘴角那点儿笑意甚至更明显了几分。

池烈弯腰去捡滚落在地的小笼子，看清里面装着的草蚱蜢，动作顿了顿。

这次池烈是真笑了：“以后别随便拿东西砸人。”

少年心情很好，尾音里都带着磁沉的愉悦。他把小笼子塞回依旧气呼呼的少女手中，不再看她，转身去扶那个倒在地上的柜子。

立式衣柜做工不错，倒是没什么大问题，但被压在底下的老式爆米花机就遭了殃，摇手与葫芦头连接的部分彻底断裂。池烈一连试了几次，都没能将这两个部件重新拼在一起。

阿婆没说什么，只是苦着脸看爆米花机。她一个人带小孙子，靠低保不够养活一老一小，这才想着来集市上卖爆米花，如今钱没赚到，机器反而先坏了。

池烈蹲在地上，试了最后一次，确定凭自己的本事不可能修好爆米花机，抬头看阿婆：“这机器多少钱？我赔您。”

毕竟是他先撞上了衣柜，才会砸到爆米花机。尽管造成这一切的罪魁祸首并不是他，但那两个骗子已经跑得没影儿，无论如何不可能追回来。

阿婆连忙摆手：“不用不用！”

然而少年一再坚持，不得已，她只好说了一个价格。

三位数，不算太贵。

池烈下意识地伸手去拿钱，摸到钱包，动作又有些迟疑。

今天出来他没带多少现金，估计不够赔给阿婆。摆摊赚来的钱倒是绰绰有余，但那些都是吴清桂的钱，他一分也不能拿。当然，不是不可以先紧急借用一下，以吴清桂的性格，多半不会拒绝，只会乐呵呵地说没问题，甚至还要夸一句做得好。

可池烈做不出这样的事。不是他的，他不会碰。

池烈还在犹豫能不能和阿婆商量先付一部分，剩下的等他明天送上门。他还没来得及开口，手就被拍了一下。

少女依旧在生气，偏头不看他，只把那张粉红色的纸币用力拍到他手背上。

“这是我自己的钱，不是岑家的。”过了一会儿，她板起脸，很不高兴地补充。

周末很快过去。

周一早晨，司机来接喻见。

回到别墅，喻见还没来得及回自己的房间，就被岑平远叫去了书房。

岑清月也在，见她进来，冷哼一声，把头扭过去。

这一回，岑平远没训斥岑清月，简短地问了喻见几句，然后直奔主题：“刘秘书已经把你的学籍转进了一中，再过半个月就要开学了。一中开学有入学考试，你看这两天要不要请个家庭教师？”

平城一中是平城最好的高中，严进严出，学习强度高。一中每年都比其他学校晚放假、早开学。高一升高二的这个暑假也不例外，硬生生比正常假期少了一半。

喻见没想到岑平远叫她来是为了说这个，想了一会儿，没有推辞："可能确实需要一个老师。"

老城区的教育水平远远不如一中，即使喻见在区高中成绩不错，但和一中的学生相比，大概还是有一定差距。

喻见话音刚落，岑平远还没有说什么，岑清月面色难看："可是周老师已经在带我了！"

"别闹，谁说让周老师教你妹妹了。"岑平远皱眉。

"既然需要的话，就安排刘秘书给你找一个老师。"随即，他看向喻见，笑容和煦，"不过你也别太紧张，慢慢来。只是一次期初考试，尽力就好。"

喻见点头："我知道了。"

岑平远还有事，没继续留她们。

走出书房，岑清月扬着下巴，得意扬扬地瞥了一眼喻见："你还是抓紧时间学吧，一中的考试可没你们老城区那么简单！"

岑清月的语气十足挑衅，但喻见连一个多余的眼神都没分给她，根本不想搭理。喻见目不斜视，一脸平静地走回自己房间，然后直接反锁上门。

走廊里，岑清月的表情有一瞬的狰狞。

猖狂什么？不就是个从孤儿院里领回来的野丫头吗？她还不信了，就算请了家庭教师，野丫头又能考多好？

刘秘书最后领回来一位很年轻的家庭教师。

家教姓裴，单名一个"殊"字，是平城大学的在读研究生。他年纪不大，又天生长得面嫩，第一次见面时，喻见还以为他与自己同龄。

"叫我裴哥就行，别叫裴老师，听起来怪老的。"裴殊一笑，脸颊上浮起一个浅浅的酒窝，"来来来，咱们先把这几套卷子做了，让我看看你的基础怎么样。"

年轻归年轻，裴殊在校成绩拔尖，教起学生来也很有一套。他不搞乏味的题海战术，在看过试卷后，只着重给喻见补习她薄弱的部分。

"都说名师出高徒。"裴殊很得意，一点儿都不谦虚，"我对你有信心，到时候入学考试，咱们不说年级第一，至少也能考前十！"

"谢谢裴老师。"

喻见觉得裴殊分明是自信心爆棚。

不过喻见还是认真准备起来。对于学习，她一直都有很高的热情，来到岑家后，这大概是唯一能让她感到高兴的事了。

距离一中开学还有三天。夜渐深，岑平远夫妇参加晚宴没回来，岑清月去同学家通宵补作业，喻见一个人独自待在房间里。

才洗过澡，喻见把头发擦到半干，披在肩上，然后坐在书桌旁，拿出一套英语语法题。

裴殊说她其他科目都不错，唯独英语薄弱一些。但这也是没办法的事，不比那些从幼儿园就开始单独请外教的一中学生，喻见只在学校上过英语课，老城区的教育水平又不高，基础难免要差很多。

喻见做了五十道选择题，开始对答案。判完对错，她用红笔细细标出重点。

“咚咚！”

今夜有风，窗外枝叶茂密的槐树枝条被吹动，打在窗户上，发出近似于敲门的细碎响动。

喻见没有理会，继续专心致志地改错题。

“咚咚！”

窗户又不屈不挠地响了两下。

喻见依旧没搭理，在心里想着或许明天要和杨阿姨说一声，拜托园丁剪掉一些枝条，以免秋天刮风时撞破玻璃。

“咚咚！”

但当声音第三次响起时，喻见笔尖一顿，红笔在纸面上划过，划出一道歪歪扭扭的红线。

不是树枝，有人正在敲她的窗户。

意识到这一点，喻见顿时头皮发麻。

不同于治安状况不稳定的老城区，平城的高级别墅区配有全天候安保，二十四小时都有保安巡逻，不会轻易让无关人员闯入。更何况，在这幢大到有些过分的独栋三层别墅里，喻见住在二楼，窗外就是槐树茂密的枝丫，谁能在这时候敲她的窗户？

白日里下了一场小雨，气温难得降了下来。凉爽舒适的晚风从纱窗吹进，喻见垂在肩头的发丝微微拂动，脑海里不停冒出的各种诡谲画面随之上下翻飞、愈演愈烈。

她紧紧捏着笔，低下头，保持这个姿势一动不动，一点儿也不想知道窗外究竟是什么。

过了一会儿，也许是五分钟，也许是十分钟，夜风再一次吹起，送来一道略显沙哑的嗓音：“小矮子，你发什么呆？”

夏夜晚风静谧，少年尾音慵懒，低沉磁性，透出几分若隐若现的笑意。

喻见手里的红笔用力一划，在纸面上再度划出一道痕迹。她难以置信地抬头：

“池烈！”

书桌正对着窗户，喻见抬起头，隔着一层薄薄的纱窗，对上那双熟悉的漆黑眼睛，狭长眼尾轻轻压下，傲慢而凛冽，漠然又轻佻。

不是池烈还能是谁？

“你……”喻见直接瞪圆了眼睛，“你是不是疯了？！”

这里是二楼！这个疯子究竟是怎么爬上来的？

少女又惊又怒，巴掌大的小脸雪白一片。

池烈没回答，只是勾了下嘴角，唇边那点儿似有若无的笑意随之明显了些。

他一边单手抓住窗沿保持平衡，一边抬手，继续按着刚才的节奏敲了敲窗户：“把纱窗打开。”理所当然的语气。

喻见被这个无礼放肆的要求惊呆了。

他疯了她又没疯，连老城区的小混混儿都没做过夜里十点跑来敲窗户的事，她怎么可能乖乖听话，直接把窗户打开。

“你要干吗？”惊吓渐渐压过愤怒，喻见反而奇异地冷静下来，“这么晚了，你找我有事？”

集市那一次过后，喻见没见过池烈。即使周末回福利院住，她也没有在青苔丛生的小巷里遇上少年颀长清瘦的身影。

这并不奇怪，老城区那么大，碰不上面很正常，而且她压根儿不知道他住在什么地方。

方才确实被吓得不轻，少女眉眼里还依稀有几分惊恐。她轻声说着话，嗓音清软，语气却十分警惕，像只机敏警觉的小兽。

于是池烈就笑了。

完全不在意自己已经在二楼窗户外挂了好一会儿，他单手抓紧窗沿，从衣兜里掏出一个东西，在她眼前晃了晃：“还你钱啊。”

少年手里是一张崭新的粉红色纸币，特别新，像是才印出来一样。

喻见愣了下：“啊？”

这些天一直忙着准备开学后的期初考试，她满脑子都是各种单词语法，竟然完全忘了还有这回事。

没想到会是这样的发展，她脸上的表情难得有点儿呆，傻里傻气的可爱。

池烈眼神不自觉一沉。

“窗户打开。”他语气里带上点儿不耐烦，再度敲了下玻璃，“不然怎么给你？”

喻见迟疑两三秒，最后还是起身。

站起来时她才发现自己腿都是软的，绵绵使不上力气，于是迅速把纱窗卡扣打开，挪开一道缝隙，然后坐回椅子上——要是被少年发现，肯定会不怀好意地嘲笑她。

喻见只把纱窗打开了一条很窄的缝隙，池烈挑眉，很自觉地伸手拉开纱窗，又低头去看放在书桌上的习题：“这么晚还学习？怪不得不长个儿。”

喻见觉得世界上再没有比他更不讲道理还强词夺理的人了。

“过两天开学有期初考试。”喻见还是好脾气地回答，“听说难度很大，我英语成绩一般，需要再练一练。”她不想被一中的学生甩开太远。

池烈目光从习题册上划过，很快明白少女从谁那儿听来的消息，不由得冷笑：“不用管那个岑清月，她自己能考及格就不错了。”

岑清月的心思从来没放在学习上，回回考试吊车尾。岑平远夫妇溺爱这个女儿，也舍不得因此训斥她，于是她的成绩更是越来越差。

听出少年语气里带着不加掩饰的奚落和嘲弄，喻见微微一怔，想到那个狭小昏暗的楼梯间，又有几分了然——岑平远和方书仪对池烈不好，岑清月又是那种跋扈的性格，对自己尚且如此，待池烈又能好到哪里去。

不想在这时戳他的伤疤，喻见轻轻摇了下头：“和她没关系，是我自己想学。”

即使没有岑清月的挑衅，喻见也会认真准备考试，这是在福利院里养成的习惯。程院长从小教育院里的孩子，以他们的处境，只有好好学习，未来才能有出路。

喻见本来以为池烈听了这话会笑，少年似乎天生就是不留情面的脾气，说话总是带着尖锐的刺，和他本人一样棱角分明，扎得人生疼。

但这一回，他居然什么也没说，只是点了点头，把那张全新的纸币压在习题册下：“那我走了。”

喻见顺着池烈的动作看了眼习题册，心念一动，轻声喊他：“池烈，你等一下。”

池烈已经松开了抓住窗沿的手，正准备转身纵跃，突然被叫住，诧异地抬头看喻见：“嗯？有事？”

这回换他来问她了。

不知道该如何开口，喻见犹豫了一会儿，最后说：“你还在念书吗？”

她蓦然想起最初在小巷中的相遇。满目鲜红的血迹里，散落在地的除了订书机，还有作业本和草稿纸，所以她当时才会把池烈错认成规矩懂事的好学生。

池烈显然和“规矩懂事”这四个字不沾边，但他大概还是想学习的。

然而九年义务教育里没包括高中，连程院长都要为了每年多出来的学费发愁。喻见不清楚池烈的经济状况，不过从集市上发生的一切来看，显然不怎么样，所以……

喻见正在斟酌措辞，池烈低声笑了起来，依旧是有些发哑的嗓音，随风落在耳膜上，一阵一阵发痒。

“啧……”少年勾起嘴角，笑得很坏，“你挺关心我啊。”

池烈眯眼看着喻见。只开了一盏书桌上的台灯，光芒有限，无法照见更远更深的空间，只能照亮坐在桌前的少女。

她坐在暖黄色的光晕里，乌黑发丝坠在肩头，本就温柔精致的眉眼被衬得越发柔软，眸色清澈，半点儿看不出那天集市上气呼呼拍他时的嗔怒。

但她还是因为他这一句不着调的话迅速着了恼，细白手指抓紧了笔，毫无威慑力地瞪他一眼："我才没有。"

谁没事干要关心他啊？她只是推己及人，有些在意池烈还能不能继续上学。

笑容散漫的少年脾气固然坏了点儿，但和红毛他们终究不一样，喻见不想在将来的某一天，发现他也变成街头巷尾那种没有未来、昏沉度日的小混混儿。

他不会、更不该是那样的人。

少女没掩饰自己的情绪，所有想法都直白地写在了脸上。池烈愣了下，唇边笑容更盛，不过说出来的话就没那么好听了。

"管好你自己。"他伸手，修长指尖随意在她的错题上点了两下，"这种最基础的语法题怎么还能错？真是笨死了。"

喻见瞬间不可思议地瞪大了眼：不是，这家伙怎么这样？我和他说的是这个吗？

喻见磕绊了几下，想要据理力争，然而还没来得及开口，池烈就把手收了回去。

"走了。"他懒懒地看她一眼，并不说再见。

这回是真走了，话音刚落，池烈就消失在了窗口，楼下传来一道不算大的落地声。

喻见愣怔了一会儿，连忙起身，跑到窗户旁边。仅仅十几秒的工夫，池烈已经跑出很远。他穿过草坪、绕过喷泉，敏捷地翻过别墅的雕花栅栏，一如当日越过福利院围墙时的轻盈。

清透的月光下，少年像猎豹一样消失在黑夜中。

别墅区面积很大，池烈一口气跑了很久这才躲开了夜间巡逻的保安，从一处稍矮的围墙处离开。

如果可以，他也不想选择这种费时费力的方式，大晚上做贼一样去敲人家小姑娘的窗户。但上一次的事之后，岑平远和门岗保安打过招呼，再不许他进入别墅区，必要情况下可以直接报警。

于是，池烈不得不多费点工夫。

将近十一点，公交车已经停运，地铁也只剩下最后一班。不过池烈没去地铁站，而是拐了个弯，在一簇茂密的灌木丛里，拖出一辆七成新的自行车。

这辆自行车是吴清桂收来的，今天要来找喻见，他就借用了一下，不然路程太远，走路不知道要走到什么时候。

尽管有代步工具，池烈回到废品站时，月亮还是已经高高地悬在了夜空正中。

吴清桂吓了一跳：“这么晚你怎么还来？”她都收拾收拾准备回家休息了。

池烈把自行车推到院里的树下，锁好，然后指了指堆在角落里的东西：“活儿没干完。”

他原本没打算今天来找喻见，只是时机凑巧，才放下了手头的工作，从老城区一路骑自行车去找她。

吴清桂看着池烈往那堆杂货的方向走，眼睛都瞪直了：“你给我明天再来！”

现在是法治社会，她又不是旧时代压迫长工的地主，这大半夜干什么活儿？

吴清桂拿着扫帚把池烈往外赶：“滚滚滚！赶快滚！”

成功把人赶出门外，她又好奇地问：“你今天换那新钱干吗啊？”

下午有银行职员打电话卖废品，东西多，吴清桂就叫上了池烈。搬完东西准备回来的时候，她却发现少年正在银行窗口前排队。他把身上的钱都拿出来，在窗口换了一张崭新的百元钞票，特别新，干干净净的，一点儿褶皱都没有，像是过年刻意换的压岁钱。

然后一向干活儿勤快、从不偷懒的少年头一回请了假，连晚饭都没吃，骑上车就跑了。

池烈闻言，喉头不自觉地动了下：“没什么。”

他从来没在意过这种小事，赚到的每一块钱都是珍贵的，新旧程度、脏污与否根本不重要。

但不知道为什么，头一回，他不好意思把那些有零有整的钞票递给喻见。

第五章 /// 乖乖听话

时间转瞬即逝，三天后，平城一中正式开学。

平城一中同样位于核心区位，离岑家并不算远，步行时间不到半个小时。但方书仪依旧吩咐司机把喻见和岑清月送到校门口。

车一停稳，岑清月不轻不重地冷哼一声，根本不等喻见，急吼吼地推开车门，自顾自走了。反倒是司机在后视镜里看了喻见一眼，笑道："快去吧，中午放学我还在这里。"

喻见谢过司机，拿上书包下车。

夏日清晨，微风拂面，日光和煦。穿着统一蓝白制式校服的学生三三两两散落在校园里，尚显青涩的脸庞透着掩不住的活力和朝气。

喻见微微吸了口气，跟着其他学生一同走进一中。

平城一中作为平城最好的示范性高中，无论是师资水平还是硬件设施，都比老城区的高中强出一大截，光是教学楼都有好几栋。喻见还是在路上问了一个同学，才弄明白自己的班级究竟在哪一栋。

岑清月读文科，喻见选的理科，两个人不在一个班，所以喻见也没太把岑清月刚才的举动放在心上。她按着同学的指引，很快就看到了标有高二（7）班字样的班牌。

离得近，出门又早，如今教室里的人不太多。刚分科，班级被重新编过，大家彼此不熟悉，基本都规规矩矩地坐在自己的座位上。

喻见找了个不太显眼的位置坐下。她刚坐好，就被后排的女孩儿轻轻拍了下肩："你以前在哪个班的？我怎么没见过你？"

喻见愣了愣："我是这学期转过来的。"

好奇怪，就算她一直都在这里念书，一个年级十五个班，没见过也不算什么稀奇的事。

女孩儿的眼睛蓦然一亮："我就说嘛！"

女孩儿十分自来熟，干脆拿上自己的东西，直接坐到喻见旁边："我叫沈知灵，你以后叫我灵灵就行！"

“喻见。”喻见觉得一中的同学好热情哦。

不论其他学生如何，沈知灵确实十分热情。得知喻见是转学生后，细细给她讲了一遍一中的情况。方书仪在家也和喻见说过一些，到底没有沈知灵讲得认真详细。

讲着讲着，沈知灵迅速偏离重点，一动不动盯着喻见：“你怎么就这么白这么好看！就是太瘦了！长点儿肉更好！”

喻见小声说：“你也很好看。”

好吧，她现在明白沈知灵刚才为什么那么说了。

喻见通常情况下脾气都不错，而沈知灵是个性格外向的，没一会儿，两个小姑娘说到了一起。

剩下的学生也陆陆续续走进教室，还没正式排座位，相熟的同学坐在一块，很快，教室里的气氛就热闹起来。

才刚开学，又都是十六七岁的少男少女，一中的学生并没有想象中那么死板。班主任还没来，渐渐地，教室里喧哗声越发明显。

喻见在周遭笑闹声里听着沈知灵抱怨明天的期初考试，心里有种莫名的安定。无论岑家怎样，至少她很喜欢一中的氛围。

正这么想着，教室里蓦然一静，仿佛被切断了控制声音的开关。

喻见以为是班主任来了，连忙转身想要坐好，视线一抬，不由得一顿。

门外站着的不是什么班主任，而是穿着蓝白校服的池烈。他单手拎着书包，稍稍抬头，去看头顶正上方的班牌，漆黑的双眼微眯，下颌扬起，拉出一道利落流畅的颈线。

池烈怎么在这儿？

喻见先是惊讶，很快又高兴起来。

她和他的关系算不上多好，但也不能说差。而在陌生的环境里碰见熟人，总是让人心情愉悦的。更何况，池烈没有放弃学业，来到学校继续上学，也算是一件好事了。

喻见想起身去打个招呼，还没动作，被沈知灵一把搂住肩膀，硬生生掰了回来。

喻见纳闷：“怎么了？”

她说话声音一向很轻，但一出口，就发现似乎明显了些。因为大家都没有出声，教室里一片安静，安静得格外突兀。

几秒后，随着池烈收回视线，走进教室，才有人继续说话。然而比起先前那种几乎吵翻房顶的喧哗，接下来的响动只能用“窃窃私语”四个字来形容。

“天啊，他为什么在我们班？现在还能不能找教导主任换班级？”

“也没什么吧，你小心一点儿，别去招惹他不就行了。”

“上次那个谁招他了吗？还不是被他打了！”

…………

喻见被沈知灵按住，无法回头，没看见池烈坐在哪儿，只听见旁边同学压低的议论声。她拿疑惑不解的眼神看沈知灵。

沈知灵拉紧喻见，压低声音：“你以后绕着他走，离他远点儿。那不是个讲道理的人，犯起病来连女生都打！”

喻见闻言一怔：“怎么可能？”

池烈脾气是不好，可也没坏到那种程度。打女生什么的，实在不像是他能做出来的事。

喻见不信，沈知灵就有些着急：“你是没见到当时那女生哭成什么样儿了！”

“反正你别招惹他。”一时半会儿解释不清楚，沈知灵直接下结论，“你没看大家都不理他嘛。”

沈知灵松开手，喻见终于能回头去看池烈。

眼下时间不算太晚，离打铃还有二十多分钟。有一些学生还没来，教室里零散地空着一些座位，从前往后都有，而池烈直接选择了最后排靠窗的位置。

在喻见的印象里，她先前进班时，那一处似乎还坐着两三个学生。但现在，他们已经拿起书包换了座位，硬生生将那一片都空了出来。

穿着蓝白校服的少年独自坐在窗边，孤零零的，和所有人都隔得很远。

池烈坐在座位上，倒是没理会周遭投来的异样目光，也完全不在意那些压低后仍能传入他耳膜里的议论。

他实在累坏了，现在想要好好休息一会儿。

昨天吴清桂接了一笔大单，两个人从早上一直忙到半夜。池烈拖着疲惫的身体回到小院，只来得及睡了两三个小时，就不得不爬起来准备来上学。

离开岑家，池烈的学籍依旧保留在一中。老城区离市区远，坐公交车要倒三四趟，地铁也要换上好几次线。他骑自行车来，中途没绕远路，依旧花了将近两个小时。

池烈昨夜没休息好，早上出门时又赶时间，在没吃早饭的情况下骑了两个小时的车。等到进班时，整个人早就头晕眼花，费了半天工夫，才勉强看清班牌上的字，所以根本没发现喻见也在。

池烈坐在最后一排，靠着窗台缓了十几分钟，眼前终于不再一阵阵地发黑，但空荡荡的胃又开始疼起来。

他对这种疼痛已经很熟悉了，不觉得有什么，只是面无表情地低着头，听站在讲台上的班主任慷慨激昂地展望新学期未来。

台下的学生基本没把这种套话当回事儿，池烈同样没放在心上。未来太虚幻太缥缈，于他而言，还是先考虑怎么活下去比较现实。

开学第一天，班主任也没太多要说的。期初考试从明天开始，他简单嘱咐了几句，便安排大家待会儿打扫教室卫生、准备考场。

同学们纷纷站起身。

池烈还是不太舒服，坐在座位上没动弹。顾忌着他平日里在学校的形象，倒也没人不要命地上前指使他做什么，而是默契而统一地绕开了窗边的角落。

池烈又坐了一会儿，直到胃开始一下一下抽搐着疼，终于决定先去食堂买点儿东西吃。

倒不是少年突然灵光一现想通了自己的命没那么硬，而是下午还得再骑两个小时的车回老城区。他权衡片刻，觉得现在买个馒头吃掉，总比在路上骑着自行车直接昏过去好，毕竟受伤后去看病花的钱更多。

池烈正准备起身，冷不防一只雪白的手伸过来，把一块红豆面包轻轻推到他面前，然后是少女恼火又担忧的声音："池烈，你不会又没吃饭吧？"

喻见先前被沈知灵死死拉住，又赶上班主任进教室，没能过来和池烈打招呼。等到终于可以自由行动，就看见少年皱眉苍白的脸，被窗外透进来的阳光照着，毫无血色，很不健康。

似曾相识的一幕已经上演过两回，喻见提心吊胆，生怕池烈再在她眼前昏迷过去。

红豆面包被推到眼前，池烈顿了顿。血糖供应不足，他现在反应很慢很迟钝，过了十几秒，才抬起视线，顺着搭在面包上的白皙指尖向上看。

七月底，夏日炎热。

少女穿着一中的夏季校服，蓝白短袖配同色系长裤。校服宽大，衬得她整个人越发瘦小，热风从窗户吹进来，勾勒出胸前一条隐隐约约的弧线。

池烈没反应过来，一时间有点儿发蒙：我这是已经饿到出现幻觉了？

少年不吭声，喻见以为他默认了没好好吃饭的事实，微微皱眉，把红豆面包又往前推了推："你快吃吧。"别开学第一天就饿晕了。

池烈皱着眉，没说话，也没伸手去拿那块面包。

十几秒后，毫无预料地，他猛地站起来，径直向教室门口的方向冲去。他动作太急太快，一连串桌椅被撞开，擦过地面、互相碰撞，发出一阵尖锐刺耳的噪音。

喻见一顿："池烈！"

她哪里叫得住他，短短一瞬的工夫，少年已经跑出了教室。只有正在班里打扫卫生的同学目瞪口呆地看向这边，脸上写满了不可思议。

一旁目睹全过程的沈知灵也蒙了。

"见见。"她难以置信地打量喻见的小身板，"你这是……把他吓跑了？"

池烈跑了个没影儿，喻见四下找了一遍，没找到人，只能先和沈知灵一起在教室打扫卫生。

沈知灵无论如何也不相信，眼前瘦弱纤细的少女竟然能和池烈扯上关系："你认识他？你不害怕吗？"

不等喻见回答，她开始自顾自"科普"池烈在一中的事迹。

少年在老城区里跟混混儿们打成一团，到了学校，似乎也没能改掉见人就动手的习惯。

高一才开学不久，他就和几个男生打了起来。等对方家长闹到了学校，要不是办公室里有老师拦着，他甚至还想冲上去揍家长。

自此一战成名。

"你不知道，他平时在学校里都不搭理人，要是和谁说话，肯定是要找那个人的麻烦。"沈知灵小声说，"隔壁班那个女生之前哭得超级惨，大家都看到了。"

沈知灵一连提了两次，喻见心里有了计较，问："那个女生姓岑？"

沈知灵有些呆："噫，你怎么知道？"

喻见低下头，不说话了。

"不过池烈成绩好，回回都考年级第一，所以老师一般不太管他。"沈知灵没想那么多，继续说道，"不然照着他这么打架，学校早把人开除了。"一中校规还是很严的。

喻见没在意沈知灵后面的话，将注意力全放在了前半句上。她想起那天少年点在习题册上的修长手指，略带嘲弄又藏着止不住笑意的语气。

他的成绩看起来确实不错。

高中阶段正是学习的时候，一般来说，成绩优异的学生人缘都比较好，偶尔有性格内向的，和班上同学关系也不会太差。

而池烈则完完全全是个例外。

大家一起默契统一地疏远着他，就像小心翼翼躲避怪物一样。

池烈跑出教室，一路没停，直接冲到食堂窗口买了两个馒头，三口两口囫囵吞下。一会儿，血糖水平缓缓回升，近乎停滞的大脑再度运转，他终于迟缓地反应过来。

不是幻觉，方才站在他桌边，轻轻把红豆面包推到面前的，的确是那个说话脆生生的小姑娘。

这似乎也并不奇怪。在这里，除了她，谁还会傻乎乎地凑到他身边？

但池烈没有任何高兴的感觉。

在食堂里独自坐了好一会儿，直到胃不再一阵一阵发疼，他才起身，沉下脸，皱眉往教室的方向走，怎么看都是一副要去找人打架的模样。

路上的学生远远瞧见了他，很自觉地避开，看见他堪称阴沉的脸色，又小声嘀咕："这是谁要倒霉了？"

打扫卫生不需要太长时间，很快，其他同学都走了。沈知灵在离开前还担忧地看了喻见一眼，显然完全没相信她先前说的话。

喻见一点儿不在意。教室里只剩下她一个人，她拿出英语语法题，从上一次的部分接着往下做。

池烈走进教室，看见的就是这样的景象——少女规规矩矩地坐在窗边，有风吹过窗外枝叶繁盛的大叶榕，细碎树影落在白皙的小脸上，随风微微摇晃。她似乎有些犯难，盯着习题册，脸颊无意识地鼓了鼓，像只可爱的小动物。

少年喉头不自觉地动了下。

喻见正在四个答案里左右为难，一只手伸过来，冷白而有力，轻而易举地夺走她手里的碳素笔，在第一个选项上飞快打了个钩。

喻见一顿，没抬头，翻到最后面的参考答案。这一题果然选 A。

喻见有些气馁，正想把剩下的答案也对完，那只手却再次伸过来，合上习题册，又把碳素笔放在封面上，然后用力按住。略显苍白的指尖死死压在习题册上，显然是不让她再写了。

于是喻见不得不抬头。

不同于那日在她窗外露出的轻佻笑意，少年没有一丝笑容，神色很冷，眼尾微挑，黑漆漆的眼珠里情绪淡漠，显然很不高兴。

他不吭声，冷冰冰地盯着她看了一会儿，终于扯了扯嘴角，准备说点儿什么。

"你怎么又不吃饭？"喻见不给池烈这个机会，先发制人，想起沈知灵说的话，再添了一句，"而且在学校还打架。"

温热夏风吹着，少女声音很轻。池烈酝酿了一路的话冷不丁被堵住，他难得噎了几秒，伸手挠了下眉骨："你管得真多。"

他吃不吃饭、和谁打架，跟她有关系吗？

少年语气一如既往的不耐烦，换成其他人，此时大概已经拔腿跑了。喻见安安稳稳地坐在座位上，想了想，又问："他们说岑清月……"

喻见刚开了个头，池烈就知道她想说什么，不由得冷嗤一声："岑清月也配我动手？"

池烈一向懒得和别人解释自己的事情，但听到喻见这么问，心里无端有种莫名的烦躁，难得多说了一句："吓她一下罢了。"

岑平远夫妇不喜欢池烈，岑清月对他自然更没什么好态度。然而尴尬的是，从小到大，岑清月成绩回回垫底，池烈却永远是年级前几名。岑清月要靠岑平远托关系走后门才能进一中，而池烈轻轻松松就考进了重点班。

岑清月妒忌、恼火、咬牙切齿，找了人想给池烈一点儿教训，结果全被池烈收拾了。

岑清月本人自然更没讨到什么好。池烈没对岑清月动手，只是告诉她，再有下一回，他会把她从教学楼楼顶直接扔下去。

少年语气平静无波，分辨不出任何喜怒。但岑清月莫名地知道，他说的都是真的，于是就被吓哭了。

至于后来愈演愈烈的流言，池烈并不在意，更没想着去解释。

他忙着学习，忙着打工，忙着与岑平远夫妇周旋，忙着努力活下去。这些大大小小的事情已经占据了全部的精力，没有时间再去为自己证明清白。总不能站在校门口，一个一个拉住同学去分辩。

再说了，解释就一定有用吗？

这世界上，大多数人只相信自己愿意相信的东西。他们说他有暴力倾向，不讲道理，不好招惹，那就任由他们去说好了。

总归他不会因此感到任何难过或伤心，那些软弱怯懦的情绪，他早就没有了。

活得跌跌撞撞，他哪里还管得了别人，只能先顾自己。

池烈这么想着，下意识地微微咳了一声，忽略接下来心口不一的尴尬。

他伸手敲了敲桌面，嗓音很冷："来一中就好好学习，别成天琢磨有的没的。"

喻见听得莫名其妙："你在说什么？"

今天是开学第一天，她琢磨什么了？

喻见抬头，看见少年眼里有一层熟悉的薄怒，困惑了几秒，突然灵光一现。

哦，这是和之前一样，叫她离他远一点儿。

这个家伙……是真的完全不讲道理。明明前几天才爬上二楼来敲她的窗户吓人，现在居然又反过来嫌弃她。

不折不扣的双重标准。

于是喻见乖乖点头："我没琢磨别的。"她才不要不声不响背上这口锅呢。

少女笑盈盈的，应得又轻又软，池烈感觉自己一拳打在棉花上，浑身充满了无力感。

这个小矮子怎么又开始犯蠢了？他和她说的是这个吗？

池烈从来不是个有耐心的人，可对上那双清凌凌的眸子，一时半会儿竟然说不出一句重话。沉默半晌，他深吸一口气，冷硬道："不想被他们排挤的话，以后别来找我。"

池烈想不明白，这么显而易见的道理，喻见怎么会不懂？明明她在老城区都知道要躲开那群小混混儿，少给自己惹麻烦。

他已经被一中的学生无视、孤立，她在这个时候凑上来找他，只会被他牵连，受到同样的待遇。

池烈完全不在意自己现在的处境，但他不想因此影响到喻见。他的事和她原本就没有关系。

喻见闻言，轻轻皱了下眉："那又不是你的错。"

沈知灵他们不了解内情，人云亦云疏远池烈无可厚非，可她分明清楚他不是那样的人，没道理跟着别人一块儿躲他远远的。

池烈呼吸一窒，一时半会儿不知道该怎么继续往下说。

他算是看出来了，眼前微微低头的小姑娘看着温和绵软，一副很好说话的模样，实则非常有主意。她不想做的事情绝对不会沾边，可要是一旦认定了什么，三言两语轻易改不了她的决定。

池烈完全不擅长处理这种情况，只能再次伸手，重重地敲了两下桌面。

"你最好乖乖听话。"他沉声道，"不然小心我收拾你。"

少年眉目冷硬，刻意沉下脸时神色漠然，狭长眼尾眯起，冷冰冰的，看起来非常凶。

喻见真的很想笑。

她忍了又忍，最后实在没忍住，声音里带上轻快的笑意："我不信。"

喻见是认真的。

倘若这次对话发生在初遇的小巷，她绝对会相信池烈的话，离他越远越好。可他对岑清月都没有真的动手，怎么可能会为了这点儿小事为难她?

喻见正这么想着，脸上蓦然一痛。

少年伸出手，毫不犹豫地拧了把她的脸。

这一回池烈是真恼火了，根本没收劲儿，下手很重，喻见一下就笑不出来了。

少年骨头硬，指尖也透着常年经历风霜雨雪的冷硬，狠狠落在她脸上，磨得一阵生疼，甚至有些发烫。

喻见下意识地想要往后躲，可池烈不松手，反而掐得更紧。

喻见顿时疼得厉害，想都没想，抬腿朝池烈踢去："你松开！"

这家伙居然真的对她动手!

两人之间距离近，喻见又是在惊吓之下做出的本能反应，自然踢得很重。踢在池烈小腿上的瞬间，她自己都有些吃痛，可池烈却像没事儿人一般，依旧稳稳站在原地，一步也没向后退。

他还是不松手，抿了下唇，冷冷地盯着她："你明白了吗？"

今天不吃点儿教训，小矮子就长不了记性。

喻见脸被捏住，完全没有讨价还价的余地，又委屈又恼火：“明白了。”

她算是明白了，他确实脾气坏、性格差，一点儿道理都不讲。

池烈这才满意地松开手。

显然已经从这次教训中汲取了充分的经验，少女不理他，捂着脸，低下头收拾东西。

指尖缝隙里，那道被他亲手捏出来的红印隐隐约约，被嫩生生的白衬着，可怜又显眼。

池烈喉头动了下。

方才他威胁她时，那支碳素笔随着她踹人的动作滚到了地上。他弯下腰，捡起笔，放在桌面上：“明天好好考试。”

语气比先前软了些。

喻见依旧不说话。她又不是完全没脾气，更何况，换谁被莫名其妙掐了脸，肯定都会生气的。

她根本不搭理站在一旁的少年，收拾好东西，背上书包，一声不吭地走了。

少女身形纤弱，正常大小的书包压在她身上，显得比旁人沉重几分，但她依旧挺直了背，走得快而急，被束起的马尾拍在雪白后颈上，一晃一晃的。

池烈靠在门边，盯着那抹白皙看了许久，直到再也看不见那道单薄的身影，一直压着的嘴角才稍稍扬了下。

他回到教室，拿起自己的书包，视线随意一瞥，看见放在抽屉里的红豆面包。

少年挑眉，唇边的笑意更明显了几分。

为期三天的期初考试很快结束。成绩还没有出来，班主任按照身高先排了座位，等到考试结果出来后再做调整。

所以喻见也确实如池烈警告过的那样，离他远远的。

她个头儿矮，自然毫无悬念地被安排到了第一排，而池烈依旧选择了那个靠窗的角落。两个人分隔在教室两端，距离不算很遥远，能碰面的机会却大大减少。

尤其池烈压根儿不动弹。没有被安排同桌，他一个人坐，这让其他同学或多或少松了口气，毕竟谁也不想和一个随时可能动手打人的神经病坐在一起。

于是少年独自占据了可以吹到夏风的窗边。

不怎么在教室里走动，除了上学放学，池烈基本很少离开自己的座位，偶尔被老师点到黑板上去做题，其余大部分时间都趴在桌子上，一副散漫随意、困倦不耐的模样。

大家私下里偷偷讨论，还好他懒得搭理人，不然不知道还要惹出多少事。

喻见则后知后觉地反应过来，池烈或许是真的累了。

她还是在那天坐车回岑家的路上，才想到这一点。如今池烈住在老城区，每天来学校几乎跨越小半个平城，以她对池烈的了解，他肯定不会把钱花在交通工具上。

喻见根本想象不出池烈究竟要几点起床，才能在上课铃敲响前准时到达一中。

想到这里，喻见扭头看向教室后排。

才开学不久，学习压力没那么大。课间时分，教室里没有补觉的学生，大家三三两两凑在一处，聊着暑假里发生的事。

最后一排，池烈仍然趴在桌上睡觉。

少年把脸深深埋在臂弯中，喻见只能看见他漆黑的碎发，有风从窗外吹进来，他略长的额发被轻轻撩起，露出冷白的额头。

他似乎比假日里更消瘦了些，校服短袖被肩胛骨支出两块单薄而明显的痕迹。

这天最后一节课是班主任的英语。

七班的班主任李文章是个年逾四十、有些秃顶的男人，脾气不错，见谁都是笑眯眯的模样。此刻他拿着一份成绩单进来，脸上的笑容更是止都止不住。

“来来来。”他走上讲台，“这次期初考试的成绩出来了。”

教室顿时安静下来。

李文章扫了一眼成绩单：“这次咱们班考得不错，年级前十占了好几个。”

“年级第一名——”他往教室后排扫了眼，看见还埋头苦睡的少年，笑容里顿时有几分无可奈何，“池烈同学！”

通常情况下，大家都会很给面子地热烈鼓掌。然而李文章话音落下，随之而来的，是一片令人尴尬的寂静。

整整十几秒内，教室里都静悄悄的，安静得格外诡异。没有人说话，没有人鼓掌，似乎也没有人为池烈取得的成绩感到高兴。甚至他本人都没抬头，仿佛压根儿没听见李文章的话，自顾自趴在桌上继续补觉。

喻见眼睫颤了颤，想起少年单薄的肩胛骨，一片沉默中，她伸出手，轻轻拍了两下。

安静的教室里，只有这一道孤零零的掌声，竟然连附和的都没有。

池烈趴在桌上，眉骨微微一扬，仍旧没抬头。

李文章越发无奈，为了掩饰尴尬，自己咳嗽一声，但很快，他瞥了眼正下方的喻见，又随即兴高采烈起来：“年级第二名，喻见同学！”

喻见一愣。

居然……是年级第二吗？

她还没从震惊中回过神，教室里已经响起了热烈的掌声。沈知灵用力拍着巴掌，高兴得简直像自己拿了第二名：“厉害啊，见见！太给老李长面子了！”

年级一二名都在自己班里，李文章乐得见牙不见眼："我们喻见同学各科考得都不错，就是这个英语拉分了啊。你要是少错两道选择题，年级第一就是你的了！下次努力啊，再怎么说我教的也是英语，多考几分，好歹让我跟着高兴高兴！"

喻见有些赧然："我会努力的。"

英语一向是她的弱项，一中的考试卷又出得特别难，有好几道选择题她根本毫无头绪，完全靠着三短一长选最长，三长一短选最短的玄学瞎蒙。没想到会取得这么好的成绩。

李文章又顺势夸了她几句。

或许是为了弥补先前无人鼓掌的尴尬，这一次，李文章每夸一句，教室里的掌声就热烈几分。

一片喧嚷中，没有人注意到一直趴在桌上的池烈不知道什么时候醒了。他坐在教室最后，倚在椅背上，漫不经心地向后靠去，下颌扬起，喉结清晰分明。

夏风撩动漆黑额发，少年懒懒抬手，不太合拍地鼓了两下掌。

喻见完全没想到自己能考这么好，她原本定下的目标是班级前二十，年级前二百，结果竟然考了年级第二。

喻见仔细把成绩单收好，准备周末回福利院时带给程院长看。

晚间时分，岑家餐桌上，难得同时回家一趟的岑平远夫妇也问起了期初考试的成绩。

岑清月故作矜持地停顿片刻，随即兴冲冲道："我这次考了班里第五！"

她平时的成绩基本都是垫底，岑平远一听，当即大喜过望："好好好！清月进步真大，看来假期是好好听老师讲课了。你上次是不是说手机该换了？明天就让刘秘书给你送过来。"

岑清月立刻甜甜地笑："谢谢爸爸！"她一边笑，一边瞥了喻见一眼，眼底的得意快要溢出来了。

于是岑平远也顺势看向喻见："小见考得怎么样？"

"小见考得也挺好。"喻见原本只想糊弄过去，可一旁盛汤的杨阿姨嘴快，"拿了年级第二呢！"

岑平远和方书仪都很惊讶："小见考得这么好？"

杨阿姨已经说了出来，喻见不好继续敷衍，轻轻点头："嗯，是年级第二。"

方书仪笑了："看来你这孩子是随了你爸爸的智商了。想要什么奖励，和你爸爸说。"

岑清月坐在旁边，脸上的笑容早已无影无踪，但她鲜见地没有闹起来，只是面色不善地吃完晚饭，摔筷子回了楼上。

喻见没将这个小插曲放在心上，明天是周五，惦记着周末就能回福利院，她吃过饭，回房间收拾要带的东西。

然而第二天，喻见一踏进教室，就有好几个同学偷偷拿奇怪的眼神看她。

“见见！”沈知灵看到喻见，立刻站起身，犹豫了一下，将她拉出教室，“你是不是得罪了什么人？”

喻见纳闷：“怎么了？”

这才开学一周，她能得罪谁？

沈知灵拿出手机，点开一中的匿名墙，急得声音都变了调：“你自己看吧！”

匿名墙上，一条发布于昨夜的投稿有不少热度。

【爆料这次期初考试的年级第二名喻见！这个名次根本不是她的真实水平，她才从市十六中转过来，十六中的教育水平大家都知道，市里年年垫底的成绩，她怎么可能考到年级第二？绝对是抄袭了！】

底下评论不一。

【投稿人怎么知道年级第二抄袭？考试时坐人家旁边看到了？】

【假的吧，底下审核的时候能不能上点儿心，别仗着匿名就胡说八道给人泼脏水。】

【年级第二以前不都是林宁之嘛，这个喻见从哪儿冒出来的？十六中是不是那个著名的垃圾中学？听说每年没几个能上一本的。】

…………

匿名墙隐去了投稿人的所有信息，大家都在漫无目的地猜测，但喻见已经知道是谁了。

她倒也没生气，只是平静地拜托沈知灵：“我有点儿事，待会儿早自习帮我给李老师请个假。”

说完，喻见没有回教室，而是朝楼梯口的方向走去。

当事人不在，班里的议论就逐渐肆无忌惮起来。

“她不会真是抄的吧？”有向来大嘴巴的男生和同桌吐槽，“看上去文文静静的像个好学生，怎么能做出这种事？”

他还要再说几句，冷不防肩膀被人猛地一撞，整个人狠狠撞上课桌。放在桌角的水瓶一并被带倒，掉在地上，啪的一声摔成无数碎片。

男生疼得龇牙咧嘴：“你走路长不长眼……”他一抬头，后半句没说完的话就硬生生卡在喉咙里。

开学以来一直窝在座位上不动弹的少年冷冷瞥来一眼，眸色漠然如寒冰。

接着，他双手插着衣兜，头也不回地走出了教室。

第六章 /// 他的口味

实验楼。

离早读还有十几分钟，连负责管理实验室的老师都没来，楼里静悄悄的，走廊尽头的卫生间隐约传来音乐声。

岑清月躲在最里面的隔间，涂了指甲油的手指飞快敲打手机屏幕，再一次刷新匿名墙下的评论后，脸色越发难看。评论区并没有像岑清月想象的那样，一边倒地指责喻见，反而有更多人好奇投稿人的身份。

野丫头就是野丫头！哪里来这么多人替她说话！

岑清月咬牙切齿，又害怕开小号去评论会被扒皮，最后越看越火大，干脆把早上才拿到手的新手机往地下重重一摔，再捡起来时已经开不了机。

岑清月于是更加气急败坏，一时半会儿想不到什么更好的招数，她把手机丢进垃圾桶，去扭门锁。

然而门却推不开了。

岑清月一连推了两下，感觉有东西卡在门外，顿时惊恐起来："谁？是谁在外面？放我出去！"

她把隔间的门拍得啪啪作响。

门外，喻见没吭声，沉默地站着，直到岑清月的声音逐渐带上哭腔，才平静地开口："姐姐。"

这是喻见回到岑家以来，头一次主动喊岑清月。

岑清月拍打门的响动停了一瞬："喻见？"

"给我开门！"随后，岑清月越发歇斯底里，"你等着！今天回去我就告诉爸爸妈妈！让你滚回孤儿院！一辈子都别想再进岑家的门！"

喻见没有接话，由着岑清月一边踹门一边发疯，等到对方终于精疲力竭地闭上嘴，才继续往下说："那你可以试一试，看他们会不会相信你。"

少女声音很轻，语气平淡，漠然得听不出什么情绪，岑清月一个激灵。

往近了说，这件事原本就是她挑的头，要是被方书仪知道了，她肯定会被狠狠收拾。

往远了讲，自从这个素未谋面的妹妹回到岑家，她已经因为针对对方，一连挨了好几回训斥。

“你怎么敢？”岑清月心里发怵，面上还强撑着，“你是从孤儿院回来的，连姓都没改！只有我才是岑家的女儿！”

岑平远夫妇确实没主动提起给喻见改名的事。

卫生间一瞬静了下来，有些森然。水龙头没拧紧，水滴断断续续砸在瓷砖上，发出微小却清晰的响动，衬得眼下难挨的寂静越发缓慢冗长。

池烈站在门外，眉头紧皱。他没有立刻进去，等了一会儿，没听到喻见做出回应，抬腿准备往里走。

“是啊。”

下一秒，他被喻见堪称平静的语气拦住。

“我是从孤儿院里出来的，所以你怎么还敢招惹我？”

少女嗓音轻而软，从容不迫，甚至还带着一如既往的温和感。池烈头皮却突然麻了一下，像触了电似的。

他一早就知道喻见不是什么懵懂无害的小孩儿，但当她真的伸出了小而锋利的爪子，亮出尖利雪白的牙齿，露出警惕戒备的神态，他的心尖还是不可避免地有些发痒，像是自己被轻轻咬了一口。

少年挑了挑眉，没继续往下听，放轻脚步，朝走廊另一端无声无息地走去。

隔间里，岑清月一愣。

她怎么忘了，她这个妹妹从小在老城区长大。老城区是什么地方？到处都是四处游荡的小混混儿，一言不合就往脸上招呼干架。喻见在那里生活了十几年，说不定还有过两三个常年在街头厮混打架的朋友，从他们那儿学会了许多欺负人的手段。

岑清月从小娇生惯养，脾气很大，胆子却小。

不知道脑补出了什么画面，她顿时吓坏了，抽噎两下，竟然坐在地上，直接哭出了声。

喻见眉头微微一皱。

最终，她没有理会哭得正凶的岑清月，上前两步，把横在隔间门上的拖布拿下来，重新放到墙角，拧开水龙头洗手。

洗完手，喻见把水龙头拧紧。走出卫生间前，她回头看了一眼：“这是最后一次。”

岑清月立刻哭得更大声了。

出口在走廊另一端，喻见朝楼门的方向走去，路过楼梯时，蓦然听见一声轻笑。

“你可真厉害啊。”

带着点儿鼻音，少年声音磁性。

喻见脚步一顿，垂在身侧的指尖无意识地攥紧。

几秒后，她面无表情地偏头：“那是女厕所。”

这人怎么好意思跑到女厕所外面偷听？

池烈坐在楼梯上，两条长腿散漫地分开，一手撑地，一手搭在膝上，完全不把喻见的指责当回事儿：“我又没进去。”

他也不起身，保持这个姿势，仰头看她，眉眼似笑非笑：“这就算收拾完了？”

喻见莫名其妙：“不然呢？”

她总不可能真的把岑清月一直反锁在隔间中，或者学着那些搞校园欺凌的大姐头，往隔间里泼冷水扔垃圾，欣赏对方狼狈不堪的丑态。

那种事她做不出来。

少女杏眼澄澈，一双眼清凌凌看过来，仿佛又恢复到往日绵软温吞的模样。她眼尾微微翘着，隐约透出点儿平时察觉不出的锋利。

池烈嘴角扬了下：“嗯，挺好。”

少年眼底难得带上几分笑意，他懒散地看她一眼，放在膝上的手顺势一松，有什么东西掉了出来，三三两两落在台阶上，骨碌碌往下滚，发出清脆的声音，正好滚到喻见脚边。

喻见低头，看到小白鞋旁躺着几枚玻璃弹珠。是最普通平凡的那种常见款式，透明玻璃里嵌着彩色图案，被夏日清晨的阳光照着，折射出些许绚丽色彩。

喻见弯腰捡起弹珠：“你喜欢这个？”

她不由得多看了几眼依旧坐在台阶上的池烈，少年五官深邃、眉目硬朗，神情疏离而冷漠，没想到竟然还挺有童心。

池烈偏了偏头，平淡道：“不喜欢。”

他嘴里这么说着，起身走到喻见面前，直接从她手里拿走了全部弹珠，一颗都没留。

喻见腹诽：我又不是兔子或大虎，还没有幼稚到和你抢几颗弹珠的地步。

池烈把玻璃弹珠装回衣兜，没重新坐下，而是退后两步，倚在楼梯扶手上，垂眼看喻见：“万一岑清月反应过来，你准备怎么办？”

这一句话乍一听，问得很是没头没脑。喻见愣了一下，很快明白池烈是什么意思。

她抿了下唇，攥紧手：“不怎么办。”

如果岑清月稍微聪明一点，就会很容易想明白，方才在卫生间里，喻见那句“他们不会相信你”只是一句毫无根据、没有任何可信度的谎话，根本不值得因此而恐慌哭泣。

岑平远与方书仪看似偏袒喻见更多，实则还是更在意岑清月这个从小养在身边的女儿。这也不奇怪，猫猫狗狗相处十几年都有很深感情，何况是活生生的人。

他们或许不是不爱喻见，只是更爱岑清月罢了。

“要是她真去告状，那也没什么。”喻见微微吸了口气，平静道，“大不了就是我重新回十六中去念书而已。”

岑家已经认回了喻见，不可能再让她回到福利院，回老城区的高中已经是最坏的结果。

池烈闻言顿了下，冷嗤一声：“你看得倒是挺开。”

少年语气一如既往的傲慢轻佻，喻见并不恼火，因为她知道他没有恶意，不是故意在嘲笑她。

认真说起来，这个家伙还蛮奇怪的，每次都能把善意的话说得那么不好听，活活气死人。

提到回老城区念书，喻见眼睫颤了颤，想起另外一件与老城区有关的事，于是抬头看向池烈。

显然少年这段时间一直没休息好，眼圈有显而易见的乌青，他肤色冷白，衬得那点颜色越发深沉，甚至像是会隐隐作痛的瘀青。

见她看过来，他没躲避，黑漆漆的眼珠直接对上她的视线。

“你……嗯……”喻见顿时不知道接下来的话该怎么说，别开目光，磕绊了一会儿，最后还是决定不绕那些没必要的圈子，“我有张还在使用期内的公交季卡，现在用不到了，下周带给你。”

喻见没有骗池烈，她的确有张现在用不到的公交季卡。那是上学期期末考试后学校奖励的，一共三张，喻见给了程院长一张，又留了两张在福利院里。不过老师们忙于照顾孩子，平时不怎么出去，只偶尔使用其中一张。

换作从前，喻见不会说得这么直白。

池烈的脾气她知道，固执得很，油盐不进。

但照这么下去，别说完成学业，喻见甚至觉得这个学期没过完，她就会听到池烈猝死的消息，毕竟谁也不能一天只睡两三个小时。

喻见飞快地说完，低下头，等着池烈一脸不耐烦地反驳她。

走廊安静了一会儿，十几秒内，他和她都没说话，一片无声悄然的沉默。紧接着，少年低沉的笑声回荡在寂静的空间里。

“快上课了。”他伸出手，毫不客气地揉了把少女的头顶，“你先回教室吧。”

池烈一点儿不着急回教室上课。

他散漫地双手插兜，沿着走廊，重新走回到卫生间外。他依然没进去，只是倚在一旁的瓷砖墙上。

想起喻见方才骤然瞪圆的眼睛，池烈勾了下嘴角，露出一个不太明显的笑。

他十分确定，如果不是两个人之间体力差距过大，刚才她大概会直接冲上来打他，而不是气得脸都红了，最后只能咬牙跺脚跑开。

这小姑娘是真的挺有意思，绵里藏针，一点儿不软。

隔间里，岑清月还在时断时续地抽泣。

池烈并不着急，极其耐心地等在走廊里，直到岑清月终于哭不动，抹着眼泪走出来，才开口叫住了她。

岑清月原本惨白的脸顿时更加白了，死死盯着靠在墙上的少年："你……你做什么？"

一中校服是最传统常见的蓝白款式，大部分人穿上去，都能穿出一种好好学习认真读书的学生气质。

池烈没对校服做任何改动，只是普通地套着蓝白短袖和同色长裤，或许是天气热，裤脚稍稍挽起，露出一截冷白的脚踝，短袖领口只扣了一个扣子，松散着，锁骨清晰分明。

他漫不经心地看过来，眼尾压着，没什么血色的脸一半浸在阳光下，一半藏在阴影里，似笑非笑，危险得很。

池烈淡淡扫了岑清月一眼："回去之后不许告状。"

岑清月呼吸一窒。

"你和那个野丫头是什么关系？"她大声质问，"我就告状怎么了？你以为你管得了我的事？！"

没想到池烈会替喻见说话，岑清月气急败坏，还要继续往下骂，冷不防池烈突然伸出手。

并非动手打人，他只是把衣兜里所有的玻璃弹珠都拿了出来，慢条斯理地一颗一颗放在手心。

比喻见方才见到的那几颗要多得多，玻璃弹珠躺在少年苍白的掌心里，挨挨挤挤，被阳光照着，泛出好看的绚丽色彩。

"你要是敢告状。"五光十色间，池烈轻描淡写道，"我就敢让你把这些弹珠全吃下去。"

说完，他松开手。

寂静无声的走廊里，十几颗玻璃弹珠噼里啪啦摔在地上，骨碌碌地滚远了。

匿名墙上的投稿最终并没有掀起太大风浪。

“我看有些同学一天到晚心思都不在学习上！”向来老好人的李文章不知道从哪儿得到了消息，专门在课上严肃道，“不要成天听那些没证据的风言风语，跟着谣言中伤同学！”

紧接着，他又小声嘀咕：“要真是作弊，英语选择题也不能错那么多……”

全班顿时哄堂大笑。

喻见心想：看来我的英语成绩的确伤透了李老师的心。

不过李文章说的话确实起到了一定效果，至少下课后，喻见没再感受到任何异样的眼神。

沈知灵也轻松起来：“那个恶意诽谤你的家伙真可恶！你才转来就欺负人，真是太讨厌了！”

岑清月和喻见不在一个班，姓氏也不同，因此，暂时没有人将她们两个联系在一起。

对此，喻见只是笑笑，没有多说什么。

她心里其实不太确定岑清月能不能被吓住。但下午放学后，岑清月在车上就同喻见保持距离，晚饭时也鲜见地没有吭声，吃完饭，更是一改从前拿眼白看人的习惯，哆哆嗦嗦地回了房间，还差点儿在上楼时绊了一跤，着实是一副被吓得不轻的模样。

喻见没自作多情地以为岑清月是被自己吓成这样的，毕竟她也没做太出格的事。想来是早晨她被气跑之后，池烈又和岑清月说了什么。

他进教室很晚，直到早自习下课才回来。

喻见坐在桌前做英语选择题，渐渐走了神，有些好奇池烈和岑清月之间的对话，再仔细一琢磨，记起当时仓皇逃走的原因，不由得捏紧手里的碳素笔。

夜渐深，窗户开着，晚风拂过繁盛的槐树枝叶，吹动少女坠在肩头的发梢，带来丝丝凉意，发顶却似乎还残留着少年掌心的温度，滚烫的，像是烧着一团不会熄灭的火。

那个家伙……

喻见咬了咬牙，碳素笔无意识地在纸面上划过，划出一条歪歪扭扭的线。台灯开着，毛茸茸的温柔光晕里，她细白的双颊有些泛红，觉得又羞赧又恼火。

要是池烈再这么犯神经病，她就真的不理他了。

第二天是周六。

司机按着以往的惯例，把喻见送到阳光福利院，又叮嘱：“明天中午我过来接你，下午裴老师要来给你补英语。”

喻见其他几科成绩都不错，现在只有一门英语拖后腿。她点头：“麻烦徐叔叔了。”

已经开学，在福利院的时间不得不从两天缩短到一天半，因此，喻见格外珍惜这段来之不易的时光。

和往常一样，喻见给院里的孩子们一一看过功课，吃过午饭后，帮生活老师收拾好餐具。

这一回，兔子和大虎没再想着出去玩，手拉手一起乖乖地去午睡。程院长依旧不在院里，喻见一个人待着有些无聊，想了想，问董老师要了一张还没用过的公交卡。

喻见打算去一趟新华书店。

昨天放学前，李文章专门把她叫去了办公室，先是温声安慰她不要在意匿名墙的投稿，接着又热情推荐了好几套精挑细选过的英语习题。

眼下正好有空，喻见拿好公交卡出门。

老城区的新华书店离福利院有相当一段距离，不能再像去废品站时那样靠步行。好在没什么人选择在夏天日头最毒辣的午后出门，车上的乘客三三两两，并不拥挤。

半个小时后，公交车到站。

车站距书店只有几百米，但天气炎热，连地面都升腾着暑气。等喻见走进书店，鼻翼上已经出了细细一层汗。

书店里的顾客同样不多，只有零星两三个人，还是半路走进来蹭空调的。喻见拿着李文章给她的便笺，很快找到了好几本习题。还差最后一本英语单选，找来找去都没看到，只好去求助书店的工作人员。

工作人员在楼层另一边，喻见抱着已经找到的习题，轻手轻脚地在过道间穿行。走到一半，她脚步一顿，下意识地飞快藏到离自己最近的书架后面，然后屏住呼吸，小心翼翼地探头去看。

两三米开外，穿着蓝白校服的少年正盘腿坐在书架旁。

今天是周末，池烈却没有穿自己的衣服。或许是因为书店冷气太足，他的短袖扣子一直规规矩矩扣到最上面那颗，挡住了分明利落的喉结。

他坐在地上，膝头摊着一套卷子和一沓草稿纸，低着头，飞快地在纸上写着什么。

喻见看了看一旁“禁止抄书，违者罚款”的告示，再看看不远处视若无睹的工作人员，突然明白了池烈为什么要穿一中校服。

不过和想象中不太一样，喻见躲在书架后悄悄看了一会儿，发现池烈并不是在抄录试卷上的题目。

他一改往日散漫慵懒的模样，眉头微皱，碳素笔在纸上写写画画，偶尔停顿片刻，琢磨出了思路，又接着继续在草稿纸上演算，竟然是在现场做题。

喻见一时间有些心情复杂。

她想起第一次见到池烈的那天，散落满地的作业本和文具，还有昏暗楼梯间的木板床下，成捆成摞打包好的、已经布满密密麻麻字迹的草稿纸。

他应该已经这样做题很久了。

一中的学生大多家境优渥，不会缺买几套习题的钱，平时补课请来的更是每小时大几百的一对一私教。池烈要付出多少努力，才能一直保持年级第一的成绩？

喻见没敢继续往下想。

听方书仪之前的意思，池烈并不是没有亲生父母。可他甚至没有福利院无父无母的小孩儿活得轻松自在，至少程院长从没在教育上亏待过任何一个人。

喻见看了一会儿，不打算再看了。她也没打算上去和池烈打个招呼，十六七岁的年纪，正是自尊心最强最张扬的时候，尽管他从来没表现出任何的难堪窘迫，一直都格外坦荡，甚至坦荡得有些过分。

喻见抱好怀里的习题，准备绕个大圈离开，刚转身，就听见少年有些发哑的嗓音：“终于看够了？”

池烈一边计算着最后一道压轴题的关键部分，一边漫不经心地掀了掀眼皮，瞥见少女骤然僵住的身形，嘴角轻轻勾了下。

这小矮子……真让人不知道怎么说。

说她傻，她也聪明地知道不该过来和他打招呼；说她不傻，偏偏呆愣愣站在离他最近的书架后面，一抹浅绿色的裙角时隐时现。

不是惯常穿的纯白，但裙摆下露出的小腿细瘦纤弱，仿佛轻轻一使劲就会折断，他实在太熟悉了，绝对没有认错的可能。

喻见尴尬得只想赶快跑开，可这里是书店，她没法跑也不能跑，最后只能硬着头皮转身：“我没别的意思。”早知道刚才还不如直接上去打招呼。

懒散坐在地上的少年不知道听没听进去这句解释，略显敷衍地点了点头，又冲她招手：“过来。”熟稔的、有点不耐烦的语气。

喻见没有其他办法，乖乖走上前去。

池烈并没有因为被发现在书店做题而尴尬，反而将卷子掉了个方向，指着那道他刚做完的压轴题：“这道题会做吗？”

喻见看了眼干干净净的试卷，犹豫了一下：“草稿纸借我。”

她从池烈手中接过碳素笔和草稿纸。

喻见英语比较弱，其他科成绩都不错，尤其是数学和物理。池烈在做的是一套数学试卷，压轴题选自以地狱难度闻名的某省高考真题，即使是一中学生也要大呼头疼。

喻见思考了一会儿，落笔计算起来，中间没怎么停顿，很快算出答案。

她把草稿纸递还给池烈，少年扫了一眼末尾的数字，眼底不自觉漫上点笑意。

不过他什么也没说，站起来，重新整理好卷子，放回书架上，又瞥了眼喻见手里的习题：“好好学英语，怎么就能偏科偏得这么厉害？”

喻见的脸瞬间有些红：“哦，知道了。”

池烈没有继续留在书店做卷子，帮喻见找到最后一本英语单选，两个人一同走出书店。

日头更滚烫了些，空气似乎都在变形，发出微小的嘶嘶声。

“等一下。”喻见瞬间被晒得有些头昏脑涨，还记得最重要的事，从帆布包里摸出公交卡，“这个，这个给你。”

有了公交卡，他明晚就能多睡好几个小时了。

池烈倒是难得没拒绝，不过也没说谢谢。他指间夹着那张薄薄的卡片，似笑非笑地看了喻见一眼，然后直接转身走了，甚至连再见都没说。

喻见早就习惯了池烈古怪的脾气，也没恼火，独自朝车站走去。

老城区的基础设施建设不太好，所谓的公交车站只是块光秃秃的牌子，没有供乘客休息的遮阳棚。炽热的阳光迎头洒下，晒得人脸颊发烫，头脑发晕。

上一班公交车才开走不久，下一班不知道什么时候才能来。喻见把才买的习题遮在头顶，在心里默默计算自己还能坚持多久。

她低着头，听见车铃清脆的响声。

“上来。”热风吹来少年低低的笑，“我送你回去。”

喻见还是第一次知道，老城区里竟然有这么阴凉的一片区域。

她坐在自行车后座，惊讶地打量着沿途的景象——明明只是穿过了一条小径，街巷两旁便种满了洋槐。生长多年，洋槐已然枝叶繁盛，葱茏有力的枝丫伸出人行道，投下一大片连绵的、带着阳光碎片的阴影。

滚烫闷热的风自叶隙里穿过，仿佛都变得温柔起来，吹动少女细白脸颊旁的发丝，也吹动少年宽松的蓝白短袖。短袖被风吹得一阵阵鼓起，他看上去好像没有往日里那么单薄瘦削。

喻见侧身坐着，没去拽池烈的衣服，小心翼翼地单手抓住后座车架：“你怎么想到从这里走？”

她其实是想问，他上个月才搬过来，为什么比她这个在老城区生活了十几年的人还清楚哪里更适合穿行。

夏风一阵吹着，吹来少年有些含混的嗓音：“我每天都从这里走。”

嘴里叼着根吃到一半的绿豆冰，他说话不太清楚。

喻见“哦”了一声，也咬了一口手里的绿豆冰，细细咽下后才反应过来：“你住这儿？”

这一回，池烈没回答，只是狠狠踩下踏板，陡然加快了骑车的速度，吓得喻见顿时一个激灵：“慢点儿！”她差点儿要摔下去了。

但池烈根本不减速，反而骑得更快了些：“怕摔就抓紧。”

喻见和这个玩命蹬车的疯子讲不通道理，只好无可奈何地伸手，轻轻抓住池烈蓝白短袖的下端。她抓的是衣服，少年却像骨头被捏了一下似的，瞬间挺直了背。

“你和岑清月说了什么？”车速渐趋平稳，喻见好奇，“她都开始躲着我走了。”放在从前简直不可能。

池烈没有回答这个问题，只是扭过头来，略显冰凉的视线越过肩膀，黑漆漆的眼珠盯着她，似笑非笑，带着点隐约的嘲弄。

喻见的好奇心瞬间没了：“算了算了，我不想知道。”

喻见老老实实低头吃绿豆冰，池烈这才满意地转过头去。半晌，他的短袖被拉紧了些，少女的声音略显磕绊，却依旧轻软：“谢、谢谢你啊。”

少年嘴角禁不住向上勾起，淡淡“嗯”了一声，一副根本不在意的样子。原本已经平稳的车速再度不动声色地降下来，悠长缓和，像是被拉长的蝉鸣。

他一点儿不着急，骑着自行车灵活地在街巷间穿梭，慢悠悠路过走街串巷卖绿豆冰的小贩和吱吱作响冒着热气的露天烧烤摊，将在洋槐树荫下打着扇子喝冰镇啤酒的居民远远抛在身后。

夏风吹过少年的衣襟，又吹过少女的裙摆，温柔地带着谁也没察觉出的缱绻。

离开种满洋槐的街道，池烈又抄了几条近路，很快来到河边。

今天是周末，河岸两边一如既往早早摆开了集市。行人小贩很多，这里的路况不太适合骑自行车，只能推着走。

喻见从后座跳下，池烈推着自行车，稍稍落后喻见一点儿。她走在他前面，白色的帆布鞋，浅绿的裙子，细瘦的手腕和脚踝落着阳光碎影，嫩生生的，仿佛一伸手就能尽数握住。

池烈禁不住圈起指尖，眯眼比画了一下，手伸到半空中，又冷不丁收回来。

还是算了，他总有种这么随便比画两下都可能把她折断弄哭的错觉。

喻见不知道身后少年的动作，继续安静地走着。两个人一前一后，谁都没再开口。夏日午后漫长，蝉躲在柳树柔软的枝梢间，一声又一声鸣叫。

他们很快来到大路上。

“可以了，剩下的路我自己走回去。”喻见回头，看向池烈。离福利院已经很近，她一个人回去完全没问题。

池烈“嗯”了一声，停住脚步。

喻见冲他挥挥手："周一见。"

池烈此时又不说话了，不知道在想什么，盯着路边的芦苇出神。

喻见没在意，独自向前走去。

她走了一会儿，突然回过头。

停在原地，还没离开的少年显然没有任何准备，目光相撞，不由得愣了一下。随后，他别开视线，不情不愿地冲她摆了摆手。

池烈皱着眉，挥手挥得极其敷衍，是真的非常不情愿，一点儿也不像在说再见，反而更像是赶人，看上去凶得不得了。

池烈没料到喻见会突然回头，而喻见也没想到池烈竟然还没离开。她顿了顿，看见少年拧眉不耐烦的模样，又莫名有点想笑。

行吧，依着他往日从来不说再见的脾气，如今能摆一摆手，已经算是很客气很给面子了。

于是喻见扬起嘴角，说："再见！"

夏日树影斑驳，从河岸吹来的风拂动少女浅绿的裙摆，她站在树荫里，一双杏眼干干净净，澄澈又明亮，清凌凌地看过来，脸颊上有一个很浅的酒窝。

少年嘴角不自觉地勾了勾，随即又很不自然地压下，若无其事地再次冲她摆手："快走。"

他语气依旧带着几分不耐烦和倦意，动作却认真许多。他线条利落的手臂肌肉绷紧，像是胸膛里一同轻轻揪紧的心。

喻见冲池烈笑了笑，转过身。这回她真走了，没回头，沿着路边人行道慢慢往福利院走。

贯穿整个老城区的河流在这一处分成三支，主流顺着集市延展的方向朝东流去，剩下的两条支流则分别汇入南北方向的街边水渠。

支流水量不大，水位线自然不高。有十一二岁的小孩儿贪图凉爽，穿着短裤成群下渠玩耍嬉戏，清澈水面堪堪没过大腿。

喻见当然不至于和这群小孩儿一样跑去玩水，不过有水的地方确实很清凉，她走着走着，渐渐走到了岸边。

吹来的风带上水汽，不再滚烫闷热，反而有了几分夏日难得的凉爽。

这条街很长，穿过去再走五分钟，就能到达福利院所在的小巷。还剩最后几十米的距离，喻见加快脚步。

即将走出街口时，右肩处突然多了一股力道，重重搡了她一把，随之而来的是一个满怀恶意又极其凶狠的声音："死丫头！"

喻见没有任何防备，被这么一推，踉跄几下，眼看就要一头栽进水渠里。离水面只有不到半步的距离时，一双温热而有力的手从身后伸过来，稳稳扶住了她。

“扑通！”接着是一阵巨大的落水声。

险些落水，喻见惊魂未定，一颗心咚咚跳得厉害，下意识地抱着书转身，更是瞳孔一缩：“池烈！”

少年已经和被一脚踹进水中的红毛扭打在一起，喻见顾不得会弄脏裙子，把书丢在岸上，跳下水渠。

渠底淤泥湿滑不堪，她差点儿没踩稳，踉跄几步，扑过去抓住池烈的手，拼命把他往后拽：“松开！这家伙不值得！”和红毛这种流氓没有任何纠缠的必要，他们本来就不是一个世界的人。

担心自己拉不动池烈，喻见一上来就用了很大力气，没想到只是这么一拽，竟然直接拽开了少年。两个人同时往后退了好几步，差点儿一起跌坐在水渠中。

喻见抓着池烈的手，敏锐地觉察到一丝异样。

上一回，即使在身体状况糟糕透顶的情况下被堵在巷子里，池烈也是一副不动声色、云淡风轻的模样，仿佛这世界上没有任何能让他惧怕恐慌的东西。

然而此刻，少年骨节修长的手依旧硬而有力，却止不住微微颤抖，他甚至无意识抓紧了喻见。她细白的手指被他死死捏住，很疼，有种骨头被捏碎的错觉。

喻见不由得“嘶”了一声，抬头看他：“池烈，你怎么了？”

池烈站在水里，没吭声。

水渠里的水很浅，少年个头高，水面只堪堪没过膝盖。但方才和红毛扭打在一起，不可避免地在水里滚了一圈，蓝白校服吸饱了水，粘在腿上，湿漉漉的。有几株水草软趴趴贴在他胸前，往下滴滴答答地淌水，很是狼狈。

他低头看了一眼，瞬间往后猛地退了一大步。

水面被搅动，淤泥和水草一同翻涌，原本清澈的水变得浑浊不堪，那张眉眼熟悉、充满惊恐的稚气小脸只来得及显现了一秒，就被死死压进水底。

水漫上来，冰凉刺骨、无穷无尽。

喻见被池烈捏得生疼，又不敢挣开，只能强忍着，看着少年原本冷白的脸色变成毫无血色的苍白，抓着她的手越来越紧，像是拼命抓住最后一根稻草。

片刻后，他松开她的手，嗓音格外沙哑：“你没事吧？”

喻见摇头：“我没事。”

池烈点点头，不再说话了。

红毛得以逃出生天，早就跑了个无影无踪。池烈没有去追，甚至也没管喻见。他从水渠里爬上来，没搭理那辆倒在岸边的自行车，独自往前走。

池烈浑身湿透，阳光照着，漆黑碎发凌乱搭在额前，湿漉漉往下淌水，一步一个带着水渍的脚印。

刚走出两三步，阵阵蝉鸣里，“咚”的一声，少年一头重重栽到了地上。

“没看出来有什么问题，生命体征挺平稳的。”阳光福利院里，郑建军皱着眉头，给昏迷不醒的池烈再次仔细检查一遍，又扭头问喻见，“怎么回事？那群小混混儿盯上你了？”

喻见摇头：“应该没有。”

当时红毛的身边没跟其他人，大概只是偶然碰到她，一时起了教训人的心思，却没想到池烈竟然一直跟在身后。

“大哥哥什么时候能醒？”兔子站在一旁，小心翼翼地看了眼躺在床上的池烈，“他不会……”

郑建军摆手：“不会，休息一下就好了。”

今天郑建军也是路过那边，先是撞见一个泥猴儿似的人光着脚一路飞奔，接着就看见倒在人行道上不省人事的池烈，还有才从水渠里跌跌撞撞爬上来的喻见。两个孩子一身都是水，衣服沾着泥，狼狈不堪。

郑建军向一旁五金店的老板借了辆小三轮，和喻见一起把池烈弄回福利院。

“等他醒了之后让他好好吃饭，别成天瞎对付，长身体的时候乱来什么。”郑建军和别人有约，眼看时间快到了，起身收拾东西，又叮嘱喻见，“今天的事还是跟你们程院长说一下，就算不报警，好歹去派出所讲一声，让他们那边注意注意也行。”

他明白福利院的孩子们不愿意给大人添麻烦的心思，也明白这种时有时无的欺凌未必能得到彻底遏制，但说比不说总归要好得多。

喻见谢过郑建军，把他送到院门口后折返回来时，兔子和大虎依旧留在房间里。

“大哥哥为什么不好好吃饭？”大虎听了郑建军的话，以为池烈是饿晕的，趴在床边看了半天，眨巴眨巴眼，“一点儿都不乖！”

他还记着上次池烈说他不聪明的仇。

喻见没解释，只是摸了摸大虎的头：“那你和兔子要乖一点，每顿都要好好吃饭。”

大虎骄傲地挺挺胸：“嗯！每顿都吃三大碗！”

喻见让两个小豆丁先替她守着池烈，自己去了一趟水房，把今天弄脏的衣服泡在水里，倒上洗衣粉，准备待会儿找时间洗掉。再回来时，躺在床上的少年依旧双眼紧闭。

池烈面上毫无血色，甚至比之前被捅刀子后更加苍白。他闭着眼，单薄的眼皮上淡青色的血管清晰可见，嘴唇抿成薄薄一条线。

郑建军替池烈换了干净衣服，先前被水打湿的黑发也被喻见用毛巾仔细擦干，但她坐在床边，想到的是少年站在水渠里，浑身湿透，额发不停往下淌水的模样。

喻见想，池烈他……是怕水吧?

她已经见过两次他昏迷不醒的时候，少年骨头硬、心更硬，即使因体力不支而倒下，也不曾显露出一丝一毫的脆弱，依旧顽强凶狠、执拗坚忍。

此刻，他陷在柔软的床垫里，身上搭着一层薄被，却更像一张毫无厚度的纸，单薄无比，几乎看不出床上躺着一个人，胸膛甚至都没什么起伏，呼吸微不可闻。

喻见又守了一会儿，见池烈仍旧没有任何醒来的迹象，起身去水房，把刚才泡上的衣服洗干净，挂在后院的晾衣架上。现在天气热，到了晚上基本就能干了。

等她重新回来，池烈还没醒，脸色倒没有先前那么苍白了，相反，甚至还突然透出一点儿平日里鲜有的、很不自然的红。

难道是发烧了?

这么想着，喻见伸出手，小心翼翼地拨开他漆黑的碎发。才洗完衣服，她的手很凉，因此，掌心下，少年温度偏高的额头就显得格外滚烫，火烧一般，燎得人手心微微发疼。

喻见不禁吸了口气，准备起身去找药，冷不防一直没醒来的池烈眉头一皱，突然睁眼。

“啪！”

随即，他一把拍开了她的手。

这一下拍得特别狠，房间又不大，清脆的声音像是直接炸开在耳边。包括池烈自己在内，所有人都愣住了。

几秒后，第一个反应过来的是大虎。

“大坏蛋！大坏蛋！”大虎不再喊哥哥，小炮弹一样冲过来，直接拿自己的头伤敌八百自损一千地撞池烈，“叫你欺负人！叫你欺负人！”

——之前嫌弃他也就算了，现在居然还对姐姐动手!

大虎从小吃得多，身体棒，力气远比一般小孩儿大。池烈才醒来，躺在床上人还是蒙的，一时反应不及，被哐哐砸了好几下。他脸上那点才烧出来的红迅速褪去几分，面色一下苍白起来。

喻见赶快拽住大虎：“好了好了，哥哥不是故意的。”

“你们俩去水房拧条湿毛巾，我找董老师拿药。”她把气呼呼还想往上冲的大虎往兔子手里一塞，又转头看了眼池烈，“你发烧了，别乱跑。暖壶在那儿，要喝水自己倒。”说完，拉着两个小豆丁出去。

池烈一个人待在房间里。

刚睁眼时他根本不清醒，胸腔里还残留着水漫上来的窒息感，拍开喻见的手完全出于求生本能。

被大虎的硬脑壳狠狠砸了三四下，他总算是清醒了，但少女已经脚步轻快地跑走，连说句对不起的机会都没留给他。

池烈头直发晕，用手撑住柔软的床垫，慢慢坐起身，打量自己所在的房间。

空间不算大，一张单人床、一张书桌、一个衣柜就占据了绝大部分的地方。薄荷色的窗帘只拉了一半，榕树树影从另一半窗户里透进，地板上晃动着斑驳的碎影。

他盯着被风微微吹动的窗帘，心里有种隐约的怪异感，在发烧，还没太琢磨明白，喻见就拿着退烧药进来了。

喻见完全没提方才的事，拎起暖壶，把冲剂冲开，又兑了点凉水，用手背试过温度后递给池烈："喝吧，这个见效快，一会儿就能退烧了。"

池烈抓着杯子，难得茫然地扫了喻见一眼，视线掠过放在书桌上的白色帆布包，顿时神思清明起来。他捏紧手里的玻璃杯，问道："这是你的房间？"

喻见点点头："对啊。"

一楼住着的都是孩子，怕池烈不省人事的样子吓到他们，郑建军把他背到二楼来。程院长不在，几间办公室和宿舍都锁着，喻见只能让郑建军把池烈先放在她这里。

喻见的东西早就全部搬走或者分掉了，如今只是每周回来过个夜，所以也没太多需要顾忌的地方，更何况，没什么比照顾病人更重要。

喻见毫无心理负担，回答得很是干脆。下一秒，她就看见少年把杯子往床头柜上哐当一放，猛地掀开被子，直接朝门口走去。显然烧得厉害，他走得跌跌撞撞、十分不稳，眼看着就要继续往地上栽。

"你干吗？"喻见顿时吓了一跳，上前扶了池烈一把，又伸出手挡在门口，"你要去哪儿？"

池烈冷着脸，不说话。

真见鬼，小矮子不懂事也就算了，福利院里难道没有老师？怎么能眼睁睁看着她把他带进她的房间？万一他心怀不轨想要做点儿什么，到时候后悔都来不及。

池烈刻意沉下脸时很凶，眉眼冷冷压着，透着种刀刃般的锋利凛冽，乍一看很不好招惹。至少去水房洗毛巾回来的兔子和大虎都被吓着了，从喻见手臂下钻过来，哆哆嗦嗦地挡在她面前，吓得腿都在打颤："不、不许欺负姐姐！"

喻见一开始没明白，池烈怎么会突然生气。直到看见堵住门口的又多了两个小豆丁，少年表情肉眼可见地阴沉下来，她才反应过来他究竟在气什么。

于是她好心提醒他："你之前还半夜翻墙来敲我的窗户。"

那个时候怎么不考虑合不合适?

池烈脸色更难看了，可一时半会儿找不出任何可以反驳的理由。

少女站在门外，他不好直接一把推开她走掉，也不好掉头回到那个属于她的房间，只能浑身僵硬地站在门口，一动都不敢动。

僵持片刻，最后，喻见伸手，毫不犹豫地将池烈推回去："赶快喝药，待会儿凉了不好喝。"

其实院里准备的退烧药都是儿童剂型，甜口微苦，即使凉了也难喝不到哪里去。但不肯再躺回床上的少年蹙眉坐在椅子上，只抿了一小口，眉头瞬间皱得更紧，完全不能忍受这种苦味。

不过他什么也没说，仰起头，喉结上下滚动，将玻璃杯里的退烧药一饮而尽。

喻见站在一旁，盯着池烈喝完药，从兔子手里接过湿毛巾，递给他："敷一下吧。"

湿毛巾被塞到手中，池烈不太习惯。在他的认知里，没有生病要吃药或者找医生看病的概念，除非是自己实在硬扛不下去的外伤，才会不情不愿地选择去医院。

风从窗外吹进，窗帘被吹得鼓起，热风拂过少年耳畔，轻轻吹来几步开外少女身上的气息，隐约的，清澈而温柔。

他不自然地偏了偏头，感觉自己的确在发热，耳侧尤其烧得厉害，一阵一阵发烫。

喻见原本以为多少得劝上几句，池烈才肯敷湿毛巾。出乎意料的是，他竟然什么都没说，只是沉默地把毛巾按在额头上，然后闭着眼，不吭声了。

微风习习，房间里一时没有人说话，很是安静。

直到风骤然猛烈了一瞬，薄荷色的窗帘被吹得高高鼓起，池烈才睁开眼，开口："今天……"

他少见地有些迟疑，不知道该怎么和喻见解释今天发生的事。

"今天郑叔叔说让你好好吃饭。"见他还在犹豫，喻见极其自然地接过话头，"晚上留下来吃顿饭吧，做清淡点儿，你刚好能吃。"

池烈闻言一顿，不由得扫了喻见一眼，发现她正好也在看他。

少女依旧是一贯温和无害的模样，杏眼里落着些许树影。她安安静静地看过来，眸色澄澈，平和温柔，带着洞察一切的了然。

而她什么也不说，什么也不问，仿佛对一切都一无所知。

池烈嘴角微微上扬："嗯，行吧。"

是他忘记了，她一向是个特别聪明的小姑娘。

或许是儿童版的退烧药效果比想象中还要好，或许是池烈的身体一向很耐摔摔打打，已经对发烧这种小病完全免疫，总之，喝完药没多久，他的体温就迅速降了下去，于是再也不肯待在喻见的房间里。

喻见和这个一心一意往楼下冲的家伙讲不通道理，最后实在没办法，只能找了个小板凳，让池烈在院里的榕树下歇一会儿。

很快，一群才午睡完的小豆丁探头探脑地凑过来。

每隔几个月，就会有团体或个人来阳光福利院献爱心，见惯了陌生人，院里的孩子基本不认生。而志愿者们大多二十岁往上走，很少能见到池烈这个年纪的少年，因此，他们对他充满了好奇。

当然，这其中或许还有一些别的原因。

“柯基哥哥！你吃什么能长这么高啊？”

“柯基哥哥！你把我抱起来玩举高高好不好？”

“柯基哥哥！我也要我也要！先举我！”

柯基哥哥……

池烈坐在树下，被团团围住。他不好和这帮站起来还没他坐着高的小孩儿认真计较，于是面无表情地看向一旁偷偷抿嘴的喻见。

给他穿的这是什么破衣服？

池烈先前在水渠里滚了一圈，校服沾满了泥，从蓝白变成灰白，自然不能再上身。福利院里又没他这个年纪的男孩子，喻见找来找去，只从上个月收到的捐赠物资里翻出一套超大号卡通睡衣，上面印满了圆滚滚的柯基。

少年眼风冷冷扫过来，喻见只能强忍笑意：“哥哥今天生病了，不能陪你们玩举高高，下次好不好？”

骤然失去举高高工具人，小豆丁们难掩失望的神情，喻见只好给他们找点儿别的事做：“上午布置的题目都做完了吗，拿过来给我看一下。”

孩子们纷纷回屋拿作业，池烈也趁这个时候一言不发地起身离开。喻见给孩子们一一看过习题，再抬头时，池烈已经影儿都没了。

人跑哪儿去了？

喻见站起身，仔细扫视了好几遍院子，终于在几十米外的墙角下，发现了那个颀长清瘦的身影。

似乎生怕这帮小家伙再愣头愣脑地缠上他，池烈挑了个离榕树最远的地方，没继续坐下，而是一个人独自靠在白墙上，孤零零的。遥遥一眼扫过去，他像是做错了事之后自我罚站。

但当喻见走过去时，少年显然没有任何罚站的自觉，狭长漆黑的双眼微微眯起，眸色晦明难辨。

他似笑非笑地瞥了她一眼："笨死了，和你一个样儿。"

这群小笨蛋一点警惕性都没有，见到陌生人毫无防备，不但不机灵地躲远点儿，还纷纷没心没肺地要举高高。如果他是不怀好意的人贩子，这院里现在估计一个小孩儿都不剩。

池烈嗓音略显沙哑，眼尾凌厉地挑着，双臂抱起，一副极不耐烦的凶狠模样。但他身上的柯基正在傻乎乎地憨笑，让这份凶狠多少显得有些不伦不类，刻意而滑稽。

所以喻见完全没恼。

"你是我带进来的，他们对你很放心。"她好脾气地解释了一句，想起池烈刚才被小豆丁围住时难以形容的脸色，又忍不住抿嘴，"待会儿我就跟他们说，以后不那么喊你了。"

其实，喻见先前以为，至少有两三个小孩儿要被抓过来狠狠打屁股，没想到池烈竟然硬生生忍了下来，什么都没说，什么也没做。

看来他的脾气也不总是那么差嘛。

池烈不知道喻见在想什么，抱着手臂，冷着脸，靠在墙上不吭声。

这时候，兔子端着两个小碗噔噔噔跑过来，一脸兴奋："姐姐！吃这个！董老师才从冰箱里拿出来的！"

听到兔子提董老师，喻见就明白了："是木莲冻吧？"

果不其然，瓷白小碗里盛着晶莹剔透的木莲冻。夏日燥热，点缀糖桂花的木莲冻冒着些微寒气，一眼看过去都有丝丝凉意。

平城位于北方，这道在江浙一带流行的夏日小吃并不常见。而董老师是南方人，来福利院的第一年夏天，就做了满满一冰箱的木莲冻。

比起雪糕冰棍一类的冷饮，老师们还是更愿意让孩子们吃这个，毕竟里面没有多余的添加剂，比冷饮要健康得多。

兔子给喻见和池烈一人分了一碗，啪嗒啪嗒地跑走了。喻见扫了眼自己手里的木莲冻，又看了看池烈的碗："和我换一下。"

池烈有些纳闷："不都一样？"同一锅木莲籽做出来的，能有什么区别？

嘴上这么说，他还是依言把木莲冻递过去，接过喻见手里的碗，随意瞥了一眼，视线不由得一顿。

显然还是有些不一样，池烈现在手里的这碗木莲冻，糖桂花要放得更多一些，与之相应，味道自然也会比他原本拿到的那碗更甜一点。

池烈愣了愣，下意识地看向喻见。

少女没再看他，已经端着碗认认真真吃了起来。她吃木莲冻时模样很乖，一小口一小口，偶尔起了玩心，还用勺子去舀落在瓷碗里的树影。

夏风吹着，她散在雪白肩头的发丝被吹起，好像扫在了他心尖上，微微发痒。

池烈喉头动了动，若无其事地收回视线。

他舀了一勺木莲冻，送进嘴里。薄荷水的清凉和糖桂花的甜蜜瞬间弥漫开来，轻而易举盖过了残余的苦涩药味。

这么多年，第一次有人记住了他的口味。

第七章 /// 傻瓜

一小碗木莲冻分量不算多，没过一会儿就吃完了。

去还碗的时候，池烈眉间的凌厉已经尽数褪去，只留下一点往日惯有的懒散轻慢。他似乎心情很不错，甚至被小豆丁们又追着喊了几声柯基哥哥都没生气，只是轻嗤了下，扭过头去，一副懒得和小破孩儿计较的模样。

木莲冻有好吃到这种地步吗?

喻见很是惊讶，听见孩子们一口一个柯基哥哥地喊，又有点儿想笑。碍于先前已经答应过池烈，不让他们这么叫他，她只好抿了下唇，掩饰微微扬起的嘴角。

和小孩子解释缘由不能光讲大道理，他们太小了，听不懂。

“以后不能这么叫哥哥。”喻见蹲下来，一本正经道，“柯基的腿很短，可是哥哥很高，所以你们这样叫他是不对的，明白了吗？”

喻见这么一解释，小豆丁们顿时恍然大悟：“明白了！”他们一起抬头看池烈，“哈士奇哥哥！”

池烈一愣：什么玩意儿?

喻见也蒙了：我刚才说的好像不是这个意思。

榕树下补习小班的效果在此刻显现出来，小豆丁们眼睛滴溜溜地转，很快在“哈士奇哥哥”的基础上衍生出了一系列“大灰狼哥哥”“大老虎哥哥”，还有不知道从哪儿冒出来的“大妖怪哥哥”。

池烈之前被叫柯基哥哥还勉强能忍，如今听见这一系列越发混乱的称呼，嘴角禁不住抽了下，一言难尽地扫了喻见一眼。

少年眼风不轻不重地扫过来，喻见难免有些不自在，小声解释了句：“他们太小了，还不懂事。”

其实小豆丁们都很乖，也很会看人眼色。或许一开始还不太熟练，但毕竟无父无母，在外头没人护着，更没人撑腰，被欺负几次，吃上两三回亏，就不得不迅速成长起来。

只有在福利院里，奔跑在枝叶繁盛的榕树下，才能重新做回无忧无虑、快快乐乐的小孩儿。

所以喻见也不想为这点儿小事训他们。

池烈对这个解释不置可否，挑了下眉，没说什么，懒得和这帮小孩儿多计较："我的衣服在哪儿？"

"在后面晾衣架上挂着呢。"喻见以为他不想穿身上这套印满柯基的卡通睡衣，指了指后院的方向，"现在应该还没太干，你要穿的话，吃完晚饭再换吧。"

刚才去水房洗裙子的时候，喻见顺手把池烈的校服也洗掉了。校服料子轻薄耐脏，随便搓两把就能干净，并不费事。

然而池烈摇了下头："现在换吧，我该走了。"说着，他自顾自迈开步子，朝后院走去。

喻见一愣："现在就走？"

他之前明明答应了她，今天留下来吃晚饭。

喻见愣怔的工夫，池烈已经走出很远。他腿长，随随便便迈上几步，没一会儿就拉开了两人之间的距离。

喻见不得不小跑了一段，才能赶上不紧不慢、懒散前行的少年："你不吃饭了？"

池烈插着兜走在前面，听见身后细碎的脚步声，步子放缓了些。等喻见追上来，他没看她，平淡道："不吃了。"

先前那是刚喝完药脑袋不清醒，才会一头热地答应下来，退烧后仔细想想，哪有莫名其妙跑来蹭一顿饭的道理。

池烈还记得郑建军曾经的叮嘱。

尽管池烈不是街头那种游手好闲的小混混儿，但福利院也不是他该来的地方。院里的老师们或许碍于喻见的情面，不好直接开口赶他走，其实心里大概并不愿意平白招惹这么个大麻烦。

池烈丢下这一句，走得快了些，绕过那栋白色的二层小楼，转过拐角，脚步一顿。

池烈一走快，喻见就有点儿跟不上他，为了不被甩下，只能一路半走半跑。偏偏走到一半，少年毫无预料地停了下来，她反应不及，差点儿直接撞上他背后正在憨笑的柯基。

喻见吓了一跳，好不容易收住脚步："池烈，你干吗？"

池烈站在原地，扫了眼不远处的晾衣架，双眼微眯："衣服怎么洗了？"

他这么一问，喻见有几分茫然："就……洗了啊。"总不能穿着脏衣服在街上大摇大摆地走吧？

完全不理解池烈为什么这样问，喻见抬头看他。

池烈盯着晾衣架。

铁质晾衣架上只挂了两套衣服，没有其他孩子的衣物。夏风起，吹动浅绿色的裙摆，掀起蓝白短袖的一角。

一声高过一声的蝉鸣里，热风骤然猛烈了一瞬。蓝白短袖被高高吹起，干净雪白，没有一星半点儿泥渍。

他嘴角不由得扬了扬："以后别没事干瞎勤快。"

少年的语气一如既往的不耐烦，尾音哑着，透出几分显而易见的笑意。

喻见直接被噎住：这说的是什么话？合着我好心帮他洗衣服还有错了？

尽管早就清楚池烈不讲道理的脾气，喻见也没想到他竟然这么强词夺理，半天没吭声，最后木着脸道："哦，知道了。"

再有下一次，她一定让他浑身是泥走回家！

不过池烈最终没能立刻离开，他才换好衣服，程院长就匆匆赶了回来。

程院长已经在电话里听郑建军讲过今天发生的事，又拉着喻见细细问了一遍，立刻决定去派出所报警。

喻见有些迟疑："不用了吧？"

倒不是她不信任派出所民警，而是红毛今天没有得逞，即使报警，多半也不会有什么结果。

"这可不是小事，你不要不放在心上。"程院长待喻见一向温和，此刻却严肃道，"今天他敢把你往水渠里头推，过几天就敢推你去河里！"

程院长在老城区生活了这么多年，见惯了这里的各色人等。那些捅了人，被送进少管所甚至监狱的小混混儿，在最初的时候，大多只是爹妈不管，在伙伴怂恿下偷偷尝了口烟，结果被呛到拼命咳嗽、眼泪直流的普通少年。

堕落和恶意总是日积月累的。

程院长一再坚持要报警，喻见拗不过她，只能老老实实地应下："奶奶，我知道了。"

程院长又看向池烈："小同学，你也跟我们一起去吧？"

池烈长这么大，头一回被人这样叫，很不习惯。不过程院长的年纪和身份摆在那儿，他没说什么，淡淡应道："行，没问题。"

三个人一起去了派出所。

民警听过喻见的描述，点了点头："那个红毛我们知道。"

他和身后的带班民警对视一眼，在对方垂眼示意后，又说："他最近还有点儿别的事，放心，这次一定处理好，不能让他再继续欺负人了。"

混混儿彼此之间的斗殴一般不会选择报警处理，而对福利院孩子们时不时的欺凌固然可恶，又远远不到拘留的地步，所以红毛这样的人才能一直在街头游荡。

但民警今天话中有话，程院长和喻见常年生活在老城区，自然听懂了。程院长安抚地看了眼喻见，冲民警客气地笑："同志，那就辛苦你们了。"

池烈站在一旁，琢磨了一下话音，眉头轻轻一扬。

从派出所出来，程院长邀请池烈："小同学，今天的事太谢谢你了。要是没有你，见见肯定被欺负。现在时间也不早了，咱们一起在外面吃顿饭吧？"

喻见还记着郑建军的叮嘱，立刻看向池烈。

程院长都亲自开口了，一般来说，没有人会拒绝一个年届六十的老人。

不过显然不能用普通人的标准去衡量池烈。

他甚至都懒得多客套一下，漫不经心地偏了偏头："不用，我突然想起来还有点儿要紧事，先走了。"说完，他竟然径直转身，仅仅两三秒的工夫，就到了马路另一侧。

似乎真的有很重要的事，他的步子越来越快，到最后，干脆直接跑了起来。金乌西沉，少年蓝白校服浸在夕阳里，被染成血红的一片，很快看不见了。

"这孩子……"程院长从来没见过这种脾气的小孩儿，"什么事这么着急？怎么直接就跑了？"

喻见也纳闷："不知道啊。"

既然池烈有急事，为什么还要专门和她们来一趟派出所？

几小时后。

老城区夜生活不丰富，夜渐深，巷子里慢慢安静下来，偶尔有一两声零星的狗叫。

"砰！"

寂静夜色下，警察一脚踹开大门的声音格外突兀。

"都抱头！蹲下！不许动！"

屋内的小混混儿们顿时惊慌失措，有稍微机灵点儿的想要冲去厕所毁灭证据，被警察一把掀翻在地："老实点儿！红毛呢？"

后巷。

临时起意出去喝酒的红毛白着一张脸，在小巷里飞奔。

恐惧与压力并重，红毛一路拼命奔跑，转过拐角，狠狠撞上了一个人："走路不长眼睛啊！"

红毛后退几步，借着月光看清对方，倒抽一口冷气，又立刻认㞞："兄弟，求你了，之前是我不好，你给我条活路吧！"

池烈站在巷口，不吭声。他淡淡扫了红毛一眼，平静地往路中间迈了一步，直接挡住最后的去路。

红毛顿时急眼："你这人是不是有毛病！老子推的又不是你！一天到晚管什么闲事！"

身后红蓝交错的警灯与鸣笛越来越近，红毛一咬牙，直接朝池烈冲去。

生死关头，红毛打起人来疯了似的，完全不要命。池烈没躲，也没对红毛下重手，只在凌乱脚步声冲进后巷的那一瞬，抬腿狠狠踢向对方的小腿。

"啊！"红毛顿时惨叫一声，疼得在地上来回打滚。

下午在派出所值班的民警冲上来，将红毛按到地下，戴上手铐，抬头看见池烈，就是一愣："你小子怎么在这儿？没受伤吧？"

少年显然挨了不少拳脚，身上灰一块白一块，头发乱着，形象有些狼狈。他微微喘着气，低头看了眼自己，自言自语道："衣服脏了。"

"你说什么？"民警怀疑自己听错了，"我问你受伤了没有！"

池烈没说话。为了拖住红毛，他方才硬生生挨了对方好几脚，其中有一脚直接踹到了之前被捅过一刀的伤口上，红毛急于逃命，那一脚力度极大，他腹部现在隐隐作痛，像是又挨了一刀。

但池烈并不在意这个。

少年皱着眉，伸出手，重重拍了拍蓝白短袖上的鞋印。

阳光福利院的作息时间很规律。

晚上九点一过，孩子们自觉排队去洗漱，收拾好自己，乖乖躺在床上。到了十点，生活老师准时关灯，大家一起陷入绵长的梦乡。

夜深，榕树上的蝉也纷纷停歇。白色小楼安安静静、一片漆黑，只有二楼某个窗口透出一点儿被窗帘遮住的暖黄。

喻见学业繁重，自然不会和小豆丁们一同作息。和往常一样，她把今天才在书店买到的习题拿出来，准备做五十道选择题再睡。

时间一分一秒地过去，突然，几声狗叫突兀地在小巷中响起，喻见笔尖一顿。

她抬头看了眼闹钟，时针已经快走到十二点，而手上的这本语法单选仍然停留在第一页，离五十道还远得很。

喻见深吸了一口气，没再做题，她把习题册合上，无意识地拨弄着笔帽。

傍晚时，少年离开得太过匆忙，她甚至没有机会拦下他，回来仔细一想，越琢磨越不对劲。

要是真的有急事，一开始在院里就该说了，何必等到从派出所出来才开口？

他到底去做什么？

喻见心里有事，手上力气不免重了些，笔帽一下飞了出去，骨碌碌滚落在地。她弯下腰去捡，再起身时，窗帘上映出红蓝交错的闪烁光芒。

同时出现的，还有大铁门被敲响的声音，以及刻意放缓的呼喊：“程院长，我是派出所小刘！”

“我去看一下，奶奶您别着急。”

程院长睡眠浅，听到声音准备开门，喻见已经轻快地跑向楼梯，她只能在后面喊：“见见慢点儿，小心摔了！”

喻见一口气跑下楼，敲门的是下午在派出所见过的民警。

“今天和你一起来报案的男生是你同学吧？你有没有他家长的联系方式？”

喻见的心骤然磕了下：“池烈出事了？”她声音有些发抖，下意识地攥紧手心。

“没有没有。”小刘连忙摆手，仔细想了想又觉得头疼，“你说这都是什么事儿啊……”

派出所，休息室。

一张长方形会议桌摆放在中央，今天晚上值班的老民警和池烈分别坐在两端。

“你说这件事从头到尾和你压根儿没关系，这也算是帮助我们抓嫌疑人，有什么不好意思让家里人知道的？”

老民警一连做了两个小时工作都没做通，又好气又好笑：“打个电话把你爸妈叫来就成，我们还要表扬你呢！”

跷着二郎腿的少年挠了下眉头，不为所动：“我没爸妈。”

“好好好。”老城区这一块的情况复杂，派出所每年遇上缺失监护人的小孩儿至少有两位数，老民警没在意，“那你总有认识的人吧？打电话叫他们来接你也行！”

池烈虽然和红毛的案子无关，毕竟是未成年人，不好让他一个人离开。

少年偏了偏头，不耐烦地“啧”了声：“没有。”

老民警顿时无话可说：“你这孩子脾气怎么这么犟！”

没爹没妈的他们见得多了，没熟人的还没见过。既然生活在这里，多多少少都有一两个认识的人。

池烈自己也知道这是彻头彻尾的假话，所以没反驳，继续盯着天花板出神。

虽然是不假思索的谎言，但四舍五入一下，倒没什么太大的出入。

池烈来平城有十年的时间，认识的人两只手就能数得过来。已经离开岑家，他不可能去找和那个地方沾边的人，也不可能给老城区的吴清桂或者郑建军打电话。

认识归认识，他和他们的交情还没好到大半夜喊对方来接自己。

“那……”老民警实在没辙，最后一拍脑袋，“我听小刘说今天有个小姑娘和你一块儿来的，你总认识她吧？她爸妈……”话说到一半，老民警想起陪同过来的大人是福利院院长，自己被自己噎住。

坐在会议桌那端的少年一顿。

想起那碗撒了满满一层糖桂花的木莲冻，他嘴角下意识地勾起，露出一个很不明显、近乎无的笑容，视线在蓝白短袖残留的脚印上掠过，那点笑意又淡了些。

“别费事了，你们又不能长时间留我。”池烈伸手掸了掸校服，“我真没人管。”

他说这话时语气很平静，甚至有几分吊儿郎当的无所谓，看不出半点儿难过伤心。

“行吧行吧。”老民警不禁叹了口气，“那你过来签个字，等小刘回来，我让他把你送回去。”

池烈垂下眼，淡淡道：“用不着。”

池烈察觉到了对方眼神中暗含的情绪，但他并不觉得自己有什么值得可怜的地方。不过是没人管而已，从小到大，这么些年，他早就过惯这样的生活了。

老民警起身，池烈也跟着站起来。

腹部被踹到的地方现在已经不怎么疼了，但今天先是在水渠里滚了一圈，后面又和红毛在小巷中打成一团，方才坐在椅子上还好，一站起身，止不住的疲惫顿时漫上，潮水般汹涌地扑来。

池烈皱眉，下意识地挺直了背。他不习惯在外人面前表露出任何软弱的模样。

池烈的位置离门近，老民警从长桌的另一头绕过来时，他已先走向门口。他手还没来得及落在金属拉手上，“呼啦”一声，门从外面被直接拉开。

夏夜晚风从走廊灌进来，微凉的。

池烈毫无防备，径直对上一双明澈干净、透着薄怒的杏眼，不由得一怔。

对视几秒后，少女咬着牙，伸出手，往他停顿在半空中的手背上狠狠拍了一巴掌。

“大晚上还让你跑一趟，真不好意思。”

阳光福利院门口，程院长对已经上车的民警小刘挥手：“谢谢你送我们回来，路上注意安全！”

警车缓缓驶离小巷，引擎声逐渐消失，月亮安静地挂在天空上，将站在门口的三个人影拉得细瘦纤长。

程院长转过身来时，喻见低下头，说：“我去厨房。”说完，她没搭理站在一旁的池烈，直接掉头走了。

“今天太晚了，就在这儿住吧。”程院长没管喻见，笑眯眯地看向池烈，“是不是还没吃晚饭？让见见随便给你做一点儿先垫垫，吃完再去休息。”

池烈喉头动了下：“不……”

他拒绝的话说到一半，程院长用手掩住哈欠：“老了老了，没你们年轻人精力好，熬不动夜了。钥匙给见见了，待会儿让她领你去房间啊。”

程院长一边说着，一边往楼上走，很快，院里只留下池烈一个人。

夜渐深，福利院里安安静静，连风都悄无声息。少年在老榕树下站着，把手举到面前，盯着已经瞧不出痕迹的手背看了一会儿，最后轻嗤一声。

这小脾气，还真是挺记仇的。

福利院的厨房在一楼最里面，连带杂物间，一共二十多平方米。大半夜的，没人用厨房，喻见只开了一盏灯。

喻见经常帮生活老师打下手，对做饭不陌生。她利索地洗了两个番茄，把鸡蛋敲在碗里打散，炝炒后盛到一边，再从橱柜里翻出一包挂面。其他菜做起来都太麻烦，番茄鸡蛋面又快又简单。

水开了，喻见把面条放到锅里。身后传来熟悉的、稍显拖沓的脚步声，她没回头，举着筷子，专心致志地盯着锅里。

离她几米远时，脚步声停住。片刻后，少年嗓音闲散着，透着种懒洋洋的劲儿：“啧，你手不疼啊？”

喻见下意识地攥紧了手。

方才在派出所，她用力拍在池烈手背上那一下很重。他骨头硬，硌在她掌心里一阵生疼，即使已经回到福利院，手心还是有种又麻又痛的感觉。

但喻见现在一点儿都不想搭理池烈，她松开手，默不作声地用筷子搅了搅锅里的面，感觉差不多了，关火捞起，然后把两个碗一同放在桌面上。

只开了一盏小灯，厨房里光照有限。

稍显朦胧的光晕下，少女抿着唇，向来温柔绵软的眉眼透出几分清冷，眼睫微微颤着，低头一动不动盯着地板，一副很不高兴的模样。

于是池烈就笑了。

他没着急吃饭，双手插兜，吊儿郎当地靠在桌边：“不是吧，这么生气？”

这小姑娘发起火来挺有意思，居然敢直接动手拍他，可见的确被气得不轻。

喻见捏了下手。

“我没生气，我只是觉得你……”她在心里提醒自己尽量心平气和，一开口，嗓音却不由自主带上几分恼怒，“有点儿毛病。”

再找不出第二个跑去堵贩毒人员家门口的疯子。

即使红毛只是下家中的下家，掀不起什么太大的风浪，可谁知道那帮瘾君子被逼急了能做出什么来。万一出点儿事，一辈子就算毁了个干净。

但池烈就真去了，而且还偷偷瞒着她。

“你……”喻见越想越恼火，抬头看见少年噙着笑意的眼睛，心口简直堵得慌，

“你先吃饭吧。”

深知和这家伙讲不通道理，她低头去拌面。心里窝着火，手上动作挺重，一碗好好的番茄鸡蛋面被搅了一会儿，开始逐渐往番茄鸡蛋面糊的方向发展。

池烈不由得挑了下眉，没阻止喻见，抱臂瞧了片刻，倏忽笑了起来：“嗯，这次是我不好。”

夜很安静，少年嗓音一贯慵懒散漫，尾音哑着，透出十足的漫不经心。

所以喻见一开始没反应过来，又用力搅了好几下碗里的面，才后知后觉地停住。

他刚才说什么？

喻见不可思议地抬头，完全不敢相信，向来强词夺理的池烈竟然能主动说出这种认错的话。

少女脸上依稀有几分怒意，偏偏眼角眉梢又露出止不住的惊讶——两种情绪杂糅在一处，一瞬间看起来有点儿呆。

池烈就有点儿想笑。他清了下嗓子，怕她再生气，最后还是忍住：“我没想到真能碰上那家伙。”

池烈倒没骗喻见。他一开始只想过去看看，确保红毛落网，谁知道居然真的在路上堵到了对方，但既然已经遇到了，肯定没有放跑红毛的道理，只是过程稍微费了点儿劲。

池烈干脆利落地承认错误，喻见反而有点儿蒙，没想好该怎么回应，少年把手撑在桌面上，朝她稍稍倾身。

两个人之间隔着一张桌子，他俯身过来，向来锋利的眉眼浸在暖黄灯光下，褪去平日的冷漠，难得柔软几分。

距离很近，温热呼吸细细扫在她脸颊上，有些发痒。

“还生气呢？”他哑声问她。

离得太近，喻见下意识摇头，几秒后反应过来，愣了一下，又迅速点点头。

池烈这回是真的被逗笑了。

“行了，多大点事儿，值得你气成这样？”他嗓子里笑声低沉，刻意压着，有些含混，“小姑娘家的，别一天到晚总生气。”

喻见不由得瞪圆了眼。

不是，这人怎么乱说呢？他们俩之间到底是谁动不动就不高兴啊？

她正想开口反驳，池烈似笑非笑地看了她一眼，伸手指了指桌面：“那你给我做的是什么？”

这还需要问吗？

喻见莫名其妙，不能理解这世界上居然还有人不认识番茄鸡蛋面：“这当然是……”

她顺着他的视线低头，看清碗里盛着的东西，直接愣在当场。

“瞧你这脾气。”少年低笑出声，喟叹一般，“我都怕了。”

最后，尽管喻见强烈要求重新再给他做一碗，池烈还是一口一口、慢条斯理地吃完了那碗“伤眼睛”的番茄鸡蛋面，一点儿没剩，干干净净。

“味道还行。”他甚至一本正经地评价，“主要挺养胃的，不错。”

喻见心想：这家伙绝对是故意的吧。

这么一闹，她也不好再和他继续生气，上楼收拾出房间，把钥匙放在桌上。

离开前，喻见想了想，还是多说了一句：“你以后不要再乱来了。”

池烈正跪在床上套被罩，闻言瞥了眼喻见：“你在管我？”

喻见已经被噎出了经验，这一回干脆地点了点头：“对，我就是在管你。”

照池烈这种有事直接硬抗，没事也要创造条件找事硬抗的脾气，再不管的话，等下一次派出所民警找上门，大概就没有这次这么轻松简单了。

这么大的人，竟然还没有福利院里的小孩儿听话懂事。

喻见原本以为，按照池烈的性格，听了这话多少得刺上两句。但或许是那碗番茄鸡蛋面的功劳，听了她的话，少年愣了一下，似乎想到什么，面上露出几分古怪的神情。

他没吭声，更没嘲讽，低头和手里的被罩较起了劲。

喻见也不知道他听没听进去：“你早点儿睡吧，晚安。”说完，轻轻关上了门。

池烈套好被罩，铺好床铺，关灯上床。他躺在黑暗里，双手规矩地放在胸前，盯着天花板，毫无睡意。

倒不是池烈不想睡，而是还没太习惯眼下的状况。

正是最蹿个头的时候，他平时吃得有一顿没一顿，白天还不觉得如何，到了夜里，安静躺在坚硬的木板床上，胃空荡荡的，身体每一寸骨骼都酸痛。

而现在，身下的床垫柔软，盖在身上的被子轻盈。吃过那碗微烫的番茄鸡蛋面，胃也不再一阵一阵作痛。

很不真实，像是在做梦一样。

慢慢地，疲惫感逐渐涌上，少年却仍旧执拗地盯着天花板，一动不肯动。

意识有些混沌，他分不清这究竟是现实还是梦境，只能努力睁大眼，希望在这场难得的美梦里多停留片刻。

直至天光破晓，第一缕阳光从窗帘缝隙间透进，池烈终于闭上眼。

仅仅一秒钟，他就坠入了绵长的梦乡。

前一夜睡得晚，第二天，喻见起来得有些迟。

孩子们已经吃过早饭，年纪大的在屋里写作业，年纪小的在楼下疯跑疯玩，笑闹声伴着零星蝉鸣被尚有凉意的风吹进窗户。

喻见揉了揉眼睛，坐起身。

洗漱完，收拾好床铺，她看了下时间，估计池烈还没醒，于是准备先下楼去找点儿吃的。

结果一推开门，就看见他正趴在走廊窗户前。

小楼的设计当初由程院长亲自把关，并没有想方设法尽可能多盖房间。一楼二楼都是同样的布局，一侧是作为宿舍或办公用的房间，一侧则是宽阔的走廊和大片大片挑高透明的玻璃窗。

少年还是那副懒散自由惯了的样子，身体的大部分重量落在窗沿，一条腿撑在地上，另一条腿微微屈起。但他注视院里的表情是鲜有的严肃，嘴唇抿成薄薄一条线。和煦日光落进他眼底，黑漆漆的眼珠盯着楼下，一动不动，不知道在看些什么。

“你怎么起这么早？是不是他们吵到你了？”

听见少女略显惊讶的声音，池烈视线一顿，从那群绕着榕树转圈圈的小豆丁身上挪开。

他偏头看她，眼底笑意隐约：“是你起得太晚。”

喻见：“……”

满打满算，她只睡了六个小时，到底哪里晚了？

喻见懒得和池烈计较这些小事：“早饭时间过了，下去随便先吃一点儿吧，过会儿就开始准备午饭了。”

福利院里孩子多，通常早饭结束不久，就开始准备中午要用的食材。

池烈抬了抬下颌：“那还吃什么？”语气里几分疑惑。

他没有一日三餐按时吃饭的习惯，也完全不能理解为什么过了饭点还要继续吃饭。

喻见早已意识到这是个毫无生活常识的家伙，不打算和池烈多解释：“走了，快点儿。”顺手扯了扯他的校服下摆。

只是一个无意识的动作，喻见用的力气并不大，闲闲趴在窗台上的少年却蓦然一僵，整个人不自然地绷紧，甚至连搭在窗沿的手都瞬间攥成了拳。

他的烧已经完全退了，耳根却又迅速热了起来，一片滚烫，像是有火在烧。

最后，池烈含含混混地应了声：“嗯。”

池烈其实不太想和喻见一起来厨房找吃的。

昨晚的情况他心里已经有猜测，大概是民警去找了喻见，喻见又拜托了程院长，这才一起去派出所接他。

池烈对自己在别人眼中的形象有数，尤其是福利院老师这类偏严肃的职业群体，通常来说基本不会喜欢他。

池烈向来不怎么在意他人的看法，但不知道为什么，这一回，他难得生出几分迟疑忐忑的情绪。

结果一进厨房，就被以董老师为主的生活老师们团团围住。

“瞧这孩子瘦的！怎么看着还没咱们大虎壮实？”

“昨天不是说留下来吃饭吗？怎么一转眼人就没了？”

“来来来，吃荔枝！快拿着，可甜了！”

董老师甚至还亲热地拍了拍池烈的背：“中午想吃点儿啥，有没有什么忌口的？别客气，直接给我说！你能点的我都会做！”

等到生活老师们开始准备午饭，池烈终于被晕头晕脑地推出了厨房。他手上塞满了荔枝面包酸奶，还有其他零零碎碎的水果和小点心。

和预想中的场景完全不一样，池烈很是茫然。他甚至怀疑是不是因为只睡了两三个小时，醒得太早，所以大白天就出现了幻觉。

见一向神色凛冽的少年难得露出几分不知所措的表情，喻见抿了下唇，轻轻扯了扯他的衣袖：“走吧，我们去外面吃。”

没走多远，拐出走廊，两个人一起坐在楼前的台阶上，中间隔着五六厘米的距离，不远也不近。

“酸奶在冰箱里放着，凉得很，你把面包吃了再喝。”喻见撕开小面包，没有立刻吃，而是先叮嘱池烈，“荔枝是董老师昨天买回来的，特别甜，待会儿搁凉水里冰镇一下更好吃。”

她说完这些才小口小口咬起面包。

池烈怀里抱着一大堆东西，坐都不好坐。他把这些吃的一一放在身旁，终于腾出手来。

他还是有些发愣，下意识地偏头看了眼喻见，身边的小姑娘正乖乖吃着面包，专注得很，压根儿没看他。

池烈喉头上下动了动：“我算是明白你怎么这么笨了。”

池烈之前一直没想通，明明生活在这样一个充斥各种不稳定因素的地方，喻见为什么还有着不切实际的天真。

现在他懂了，福利院从上到下，连老师都傻得可爱，更别提这群自小生活在这里的孩子。

少年声音压着，带着往日惯有的散漫恣意。喻见一点儿不生气，吃完小面包，给酸奶插上吸管，这才开口：“池烈。”

她轻轻叫了声他的名字。

院里的老榕树生长多年，枝叶葱茏，树影几乎覆盖了大半个院子。日头还不算高，微凉的风从叶隙间穿过，吹起少女柔软的发丝。

两人并肩坐着，喻见的发尾细细扫在池烈脸上，他像是被针扎了一下，瞬间挺直了背："嗯？"

喻见没注意到池烈的小动作，只是在心里盘算接下来该说点儿什么。

想了想，最后，她委婉道："其实，董老师和兔子他们都挺喜欢你的。"

和池烈相处也算有一段时间了，喻见终于琢磨出了他的想法。在少年的心里，大概已经给所有人都预设好了立场。他默认他们对他天然带着恶意，恨他，讨厌他，永远不会对他好。

这当然是很偏执的念头。

见识过岑家如何对待池烈，喻见能理解他为什么这样想，可这世界上并不全都是岑平远夫妇那样的人。

就像老城区有红毛那种游手好闲的小混混儿，也有吴清桂、郑建军这样简单朴实的街坊。而院里无父无母的小孩儿，如果没有程院长、董老师们的照顾，或许一早就走上了混迹街头无所事事的道路。

生活没有那么好，也没有那么坏。

喻见深知池烈讲不通道理的脾气，说完这一句，已经做好了会被出言嘲讽的准备，没想到少年只是挑了挑眉。

他偏头，一双漆黑的眼看过来，带着一点儿不易察觉、近乎无的笑意。

那句"那你呢"在舌尖上滚了一圈，池烈扬了下嘴角，漫不经心道："真的？"

两个人一起坐在台阶上，他闻见她发梢上清甜花香，缭绕在心口，让人不自觉地坠落沉溺。

喻见没料到池烈居然顺着她的话往下说，顿时精神一振："当然是真的！"

她正琢磨该怎么举例时，大虎握着小拳头跑过来："姐姐！大哥哥！"

"大哥哥，昨天我不该拿头砸你，是我不好。"大虎眨巴眨巴眼睛，一派天真可爱的模样，"这个送给你，不要生我的气。"

他把小拳头伸到池烈面前。

池烈原本就没计较那点儿小事，也没什么心思陪小孩子玩"收了礼物原谅你"的游戏。

但身侧的少女瞬间兴奋起来，她拿那双漂亮温柔的杏眼一个劲儿看他，甚至还央求似的，伸手来拽他的衣角。

她动作很轻，但少年的心口像是被抓了一下，心跳一错，夏风吹过，渐渐乱了节奏。

池烈垂眸，掩去眼底的不自然，淡淡“嗯”了声。

他把手摊开，等大虎把所谓的小礼物放在手心。

喻见坐在旁边，没高兴多久，就看见大虎露出一个做坏事时才有的开心笑容。他把拳头里的东西往池烈手上一放，然后转身掉头就跑。

这孩子琢磨什么呢?

喻见莫名其妙，偏头去看大虎给池烈的东西，然后就看见了正在少年掌心里探头探脑的绿色大青虫。

喻见、池烈：“……”

大青虫：“……”

抛开大虎的恶作剧不谈，这算是美好的一天。

午饭时，董老师以池烈太瘦还没大虎壮实为理由，硬是举着锅铲守在一旁，一连添了三次饭，才心满意足放过实在吃不动的池烈。

“今天晚上也在这儿吃啊，明天直接去上学一样的。”董老师甚至帮池烈安排好了接下来的计划，“你周内是不是都回老城区住？那以后别出去吃了，放学直接来院里，想吃什么都给你做！”

喻见笑眯眯地捧着碗，对池烈投来的视线佯装不知。

该，他这种又别扭又不会说话的脾气，就得让心直口快的董老师好好治一治。

喻见胃口小，吃得不多。为了盯着池烈好好吃饭，她刻意放慢了吃饭速度，等董老师终于不再往他碗里添饭，这才放下筷子。

董老师看了下时间：“见见把碗放这儿，我给你洗。你去收拾你的东西，待会儿司机要来接你了。”

岑家司机约定好午饭后来接喻见回去补课。

董老师说得自然，喻见下意识地看了眼池烈。

喻见没怎么提起过岑家的事，所以包括程院长在内，所有老师都不知道池烈和岑家的渊源，她们只把他当作她的一个普通同学。

池烈倒是没什么反应，董老师盛的饭太多，不好浪费，他微微皱眉，一口一口缓慢吞咽着，表情没任何波动。

于是喻见放下心来：“那我上去了。”

“老师，待会儿让他洗碗。”起身后，她又指着正在专心吃饭的池烈，“您歇着就行。”

董老师不赞同地看她：“这不好吧？”毕竟也算是客人。

喻见眨眨眼：“有什么不好，他都吃了那么多饭，洗个碗也是应该的。”

“姐姐！”这时，兔子在外面喊她，“叔叔来接你了！”

喻见连忙应声：“来了来了！我收拾一下东西，给我三分钟！”然后一溜烟跑上了楼。

喻见跑出饭厅，池烈也吃完最后一口米饭。

“您休息吧。”他把碗放在已经摞满孩子们用过的小碗的推车上，淡声说，“这些我来洗就行。”

董老师连忙摆手：“不行不行，太多了，这怎么好意思。”

但少年已经推着推车拐进饭厅一侧的水房，董老师没办法，只能连连叮嘱道：“记得把手套戴上，洗洁精伤手！”

岑家司机在院里等候，勉强算个脸熟的人，有不怕生的小孩儿举手冲他要举高高。司机耐心好，一连举了好几个孩子，院子里的笑闹声连成一片，即使在水房里也能听见。

池烈面无表情、按部就班地洗着碗，听见小豆丁们的笑声，不由得挑了下眉。

他其实明白喻见为什么突然打发他来洗碗。

少女的心思简单易懂，无非是怕岑家会知道他和她有联系。以岑平远夫妇的性格，要是知道喻见把池烈带回福利院过夜吃饭，说不定会直接动用关系把他赶出一中。

他厌恶他们，他们也厌恶他。

水龙头开着，水房里流水声哗哗，少年轻轻扬了下嘴角：“傻瓜。”

不知道是在说谁。

第八章 /// 生日快乐

回到岑家后，喻见并没有提起任何关于老城区的事。

岑平远夫妇各忙各的，谁也没多问。

只有裴殊在拿到成绩单后笑得一脸灿烂："我就说吧！以你的水平，考个年级前十肯定没问题！"

"这段时间咱们重点抓英语。"高兴完，他又勉励喻见，"争取下次能考年级第一！"

喻见点点头，也笑了起来："那要辛苦裴老师了。"

这个周末就这么安静地过去，仿佛什么都没有发生。

周一。

上周出了期初考试的成绩，于是一向踩点儿进班的李文章难得在早读课前就进了教室，着手安排起调整座位的工作。

沈知灵牵着喻见的手往外走："你放心，咱们排座位不是只看排名，就是根据成绩调整一下。你和那个谁的身高差得远，老李肯定不会让你们俩坐同桌。"

喻见反应了一会儿，才明白沈知灵口中的"那个谁"指的是池烈。她哭笑不得："池烈哪有那么吓人。"

少年连被大虎往手里塞虫子都没生气，不知道沈知灵他们怎么就这么害怕他。

"嘘！"听见喻见直接喊了池烈的名字，沈知灵伸手捂她的嘴，"小声点儿！别待会儿让他听到了！"

喻见嘴被捂住，只能无奈地点头，示意她知道了。

在李文章的指挥下，班里同学陆陆续续走出教室，在走廊里排成两队。很快，教室里只剩下最后一个人。

"池烈。"李文章站在讲台上，"你还待那儿干什么？要重新排座位了，快出去排队。"

坐在最后一排的少年无动于衷。

他没像往常一样一进教室就趴在桌子上补觉，而是拿着笔，在草稿纸上写写画画。听见李文章喊自己的名字，他顿了顿，最终出于尊重老师的原则，抬头淡淡看了对方一眼，然后继续埋头做题。

李文章向来是不会生气的老好人性格，加上池烈成绩一直很好，对于这个特立独行的学生，老师们都有种默契的纵容。所以他也没不高兴，见池烈不动弹，就拿起成绩单，继续喊名字：“喻见。”

喻见松开沈知灵的手，走进教室。

她下意识地往池烈的方向看了一眼，发现他正好也在看她。

仿佛只是随意打量，少年视线漠然扫过来，冰冷的，不带一点儿感情，像是在看一个毫无瓜葛的陌生人。

目光骤然对上的瞬间，他短暂一顿，随即若无其事地垂眸，似乎方才的对视只是错觉。

“你还是坐第一排啊。”李文章给喻见指完位置，又冲她笑了一下，才开始念下一个人的名字，“徐度！”

喻见坐在自己的座位上。同学一个个走进来，她没在意，认真琢磨方才池烈的眼神，很快明白过来——他又开始坚持那一套不许她接近他，两个人在学校里保持距离的荒谬原则。

喻见不由得咬了咬牙，这家伙真是……

李文章已经在家里研究过怎样调整座位，只用了大半节早读课的时间，就重新排好了座位。

沈知灵正好坐在喻见后面，伸手戳了戳喻见，乐滋滋道：“我就说吧！老李肯定不会把你们俩安排在一块儿！”

喻见被沈知灵戳了一下，回头去看。

实际上，李文章并没有给池烈安排任何一个新同桌。和往常一样，少年独自占据靠窗的角落，一个人坐着，孤零零的，像是被所有人一起默契无声地遗忘了。

池烈对新的座位安排十分满意。

他立刻就领会了李文章对自己的照顾，班上的同学一向对他印象很差，与其强行塞过来个同桌，两个人一块儿难受，还不如直接让他一个人坐。

自小习惯独来独往，池烈觉得这样很好。

教室不算很大，第一排和最后一排之间的距离不太远。即使坐满了学生，池烈一眼扫过去，也轻而易举地捕捉到少女白皙纤瘦的脖颈。

清晨，太阳刚升起不久，金灿灿的阳光落在她的发顶，温柔又活泼。

少年嘴角微微一勾，收回视线，不再看她，继续算刚才没算完的题目。

今天池烈坐公交车上学，比平时骑自行车晚起一个多小时，他又在途中好好睡了一觉，等到了学校，再没有出现那种头重脚轻，连站起来都眼前发黑，只能趴在桌上补觉休息的情况。

难得有个头脑清醒的早晨，池烈抓紧时间学习。

才开学不久，老师上课讲得慢而浅，池烈没跟着老师的进度，而是自己做自己的事。一整节课下来，他几乎没怎么抬头。

课间，他也和往常一样，在周遭学生聊天笑闹的背景音里认真做题。

计算到某个关键部分，池烈不自觉皱眉。

尽管大家一贯默契地装作班里没池烈这个人，但仍有不少同学偷偷关注他的动态，见少年毫无缘由地沉下脸，教室里瞬间眼神乱飞。

往后排走动的学生少了很多，附近聊天的声音轻了下来。

池烈没理会他们的小动作，又算了一会儿，得出最终答案，正准备倒推回去验算一遍，身侧的椅子被轻轻拉动。

椅子和地面摩擦，发出稍显刺耳的响声，池烈手一顿，教室里蓦然静住。

喻见对几步开外疯狂眨眼示意的沈知灵视而不见，径直拉开椅子，极其自然地在池烈身边坐下。

她每做一个动作，周遭的议论声就明显几分。

“这是什么情况！她不害怕那个谁发火吗？”

“是不是刚转过来不懂情况啊，这也太倒霉了。”

“就是，沈知灵你怎么不给人家‘科普’一下？”

沈知灵气得跺脚：“我怎么没说过？该说的早都说了！”

喻见明明上周还乖乖地远离池烈，结果过了个周末，就像把之前听过的话都忘了一样，一下课就往后面走，拦都拦不住。

还没见过哪个人不要命地往池烈身边凑，一时间，大家的视线纷纷投向教室后排。

喻见不太习惯被这么多人盯着看，略显不自在地眨了眨眼。但很快，她想起自己过来的目的，又稳住心神，偏头看过去：“池烈。”

少女的声音一贯软而轻，淹没在白日逐渐苏醒的蝉鸣里，并不分明，少年眉心却骤然一跳。

池烈下意识攥紧了手，列着完整步骤的草稿纸瞬间被揉成一团，刚计算出的答案窝在褶皱里，再也看不清了。

他深吸一口气：“你有事？”

少年刻意压低嗓音，声音沉沉，眉头紧皱，比平时更加烦躁。

周遭竖着耳朵的同学心里一颤，喻见也被他凶狠的语气吓到，稍微磕绊了下：“也没……”

话说到一半，被粗暴打断。

“没事就别来烦我。”池烈冷冰冰地甩下这一句，沉着眉眼，他并不看喻见，嗓音里没有平日一贯的懒散笑意，透着十足的冷漠。

池烈其实很清楚，喻见为什么要坐到他旁边。

小姑娘看着弱不禁风一吹就倒，实际心里比谁都有主意。昨天能为了向岑家遮掩，毫不犹豫把他赶去洗碗，今天也能为了扭转在学生间流传的谣言，想都不想直接坐在他身旁。

简直傻得不行。

池烈不打算让喻见掺和进他的事，当着满教室学生的面，又不能像之前那样拧她的脸，只能刻意摆出一副凶狠的模样。

语气的确很重，而效果也非常好。至少才坐在椅子上的少女愣了几秒，不知所措地眨了眨眼，最后咬着唇，一声不吭地起身走了。她原本就单薄的背影似乎更脆弱了些，似乎伸手轻轻一触碰就会破碎。

周遭视线纷纷随着喻见的身影挪开，池烈喉头艰难地动了动。

他想，等到放学后再找她道歉吧，而且要拖到学生基本都走完的时候。实在不行，还可以像上次那样，再爬到二楼去敲一回窗户。

总之，在学校里，她必须和他保持距离。

没有什么其他的原因，他只是不想连累她而已。

池烈沉默地攥紧手，早就揉成一团的草稿纸被捏得更紧。

少年的心也一同被狠狠攥住。习惯了疼痛，他不觉得疼，只是心口的位置有些空荡，即使窗外温热的夏风吹进，都一阵一阵发冷。

池烈佯装无事地松开手，还没来得及把揉得不成样子的草稿纸展开铺平，先前随喻见离开的视线又一同齐齐转了回来。

才离开没多久的少女重新折返，再一次坐到了他身旁。夏风吹着，吹动她乌黑的发梢，也吹动嫩白小手里英语习题的书页。

“现在有事了。”她冲他软软地笑，“可以来烦你了吧？”

喻见声音又软又轻，羽毛一般，随风温柔地勾在少年的心上，微微发痒。

池烈顿时呼吸一窒。

两个人离得近，清晨日光和煦，他看见沾着晨曦的树影落进少女澄明的瞳孔，细细碎碎的，瞬间搅乱了他在她眼底紧绷起来、十分不自在的面容。

池烈喉头动了动，下意识地别过头去，不再看她。

草稿纸再度被捏紧，略长的漆黑碎发搭在耳侧，遮住了苍白耳尖上透出的一点儿红色。

喻见没注意到少年不自然的动作，见池烈一声不吭地转过头，就有几分无语。

这到底是什么糟糕透顶的性格啊！

明明她都不计较他刚才那么恶劣差劲的语气，没想到当着全班同学的面，他居然真的一点儿面子都不给，硬生生把她晾在这里。

周遭投来的目光逐渐带上几分玩味，还有刻意压低的议论声。喻见听不清他们都说了什么，不过不必细想也知道，大概是在嘲笑她不自量力、没脑子地跑来招惹池烈。

喻见气馁地想，不然今天还是算了吧，按着池烈这种讲不通道理也听不进劝的脾气，自己要是再坚持，说不定他等会儿真的要发火了。

喻见捏了捏手里的英语单选题，准备顶着同学们的目光，灰溜溜地回到自己的座位上去，正要起身，一只冷白的手伸到面前。

少年修长骨感的指节上还带着瘀青和伤口，乍一看很是可怕。围观的同学几乎同时齐齐往后退了一步，沈知灵则颤抖着，想把喻见从池烈身边抢回来。

几秒后，在全班同学的注视下，少年不自然地清了清嗓子。

“哪道题不会？”他向她伸出手，“拿给我看一下。”

下一堂课是班主任李文章的英语课，他乐呵呵地走进教室，没高兴多久，就敏锐地察觉到了异样。

李文章脾气好，学生下课后成天老李老李地喊他，他也一点儿不生气，但在课堂上，大家还是默契地保持着师生间应有的距离和尊重。

结果这一回，上课将近十几分钟了，依旧有学生频频往教室后排看去。还有几个平时跳脱的同学，转头往后排看一眼，再往前面看一眼，没过一会儿，又扭头重复上述过程，心思完全不在课堂上。

“周家明，你一个劲儿往后看什么呢？”李文章忍了又忍，最后实在没忍住，“钱思域你也是！这脑袋怎么还滴溜溜来回转？”

李文章这么一训斥，同学们勉强安分了些，不好再回头看池烈，于是齐刷刷将目光投向了坐在第一排的喻见。

李文章便说：“看书！看书！别到处乱看！”今天这究竟是怎么了？

师生们心思各异地上完了这一堂课，下课铃一响，李文章还没走出教室，沈知灵就从座位上猛地站了起来，硬生生地把喻见原本的同桌挤出去，直接坐在她身旁。

“见、见见！”沈知灵激动得都有点儿不会说话了，“你是怎么做到的？”

尽管少年还是往常那副冷冷淡淡、不好招惹的模样，但喻见拿来习题后，他皱眉看了一会儿，迅速用笔把长句拆分成几个短句，然后低声分析起了结构和考点，最后还往后翻了翻，找出一道同类型的题目，让喻见当场拆给他看。

结构考点什么的，沈知灵和其他人一个字没听进去，他们只知道，池烈竟然完全没发火！不但没发火，而且还认认真真给喻见讲起了题。

这真的是那个在办公室都敢动手，甚至还把女同学气哭的池烈吗？

沈知灵的眼神充满了不可思议，喻见又无奈又好笑。

“池烈是年级第一，我英语又不好，去请教他也很正常啊。”喻见不好直白地说池烈不是沈知灵他们以为的那种人，只能循序渐进，“我看他没你说的脾气那么坏，是不是你们以前把他想得太夸张了？”

喻见手上还拿着那本被池烈画过的英语习题集，她说话不紧不慢，声音软软的，听起来特别有说服力。

沈知灵就有些蒙：“是这样？”

其实她也是道听途说居多，加上池烈一贯冷着脸，没人敢接近，大家就慢慢默认了他不好招惹的事实。

喻见笑了笑：“有可能呢，我也不知道。”

没指望靠问一次题目就能扭转池烈在同学们心里的印象，她换了个话题，和仍旧一脸蒙的沈知灵说起了李文章今天上课的要点。

总之已经开了个好头，剩下的事情，以后慢慢来吧。

经历了早晨惊世骇俗的一幕，整整一天，七班同学上课都在持续走神。

直到下午最后一堂自习课，李文章开完年级组会回来，一进班，就丢下一个重磅炸弹。

“年级组开会研究了一下，咱们刚分完科，进入一个新的学习阶段，很多同学都还不适应。想要取得好成绩不能光靠在学校的努力，还需要家长的配合。”李文章顶着最灿烂的笑容，笑眯眯说出最残忍的话，“所以这周五下午，咱们年级就开个家长会，回去都给你们父母说一说，实在来不了的给我打电话请假。”

班里顿时哀鸿遍野，大家一下把池烈忘到了脑后。

“池烈，喻见。”李文章就跟没看见似的，点了两人的名，“你俩到我办公室来一下。”

李文章叫他们来不是为了上午的事，而是周五下午的家长会。

“这次期初考试你俩成绩最好，我琢磨着家长会的时候，让你们上去分享一下自己的学习经验。”话是这么说，李文章眼睛一直盯着的却是喻见，“提前给你们说一下，这两天先准备起来。”

倒不是李文章不待见池烈，而是他已经摸透了这个学生的脾气。向来冷漠寡言的少年多半并不乐意在家长会上发言，但毕竟是年级第一名，他不好越过池烈直接叫喻见。

果然，李文章话音刚落，池烈就直接干脆地拒绝：“我没什么好分享的。”

在书店蹭习题做显然不是什么值得推广的学习经验。

李文章对此毫不意外，立刻看向喻见。

班主任的目光真挚而诚恳，喻见只能点头：“好的，李老师。”

没有其他事，李文章挥挥手，让他们回班继续上课。

还没下课，整个年级的学生都在班里安静自习，楼道里静悄悄的。

喻见埋头一个劲儿往前走，没走多远，身后响起一个低沉沙哑的嗓音：“站住。”

喻见脚步一顿，正想装着什么都没听到，少年抬高声音，不紧不慢地重复了一遍：“给我站住。”

加了两个字，尾音沉沉的，傲慢而凛冽。喻见只能停住脚步。

池烈站在几步开外，就看见上午还勇气十足跑来坐在他身边的少女很是为难地停了下来，被束起的马尾垂在肩膀一侧，轻轻颤着，露出白皙流畅的颈线。她细白的手指无意识地抓紧校服，蓝白短袖被捏在一起，绞得很紧，显然有些紧张。

池烈不由得嗤笑一声：“现在知道怕了？”

瞧她现在紧张成这样，不知道早上哪儿来那么大胆子敢直接去找他。

带着一贯的漫不经心，少年笑声懒散，从胸膛里震出来，落在耳膜上，微微发痒。

喻见有些赧然，脸红了下，小声辩驳：“我才没怕。”

她原本就不是胆小怕事的性格，加上早就摸清了池烈的脾气，知道他压根儿不是那种随便发火的人，所以是真的不怕他。

不过早晨的事到底是喻见自作主张，所以此刻被池烈叫住，喻见难免有几分心虚。

以后还是要商量着来，至少不能像今天这样再被他不耐烦地吼一回。

少女垂眸盯着地面，安安静静。阳光从楼道一侧的玻璃窗照进来，将她整个人都笼在金灿灿的光线里。巴掌大的小脸两侧垂着些许碎发，衬得她越发稚弱。她眼睫细细颤着，一下一下，在少年的心口轻轻扑簌。

池烈指尖动了动，忍住伸手替她别好碎发的冲动：“你别告诉我你以后还敢。”

少年刻意压低嗓音，声音发哑，低沉着，听上去和早上赶她走时一样凶。

喻见眨了眨眼，很是无辜地摇头：“不敢了。”对不起，以后真的还敢。

说完这一句，喻见嘴角忍不住扬了扬。想起之前池烈的恶劣行径，生怕他再捏她的脸，她又赶紧伸手老老实实自己捂住。

结果刚捂好脸，额头就被弹了一下。

池烈刻意控制了力气，比上一回捏脸的力道轻很多。但双手捂脸的小姑娘依旧瞪圆了眼，愣在当场。

雪白额头上有一点微红，可怜又可爱。

他瞥她一眼，轻嗤：“多管闲事。”

依旧是极其不善的语气，尾音里却莫名多了几分笑意，不自觉的，藏也藏不住。

喻见最后只能捂着额头回教室。

沈知灵还奇怪：“怎么了见见，你撞到什么地方了？”

好在这一次池烈没怎么用力，等到放学时，喻见额头上的红痕已经褪去，看不出来刚才遭遇了什么。

坐在回岑家的车上，喻见仍旧有几分气恼，这个家伙！从明天开始就天天课间问他题目，不然都对不起自己今天莫名其妙被弹的这一下！

回到岑家后，喻见并没有立刻提起家长会的事，而是先向刘秘书询问了岑平远夫妇这周的行程，得知岑平远和方书仪都很忙，不一定有时间参加家长会。

“岑总和夫人这周都没空。”刘秘书倒是很快给了喻见回复，“家长会就让裴老师去参加吧，周老师那天也会去。”

周老师是岑清月的家庭教师。

喻见对这个安排毫无异议，倒是岑清月很是不高兴：“我这次考得这么好，爸爸妈妈就不能去一次家长会嘛！”

完全忘记了喻见的成绩比她好得多。

喻见懒得搭理岑清月，确定了岑平远夫妇不会参加家长会，就给裴殊打了电话。裴殊自然一口应承下来。

转眼到了周五。

家长会安排在下午的第三四节课，第二节课还没上完，已经有家长在走廊里等候，时不时透过窗户好奇地往教室里打量。

下课铃敲响，学生们收拾好书包，或笑容满面，或一脸愁容地把走廊里的家长领进教室，坐在自己的位置上。

在一众四五十岁的家长里，裴殊显然年轻得有些过分。

他年纪本身不大，又天生娃娃脸，大概是刚从平城大学过来，白 T 恤配牛仔裤，清清爽爽的，瞧上去也就是十七八岁的模样。

沈知灵就惊了：“见见！这是你……哥哥？”

对上裴殊脸颊边的酒窝，她差点儿脱口而出“男朋友”。

喻见无奈：“你想什么呢？”

裴殊倒是没在意这点儿小事，对有些脸红的沈知灵又笑了笑，而后看向喻见，说道：“先带我去你们班主任那儿吧，咱们待会儿再过来。”

通常情况下，家长会结束后，围在班主任身边的家长最多。想要好好聊一聊，就要趁没开始之前，先去办公室找老师。

喻见点头："好。"

她领着裴殊往李文章的办公室走。裴殊长相不差，是清俊秀气的类型，一路上，有不少学生往他们这边看。

很快到了办公室。喻见正准备敲门，冷不防有人直接从里面拉开门。

喻见吓了一跳，看清对方，又松了口气："池烈，你吓死人了！"

怪不得刚才在教室里没看到他，原来是来了李文章的办公室。

池烈也没想到喻见正站在门外。

少女嗓音娇嗔，带着自然而然的亲昵。少年向来漠然锋利的眉眼瞬间柔和了一点儿，正要说话，一抬眼，就看见站在喻见身后的裴殊。

平心而论，两个人之间的距离其实没有很近，大概隔了两三步左右。

但喻见刚才被池烈吓到，无意识地往后退去，裴殊反应不及，两三步的距离瞬间缩短到不足半步，一下离得有些近。

裴殊察觉到这一点，立刻往后退了几步，离喻见远了些，这才抬头，对站在门口的少年露出一个礼貌的微笑："同学你好。"

他客气地笑完，就等着池烈把门完全打开，然后自己抓紧时间和喻见的班主任沟通。

裴殊想得很好，几秒后，"啪"的一声。

才打开的门被直接关上了。

喻见："……"

裴殊："……"

被直接关在门外，两个人面面相觑，完全不懂这是什么意思。

"你们班主任是不是现在不方便见家长？"裴殊脾气好，一点儿不生气，"那我们走吧，等待会儿家长会结束再来也行。"

喻见愣了下："应该不会啊。"不然池烈怎么能在里面？

弄不清池烈搞什么名堂，她正要抬手敲门，下一瞬，办公室的门又被打开。

这一回，池烈倒是把门全部拉开了。但他没走，依旧站在原地，眼尾凌厉地勾起，冷冷扫向裴殊："你有什么事？"

充满警惕、带着敌意的语气。

裴殊简直莫名其妙，碍于这是在学校里，他不好和小自己五六岁的小孩儿计较，只能把疑惑的目光投向喻见。

喻见同样一头雾水。

"你干吗呀？"不明白池烈怎么突然对裴殊有这么大敌意，她回头看了眼裴殊，"裴老师，你们以前见过？"

裴殊连忙摇头否认："没有。"

于是喻见越发茫然。她转过身，试图和池烈讲道理，却看见他短暂地怔了一下。

真的很短暂，几乎只是眼睫毛轻轻颤动的工夫，少年挑高的眼尾已经平淡压下，黑眸微垂，将没来得及敛起的戾气藏在眼底。

随后，池烈侧身，给裴殊让出了进办公室的空间，甚至还客气地提醒道："李老师在里面。"

裴殊一向心大，完全不在意刚才的事："谢谢啊。"他又叮嘱喻见，"你先回班吧，待会儿不是还要发言嘛。我记得路，到时候自己回去就成。"

喻见还没反应过来，"啪"的一声，裴殊毫不犹豫地关上了门。

"你刚才关门干吗？"裴殊不在，喻见只能瞪向池烈，"而且还那么凶。"

她差点儿以为池烈和裴殊有过节。

少女的眼睛清凌凌瞪过来，含着几分恼火。

池烈伸手挠了下眉，下意识地避开她的视线："顺手。"

少年语气漫不经心，给出的答案更是毫无诚意的敷衍，喻见顿时无语。

行吧，既然他这么说，那她以后也要这么顺手一两回，让他亲身感受一下。

喻见有几分气恼，无意识地鼓了鼓脸颊。

池烈眸色一沉，喉头有些发紧。他清了清嗓子，若无其事道："他们就让你的家教来参加家长会？"说的是岑平远夫妇。

喻见没想到池烈会问起这个，短暂一愣后摇头："岑清月那边也是家教。"所以算不上什么大事。

不管方书仪和岑平远心里怎么想，表面上还是做到了一碗水端平。

池烈闻言，嘴角冷冷一勾。

但少女语气镇定从容，和以往一样平静，听不出任何不甘或者委屈。所以他最后也没多说什么，只是轻嗤了声："就你脾气好。"

先前收拾岑清月的时候可是厉害得很。

喻见听出池烈在说反话，不打算和他多计较，晃了晃手上的稿子，说："我先走了。"

李文章安排她在家长会上发言，尽管已经有了成稿，事到临头，还是要重新温习一遍。

池烈没拦喻见，也没跟她一起走。他靠在墙上，双腿散漫地交叉搭起，很是敷衍地点了点头，示意她可以先行离开。

于是喻见就真走了。

惦记着发言的事，她走得很快，没有回头，自然也没有注意到身后池烈的动作。

乍一看，少年还是那副漫不经心的模样，懒散靠着墙，手臂抱在胸前，透出十足的恣意傲慢，黑漆漆的眼珠却紧紧追随着少女的身影，直到被风吹得空荡的蓝白短袖消失在走廊尽头，再也寻不到踪迹，才艰难迟滞地收回视线。

池烈依旧有种头重脚轻的感觉，向后靠去，把身体大部分重量都压在墙上，这才感觉自己勉强能站稳。他伸手按了按胸口，不自觉地长出了一口气。

其实刚才池烈没敷衍喻见，反手关上门，的确是下意识、不经思考，完全凭借本能做出来的动作。不知道为什么，看见裴殊亲密地站在喻见身后的瞬间，他第一个反应竟然是远远逃开。

家长会进行得很顺利，喻见模样乖巧，成绩又好，在发言后迅速收获了一群家长的好感。

家长会结束后，有挤不到李文章身边的家长干脆直接来找喻见："同学，刚才你说的那些学习方法我没记全，能不能把你的稿子给我拍两张照？我好回去让我们家孩子跟着你学！"

这位家长嗓门大，瞬间吸引了走廊里其他家长的注意，甚至还有其他班的家长站在门口探头探脑："什么学习方法？让我也拍一份！"

"你爸妈不来可真是太亏了！"裴殊作为喻见的"家长"，自然是众星捧月的对象，"我跟你说，我现在都一阵一阵犯晕！"满脑子全是老师和家长的溢美之词。

喻见不得不提醒他："裴老师，你冷静点儿。"

裴殊毕竟年龄不大，不够稳重，被喻见这么一提醒，才勉强收起脸上的笑容："行行行，我冷静。"

嘴上这么说，可裴殊作为喻见的家教，深感与有荣焉，忍不住再次扬起嘴角。他视线一抬，笑容瞬间有些凝固，下意识地往前走了两步，想要挡在喻见前面，不让她发现远处的两人。

但喻见已经看到了。

教学楼门口，一对母女正相携离去。

今天是高二年级的家长会，这样一起离开的母女有很多，两个人挽着手臂，肩膀挨着肩膀，亲亲热热的，俨然一副感情很好的样子。

如果她们不是方书仪和岑清月，那就更好了。

"是不是周老师今天也有事，夫人又刚好回来了？"裴殊不是傻瓜，一早就察觉到了岑家对待两个孩子的区别，此刻绞尽脑汁试图安慰喻见，"刘秘书昨天还专门给我打了电话……"

话没说完，喻见开口，平静地打断他："裴老师，我们也走吧。"

少女语气淡淡的，听不出任何喜怒。

裴殊一噎：“小见……”

喻见摇摇头：“裴老师放心，我没事。”

她回班拿上书包，和裴殊一起出了校门。

今天来接喻见的司机不是以前的徐叔，而是个以前没见过的年轻人。在喻见的要求下，司机先送裴殊回平城大学。

一路上，裴殊坐立不安，方才在学校里的笑容早已无影无踪，一脸担忧地盯着喻见。

喻见不得不在裴殊下车的时候反过来安慰他：“我真的没事，裴老师你别再多想了。”

喻见没骗裴殊，她的确没把这件事放在心上。

没被认回岑家前，喻见对岑平远和方书仪或许还有几分期待，回到岑家后，那点懵懂青涩的期待就慢慢被消磨殆尽，然后被夏风一吹，干干净净的，再也看不见了。

对喻见来说，岑平远夫妇只是和自己有着血缘关系的陌生人，所以她并不会因为方书仪去参加岑清月的家长会而感到伤心难过，相反，因为对方的把戏实在过于拙劣，她甚至有点儿想笑。

年轻的新司机坐在驾驶座上，听见后排少女的轻笑声，急于讨好，连忙开口：“小小姐和大小姐的感情真好啊。”

喻见愣了下：“什么？”

司机今天才入职，只知道岑家有两个女儿，不清楚里面的弯弯绕绕。

见喻见个头矮，他自动把她默认成了小岑清月好几岁的妹妹：“大小姐今天过生日，小小姐这么开心，可不是姐妹俩感情好嘛！”

家长会结束两个小时后，李文章终于从围追堵截的家长中逃出来。好不容易回到办公室，见池烈还在那儿，他顿时吓了一跳：“你怎么还没回去？”

池烈没吭声，沉默地举起手里的高考真题。

今天他是被李文章叫到办公室来的，对方不知道从哪儿搜罗来了一大堆各科试卷，声称自己的远房侄子今年落榜，剩下的学习资料扔了怪可惜，干脆拿给池烈做，这样不浪费资源，非常环保。

至于为什么六月份考试的侄子会留下今年的高考真题，李文章表示，一定是侄子热爱学习，即使已经准备回家种红薯，也要重新再买一套当作纪念。

“这办公室本来就不大，你别搁这儿做了，直接拿回去吧！”李文章大手一挥，头上仅存的几根头发跟着乱颤，“待会儿那几个老师过来，你就得被赶走了。”

英语组的老师们共享一个大办公室，空间大人少，时常有其他组的老师抱着作业或教案蹭地方。

话音刚落，隔壁班的班主任推门进来，听到这一句，摇了摇头：“今天没谁，只有我一个。”

李文章纳闷：“为啥？”

“文科班有个家长请吃饭，说是女儿过生日，年级组里教过她女儿的都被请了。”隔壁班的班主任不太看得上这种做派，撇了撇嘴，“心思不放在正道上，成天搞这些乱七八糟的做什么？”

李文章一听就懂了：“是十班那个姓岑的小姑娘吧？听说她家特别有钱，去年刚进校就请过一轮了，还给我发了请柬。”

然后被李文章以要去医院治疗脱发的借口给推了。

池烈听着两个老师有一句没一句地闲聊，面上没有任何表情。

当时他还在岑家，自然比李文章他们更清楚内情。岑清月成绩差，岑平远想办法托关系把她送进一中，之后又担心老师对岑清月不好，于是干脆直接把年级组的老师都请了个遍。

没想到今年居然又来了一次。

池烈低下头，嘲讽地扯了扯嘴角。

隔壁班的班主任还在絮絮叨叨：“听说在平城公馆包了一个宴会厅，这生日过得可真够阔气的。”

平城公馆是平城最顶尖的高级公馆，包下一整个宴会厅至少六位数。

池烈对岑家的事并不关心，更不在意岑清月的一场生日晚宴要花多少钱。他收拾着李文章抱来的各科习题，将最后一套英语试卷放在最上面。

视线掠过试卷，池烈的手蓦然一顿。

“哎哎哎！”李文章还在喝茶，看见少年猛地往外冲，吓得杯子都掉了，“池烈你去哪儿！回来！这习题我从书店累死累活地扛过来，你倒是给我拿走啊！”

走廊里急促的脚步声风一般刮过，没过几秒就听不见了。

池烈已经翻过好几次围墙，这次更是轻车熟路。别墅区面积大，他一路躲着巡逻的保安，等到了岑家别墅，天色已然暗了下来。

夕阳余晖残留在天际，只剩下稀薄而微弱的一道红线。晚风吹过，逐渐暗淡。

池烈越过围在别墅外的雕花栏杆，轻盈落地时，最后一点夕阳自天边消弭，悄无声息地被黑沉沉的夜尽数吞没。

池烈从花园绕到别墅一侧，抬头看向二楼。

之前那盏亮着暖黄色灯光的窗口如今隐没在夜里，漆黑一片，没有一点儿光芒，房间的主人似乎并不在里面。

池烈只犹豫了一秒，借着外墙上的浮雕，迅速地攀爬上去。

和上次一样，他单手抓住窗沿，另一只手去敲窗户。他的手指刚触碰到玻璃，没有关上的窗户随之轻轻滑动，晚风吹过，属于少女的温柔气息瞬间蔓延开来。

池烈喉头一紧，抓紧窗沿，压低声音："小矮子，你睡了吗？"

没有回答，只有夜风吹动槐树枝条发出轻微的窸窣声。

池烈一时间有些迟疑。想了想，他小心翼翼地推动窗户，推开一道十厘米左右的缝隙，谨慎地探身去看。

房间里没有开灯，光线暗淡，但摆在正中央的大床上的被子叠得方方正正，床单铺平，一看就能看清上面并没有人。

难道她也去了宴会?

这个想法才冒出来，池烈摇摇头，又自己按了下去。

不可能，如果是那样，今天喻见会说的。

池烈在二楼窗户外挂了好一会儿，不知道该怎么办，直到微凉的夜风再度吹起，风声里，他听见一丝不太分明的响动。

从房间深处传来，隐隐约约，听不太清。

池烈皱眉，仔细分辨了一会儿，最后咬了咬牙，推开窗户，腿用力一蹬，直接翻进房间。

无声落地后，他朝声音传来的方向走去。

眼看还有几步就能走到，他脚步一顿。

虽然他已经很多年没有再进过这个房间，仍旧有着一点儿残存的记忆。往这个方向走，一路走到底，尽头似乎是……浴室。

黑暗里，少年的脸瞬间烧了起来，下意识想要转身，腿却有点儿不听使唤，步子一迈出，几乎是立刻左脚绊右脚。他伸手扶住一旁的书柜，这才没直接跌倒在地。

池烈在心里骂了一句：见鬼!

他恨不得现在就从窗口跳下去，可两条腿还死死地绊在一起，没有一点儿想要分开的意思，只能窘迫地停留在原地。

房间里没有其他人，十分安静。因此，从浴室里传出的响动就越发明显。

池烈死死咬住牙，额上显出几道青筋，手深深掐住掌心。

手心被掐出几道血痕，刺痛传来，他头脑清醒了一瞬，紧接着就是一怔。

浴室里传来的并不是水声，而是喻见轻轻的、略显颤抖的嗓音。

"祝你生日快乐，祝你生日快乐，祝你生日快乐……"

一遍又一遍，她在给自己唱《生日歌》。

不知道过了多久，最后，喻见自己唱累了。她坐在浴缸中，双手环膝，把脸埋在臂弯里。

阳光福利院的小孩儿从不单独过生日。

倒不是程院长吝惜钱财，不愿意给孩子们过，而是这些小孩儿压根儿就不知道自己的出生日期。他们中的绝大多数人来到院里时，只有两三岁左右，甚至有些还是不会说话、不会走路的婴儿。

所以程院长选择每年给大家统一庆生。

时间通常安排在中秋节那一天，那一天不论白天有多忙，到了傍晚，程院长总会准时从外头匆匆赶回来。

老师和孩子们围坐在那棵高高的老榕树下，戴上生日帽，一起大声唱《生日歌》，然后同时吹灭蛋糕上的蜡烛。

就这样又长大一岁。

喻见自小在福利院生活，已经过了十几个这样的生日，习惯了每年中秋节和兔子、大虎他们在一起。她都快忘记了，一年三百六十五天里，还有一个属于她自己的、独一无二的日子。

可这里是岑家，不是阳光福利院。

没人记得今天也是喻见的生日，更没人会给她唱《生日歌》。

喻见又坐了一会儿，直到房间里的壁钟敲了十下，她才慢吞吞地起身，从浴缸里爬出来。

刚走到浴室门口，就看见门外一个细瘦高挑的黑影。

喻见下意识地要尖叫出声，下一秒，一只稍显冰凉的手捂住了她的嘴，另一只手捏紧她的肩，稍一用力，直接把她压在墙上。

喻见从来没遇到过这种情况，脑袋都是蒙的，身体却还记得立刻做出反应。被禁锢在门边这一小片空间，她伸手死命拍打对方，又抬腿去踹。等捂在嘴上的手稍稍松动一些，她干脆直接挣脱出来，一口咬在黑影的手上。

求生本能驱使，这一下咬得特别用力。

“啧。”黑影不由得闷哼一声，“小矮子，你够狠的啊。”都要把他咬流血了。

低沉的、稍显沙哑的嗓音，以及熟悉的、没有第二个人会这么喊的称呼。

喻见顿时更蒙了：“池烈？”

捏在肩膀上的力道一松，他终于放开了她。喻见跌跌撞撞冲到开关旁，“啪”的一声，开关被按动，暖黄色的灯光自头顶洒下，照亮倚在浴室门口的少年。

他闲散地靠在门边，抬起手，瞥了眼虎口处深且分明的两排牙印，而后轻轻扯起嘴角：“嗯，是我。”

喻见无论如何也没想到，池烈竟然会爬进她的房间，顿时目瞪口呆。她正想说点什么，他却大步朝她走过来。

那双长到过分的腿随便一迈，一眨眼的工夫，就已经到了眼前。

喻见下意识地往后靠去，背紧紧贴在墙上。

她仰起头，不知所措，茫然疑惑地看他。

少年个头高挑，往喻见身前一站，轻而易举遮住了自上方打下的暖黄光线。

池烈背着光，向来深邃的眼睛越发漆黑，即使他温热的呼吸已经细细扫在她脸上，也看不清眼底旋涡一般、晦明难辨的神色。

喻见从没和池烈有过这么近距离的接触，整个人都僵住了，只能眼睁睁地看着那双狭长深沉的眼睛越靠越近。

四目相对，喻见不敢眨眼，更不敢呼吸，总觉得他的眼睫毛就要碰到她的眼睛。

“你……”喻见弄不清池烈这是在做什么，努力睁着眼，从喉咙里艰难挤出一个字，下一秒，眼睛下方传来一阵凉意。

少年端详许久，始终没能瞧出任何端倪，最后不得不伸出还带着两排牙印的手，小心翼翼，轻之又轻地摸上那双漂亮温柔的杏眼。

少女肌肤细腻，如婴儿一般，嫩生生的。他都不太敢用力，生怕稍微一不注意，就会惹红她的眼眶。

但她只是瞪大了眼睛，茫然无措地看着他，透亮眸子黑白分明。

指尖下的肌肤柔软细嫩，没有分毫水迹，和他想的完全不一样，这小姑娘是真没掉眼泪。

喻见紧紧贴在墙上，仰着头，看见池烈明显愣了一下。随即，他收回手，往后稍稍退了两步，拉开两人之间的距离。

没等她质问这究竟是怎么一回事，他先开口：“那现在就走吧，再晚一点儿就赶不上最后一班地铁了。”

夜里十点二十分，去往老城区方向的五号线末班地铁准时发车。

喻见被池烈拉着，坐在最后一节车厢里，怔怔听了好几站报站，才隐约察觉到他想带她去哪里。

喻见唰地站起身：“我不回去。”

往常在街头被小混混儿欺负，喻见都不会选择向程院长告状，今天这种小事，她更不可能直接跑回老城区，大晚上去敲福利院的门。

程院长和院里的老师们已经够辛苦了，她不想让他们再为她担心。

喻见刚站起来，还没来得及往车门那边走，手腕就被牢牢扣住。

少年瘦削得厉害，连带着掌心也没什么肉。她被他抓着，腕间顿时硌得一阵生疼，根本无法挣脱。

“我们不回去。”他紧紧拽住她，“不回岑家，也不回福利院。”

池烈语气极平淡，没有丝毫波澜。他甚至都没抬头看喻见，像是在说一件再普通不过的事，却莫名有种让人笃定信任的感觉。

喻见沉默了一会儿，重新坐下。

池烈也松开手。

两个人谁都没有再开口，地铁飞快穿过城市下方的隧道，轮轨摩擦，风声震动。

地面上，全玻璃幕墙的摩天大楼渐渐远去，斑驳老旧的楼房一茬接一茬，野蛮而肆意地疯狂冒出。

四十分钟后，末班地铁准点到达终点站。

这一站乘客不多，基本都是在市里忙碌的白领。一天超负荷的工作让他们万分疲惫，无暇注意一同出站，穿着蓝白校服的少男和少女。

夏夜晚风微凉。

喻见身上的蓝白短袖被风吹动，她站在街角，看着池烈走进路边的小卖部，再出来时，手上拎了个塑料袋。不透明的黑色，看不见里面装了什么。

“走吧。”他对她说。

喻见没动，谨慎地停在原地。直到池烈往与福利院完全相反的方向走去，站在十几米外、半明半暗的路灯下冲她挥手，这才小跑着跟上。

深夜的老城区格外安静。

一开始，街头巷尾还有冒着热气的烧烤、摆在柏油路两边贩卖廉价饰品的小摊、拖家带口出来在洋槐树下打扇乘凉的居民。

渐渐地，那些讨价还价、家长里短的闲谈被抛在身后，只有小飞虫在道路两边的路灯下聚集，发出振翅的微弱嗡嗡声。

再走远一些，昏黄路灯和飞虫也看不见了。

疯狂生长的野草上方，大半轮月亮悬在空中，皎洁的月色照亮近乎荒芜、被人遗忘的城市边际。

“池烈。”野草渐渐齐腰深，喻见不太敢继续往前走，“你到底要去哪儿？”

先前她以为池烈要带她回他住的地方，但离开喧哗的街巷，走着走着，就是毫无人烟的荒地，甚至都没有路。

喻见要跟着池烈拨开荒草、踩过野花的步伐，才能跌跌撞撞、很是勉强地前行。

这里是老城区最萧条、最破败的区域。拆迁到一半的楼坍塌在野地里，被越长越疯的野草覆盖，成为再也无人记得的荒原。

池烈无论如何不可能住在这儿。

被喻见叫住，池烈停下脚步。他环顾四周，满目都是愈长愈盛的植物，被月光照着，它们每一株都没有名字，只是最普通最寻常不过的野草。

云遮住月亮，风吹草叶，幽影幢幢。池烈难得迟疑了下：“我不知道。”

喻见跟着愣住。

那他们现在这是在做什么？

喻见没明白池烈的意思，走到他身边，抬头看他，意外在少年眼底看见几点奇异的星光，时明时灭，像是会呼吸一般。

下一秒，喻见的手被牢牢抓住。

“这边！”他带着她，朝星光隐匿坠落的地方跑去。

半人高的野草被撞动、分开，碰出窸窸窣窣的声响，落在草尖叶梢的细小光点被惊得跃向空中，带起身后一连串不断翕动、轻盈飞舞的灿烂星子。

乘着夏夜微凉晚风，它们轻轻拂过少年的眉眼和少女的发梢，在月色里汇成一条清澈莹然、缓缓流动的发光星河。

有人到访，庞大的萤火虫群快速移动起来，随着两个孩子奔跑的方向，自无边无际、没有尽头的野草间簌簌展开，一瞬高高飞起，一瞬低低落下。

“再快一点！它们要跑了！”

月光温柔洒落，照亮这群会飞的星子，也照亮少年有些兴奋、隐约发光的眉眼。

喻见的心怦怦直跳，下意识抓紧池烈的手，跟着他在这片荒无人烟，却又生机勃勃的野地里一路飞奔。

受惊的流萤一时散开，一时聚合。他们在这片不断移动的星辰间穿梭，头顶是夏夜明澈的月亮，眼前是跌入凡间仍旧熠熠生辉的烂漫星斗。

不知道跑了多久，不堪追逐的流萤终于厌倦这场没有尽头的逃亡，不再前行，唰地四散开来。

纯净璀璨的光点飘浮在连天野草间，一闪一闪。

喻见停住脚步，抬头望向池烈。

少年正好也在看她。

那双向来深不见底的黑眸落着星光与月色，很清澈，带着几分她从没见过的温柔与缱绻。

“喻见，生日快乐。”

他轻声说。

第九章 /// 他才不会喜欢她

夏天半夜跑去看萤火虫的下场，就是两个人最后都被咬了满身包。穿着长裤的腿上还好，手臂上一个接一个，痒得不行，又不敢直接上手去挠。

池烈在巷口还亮着灯的大药房里买了瓶花露水，回过头，看见喻见正局促地站在门边。

她抬头看着橱窗里的保健品广告，手指有一下没一下勾着校服短袖，一副尴尬万分的模样，倒是比被他强行拽去地铁站时的愣怔要灵动不少。

池烈付了钱，拿着花露水，走到她身边。

“你别多想。”他挑了下眉，轻描淡写道，“我只是讨厌别人动不动掉眼泪。”

在浴室外，听见少女一遍又一遍唱《生日歌》时，池烈以为她哭了，没想到开了灯才发现，难过归难过，喻见是真的没掉一滴眼泪，甚至眼眶都没红。

池烈买的是最普通的老式花露水，绿色玻璃瓶拿在手里沉甸甸的。拧开瓶盖，清凉薄荷味瞬间弥漫在空气里。喻见把花露水倒在手上，轻轻拍着自己的手臂，小声反驳：“我才不会哭。”

喻见不觉得这有什么好哭的。

福利院的孩子们从小就知道，眼泪是世界上最没用的东西，抽噎啜泣不会唤来亲生父母，号啕大哭也不能让小混混儿们收敛戏弄作恶的心。

只有被精心呵护、仔细珍藏的小孩儿才有撒娇耍赖的资格，像他们这样没爹没妈的孩子，与其没用地哭泣，还不如想想怎么才能好好活下去。

喻见涂完花露水，把瓶子递还池烈，抿住唇，犹豫了下：“谢谢……很漂亮。”

喻见原本以为自己要一个人过生日。虽然这或许也没什么大不了的，但在某种意义上来说，这是十几年来，她过的第一个生日。

有人记得终究不一样。

池烈接过花露水，没说什么，平淡地“嗯”了一声。他随意在手臂上拍打两下，把玻璃瓶拎在手里，说：“不早了，走吧。”

喻见瞬间警惕起来：“去哪儿？”

生怕他把她强行送回阳光福利院，喻见往后退了一步，甚至微微绷紧了身体，要是池烈真的打算去福利院，就立刻拔腿往反方向跑。

少女眼尾轻轻上翘，显出几分平日少有的锋利，幼兽一般紧张而戒备。

“小矮子。”池烈不由得勾了下嘴角，“你这是什么表情？”

刚才还好声好气地道谢，现在就一下变了脸色，真够没良心的。

少年眼风扫过来，浅薄笑意里带着些微戏谑，喻见顿时有点窘迫：“我没……”

“嗯，知道了。”池烈低笑了声，打断她的话，又重复一遍，“时间晚了，走吧。”说完，他不再理会喻见，一手插兜，一手拎着袋子，自顾自朝前走去。

喻见辨别了一下池烈前行的方向，犹豫一会儿，最后还是咬牙跟上。

两个人一前一后走在小巷里。

夜风温柔，吹来少年身上似有若无的薄荷香味。

老城区的基础设施不好，街道上还能每隔一段距离就有照明的路灯，巷弄里则要昏暗得多。一条电线悬着几个灯泡，从巷口一路拉到巷尾，昏黄灯光被风吹得飘摇不定。

喻见跟在池烈身后，不知道走过多少条这样的小巷，终于在拐过又一个转角后，看见他停下了脚步。

依旧是电线配灯泡的简易版照明，光线时明时暗，照亮一扇有着锈迹的大铁门、斑驳粗砺的青砖墙，还有从墙内伸出一角，枝叶繁盛的洋槐树顶。

喻见仰头，盯着洋槐叶看了一会儿，突然意识到，这是池烈曾经骑车带她路过的那条种满洋槐的街巷。

原来他真的住在这里。

喻见打量洋槐的工夫，池烈已经掏出钥匙，借着悬在铁门上方的灯泡，将钥匙插进锁孔里。

“咔嗒”一声，锁被打开。

他推开铁门，回头看她：“进来。”

喻见连忙跟上。

这是个不大不小的院子，是老城区最普遍最常见的布局。堂屋左右各两间房，屋前留着一片很大的空地。没开灯，喻见看不清空地上影影绰绰的是什么，但从高度判断，应当是从前搭在这里的葡萄架。

她跟在池烈身后，从那片阴影旁走过，果然看到枝叶间有一串一串沉甸甸的果实。

“还没熟，不能吃。”池烈明明没有回头，却像看见了喻见正盯着葡萄看，“现在别想了，再过一个月差不多。”

喻见顿时有几分赧然：“知道了。”

其实她没琢磨着要摘葡萄，只是看一看而已。

喻见跟在池烈身后，进了堂屋，他轻轻一拉门边垂下的拉绳，“咔嚓”一声，从房梁垂下的灯泡亮起来。

灯泡瓦数不高，不算特别明亮，不过足够照亮屋内的一切。

堂屋空间大，比喻见在岑家见到的那个狭小逼仄的楼梯间要宽敞许多。屋子似乎有些年头了，墙壁上返了潮，墙根下一溜儿翻起的斑驳墙皮。

屋里没什么家具，只有一张样式老旧的课桌、两把椅子，还有一个一看就是二十世纪风格的五斗橱上放着台黑白小电视。

喻见试探着按了下开关，电视果然没亮。她绕到五斗橱后面，发现竟然连电源都没插。

池烈把花露水和一直拎在手里的黑色塑料袋扔在课桌上：“自己待一会儿，我去收拾房间。”

喻见乖乖点头。

屋里亮着灯，有趋光的小昆虫不断撞在玻璃窗上，发出轻微的啪啪响声。喻见离窗户远了些，走到课桌前。

课桌款式旧，却非常干净，掉漆的地方被重新刷过，上面扎手的木刺也磨得干干净净，显然主人很爱惜。

桌上放着一沓草稿纸，少年的字迹和性格一样锋锐，铁画银钩，一笔一画都分明而张扬。

不过喻见看不懂草稿纸上写的是什么。纸面上落着一行一行的英文字符，错落有致，中间还夹杂着奇怪的字符和各种括号，并非数学公式，更不是英语习题。

喻见看了一会儿，发现自己还是看不懂，索性把目光从草稿纸上移开。视线一瞥，她顿了下，有些发愣地看着摆在一旁的木质相框。

色泽细腻、纹理精致的相框和这间有些陈旧的老堂屋格格不入，相框里，一个容貌七十许的老人正冲喻见和蔼地微笑。

他眼角眉梢的笑意有几分说不出的熟悉，喻见曾经见过这样的笑容，在岑平远的脸上。

这是……

喻见心跳有些快，伸手想要拿起相框。少年利落的脚步声由远及近，她下意识地收回手，死死盯着地面。

池烈一回来，就注意到了喻见的不自然。他目光睃了一圈，扫了眼摆在课桌上的相框，立刻明白过来。

“这是你爷爷。”他没掩饰，大大方方地冲喻见抬了抬下颌。

喻见没在岑家见到过岑老爷子的照片，只从方书仪那里听过关于岑老爷子葬礼的消息，其中还牵扯到了池烈。但从摆在这里的照片，以及少年坦荡磊落的态度来看，事实多半不像方书仪说的那样，全部都是池烈的错。

想起方书仪说过的话，喻见张了张嘴，正想问点儿什么，被先一步打断。

池烈把那个拎了一路的黑色塑料袋扔到她怀里："很晚了，吃完就去睡觉吧。"说完，他干脆利落地转身，朝堂屋另一侧的房间走去，而后直接关上门。

喻见一个人被扔在堂屋里，顿时有些茫然。

她抱着塑料袋，试探地掂了两下，不重，再上手捏一捏，很软，似乎不是泡面或者压缩饼干一类的速食食品。

喻见站在课桌前，拎起塑料袋的一角，几个圆滚滚的东西从袋里滚落出来，在桌面上骨碌碌滚动，她连忙伸手按住。

塑料袋里装着的是最普通的老式鸡蛋糕。

即使是老城区，现在的小孩儿也很少喜欢吃这种鸡蛋糕，他们更偏爱西式蛋糕店里铺满奶油的切角和甜点，对这种外面包着一层简陋彩色圆纸的点心完全不感兴趣。

但深夜，蛋糕店早早就打了烊，小卖部能买到的，就是这样平凡朴实的鸡蛋糕。

喻见的手不自觉地捏紧，鸡蛋糕柔软地贴在手心里，散发出砂糖甜蜜的气息。

池烈进了侧屋，枕着自己的一条手臂，躺在床上，睁眼盯着天花板。不一会儿，他就听到少女轻快的脚步声，穿过堂屋，而后停在被他反锁的门口。

"池烈。"喻见认真地说，"谢谢你。"

在她度过的第一个真正的生日里，带她逃离那个没人记得她生日的地方，陪她去看夏夜月色下的萤火虫，甚至还记得给她买生日蛋糕。

才进屋里不到五分钟的少年好像睡着了。房间里没有发出任何声响，静悄悄的，不知道他是没听见还是懒得搭理她。

喻见抿了抿唇，又小心翼翼地发问："池烈，你生日在什么时候啊？"

岑平远和方书仪连她的生日都记不住，自然更不可能记得给池烈庆祝生日。

这一回，少年终于肯说话了。

"哪那么多问题？"隔着一层门板，他的语气一如既往的不耐烦，"你该不会还等着我给你唱《生日歌》吧？"

喻见不由得笑了。她站在门口，轻轻摇头，意识到池烈看不见，连忙轻声补充："那就不用了。"

说实在的，喻见也想象不出池烈唱《生日歌》的模样。

喻见坐回课桌前，认真地小口小口吃着鸡蛋糕。

一门之隔，池烈盯着天花板，回味着少女方才的话，嘴角勾了勾，露出一个不太明显的笑容。

随即，他想到摆在课桌上的相框，那点儿笑容又顷刻消失得无影无踪，仿佛从来没出现过。

池烈平静地想，没有什么过生日的必要。

在这个世界上，不会再有人期待他一年一年地长大了。

池烈第二天醒得很早。

这是他长久以来，有一顿没一顿吃饭养成的坏习惯，时常睡着睡着就被饿醒，接着再昏昏沉沉睡过去。久而久之，即使在偶尔吃饱的情况下，一夜还是会醒来三四次。所以上次在福利院才会起得那么早。

不过最近，池烈倒是没怎么挨饿。

吴清桂不是那种爱克扣、斤斤计较的人，池烈在废品站打零工的工资足以支付房租，此外还能有一部分结余，虽然算不上很多，总归不会像之前那样直接饿到晕倒。

至于董老师拍胸脯保证的去福利院吃饭，池烈没去，跟一群站起来还没他腰线高的小孩子抢吃的，他做不出来。

现在这样就很好。难得长期稳定吃饱饭，这一周，池烈醒来的次数比以前少，起床时间也比从前晚。

他头脑还不太清醒，盯着天花板愣了一会儿，直到糖油饼的甜香从门缝一个劲儿钻进来，才明白自己为什么提前醒了。

池烈收拾好自己，开门。

堂屋里没人，课桌上的草稿纸被放到一旁，腾出半张桌子。桌上放着油条、炸糕、糖油饼，旁边还有一碗正微微冒着热气的豆浆。

池烈扬了下眉，后知后觉自己昨天领回来个小姑娘。

他顺手抓起一个糖油饼，撕下一块，往豆浆里蘸了蘸，然后边吃边四处打量。

堂屋另一边的房间开着门，一眼扫过去，能看见床铺上叠好的被子，喻见显然不在里面。

小院里似乎也没有少女纤细单薄的身影，晨风吹过，天上的云缓缓移动，洋槐树叶和葡萄藤蔓被吹得窸窣作响。

这就走了？池烈咬着糖油饼，倒也没多失望。

昨天带喻见去看萤火虫是一时兴起，时间太晚，不可能回岑家，喻见又不愿意去阳光福利院，他只能把她带回来。

其实半夜躺在床上的时候，池烈就开始后悔了。不比上次程院长领他回福利院，这个小院里只有他一个，带喻见回来总是有些不太好。

池烈靠在门边，三两口把糖油饼吃完，正准备再回屋拿一个，葡萄藤蔓动了动。

喻见拿着手机，从葡萄架下走出来，抬头看见站在堂屋门口的少年，不由得惊讶地问："你怎么现在就醒了？"

昨天回来得晚，今天她还是被电话叫起来的。

"是不是我打电话吵到你了？"喻见有些尴尬。

房间不大，在屋里打电话，肯定会吵醒池烈，所以她特地躲在葡萄架下面，没想到最后还是把他弄醒了。

少女略显纠结，细白手指绞着校服，嫩生生的。池烈视线一顿，又若无其事地移开。

他眯起眼："他们找你？"说的是岑平远夫妇。

喻见摇头："不是。"

岑平远和方书仪连喻见的生日都不为她庆祝，更不会关注她还在不在家里，即使今天早晨发现她不在家，多半也只会以为她去了阳光福利院。

"是裴老师。"喻见想起方才电话里裴殊急吼吼的语气，又感动又好笑，"他怕我……想不开。"

裴殊不知道从哪儿知道了喻见过生日的事，吓得连话都不会说，磕磕绊绊的。

电话一接通，他先紧张万分地问喻见在哪儿，又旁敲侧击地暗示她，以后的日子还很长，她还没有考上大学，没见识过更广阔的世界，千万不要因为不相关的事走错路。他甚至还琢磨着，让喻见以后每天打一个电话报平安。

"裴老师他太紧张了。"喻见诚实道。

听到喻见提起裴殊，池烈挑了下眉。但很快，他似乎想到了什么，淡淡垂眸，掩去眼底那点儿情绪，飞快地说："电话号码。"

他语速极快，喻见甚至没太听清说的是什么："啊？"

几秒后，反应过来池烈是在要她的号码，喻见哭笑不得："不是，你怎么也和裴老师一样？大惊小怪的。"

池烈不说话，只是盯着喻见，黑漆漆的眼睛微微眯起，似笑非笑。

喻见被盯得有些不自在，只能应下："手机给我，我给你输号码。"

池烈双手插兜，懒散地扯了扯嘴角："不用，你直接报，我记得住。"

喻见拿池烈没办法，只能报了一遍自己的手机号。

平时其实没什么人给她打电话，程院长忙，沈知灵在学校天天见。裴殊一向注意分寸，除了这次急得直接打过来，往常根本不主动联系她。

喻见报完号码："那我走了。"

今天是回福利院的日子，在外面磨蹭太久，难免会露出破绽。喻见完全不想让程院长等人知道昨天的事。

池烈没挽留喻见，只是又看了她一眼，淡淡道："有事给我打电话。"

喻见眨了眨眼。

她想说池烈还没有把他的号码给她，转念一想，既然池烈已经有了她的电话，到时候发个短信就行。

更何况，也不会有什么事。

所以喻见最后什么都没说，着急去福利院，她没让池烈骑车送她，一路小跑着去了最近的公交车站。

池烈靠在院门口，看着少女的背影轻快消失在巷尾，默念了一遍刚才记住的号码，然后微微叹了口气。

岑平远夫妇果然没发觉喻见一晚没回家，还是司机大早上找不到人，给喻见打了电话，才知道她已经在福利院了。

喻见没和程院长提起岑家的事，直到被司机接回去上课，依旧是一如往常的平静神情。

倒是裴殊气得不行："你爸妈怎么这个样子！"偏心是人之常情，偏成这样的还是第一次见。

于是喻见不得不再次反过来安慰裴殊："裴老师，你可别再生气了。"

裴殊被喻见安慰得直接愣住："小见，你就一点儿不生气啊？"他都快被活活气死了。

喻见老老实实地回答："还好。"

这一切并不是无迹可寻。

一开始，从岑家对DNA鉴定推三阻四起，喻见就有了心理准备。虽然后来被方书仪在派出所的表现短暂打动过，但仔细想想，就在相认那一天的上午，方书仪曾经隐瞒身份，偷偷去福利院看她。

喻见现在还记得当时方书仪的眼神带着观察、分辨，还有似有若无的试探。

不知道为什么，喻见有种毫无缘由的直觉，总觉得，如果那天她的表现没有让方书仪满意，那么到了傍晚，警车也不会停在阳光福利院门前。

"我现在不想因为这些事分心。"面对裴殊难以置信的眼神，喻见轻声解释，"我只想好好念书，以后考个好大学。"

比起完全靠不住的岑平远夫妇，还是学习这件事最有保障，这才是她应该走的那条路。

裴殊成功被她说服："你说得对！只要你保持住现在这个成绩，到时候当我师妹绝对没问题！"

于是两个人继续研究喻见刚做的英语卷子，直到傍晚吃完饭，司机才送裴殊回平城大学。

明天是周一，喻见不打算熬夜，收拾好要带的课本和作业，洗漱过后，准备上床睡觉。

正要关机，手机发出一声短促的振动音。

她收到了一条来自未知号码的新消息。

周日往往是废品站最忙碌的时候。

天刚亮，吴清桂就开着小金杯，上午从老城区东面转到西面，下午从老城区最北转到最南，来回少说跑了十几趟。直到月亮高高地挂上树梢，他们终于有空坐下来好好吃上一顿饭。

“两碗拌面，都多加面！他的这碗再加一份肉！”

吴清桂把池烈推进通宵营业的牛肉面馆，飞快点完单后拉着他坐下。

池烈皱眉：“我不用加肉。”加一份面已经能吃饱了。

吴清桂毫不客气地冲他翻了个白眼：“你可闭嘴吧！今天多吃肉明天多干活儿，你吴姨我从来不干亏本的买卖！”

吴清桂的嘴出了名的厉害，池烈根本说不过，最后只能由着她去。

这家面馆味道不错，生意一直都很好，很快端上来两碗面。忙了一天，吴清桂饿坏了，顾不上和池烈多说话，拿起筷子埋头吃面。

吴清桂迅速解决掉自己这碗，一抬头，差点儿没被噎死。

“咳咳咳！”她呛得脸都红了，“池烈！你什么时候买的手机？”

吴清桂记得很清楚，当时答应池烈来废品站打工后，为了方便随时联系，她曾经问池烈要过电话号码。而少年则一脸平静地解释，他没有需要联系的人，所以没有手机，由于资金问题，短时间内更不会有购置手机的计划。

只要放假，他每天都会早早来废品站，吴清桂不用担心需要人手时找不到人，而上学时，即使打了电话，他也没办法立刻从学校赶回来。

总之，有没有手机完全不重要。

吴清桂被说得一愣一愣的，最后只能没脾气地接受现实。

但现在，隔着一张桌子，池烈手里正捏着个手机，和之前那张毫无褶皱的百元大钞一样新，显然是最近才买的。

“你终于想通了？”吴清桂不觉得这是在随便花钱，“别盯着手机看了，先吃面！吃完赶紧把你吴姨的电话号码存上啊！”

池烈含混地应了一声。

他心不在焉地挑起一筷子面，眼睛还盯着手机屏幕。过了一会儿，屏幕亮起来。

他甚至可以想象到她笑弯了眼、语气轻快的模样。

【你也晚安！明天见！】

吴清桂坐在那儿，就看见桌子对面的池烈盯着手机，片刻后，缓慢地露出一个笑容。

池烈平时根本不爱笑，大多数时间都冷着一张脸，毫无表情，一副懒得搭理人的模样。

然而面馆橘色的光线下，此刻，少年嘴角正微微勾起，那双向来冷漠的眸子浸在暖色灯光里，骤然柔软下来，像是晨曦下的深湖，平静而清澈。

“你傻乐什么呢？”吴清桂不由得好奇，“哟，是不是哪个小姑娘给你发的短信？瞧把你高兴的。”

吴清桂这么一说，池烈捏紧手机。他喉头动了动，又往屏幕上扫了一眼，这才若无其事地收好手机。

“没有。”池烈对上吴清桂八卦的眼神，拿起筷子继续吃面，语气淡淡的，“只是10086。”

吴清桂难以置信地又看了池烈一眼，对面馆老板招手：“老板，再给他加一份牛肉！”

——这孩子怕不是这段时间太累给饿傻了！不然怎么会对着客服短信笑成那样？！

翌日，周一。

开学已经有大半个月，平城一中的学习氛围好，短短三周，大部分人已经适应了从假期过渡到学校的生活。

升旗仪式上，教导主任和学生代表依次在主席台上发言，下面操场上的学生人手一本单词书，抓紧时间多背几个单词。

喻见这段时间被裴殊抓着恶补英语，自然也低着头认真背单词，背着背着，肩膀被人轻轻戳了一下——是站在她后面的沈知灵。

“见见。”沈知灵背了这么久只记住一个单词，一会儿就不耐烦了，“你今天还要去问池烈英语题吗？”

自从上一次问过题，喻见几乎每天都往教室后排跑。次数倒不是很多，稳定在一天一两次的频率，但已经足够让班里的同学目瞪口呆。

一开始，还有人觉得或许池烈只是那天心情好，才没有直接甩脸色把喻见气哭。而观察一段时间后，大家有目共睹，少年依旧成天顶着那张冷冰冰的、不近人情的脸，即使在喻见来问题目时也不假辞色。是的，尽管在讲题时还是那副谁都不爱搭理的模样，池烈却从来没拒绝过给喻见讲英语题。

一次都没有。

“可能吧。”喻见一边背单词，一边小声说。

她也没有平白无故去找池烈，往往是遇到了不会的题才去后面找他。

沈知灵看向喻见的眼神顿时充满钦佩：“见见，你真是太厉害了！”

怎么就能一点儿不怕池烈？

沈知灵语气格外夸张，喻见有点儿无奈。

“这话你来来回回说了多少回，没有几十遍也有十几遍了。”喻见合上单词书，“我只是问几道选择题而已。”

“可是池烈很吓人啊。”沈知灵勾着喻见的头发，依旧有些惴惴不安，“要是换个人去问……”

话说到一半，沈知灵自己卡住。开学以来，所有人都远远躲着池烈，除了喻见之外，还真没人有那个胆量跑去问池烈题目。

两个小姑娘轻声说着话，没一会儿，站在队伍最前排的班长钱思域微微转头。

沈知灵立刻瞪起眼：“看什么看！转回去！”

钱思域就是之前匿名墙事件里，没心没肺地和同桌吐槽的男生。好在他只是没什么心眼儿，为人倒不坏，后面还专门找喻见道歉。

喻见没怎么放在心上，沈知灵却还记得他先前大嘴巴乱说话的仇。

“不看不看。”钱思域一缩脖子，把头转回去，又压低声音，“喻见，你说要是我也去问池烈题目，他会不会生气啊？”

喻见愣了下：“你怎么突然想起这个？”

钱思域挠头一笑：“池烈是年级第一嘛，我当然想去问了。”他没好意思说，上次因为在背后吐槽喻见，被池烈直接撞碎了水瓶。

事后钱思域思来想去，总觉得那一次大概是得罪了池烈，一直琢磨着找个机会和池烈套近乎。

喻见想了想，最后认真道：“我觉得你可以去问问看。”光靠她一个人也不是长久之计，既然钱思域主动提出，试一试也无妨。

钱思域要的就是喻见这句话：“那我就去了！”

下定决心后，他又来求喻见：“要是待会儿他不高兴，你可得帮我！”

喻见点头应下。

池烈站在队伍最后一排，对前面发生的对话一无所知。他双手插兜，摸了摸口袋里的手机，动作很轻，像是在摸一件易碎的、稀世珍贵的宝贝。

夏日晨风吹过，想起昨晚那条短信，少年脸上露出一点不易被察觉的笑容。

不过池烈的好心情并没有维持多久。

因为钱思域是个想到就做的实干派，升旗仪式一结束，回到班里，他就立刻捧着习题，对喻见使了个眼色后，跑去找池烈：“烈哥！你也给我讲一下题吧！”

他这一嗓门吼得特别大声，立刻吸引了所有人的注意力，大家纷纷看向这边。

池烈腹诽：大清早的，犯什么病？

他掀了掀眼皮，完全不准备搭理这个神经病。

可惜“神经病”非常会看人眼色。

“烈哥。”钱思域压低声音，用其他人听不见的音量小声说，“是喻见同学让我来的。”

池烈已经不耐烦地皱起了眉，正要冷言冷语几句赶钱思域走，闻言就是一顿。

他不自觉地抬眼，看向喻见的方向。

喻见一早答应过钱思域，自然不会放着不管，早在钱思域往教室后排走的时候，就关注起了池烈那边的动静。

离得远，横跨整个教室，钱思域声音又极低，喻见没听到那句话。看见池烈抬头看过来，她下意识地冲他笑了笑。

这周每个大组都往里挪了一组，喻见这组正好换到靠窗的位置。

金灿灿的阳光里，少女眼睛明亮而温软。她笑得稍显腼腆，有点儿局促，唇边还有一个不太明显的酒窝。夏风吹过，她发梢轻轻扬起，扫在少年蓦然停顿一拍的心上。

池烈抿了下唇，没说什么，收回视线，也没搭理钱思域，无声盯着自己的桌子。

长达一分钟的安静，池烈不说话，也不动。

围观同学纷纷朝钱思域投去同情的目光，死皮赖脸如钱思域，额上也出了一层细细密密的冷汗。

这不能吧！他分明都把喻见搬出来了，不应该啊！

就在钱思域以为自己今天大难临头的时候，一直没吭声的池烈突然开口。

他没像平时对待喻见那样，主动伸手去接习题，也没朝钱思域投去任何一个，哪怕只是冷冰冰的眼神，只是偏了偏头：“问。”

很不耐烦的一个字。

于是，李文章再次遭遇了捉摸不透的课堂情况。

“不是——”直到下课后，单独把喻见叫去办公室的路上，李文章还一头雾水，“我讲课有这么差吗？”

学生们之前动不动往后看也就算了，现在竟然变成了先看教室中间一眼，再瞄后排一下，最后震惊又茫然地转回讲台方向。

喻见眨眨眼，诚恳道：“没有啊，李老师，您讲课一直都很好。”

至于钱思域就坐在教室中段这种事，她是不会主动和李文章提的。

李文章向来心大，听喻见这么说，他也没继续纠结，而是转头叮嘱起来：“有不会的题目就来办公室找我，老师头发是少了点儿，耐心一直都很多啊。”

开学这么久，怎么没见这孩子来办公室问问题呢？这样下去英语成绩可没法儿提高。

喻见没想到李文章专门把她叫来是为了这个。

“我有问其他同学。”喻见和李文章解释，“听他们讲的能听懂，就没来找您。”

池烈讲起题目思路清晰，有时候比裴殊讲得还好。

李文章于是放心了：“那就好那就好，咱们同学之间就是要互帮互助嘛！”

喻见的学籍从老城区那边转过来，刘秘书来办理手续时没提过岑家，所以李文章不知道她和岑家的关系。但他在证明材料上看到过阳光福利院的红章，因此不免对喻见多照顾几分。

李文章又关心了一会儿喻见的学习生活，把她平常做的习题留下，这才挥挥手让她走。

喻见只有英语一科瘸腿，李文章给自己泡了杯茶，优哉游哉地往椅子上一靠，准备针对喻见的错题，好好整理一下她的薄弱部分，然后重点攻克。

“噗——”李文章一翻开习题，就喷了一纸面的茶。

他咳嗽半天，含着泪水对着题目旁铁画银钩的锋锐字迹看了好一会儿，又翻到封皮那页去看。

封皮上，少女姓名字迹清隽，不是他们家“大侄子”给池烈的那本高考真题吗？

李文章在内心呐喊：救命！这还是那个我“英年早秃”的世界吗！

这一节是做操的大课间。

喻见并没有在李文章那里留太久，从办公室出来的时候，广播操的音乐才起了个前奏。学生们基本都去操场做操，教学楼里空荡荡的。

所以喻见一进班就被吓了一跳：“你怎么没去做操？”

池烈不但没有下楼去做操，他甚至难得没有像往常那样一直待在最后一排，而是走到了教室最前面，闲闲地靠在喻见的课桌上。

少年腿长，第一排离讲台那点距离根本不够放。他索性抱着手臂，直接把腿懒散搭在比地面高出一级的讲台上。

听了喻见的话，他不吭声，只是稍微眯了眯眼，漫不经心地扫了她一下。

喻见有点儿不自然，下意识地想要为自己说话：“我没有……”

说到一半，喻见顿了一下，发现自己似乎根本没掺和进池烈给钱思域讲题这件事。

她的确答应了钱思域，会在关键时刻去救他。但池烈没生气，不耐烦归不耐烦，最后还是讲完了一整道数学题。

她压根儿没有出场机会。

喻见想通了这一点，迅速理直气壮起来："我看你今天给钱思域讲题讲得挺好的。"

之前那么不情不愿，事到临头表现还是很可以嘛。想到这里，她又多说了一句："以后可以继续保持！"这句话喻见经常用来鼓励兔子、大虎他们，语气里不自觉带上几分赞许和骄傲。

池烈闻言，挑眉嗤笑了声："你搁这儿哄小孩儿呢。"听这小姑娘的语气，大概是把他当成福利院那群小笨蛋哄了。

喻见说完也觉得有几分不对，脸红了，声音小了些："总之……总之就是这样啦。"

有钱思域做例子，慢慢地，大家就会对池烈改观了。

池烈完全不在意这个，起身走到喻见面前："我的电话号码存了吗？"

少年语气平静，寻常得似乎只是一句再普通不过的闲聊。他插在衣兜里的手却不自觉攥起，紧绷着，透着自己都没察觉到的不安。

喻见点头："存了，收到短信就存了。"

其实她还蛮奇怪的，完全想象不出池烈竟然还会一本正经地和别人道晚安。

见少女语气轻快，池烈嘴角禁不住一扬，随即又很快压下。他敛着眉目，不让她看见眼底的情绪："给我看看。"说着，朝喻见伸出手。

喻见有点儿莫名其妙："这有什么好看的？"不过只是存个号码而已。

但池烈的脾气她也习惯了，于是从衣兜里掏出手机，翻到通讯录，然后递给他。

交接的时候，细白指尖无意擦过少年的掌心，很轻，很快，柔软的。池烈头皮瞬间有些发麻。

他喉结动了动，若无其事地接过喻见的手机，视线一扫，挑了下眉，然后当着喻见的面，手指随意在屏幕上敲打几下，这才递还给她："看完了。"

喻见越发疑惑："你改了什么？"

池烈个头比她高得多，刚才他高高举着手机，喻见完全看不到屏幕，只能看见少年瘦削冷白的指节。

池烈扫她一眼，没说话，插着兜，又步履散漫地走向自己的座位，似乎往教室前面走一趟就是为了这件事。

喻见摸不着头脑，只好自己点开通讯录，然后就是一愣。

喻见给通讯录成员的备注都是全名或者敬称，规规矩矩的，只在沈知灵抱着她手臂撒娇的央求下，才把对方的备注改成了"阿灵"，从而成功占据通讯录第一的位置。

喻见不懂这有什么好争的，不过既然沈知灵喜欢，她也就改了。

然而现在，占据通讯录第一的却是另外一个人。

池烈在备注前加了一个“1”，直接把自己顶到了喻见通讯录的第一位。

池烈走回自己的座位，刚坐好，拿起笔，还没来得及在草稿纸上继续写演算过程，少女轻快的脚步由远而近，最后停在他面前。

“池烈。”窗外渐起的蝉鸣声里，喻见语气带着不可思议，“你能不能别这么幼稚？！”

又不是福利院里七八岁的小朋友!

喻见完全搞不懂池烈在想什么，想要把备注重新改回来。刚进入编辑界面，腕间蓦然一紧——熟悉的、有些微凉的指尖，以及克制后依旧不算很轻的力道。

坐在桌边的少年伸出手，牢牢地扣住喻见的手腕，制止住她想要修改备注的动作。

他没抬头，也不看她，甚至还继续捏着笔，在草稿纸上写写画画：“不许改。”

语气笃定，不容置疑。

喻见差点儿被气笑：“为什么啊？”

这家伙先前还嫌弃她管得多，现在倒好，干脆直接管起了她的通讯录。

池烈没有立即回答。

他一点儿不着急，慢条斯理地算着最后几步，直到得出最终答案，才抬眼看向喻见：“如果你不改备注，我可以同意每天给钱思域讲题。”

喻见一愣，几乎以为自己听错了：“你说什么？”

这完全不像池烈能说出来的话。

见少女难以置信地瞪大眼睛，神情茫然而震惊，池烈嘴角不由得微微扬起。

但他最后还是强行压了下去，若无其事地偏了偏头：“以后我会每天晚上给你发一条短信，要是没什么事，你回复我报个平安就行。”

池烈后面说的话，喻见一个字没听进去，满脑子都是那句“每天给钱思域讲题”。

“那你不能反悔！”喻见生怕池烈下一秒就变了主意，连忙开口，“就这么说定了！”

少女手腕还被捏着，巴掌大的雪白小脸上却没有任何气恼窘迫的神色，一双杏眼落着碎金般的阳光，亮晶晶的，活泼又灵动，透出毫不掩饰的喜悦。

已经做好挨骂准备的池烈一愣。几秒后，他眼睛里带上笑意，轻轻松开了她的手腕：“嗯，说定了。”

这小矮子，有时候真的是傻到不行。

喻见激动之后，冷静下来，终于意识到自己到底有多傻。

表面上看，好像是她和池烈各退一步。池烈得以靠那个不伦不类的备注占据通讯录第一，而喻见也成功说服了油盐不进脾气顽固的少年，让他慢慢和班里同学搞好关系。

问题是，这两件事的最终受益者都是池烈，和她喻见根本没什么关系呀！

喻见后知后觉地明白了那天池烈带着笑意、略显戏谑的眼神，一时间对自己无话可说。

典型被别人卖了还帮着数钱。

但从第二天起，池烈竟然真的开始给钱思域讲起了题，尽管还是那副不耐烦、冷冰冰的模样，但依旧风雨无阻、雷打不动的每天一次。

一连两周，没有一天落下，有时候钱思域不来，池烈甚至还会主动去找他。

以沈知灵为代表的围观群众纷纷惊掉了下巴，不明白这是什么情况。而喻见不好在这个时候出尔反尔，只能答应池烈每天给他回一条短信的要求。

这个要求做起来其实一点儿都不难，因为池烈发过来的短信特别简短。

似乎真的只是为了确保喻见在岑家没出什么事，他每天晚上发来的短信没有其他任何内容，就只有简简单单的两个字：【晚安。】

时间也很是固定，像是算准了喻见什么时候上床休息，卡在她熄灯前二十分钟发送过来。

喻见甚至有点儿怀疑，池烈或许压根儿没有看她的回复，只是例行公事地定时发送短信。

但喻见还是每天认认真真地回复他：【晚安！】

今天布置的作业格外多，各科老师像是商量好了一样，每人都发了一张卷子。即使喻见在学校抓紧课间和自习课拼命写，最终还是比平时晚半个小时结束。

喻见把作业和课本放进书包，看了眼壁钟，时间已经不早了，连忙解开头发，把发绳套在手上，匆匆走进浴室。

浴室的门刚关住，书桌上，一直熄屏的手机准点亮起来。

池烈把刚编辑好的短信发出去，就将手机揣进衣兜，上了楼，走到大敞着的门前："我来吧，这些你弄不了。"

吴清桂今天接了个不错的单子，有户准备搬离老城区的人家懒得带走家具，房子又着急脱手，于是以一个近乎白送的价格，把屋里所有的大件家具都卖给了废品站。

吴清桂向来办事利索，但毕竟年纪和身高摆在那儿，体力不能和年轻人比，自己把能搬完的都搬了，剩下的实在搬不动，只好给池烈打电话。

"你小心点儿！"

这家住户在老式多层，没安电梯，只能靠人力硬生生背上背下。吴清桂看着池烈一个人把沉重的衣柜扛起来，不免心惊胆战："柜子摔了不要紧！你别闪了腰了！”

池烈咬紧牙关：“没事。”

嘴上这么说，少年额上不可避免的显出几道青筋，他屏着一口气，没休息，直接把衣柜从六楼背到一楼。

他放下衣柜时，短袖已经湿透了，汗水沿着额头往下淌，大颗大颗地砸在地上。

吴清桂连忙给他递水：“休息一会儿，喝点儿水。”

池烈接过矿泉水，坐在台阶上，一饮而尽。

他在校裤上擦了下手，把手擦干，这才小心翼翼地把手机拿出来，解锁，通知栏一片空白，没有新消息。

池烈有点儿疑惑：今天这是已经睡了？

楼上还有一大堆家具要搬，他没想太多，把手机放好，歇了几分钟，重新站起来。再一次休息时，他打开手机，依旧没有收到喻见的回复。

吴清桂一直跟在池烈身旁搭把手，就看着少年每回下楼，都要拿出手机看上几眼，似乎在等待什么。

到了后面，他等得有些着急，下楼的步伐逐渐凌乱，几乎是完全闷头不看路往下冲。

“你要命不要了！”吴清桂吓个半死，还好这是最后一个柜子，再没有其他要搬的东西，“等谁给你打电话呢？这么着急不知道自己直接打过去啊？”

从六楼到一楼，池烈来回搬了近十趟的家具，即使是最有力气的年纪，此刻也累得不行。

他连和吴清桂说话的劲儿都没有了，半闭着眼，靠在台阶旁的栏杆上不吭声。直到放在衣兜里的手机突然振动了一下，夏夜晚风里，少年才蓦然睁眼。

体力耗费太多，指尖还有点儿抖，他一连拿了两次才把手机拿出来，看见屏幕上的消息，嘴角不自觉扬了扬。

吴清桂把一切尽收眼底：“池烈！你别告诉我这还是10086啊！”

上次被这小子蒙过去了，这次想都不要想！

“你这是喜欢上谁家的小姑娘了？”吴清桂一向快言快语，“跟吴姨说说，吴姨给你参谋一下！”

池烈看着那句熟悉的晚安，眉眼柔和了些，听见吴清桂的话，又瞬间皱眉。

“没有。”他眸色微沉，收起手机，淡声道，“你想多了。”

吴清桂瞪眼：“少来！跟我犟什么犟！不喜欢人家你在这儿守着手机跟守宝贝似的？”

池烈眉心一跳。

他懒得和吴清桂继续掰扯这些，缓了一会儿，起身去收拾刚才搬下来的家具。

蓝白短袖被汗湿透，晚风一吹，凉飕飕的。

夏夜里，少年低笑了声。

他才不会喜欢她，只是和从前一样，不想欠任何人情而已。

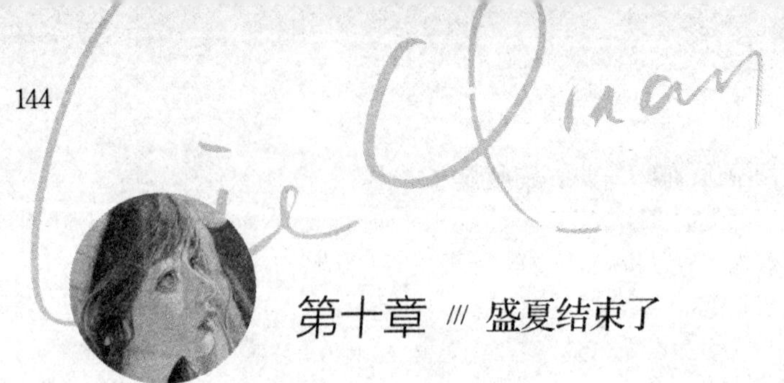

第十章 /// 盛夏结束了

这一单生意结束得晚。月上中天，吴清桂把所有家具拉回废品站，又开着小金杯送池烈回家。

“别嫌你吴姨话多。”半路上，吴清桂看了眼副驾驶座的池烈，“你成天这么跟着我跑也不是个事儿，现在学习不忙还能到处跑跑，明年升高三了怎么办？我听说你们那学校压力可大了！”

“家里大人再不像样，总归得管你到成年。”吴清桂一打方向盘，小金杯向右拐去，“你也别老是这么犟！说几句好听话，好歹把你这两年的学费生活费先要到手，免得高考前还跑你吴姨这儿来打工！”

吴清桂对池烈印象很不错，尽管少年身上时不时带着打架过后的瘀青和伤痕，但干起活儿来始终踏踏实实，话不多，人认真，又是在一中读书。

老城区的升学率在平城常年垫底，这片多的是只完成九年义务教育就不再读书的小孩儿。

吴清桂自己没什么文化，看池烈这样的孩子越看越喜欢。

吴清桂絮絮叨叨说了一路，池烈始终没开口，半偏着头，看向窗外黑沉沉的夜。

离小院还有一段距离，他突然皱眉：“在这儿停就行了。”

吴清桂一愣：“这不还没到吗？”

“不用。”池烈已经解开了安全带，“进了里面车不好拐。”

吴清桂没和他争，把小金杯停在路边，看着少年走进小巷，这才缓缓掉头。

“哟！”掉完头，吴清桂往后视镜里瞥了眼，不由得转身去看，“这破地方还有这么好的车？”

小卖部绕着简陋彩灯的招牌下，一辆纯黑迈巴赫静静停在青砖嶙峋的墙边。

池烈稍稍侧身，站在巷口，看着小金杯消失在街角，这才插着兜，步伐散漫地朝小院走去。

夜风吹过，吊在电线上的灯泡不断晃动，少年细长的影子飘摇不定。

他面无表情地路过守在巷里西装革履的男人，目不斜视，连一个多余的眼神都没给对方。

眼看池烈越走越远，许平生忍不住喊了句：“阿烈！”

池烈没回头，一直走到小院门口，站在那片伸出院墙的洋槐下，才扫了许平生一眼：“许秘书。”

冷淡得如同对待陌生人的语气。

许平生面上顿时有些挂不住，可对着昏黄灯光下神情冷漠的少年，一时间又无话可说。

最后，他干巴巴地开口：“池董不知道你已经离开岑家了，阿烈，这地方不是你该住的，你还是跟我回……”

许平生话还没说完，池烈就直接打断了他。

“那你和我说一说，哪里才是我该住的地方？”少年垂在身侧的手紧紧攥起，因为过于用力，指节绷紧，隐约发白，语气却是截然相反的平静，平静到让人感到漠然。

“是我妈病死的公寓？林姨宁可带着女儿搬出去也不想再回的别墅？还是那个他一直舍不得让他心尖上的女人搬进去，怕毁了他名声的主宅？”池烈每说一句，手就攥紧一分。

直到骨节显出一种不正常的青白色，他才松开手：“滚吧。”简简单单、毫无感情的两个字。

池烈说的都是无可辩驳的事实，许平生在他面前几乎抬不起头，半晌后讷讷道：“你实在不想回去也行，我给你在市里租套公寓，每个月按时把生活费打过……”

“用不着。”池烈打断许平生，“我嫌恶心。”

许平生顿时沉默了。

他看着眼前已经比自己足足高出一个头的池烈，记忆里还是池烈小时候，在庭院里咯咯笑着，一路奔跑的天真模样。

“你真不回去？”默然片刻后，许平生问，“池董是只有你这么一个儿子，但池家不只有池董。”

池烈一直没有正眼看许平生，直到这一刻，他才终于偏过头去。

小院门前飘摇不定的昏黄灯光下，八月的夏夜里，少年神色漠然，冷冽如深海浮冰。许平生几乎是下意识低头，避开直射过来的锋利如刀的视线。

片刻后，池烈缓缓开口：“我当然会回去。”

稀疏蝉鸣中，他一字一顿，说得平静而清晰：“等我回去的那一天，会把池家欠我的全部拿回来。”

说完，池烈没再搭理面色青白的许平生。他掏出钥匙，开锁，直接合上斑驳掉漆的铁门。

“哐当”一声，在安静的夏夜里格外响亮。

池烈没有立刻进屋。

他站在门边，听着许平生的脚步渐渐远去，等到迈巴赫的引擎声消失在巷口，才面无表情地走进堂屋。

整整一天没有人在里面活动，堂屋冷冷清清，泛着一种没有人气的空洞。

没开灯，月光透过纱窗，无声地洒在屋内为数不多的几件家具上，显得越发寥落萧索。

池烈独自站在黑暗里，不知道过了多久，终于长长舒了一口气。

很莫名地，在这个时候，他想念那个飘着糖油饼香甜味道的早晨。

第二天，喻见发现池烈不太高兴。

虽然池烈在学校一贯是心情不佳的模样，但他今天显然比从前脾气更坏些，具体表现在钱思域准时准点拿着习题去打卡时，只收获了一个言简意赅又引人遐思的“滚”。

吓得钱思域回来一个劲儿抓着喻见哭：“我真没得罪烈哥！真的没有！”

这是怎么回事？

明明前两天池烈还冷着脸警告钱思域必须每天过去问一次题目，否则就打断他的腿，怎么今天他老老实实过去问，还是保不住这双命运多舛的腿？！

喻见也一头雾水，但她还是先安慰钱思域：“你别太紧张了，他不一定就是在生你的气。”

钱思域个头不矮，胆子却极小。害怕被打击报复，他干脆一下课就往喻见那边凑。喻见被他哭得头疼，原本打算午休时再问池烈，现在只能将这一计划提前。

大课间。

做完课间操，学生们三三两两朝教学楼的方向走去。

池烈自然没有同行的人。习惯了一个人独来独往，他走得很快，没过一会儿，就超过了那些手挽手慢吞吞前行的女生。

眼看他就要走进教学楼，蓝白短袖被轻轻扯了一下。特别轻，几乎像是一阵捉摸不透的风。

但池烈立刻绷紧了背，步伐放缓许多。他偏头，看向身侧矮他许多的少女：“有事？”

喻见眨了眨眼。

她没有立刻开口，并肩和池烈走了一会儿才小声说：“昨天你发短信的时候我在忙，没注意到。”吹干头发，从浴室出来才看见。

池烈没想到喻见追过来是为了说这个，愣了一下，压住嘴角：“嗯。”

他语气淡淡的，听不出来喜怒，就更像还在不高兴，喻见顿时有些为难。

“我不是故意的。”想了想，她好脾气地再次解释，“昨天老师布置的作业实在太多，后面我看到短信就给你回了。”

池烈依旧面无表情：“嗯。”

喻见腹诽：这人怎么这么小心眼儿！

每天都是一样的内容，他又不会真的去看，至于为了这点儿小事就不高兴，甚至还迁怒无辜的钱思域吗？

喻见不知道昨晚发生的一切。

池烈没和她提过池家的事，喻见也压根儿没往那方面想，只以为池烈是因为那条晚回的短信，才闷闷不乐了一早上。

有必要吗？喻见觉得这简直不可理喻。

但不可理喻对于池烈而言是常态，久而久之，她都习惯了：“你放心，以后不会了。”

喻见说完这几句，池烈抿着唇，一忍再忍，最后还是没忍住，低笑出了声：“嗯，知道了。”

这小矮子竟然以为是她惹他生气，简直傻得可爱。

头顶上，夏风里，少年笑得很轻，从胸膛里震出来，磁沉的。

喻见顿时有点傻眼：“你……”

她抬头，对上那双眼尾上扬、夹杂着笑意的黑眸，终于确认了他确实在耍她。

池烈低着头，看见少女脸上顿时沁出一层淡淡的粉，她皮肤细白，那点儿绯色在日光下格外明显。

她很是恼火，不由得瞪了他一眼，似乎觉得不够解气，干脆伸出手，狠狠往他手臂上拍了一下：“无聊！”

世界上居然有这么无聊的人，她刚才还愧疚了整整两节课！

喻见气得不行，不想再搭理池烈。刚才那一下拍得挺重，她一边揉着手，一边往后小跑着去找沈知灵，没注意到周遭学生惊骇的眼神。

池烈被拍了一把，一点儿不生气。他没去追喻见，也没搭理那些古怪的目光，伸出手，揉了揉被拍到的地方。

挺奇怪的，明明是拍在手臂上，他的心口却仿佛被轻轻拍了一下，胸中那股沉甸甸的郁气顿时消散开来，被夏风一吹，整个人都轻松起来。

喻见不知道池烈的想法，木着脸，回到教室，心中只有大大的“我居然又再次上当受骗了”。

再这样下去，池烈不说她傻，她都觉得自己傻。

好在下一节是英语课，李文章一进来就宣布了一个振奋人心的好消息。

“后天学校组织咱们去郊游，想去的同学在钱思域那儿报个名，不想去的也提前请个假。”

一中每年组织两次郊游。不过和其他学校有所不同，并不强制大家都要去。能进一中上学的小孩儿大多家境优越，小小年纪就把国内外转了个遍，很多人对郊游这种项目完全不感兴趣，宁愿待在家里。

所以校长非常人性化地做了安排，想去的跟着老师、同学一起去，不想去的就当放假一天，做自己想做的事。

沈知灵是个急性子，在课上趁着李文章不注意，悄悄用笔戳喻见：“见见，你去吗？”

喻见微不可察地点了下头：“去。”

老城区的中学没什么课外活动，她只在小学时跟着学校去过一次区博物馆，到了假期，又要帮着董老师他们照顾院里的孩子，很少有空出去玩。

沈知灵兴奋地拍了把桌子：“好！”

两个小姑娘一拍即合，下课后就去钱思域那儿报名。

钱思域班长的本职工作做得不错，等大部分同学都来过他那儿登记，下午就开始按着名单，一个一个核对还没有报名或请假的学生。

他磨磨蹭蹭，最后还是走到了最后一排。

“烈哥，你不用说！我知道！”钱思域把名单往池烈桌上一放，笑得格外狗腿，“你不喜欢这种闹哄哄的活动对吧？好不容易休息一天，在家里安静学习多好，我这就把你的名字划掉！”

池烈扬了扬眉。

他的确对郊游没什么兴趣，高一组织的两次郊游也都请了假，跑去书店做题。比起参加无聊的人际交往，还是抓紧时间学习更重要。

但名单就摆在眼前，池烈随意瞥了眼，就看到最上面的熟悉名字后被打了个小小的钩。

钱思域还沉浸在不知道哪儿得罪池烈的恐惧中，立志一定要把这位大爷伺候好，绝对不留下一丝把柄。他刚掏出笔准备划去对方的名字，就听见少年淡淡的嗓音：“谁说我不去了？”

于是，出行名单最终公布后，同学们纷纷露出了和钱思域一样的复杂神色——谁也想不通池烈为什么会一起来。

不管大家心里怎么想，九月初，平城一中还是按时组织了秋游。

说是秋游，天气依旧炎热。蓝天白云下，枝叶掩映的行道树间，蝉鸣一如往常聒噪，一声又一声，将原本漫长的夏天再度拉长数倍。

喻见原本以为，以岑清月的大小姐脾气，肯定不屑参加这种只在近郊爬山野餐的项目，所以吃过早餐，看见岑清月拿上背包往门外走，她难免有几分诧异。

不过如今她们俩谁都不搭理谁，去学校的路上也算相安无事。

喻见在校门口就遇上了沈知灵，被她一把抓住手："见见，快来！我们早点儿上车抢个好位置！"

这一回报名参加秋游的学生比往年多出许多，校方联系了景区，安排旅游大巴统一接送老师同学。大巴前排靠近玻璃窗的座位视野开阔，看风景更好。

两个小姑娘去得早，很容易抢到了沈知灵心中最好的位置——坐在第二排座位上，既能看见前面的挡风玻璃，旁边又有大片大片的玻璃窗。

至于第一排，当然留给班主任李文章。

陆陆续续地，同学们都来了。

出去玩，比较放松，大家在车里叽叽喳喳，李文章更是频频回头，试图参与聊天。

这样热闹的气氛一直持续着，直到池烈掐着点儿，赶在发车时间上车。

一如开学当天的场景，车内喧哗微妙地静了一瞬，随即又恢复正常。

李文章在心里叹了口气，冲池烈招招手："来来来，你和我坐。"

池烈冷淡地点点头，没看喻见，径直在李文章身边坐下。

旅游大巴缓缓驶离一中，离学校越来越远，车里的喧闹声也越来越大，但坐在第一排的少年依旧是面无表情的模样，漠然地半闭着眼，一声不吭。

很快，李文章就后悔了刚才的决定："喻见，你和我换下位置。"

这孩子怎么就能一直不说话！他要被硬生生憋死了！

李文章倒没多想，只是之前看到喻见的习题册上有池烈的字迹，估摸他俩的关系应该没那么差，毕竟学习都不错，有交流也很正常。

喻见没想到李文章会提出换座位，愣了一下："好的，李老师。"

池烈同样也没料到，但他什么也没说，仍旧半闭着眼，只在少女坐在身旁时，微不可察地皱了下眉。

旅游大巴座位间距近，落座时，她的腿无意间碰到他的膝盖。

夏季校服用料轻薄，那一层布料有和没有区别不大，轻轻碰了一下，他的膝盖像是被火在烧，瞬间有些滚烫。

池烈眉心一跳。

他忍住睁眼的冲动，不动声色地把腿往里靠了靠，准备继续假寐，手臂又被拍了一把。

和上回气呼呼的那下不同，这次一点儿也不重。

“你吃不吃零食？”喻见拍完池烈，低头翻起了包，“我带了好多，栗子酥、绿豆糕、曲奇饼，还有蜂蜜薯片和吸吸乐。”

池烈原本不想说话，可少女显然已经摸透了他的脾气，见他闭眼不吭声，干脆一样挑了一个，直接塞到他的手里。

手被塞得满满当当，池烈无奈地睁眼。

他瞥了眼喻见膝上鼓鼓囊囊的书包，不由得失笑：“你带这么多干什么，郊游吗？”

喻见一怔：“啊？”

难道不是郊游吗？

出来玩当然要带各种好吃的零食，知道池烈喜欢吃甜的，她只报了几种甜点，剩下还有好多没念出来。

见少女神色有几分愣怔，池烈也迅速意识到自己难得说了傻话，不太自然地偏了下头：“嘴馋。”

他声音压得很低，带着隐约笑意，只有他们两个人能听见。

喻见立刻瞪大了眼，冲他伸手：“那你还我。”

不知道上回是谁把木莲冻吃得干干净净。

少女细白掌心摊在面前，池烈嘴角微弯。他向后靠去，拉出一道利落流畅的颈线，漫不经心道：“不还。”

说着，他直接拆了一袋喻见刚塞过来的栗子酥，把小小的栗子酥往嘴里一扔，还不忘懒懒瞥她一眼，目光戏谑，耀武扬威的。

喻见：“……”

这人最近怎么越来越幼稚了，连大虎都比他稳重。

不过池烈已经接下了零食，喻见就没再说什么，拆了块绿豆糕，小口小口地吃起来。

这次郊游的目的地是平城附近的南山，离得不算太远，等拿出来的零食吃得七七八八，也到了该下车的时候。

李文章先一步下车，喻见收拾好吃剩的包装袋，正准备背上书包，手里蓦然一轻。

池烈从她旁边路过，一伸手，随意而直接地捞走了她的书包：“给我。”

他个头高，嗓音从头顶传来，喻见不明所以扬起脸。

“少背这么重的东西。”少年眼底笑意稍显促狭，“本来就不高，再压个儿更矮了。”

直到下车重新排完队，喻见脑海里还回旋着那句低沉的“更矮了”。

她发誓，等拿回书包，池烈再别想从她这里得到任何一点儿零食。

沈知灵还纳闷：“见见，你的书包呢？怎么就手上拿瓶水？”

不过很快，喻见体会到了不背书包的好处。

按着计划，他们要先徒步一段距离，到了山脚下相对平缓的位置，再各班分散开来活动。

明明看着山就近在眼前，走起来却怎么都走不到，半路上沈知灵就开始后悔了：“早知道不带这么多吃的了！”

喻见只拿了一瓶水，自然走得无比轻松。

好几次，她回头朝队伍后面看去，想要从池烈那里拿回书包，都被李文章制止了：“看路看路！别想着回家！还有一会儿就到了！”

无数个一会儿过后，终于来到南山脚下。

李文章也累得直喘气：“大家先在这附近休息一下，等咱们歇好了，想爬山的再跟着我去爬山。”

同学们纷纷乖巧摇头，表示在山脚下玩一玩就很好。

好在这里的风景也很不错。山里的时光总是比外面流淌得更慢一些，一眼望去，连天绿草间点缀着不知名的各色野花，数条清溪从灌木和树丛间淌过，甚至还能看见里面正在游动的、半透明的小鱼。白云低低压着，仿佛一伸手就能够到。

喻见和沈知灵找了片树荫，钱思域也死皮赖脸地蹭了过来。

喻见正要去找池烈拿自己的书包，远远地，就看见少年朝这边走来。

他仍旧没什么表情，还是那副冷冷的模样，但他手里拎着个粉蓝色的书包，多少冲淡了一点生人勿近的气息。

沈知灵注意到了他手中的东西，顿时瞪圆了眼：“见、见见！”

这是怎么回事！为什么池烈会拿着喻见的书包啊？

沈知灵的目光太过直白，喻见有些脸热，顾不上解释，站起身，一路小跑到池烈身边。

“我自己拿。”她伸出手，想了想，又小声说，“过来和我们一块儿坐吧。”

站在面前的小姑娘微微红着脸，不知道是刚才徒步累的，还是其他什么原因。池烈眼神稍黯，没说什么，也没把书包递给喻见，继续拎着那个粉蓝色、一看就不是男孩子用的书包，面无表情地往树荫下走去。

钱思域立刻腾出一个位置：“烈哥来！坐这儿！这儿凉快！”

池烈难得没拒绝，直接在钱思域旁边坐下。沈知灵哆嗦着看了池烈一眼，往喻见那边靠了靠。

或许是老师们也走累了，这一段时间内，大家四散开来坐着。

沈知灵还是怵池烈，坐了一会儿，实在坐不住，拉上喻见，说：“走！咱们去摘花！”

离树荫不远的地方就有几丛长势旺盛的小花，蓝白相间，细碎的，被风一吹，盈盈动人。

山脚下日头猛，两个人随便摘了一会儿，抱着一大捧野花和细嫩的草叶回来。

“这个能编手链呢。”喻见教沈知灵，“你看，把这种长的叶子和花茎缠在一起，然后打结……”

少女细白的手指飞快动着，没一会儿，就编好了一条漂亮的野花手链。

沈知灵眼前一亮：“教我教我！”

她倒也聪明，迅速学会之后，得意扬扬地跑去给不远处在小溪里摸鱼的钱思域显摆。

树荫里只剩下喻见和池烈。

池烈显然对编手链和摸鱼都毫无兴趣，没人搭理他，他也不觉得自己被冷落，坐在大树下，随手揪着长在脚边的狗尾巴草。

可怜的狗尾巴草哪里经得起这么摧残，眼看就要被祸祸完了。

喻见看了他一会儿，抱着野花坐到他旁边。

“池烈。”想起方才他帮她拿了一路的书包，喻见小声问，“你要不要手链啊？”

既然是出来玩，一个人拔狗尾巴草也太无聊了。

山间风大，两个人并肩坐着，离得近，少女柔软发梢被一阵一阵吹起，拂在少年脸颊上，有些发痒。

池烈不太自在，微微偏了下头。

可风里那种熟悉的气息还是渐渐漫了过来，平静且温柔地，在一再被延长的漫长夏日里，轻轻将他包围。

干干净净，永远澄澈美好。

池烈不由自主地闭了闭眼。

也许有一瞬，他希望时间就停留在这一刻，停留在这个他遇见她的，没有尽头、仿佛一直不会结束的盛夏。

喻见还在旁边乖乖等着回答。

过了一会儿，才听见池烈微哑的声音。

“我又不是你们小姑娘。”他瞥她一眼，“你以为我会喜欢这种花里胡哨的东西？”

这么说着，下一瞬，一截冷白的手腕伸到喻见面前。

少年肤色白，几乎没有血色。山风吹过，树影微微摇晃，落在他伸出的手腕上，仿佛在云中泅浮游水的鱼。

喻见已经做好了被池烈拒绝的准备，此刻盯着那些零落的碎影，一时有些发怔。

他刚才说的好像分明是不喜欢。

喻见弄不清池烈这是什么意思，抬头去看，他依旧伸着手，只是稍稍偏过头，用侧脸对着她。

他下颌处的线条利落，流畅而漂亮，黑眸微垂，看不清眼底的神色，只能看见稍稍抿紧的唇。

喻见又无奈又好笑，这个家伙……想要手链直说就好了，干吗还要摆出一副勉为其难的模样？

喻见脾气好，也没多计较，把手里的野花和草叶放在一旁，拣出一束较长的细叶，对着池烈的手腕比画了一下，然后轻轻缠上去："那你不要动，我现在给你编。"

说着，她稍稍往他那边探身。

池烈顿时僵住。

最后一点距离消弭无踪，离得太近，那种清冽气息再度漫过来，温柔的、纯粹的，随着山间旷野的风，细细密密扫在他脸侧。

更像是扫在心上，一阵阵发麻。

他下意识地屏住呼吸，想要朝后躲。

腕间缠绕的草叶却骤然扎紧，镣铐一般，将他不容置疑、无可逃避地束缚在原地，哪儿也去不了，哪儿也不能去。

见少年手腕明显地颤抖了一下，喻见有几分赧然："刚才太用力了，我注意一点儿。"

她小声说着，又从身旁的野花堆里挑出几根模样正好的，低头继续编起来。

少女微微垂着头，额前碎发被风吹起，衬得圆润光洁的额头越发雪白细腻。

池烈喉头动了动。

他把另一只手背在身后，指尖狠狠掐下去，借着掌心里绵长清晰的痛楚，才勉强忍住了伸手触碰那一抹白皙的冲动。

野花手链并不复杂，喻见一会儿就编好了。

她稍稍往后靠去，欣赏自己的作品："怎么样？我觉得还挺不错的。"

山脚下的野花颜色一点儿也不艳丽，是清新的蓝白，配上深绿草叶，缠在少年腕间，并不突兀，反而衬得没什么血色的手腕多了几分往日不常有的鲜活。

那种惯有的冷漠寥落似乎也被削弱几分，难得温和起来。

喻见自己满意得不得了，池烈只是收回了手，若无其事地瞥了眼自己的手腕："嗯，还行吧。"

语气平淡，没什么起伏，更听不出来究竟喜不喜欢。

喻见腹诽：我辛辛苦苦编了好半天，还行是什么意思啊？

小姑娘瞪起了眼睛，难以置信地看过来，杏眼睁得大大的，透着几分不满和恼火。

池烈心跳快了些，低头避开她质问的视线，含混道："挺好看。"

喻见不太相信："真的？"怎么总觉得他在敷衍自己。

喻见还没有等到池烈的回应，不远处的大树下，沈知灵冲她一个劲儿地招手："见见！快过来！快来！"

沈知灵叫得急，喻见就没有再追问池烈，把野花和草叶放在树下："来了！"

少女轻快地跑远，树荫下的少年注视着她跑开的方向，直到再也看不见那个纤细单薄的身影，才伸出手，小心翼翼、轻之又轻地碰了碰缠绕在腕间的蓝白野花。

"真的。"他轻声说。

喻见以为沈知灵这么火急火燎地喊她，必然是有什么十万火急、极其了不得的大事。

所以当她被沈知灵拽着，一起藏在树后，被迫偷偷观察十几米外的男生时，多少有几分哭笑不得。

"我还以为你突然叫我是怎么了。"喻见压低声音，"原来就是为了……"

话还没说完，被沈知灵打断。

"什么叫就是？那可是林宁之！林宁之呢！"沈知灵激动得脸都红了，"见见，你不知道，你没转来之前他一直是年级第二，学习好，长得又帅，而且还特别多才多艺！最关键的是脾气也很好，温温柔柔的，和那个谁一点儿都……"

沈知灵说到一半，突然想起被池烈拎在手里的粉蓝色书包，顿时愣在原地。

喻见没注意到沈知灵的异样，她看了眼林宁之，后知后觉地记起曾经匿名墙下的评论。

"原来是他。"

那时评论里有不少人提到林宁之的名字，而喻见的注意力都放在岑清月身上，加上这事和林宁之也没有关系，两个人又不在一个班，久而久之就忘记了。

平心而论，林宁之的确长得不错，和裴殊一样，都是清俊秀气的类型。他穿着蓝白校服，气质斯文，一看就很受女孩子欢迎。

此刻，他正被一群人围在中间，不知道在说些什么，脸上始终挂着柔和的笑意，看起来确实脾气不错。

喻见对林宁之没有任何兴趣，但已经被沈知灵拽过来，她不好直接走掉，只能心不在焉顺着沈知灵的视线多看了几眼，然后就看见了一个熟人。

喻见看着拼命想往里挤的岑清月，突然明白了："怪不得她也要来……"原来是为了林宁之。

沈知灵没听清："见见你说什么？"

喻见摇头："没什么。"

她完全不在意岑清月究竟喜欢谁，反正都和自己无关。

喻见收回视线，百无聊赖地打量着脚边细碎的野花，没过多久，被沈知灵牵住的手突然一紧。

"同学你好。"接着是一个格外温润的嗓音，"你就是喻见吧？"

喻见被沈知灵叫走，池烈又变成了一个人。

剩下的学生都三三两两、结伴成群，只有神情冷漠的少年独自坐在树下。

没有一点儿被排斥孤立的自觉，他散漫地靠着树干，懒懒看向远方低垂的云朵，偶尔伸出手，有一下没一下轻轻拨弄腕间的蓝白野花。

没一会儿，钱思域气喘吁吁地跑过来，大着胆子推了他一把："烈哥，你还在这儿坐着干吗！快快快！跟我走！"

池烈掀了掀眼皮："嗯？"

这段时间他和钱思域相处得还可以，偶尔也能说上一两句话，所以没生气，难得给出了回应，不过依旧坐在原地，一动不动。

然而这一回，向来很㞞的钱思域却直接拽起池烈："哎呀，说不清楚！烈哥你去了就知道了！"

池烈才收了喻见的手链，心情很好，没跟钱思域多计较。

他站起身，跟着对方走了两步，后知后觉地发现，这好像是喻见方才跟着沈知灵离开的方向。

池烈皱了皱眉，还没说话，走在前面的钱思域停下脚步。

"烈哥，你看！"钱思域压低声音，愤然道，"那个林宁之想对咱们喻见同学献殷勤！这能忍吗？肯定不能忍！你快上去把那个小白脸弄开，让他知道不是谁都能随便和喻见同学搭话的！"

不远处，树荫下，林宁之正和喻见站在一起。

林宁之脸上笑意柔和，不知道在说些什么，或许是很有趣的话题，随即，少女也轻轻笑了起来。

钱思域摩拳擦掌，恨不得替池烈去教训一下林宁之。一回头，果然看见了少年骤然阴沉下来的脸色。

紧接着，池烈沉默不语、一言不发地转身，竟然直接走了。

钱思域一愣，这和说好的不一样啊。

正常情况下，池烈应该冲上去直接拽开林宁之，警告对方不许再接近喻见，怎么就直接走了?

钱思域一头雾水，小跑着跟过去，忖度着池烈的心思，小声道歉：“对不起啊，烈哥，是我搞错了，我之前还以为你……喜欢喻见呢。”

不然又是讲题又是拎书包的，班里谁有这待遇?钱思域大大咧咧，说得无心，池烈却脚步一顿。

这已经是他第二次听到别人这么说。

上一回，池烈还能若无其事、轻描淡写地用一句“你想多了”搪塞过去。这一次，他终于不能再敷衍别人，也不能再欺骗自己。

池烈喉头艰难动了动。

曾经，把裴殊关在办公室外时，他还没明白那种抗拒排斥的本能从何而来。直到方才遥遥看见站在树荫下的喻见和林宁之，终于察觉到被刻意忽略的心意。

没错，不管怎么掩饰躲藏，他的确在喜欢她。

但问题是，他怎么配喜欢她?

少女明媚活泼的笑容出现在脑海里，池烈不得不承认，她那样柔软清澈的笑意，看起来和林宁之很是相衬。

其他学生大概也这么觉得，所以才会默契统一地为两人留出说话的空间，不去打扰。

他们一起并肩站着，离所有人都很远，离他更远，是远到永远都触碰不到的距离。

心口顿时泛上一种针扎般的痛楚，清晰而分明，细细密密的疼痛间，池烈深吸一口气。

他早该知道，他分明知道，在那条充斥热风与蝉鸣的小巷，第一眼看到那片雪白的裙角时，他就清楚，这样纯粹美好的存在，本就不该出现在他肮脏混乱、一无是处的生命里。

他不配。

他配不上。

钱思域站在一旁，屏息静气观察池烈的表情，突然“哎哟”一声：“烈哥，咱们别站这儿了，下雨了！”

额头莫名一凉，池烈忍着胸膛窒息的抽痛，缓缓抬头。

方才还是晴空万里，此刻，乌黑云层从山脊低低压过来，不过片刻，就已经沉沉压到了眼前。

起初只有零星几滴，紧接着，骤然猛烈起来的狂风裹挟雨水，冰凉凶狠地朝山脚砸下，无处可避，砸在面颊上，一阵一阵发疼。

今年的第一场秋雨如期而至，盛夏终于结束了。

第十一章 /// 不要早恋

这场秋雨来得突然，过了一会儿，仍旧没有要停的势头，反而越下越大。

大家纷纷找地方躲雨。

为了不破坏生态景观，南山脚下没有服务区，只有从前遗留下来的一些废弃民居和护林员的小木屋。不过有总比没有强，老师们凑在一起商量后，分别带着自己班学生前去避雨。

李文章领着七班同学去了一栋看起来有些年头的民居："往里站站！都看着点儿，小心别被虫子老鼠什么的咬了！"

喻见和沈知灵站在屋檐下，雨水砸在地上，扑面而来一阵一阵的寒气，冰冷刺骨。

沈知灵小声嘀咕："这是什么鬼天气，天气预报没说今天要下雨啊！"

喻见安慰她："那应该不会下很久，没准过一会儿就停了。"

话音刚落，灰黑色的天空骤然炸开一道惊雷，"轰隆"一声，在风雨中摇摇欲坠的民居似乎都跟着一起轻轻颤抖。

这下连喻见都有点儿气馁："雨真的好大。"

平城市区每年也会下几次暴雨，不过市区不比山间，即使风大雨大，躲在屋里并不会有太鲜明的感受。

然而此刻南山脚下，山风凛冽、暴雨倾盆，乌黑云翳沉沉压着，天色暗淡昏沉，光线稀疏，几乎看不清几米开外的人。

喻见还是仔细打量了好一会儿，才敢确认屋檐另一端，那个几乎要站到雨幕下的瘦高身影是池烈。

他怎么往那么远的地方站？

明明周围没有其他人，这么淋雨吹风的，回去肯定会生病。

喻见松开沈知灵的手，从屋檐下避雨的同学间走过，对半路碰到的钱思域笑了笑，然后走向池烈。

"你在干吗呀？"风声雨声里，少女声音被吹得断断续续，"快站到里面来，这边还有位置呢。"

池烈闭了下眼。手腕上还缠着蓝白相间的野花，他沉默着，没回头，想要装作什么都没听见。

十几秒后，手臂被摇了摇，是和以往一样轻轻柔柔的动作，也是和从前一般明快活泼的语气：“走啊。”

少年捏紧了手，指尖狠狠掐在掌心，才克制住想要跟着少女一同离开的冲动。

喻见的手才搭上池烈的胳膊，下一瞬，就被冷漠无情地甩开了。

他甚至没有看她，只是用力挥动了一下手臂，极不耐烦，仿佛在对待一个完全不认识，甚至有些厌恶的陌生人。

喻见一愣：“池烈？”

短短十几分钟没见，他怎么突然生气了？

喻见还没想明白这个问题，一直站在雨幕边缘的池烈转身，他面无表情，没有多看她一眼，径直朝屋檐下的空地走去。

步伐快而急，像是在躲避什么。

喻见莫名其妙。

她走回来，看向一旁战战兢兢的钱思域：“谁又惹他了？”

钱思域讪笑一声：“我也不知道啊。”

喻见也没指望钱思域真能说出什么来，她皱着眉，看着不远处池烈的身影。

躲开她后，他又成了从前那副模样，离所有人都很远，孤零零的。

“轰隆”一声，又一个惊雷在头顶炸开。

喻见心里颤了下，莫名有种怪异的感觉，抬头看了眼屋顶：“这房子应该没事儿吧？”

这么大的风雨，别被吹垮了。

“肯定没事。”钱思域说起这个，倒是信心满满，“多少年都在这儿了，垮不了。”

喻见点点头，又看了池烈一眼，想了想，决定还是等回到市里之后，再去问问他吧。

喻见正这么想着，第三个惊雷狠狠打下来，震耳欲聋，比前两次还要巨大，地面甚至都在隐约颤抖。

“咔嚓！”

滚滚雷声里，她听见一声不太分明、极容易被忽略的响动。

喻见的心一颤：“小心！”

喊出声的同时，一个身影从屋檐下飞快越过。她骤然落入一个怀抱里，并不柔软，而是结实的、透着常年风吹雨打后的硬朗。

池烈小心翼翼地把喻见放在空地上。

他回头，看见钱思域和两三个同学还傻呆呆地站在已经裂开的屋檐下，顿时一皱眉：“躲开！”

最终，这次秋游以教委紧急插手，指挥警力和救护车把学生接回校而结束。

好在尽管大家受了惊吓，倒没几个人受伤，情况也并不严重，大多是惊慌失措后摔倒崴了脚，或者一些微小的擦伤。

其中最严重的，大概就是池烈在推开钱思域他们时，不慎被坍塌下来的碎片砸在肩膀上。

伤不算很重，但还是被护士姐姐牢牢打上石膏固定，又在手臂上吊了绷带。

医院里，钱思域心有余悸：“太可怕了！那房子居然真敢塌！”

要不是有池烈，他和那几个倒霉鬼现在估计还在那堆瓦砾底下埋着。

喻见没心思听钱思域念叨这个：“池烈在哪儿？”

普通学生由大巴车接回学校，受伤的同学则被救护车直接拉来了医院，所以喻见和池烈两个人没有一起走。

“这边这边！”钱思域脸上被划了一下，也跟着来了医院，“老李和烈哥一直在一块儿呢，没事的。”

钱思域领着喻见往急诊室走，刚进去，和李文章撞了个对脸。

李文章看看喻见，再看看钱思域，最后勾着头，往他俩身后瞧了一眼，表情骤然惊悚起来：“池烈人呢？没和你们在一块儿？”

池烈和负责他的护士打过招呼，独自走出医院。

市里还没有下雨，只是天色稍暗，云层翻涌滚动，阴沉沉的。

池烈坐上公交车，转了三趟车，一个多小时后，终于回到那个种着洋槐的小院。

他右肩受了伤，手臂缠着绷带，不太好用力气，于是掏出钥匙，用左手开门，一连试了好几回，才勉强把钥匙插进锁孔。

小院里没有其他人，安安静静，偶尔有风吹过，洋槐和葡萄藤窸窣作响。

池烈进屋，没在堂屋里多停留，径直走向平时睡觉的房间，然后狠狠把自己砸在床上。

和福利院那张温暖柔软的床不一样，即使已经离开岑家，他睡的床也没有比以前好多少，只在钢丝床上铺了薄薄一层毯子，不然实在硌得睡不着。

动作太狠，肩膀隐隐作痛，池烈没有理会。

他躺在床上，盯着天花板，许久之后，抬起完好的左手，轻轻摸了下被绷带裹住的右臂。隔着厚厚一层绷带，仿佛还能感受到少女指尖搭上来时的触感。

温柔细腻，从此之后，和他毫无瓜葛、再无干系。

池烈面无表情地收回手，片刻后，又低低笑出了声。

何必呢?

本就从来没有属于过他，现在失去了，也是理所当然。他没有资格难过，更没有理由伤心。

池烈在床上躺了一会儿，直到屋外的风声逐渐变大，才缓缓从床上爬起来。

待会儿肯定要下雨，风大雨大，屋子又深，不关窗的话，晚上肯定会冷得睡不着觉。

池烈起身，走到窗前。

他伸出手，正要关上窗户，目光一抬，就看见了坐在墙头上，犹犹豫豫准备往下跳的少女。

喻见是从医院过来的。

李文章找不到池烈，吓得脸都白了，从护士姐姐那里得知少年已经先行离开，立刻要打车去找池烈，最后被喻见和钱思域一起劝住。

然后喻见就自己悄悄来了。

毕竟池烈现在受了伤，按他那个有病硬扛的坏脾气，自己折腾不知道要折腾出多少其他麻烦，完全没法让人放心。

而且喻见也想问一问，他怎么又一个人莫名其妙不高兴了?

拐进小巷，来到洋槐伸出一角的小院，喻见敲了好一会儿门，始终没听见任何动静。

担心池烈有可能出事，她四下看了看，捡了几块砖摞在一起，小心翼翼地攀上青砖墙。

好在这条巷子的墙修得不算很高，倘若是福利院那种加高加厚的围墙，喻见绝对爬不上去。

她刚攀上墙头，还没来得及往下跳，“吱呀”一声，纱窗被推开了。

“你来做什么?”池烈抿唇，垂眸，掩去眼中那点儿情绪，冷漠道，“出去。”

不要再来找他，不要再来和他讲话，不要再给他虚无缥缈、不切实际的希望了。

就当这个夏天发生的一切是场不真实的美梦，梦醒了，他和她自此没有任何关系。

池烈冷冷说完，伸手想要合上纱窗。

他强迫自己，努力想从那个坐在墙头的纤细身影上移开视线，下一瞬，听见少女略显惊慌的声音。

“池烈。”喻见腿都是软的，“我好像……下不来了。”

喻见压根儿没听到池烈说什么。

先前攀上墙的时候还不觉得如何，直到坐在高高的青砖墙头，想要往下跳时，才发现自己离地面的距离超乎想象。

已经坐在墙头，她进退维谷，顿时紧张起来，只模糊听见了池烈在说话，完全没注意话里的内容。

风声又凛冽了些，喻见被吹得微微摇晃，死死抓住青砖："我真下不来了。"

穿着蓝白校服的少女坐在青砖墙上，被风一吹，宽大的短袖鼓起来，一阵一阵的。整个人更是摇摇欲坠，苍白着脸，一副随时有可能从墙头跌落的模样。

池烈在心里骂了句：见鬼。

顾不上先关好纱窗，他匆匆从屋里跑出来，来到院墙边："你别往下看，直接跳。"

喻见声音略带颤抖："我不敢。"

这种事说起来也很奇怪，明明被小混混儿追逐时都不怎么害怕，如今只是咬牙从墙头跳下去，她却始终下不了决心。

说话的工夫，风又大了些。

和南山山顶相似的灰黑云层沉沉压过来，天光骤暗，吹来的风已经携上冰凉水汽，眼看一会儿就要下雨了。

池烈抬头看了眼暗淡的天空，说："快跳。"说着，他朝她伸出手，"我在下面接着你，别怕。"

喻见虽然害怕，到底没有完全失去理智，立刻摇头："不行，你肩膀受伤了。"

哪里能让他一个带着伤的人来接她。

喻见否决得干脆利落，池烈就是一个皱眉。

眼看着已经有零星雨滴飘落，凉凉地落在脸上，风越来越大，云层愈压愈低，他没空和她争执，干脆上前两步，直接握住了她的脚踝。

和从前想象的一样，隔着一层薄薄校裤，少女脚踝细瘦，随便一伸手，就能轻轻松松扣在掌心。

脆弱的、稚嫩的，仿佛稍微用力就会被折断。

少年已经刻意将力气一再收敛，用的又是裹着绷带的右手，力道并不大。

但坐在墙头的少女还是被吓了一跳，顿时踢了踢腿，往后靠去。不防他又在此刻用力往外一拉，重心失衡，少女直接从青砖墙上跌落下来。

喻见顿时喊出声："池烈！"

这家伙是怎么回事！她要从墙上掉下去了！

视线天旋地转，喻见已经做好了狠狠摔在地上的准备，短暂眩晕后，猛地磕在一个结实坚硬的怀抱里。

和几个小时前一模一样，少年骨头比脾气还硬，一点儿也不柔软。她被硌得生疼，下意识地想要搂住他的肩膀，下一秒，想起他身上还带伤，只能茫然地把手往上移了移。

池烈顿时僵住。

喻见确实和看上去一样瘦，轻盈纤弱，几乎没什么分量，他不需要费什么力气，一只手很容易抱住她。

小姑娘的胳膊软乎乎环在他脖颈上，明明没有多少肉，却带着天然的柔软和温暾，绵绵的、嫩生生的。

她显然吓得不行，惊慌失措地说："放我下来！你肩膀还打着石膏呢！"

一阵风猛烈刮过，在乌黑云层中积蓄已久的雨水等到这一刻，终于噼啪落下，气温瞬间就降了下来。几秒内，风越刮越大，寒意也越来越深。

池烈完全不觉得冷。

被少女搂住的脖颈一片滚烫，耳尖不自觉发热，他抿了下唇，胸膛里一颗心跳得厉害，隐约要破骨而出。

池烈没吭声，也没松开搂在喻见腰间的手，沉默地转身，把她直接抱回了堂屋。

市里的雨势不如南山大，但也是一年到头难得一见的暴雨。

狂风裹挟雨水，狠狠砸在窗户上，玻璃被砸得啪啪作响，有种即将被砸碎的错觉。

还是下午，屋外天色已经黑沉沉的，几乎看不见院里的洋槐和葡萄藤，只能瞧见无声立在雨里的青砖墙，在暗淡天光下，勾勒出沉重灰黑的影子。

堂屋里。

即使已经关上门窗，依旧有风从缝隙间钻进。房梁上垂下的灯泡微微摇晃，一室摇曳微颤的暖黄光晕。

喻见坐在光晕下。

屋里有两把椅子，她占据了一把，还剩下一把。不过此刻，池烈却站在离她最远的地方。

即使先前把喻见抱回了堂屋，少年似乎还是不想和她说话，背对着她，手臂抱起，一副谁都不想搭理的模样。

喻见真的是一头雾水，这人到底在气什么啊？

她尝试着小声叫了两次池烈，他不回头，反而往前走了两步，眼看就要顶上墙角。

喻见更不解了，怎么还跑去自我罚站了？

池烈不开口，喻见不好一直追问。偏偏外头现在下着大雨，被困在屋里哪儿都不能去，她坐了一会儿，听着窗外越来越大的雨声，难免有些烦躁。

"池烈。"又听了十几分钟的雨，最后，喻见也不高兴了，"你有什么事就好好说，别和那个林宁之学行不行？"

两个人正好走两个极端，殊途同归，都能硬生生把人气死。

池烈站在墙角，盯着墙壁上斑驳返潮的墙皮，一动不动。

听到林宁之的名字后，他立刻攥紧了手，几秒后，又从少女带着愠怒的语气里，觉察出一丝微妙的异样。

喻见本来没指望一两句话能说动池烈，然而他却突然回头，一双漆黑的眼睛直勾勾地盯着她："他怎么了？"

他语气低沉，连林宁之的名字都不愿提。

眼前脾气差到不行的少年固然也非常可恶，但有林宁之做对比，喻见还是看池烈更顺眼些。

她鼓了下脸："也没什么，就是说话……阴阳怪气的。"

喻见原本以为，林宁之只是简单地过来打个招呼。没想到对方支走了沈知灵，接下来说的话，和脸上那种温和如玉的笑容完全不相称。

话里话外的意思，竟然是相信了岑清月在匿名墙上的投稿，认为喻见通过不正当手段取得了好成绩，所以特意过来"规劝"她。

不得不说，某种程度上，林宁之和岑清月还挺般配。

"和他说话挺烦的。"喻见回忆起几个小时前的事，鲜见地直白表达出不满，"我只能让他下回考试好好努力，别再被我超过，不然还要在全年级面前重新丢一次人。"

喻见从来不是毫无脾气的性格，林宁之阴阳怪气，她自然也不会对他客气。

在说那句话的时候，喻见脸上也带着笑，表情温暾，语气和缓，光看神色，根本想象不到她在说什么，结果直接把林宁之气跑了。

池烈一顿，下意识地脱口而出："你不喜欢他？"

少年语气极其惊讶，喻见愣了两三秒，直接被气笑了："你才喜欢林宁之！"

他这说的是什么话！谁会喜欢那种表里不一的家伙啊！

喻见完全没想到，池烈会没头没尾冒出这么一句，气得都不知道该怎么骂人。下一瞬，就看见他微微愣怔的双眸里染上笑意。

先前的疏离和冷漠被尽数冲淡，笑意之下，似乎有一种她看不懂的情绪。

"嗯。"他淡淡地说，"我也不喜欢林宁之。"

少年语气平静，嘴角却轻轻扬起，透出几分显而易见的愉悦。

喻见越发迷惑。

没理解池烈怎么一下高兴起来，她想了一会儿，只能想到一种可能："林宁之今天也来找你了？"

不然他为什么会突然生气？

池烈努力压着嘴角，似有若无地应了一声："算是吧。"

没再就这个话题继续往下谈，他看向窗外：“雨一时半会儿停不了，你想吃什么？”

其实也没什么太多选择。

池烈在家一向吃得简单，在厨房里翻来翻去，只找到几个番茄、一板鸡蛋，还有昨天从超市买回来的挂面。

于是又做了一次番茄鸡蛋面。

这一回喻见没动手——顾及池烈的伤，她倒是想自己做，但池烈竟然直接反锁了厨房的门，把她锁在门外，直到做好了面，才开门让她端碗。

雨还在下，小院里风雨飘摇，天地失色。

一片昏暗中，堂屋亮着暖黄的灯，即使窗外风雨再猛烈，也依旧安安稳稳，照亮围在课桌前吃面的两个孩子。

出乎喻见意料的是，池烈厨艺竟然很不错。

屋外风声凛冽，屋里氤氲着番茄鸡蛋面的香味，很温暖，像是平常人家里会有的烟火气息，平凡而珍贵。

刚盛出来，面有些烫，喻见小心翼翼地挑起一筷子，稍微吹凉些，才敢送进嘴里，然后眼前一亮：“好好吃！”

少女已经全然没有先前被气到的恼火模样，捧着碗，小口小口地吃面。她眉眼细细弯着，被灯光映得越发柔和。

池烈坐在课桌另一端，听着喻见在吃面的间隙，不厌其烦地叮嘱他：“你和林宁之那种人生什么气？反正他又考不过你，只要你以后一直拿年级第一，就能让他自己把自己气死了。”

池烈淡淡应道：“嗯。”

“今天李老师吓坏了，吃完饭你给他打个电话吧，不然他肯定一直放心不下。”

“嗯。”

“待会儿我去洗碗，你就不要乱动了，肩膀受伤还是先好好休息。”

“嗯。”

喻见自顾自说了好一会儿，许久之后，终于觉察到了不对。

池烈怎么突然这么好说话？按着他那个人嫌狗憎的坏脾气，明明应该挑着眉，一脸不屑地反驳她，而不是像现在这样，每一句都平淡应下。

事出反常必有妖，喻见警惕地放下筷子，盯着课桌另一端的少年。

池烈察觉到喻见的视线，抿了抿唇。

喉头微动，他搅了下碗里几乎没怎么吃的面：“喻见，你能不能答应我一件事？”

少年鲜有地喊了她的名字，语气也是未曾听过的谨慎犹疑。喻见愣了下，微微坐直了些：“什么事？”竟然值得他这么郑重小心。

池烈不吭声。

两个人都没说话，堂屋里骤然安静下来。屋外的风雨声更加明显，风声呼啸撕扯，雨水狠狠砸在玻璃上，发出噼啪的响动。

沉默片刻，最终，因为自己都觉得这个要求无比荒谬，池烈艰难地开口：“喻见，不要早恋，等到大学再恋爱。”

喻见几乎以为自己听错了，难以置信地重复一遍：“不要早恋？”

暖黄灯光下，少女一双杏眸睁得大大的，黑白分明的瞳仁看过来，疑惑而无辜。

池烈顿时后悔了。

他想说点什么来转移话题，张了张嘴，一时间却又无话可说。

屋内的气氛凝滞下来。

“啪啪啪！”

此时，有人在雨幕里拼命敲打院门：“开门！开门！”

池烈迅速起身：“我去开门。”

他几乎不敢在堂屋里多停留一秒，避开喻见的视线，一头扎进门外呼啸的风雨中。

冷风裹挟雨水，重重砸在身上，池烈后知后觉。除了屋里的小姑娘，谁会在这种下着暴雨的时候来找他？

池烈没有立刻把门打开，从缝隙里谨慎看了一眼，短暂愣了下，这才拉开插销。

被淋成落汤鸡的裴殊就像见到了亲人：“快让我进去！你再不开门，我就要被风刮跑了！”

“对不起啊，裴老师。”堂屋里，喻见看着还往下滴水的裴殊，内疚得不得了，“我没注意到手机没电了，还以为你没看见消息。”

先前她怎么都没敲开池烈的门，害怕他会出事，翻墙前特意给裴殊发了一条消息。

万一有什么情况，裴殊作为成年人，总是好处理些。

裴殊从池烈手中接过毛巾：“你们俩可是吓坏我了！”

给喻见打电话一直关机，他又没有池烈的手机号，干脆按着喻见给出的地址，直接从市里赶了过来，然后被暴雨浇得透心凉。

池烈和裴殊只见过一面，完全不熟，把毛巾递给对方，就默不作声地站远了些。他现在没有任何其他想法，只希望喻见不要再想起那句“不要早恋”。

太荒谬了。他哪里有资格对她这么说？

池烈站得很远，裴殊却没有放过他。

裴殊擦干头发，盯着课桌上的草稿纸看了一会儿，表情古怪地扭过头来：“这些都是你写的？”

裴殊拿起其中一张，细细端详。

喻见发现他在看的是她曾经见过的那沓草稿纸，上面写着成行成行的英文字符，还有夹杂在其间的各种括号。

池烈看了裴殊一眼，淡淡应声：“嗯。”

少年态度冷淡，裴殊完全不在意，声音甚至又提高了几分：“真的吗？！这是你自学的？还是有人教你？”

裴殊很少这么激动，偶尔几次失态，还是因为岑家对待喻见和岑清月的偏心。此刻他兴奋得脸都红了，喻见站在一旁，不由得多看了他好几眼。

池烈写了什么，竟然能让裴殊激动成这样？

相对眼睛都在发亮的裴殊，池烈则镇定得多，脸上没什么表情：“个人兴趣，看书随便琢磨。”

说着，他从裴殊手里抽走那张草稿纸，翻了个面，重新放在课桌上。

这个动作的含义很明显，裴殊不好再上前翻动草稿纸，只能眼巴巴地看着神色冷淡的少年。

池烈不为所动。

他看了眼屋外，视线没敢继续投向喻见，只能偏过头不看她：“时间不早，你该回去了。”

裴殊进屋歇息的工夫，风声渐息，雨势也小了下来。

秋雨沙沙落在窗框上，静谧和缓，一改先前几乎淹没天地的倾颓。

喻见看了眼表，时间确实有些晚。

“那我和裴老师先走了。”她点点头，想了想，又小声说，“你放心，我……会好好学习的。”

喻见想，池烈先前的话应该是这个意思吧？

虽然不知道他为什么莫名其妙想到了这里，但她能理解他的用意，以她现在的处境，的确需要心无旁骛地专心学习。

少女神情认真，语气带着一种说不出的严肃。池烈有些发怔，半晌后，轻轻点了下头：“嗯。”

裴殊和喻见一起离开，堂屋里只剩下了池烈一个人。

他坐在椅子上，盯着面前那碗没动几口的番茄鸡蛋面，最终长长舒了一口气。

池烈心里很清楚，自己为什么要那样说。

即使喻见不喜欢林宁之，那么好的小姑娘，总有一天，会遇到一个珍视她也被她珍视的人。

他阻止不了，更不能阻止。

唯一能做的，就是被那点儿拼命想要压下，却始终无法压住的私心驱使，提出一个毫无道理、万分任性的要求。

这样，他就可以欺骗自己。

至少在这段岁月里，她能短暂停留在他身边。

第二天，池烈比以往早起半个小时。

肩膀上的伤虽然不严重，但打着石膏，缠着绷带，多多少少还是有些不太方便。果然，等收拾好碗筷，出门去赶公交车时，甚至还比平常晚了十分钟。

十分钟的时间看似不长，却正好赶上进城的第一波早高峰。公交车在路上又堵了好一会儿，最后，池烈几乎是踩着早读铃声进班的。

他没在意，径直走向自己的位置。

坐下后，池烈按着以往的习惯，从书包里把书抽出来，一本一本放进抽屉，然后发现一本都塞不进去。

池烈微微皱眉。

他低头去看，本该空荡荡的抽屉里塞着一大堆花里胡哨的零食，各种口味都有，乱七八糟的，把抽屉填得满满当当。

池烈眉头皱得更紧了。

他下意识地看向教室前方，坐在第一排的喻见并没有注意到他的视线，正在对着习题奋笔疾书，头轻轻垂下，露出一段雪白纤细的脖颈。

池烈嘴角难得抽了抽，这小矮子，怕不是把昨天郊游没吃完的零食全塞过来了，也不看看他能不能吃得下。

抽屉塞得太满，池烈不得不先拿出一部分。拿着拿着，他隐约觉得有些不对。

昨天拿着喻见的书包，池烈自然知道那个粉蓝色的包里能装下多少东西。即使塞得鼓鼓囊囊，也绝对没可能塞下这么满满一抽屉的东西。

难道她又拿了一个书包装零食?

有这个必要吗?

池烈疑惑又茫然，碍于已经上了早读，没有立刻去问喻见，直到第一节下课，才缓缓起身。

昨天裴殊布置了两套英语卷子，此刻喻见正对着一道单选题左右为难，还没来得及蒙出一个答案，“咚咚”两声，桌面被敲响。

她抬头，看到池烈面无表情地站在桌前。

少年肩膀上打着石膏，手上挂着绷带，刻意沉下脸时就有点儿不伦不类。

但他本人显然完全没有这个自觉，嗓音依旧冷淡：“出来，有事问你。”

喻见习惯了池烈在班里的漠然神态，乖乖放下笔，跟着他出去。

两人来到走廊上。

“小矮子。”池烈低头看喻见，“你真把我当小孩儿哄？”

一点儿小伤而已，至于用零食把整个抽屉都塞到没有任何缝隙吗？

少年声音压着，带着点儿笑意，喻见有点儿茫然：“我没哄你呀？”

昨天去找池烈时，她是想哄哄他来着，但他后来自己莫名其妙不生气了，她也就没来得及多说什么，不明白此刻他为什么突然这么说。

池烈勾了下嘴角：“再继续哄。”

他又不是福利院里那群没头脑的小笨蛋。

见池烈唇边笑容明显了些，喻见越发疑惑：“那……我怎么哄你了？”总觉得这里头似乎有什么误会。

“我不喜欢吃零食。”池烈板着脸，“你以后也别背那么多东西来学校。”

这小身板，是真不怕把自己压矮了。

喻见反应了一会儿，终于明白池烈在说什么。

“不多啊。”她小声说，“只是两盒点心而已。”

昨天回家后，喻见才想起来，池烈肩膀受了伤，手不方便，早晨时间紧，或许来不及吃饭。

她太了解他不好好吃饭的脾气，所以一早来学校，就往他抽屉里放了两盒栗子酥。

少女语气认真，神情不似作伪。池烈愣了下：“我抽屉里那一堆零食不是你放的？”

喻见也是一怔：“一堆零食？”

两个人你看我我看你，面面相觑了好半天，最后终于确定了一个事实：抽屉里那么多零食，真不是喻见放的。

池烈眉头又重新皱了起来。

班里同学一向视他为隐形人，除了喻见之外，稍微亲近点儿的只有钱思域。不过池烈不觉得钱思域有那么大的胆子，敢拿一堆零食塞满他的座位。

池烈一时没想通，他还在皱眉思考，一旁，喻见心念微动。

还没等她说出自己的想法，物理课代表抱着上一次的随堂测验，从走廊另一端走过来。

“喻见。”物理课代表拿起最上面一张，“这是你的，又是满分。”

一般来说，这个时候，课代表就会走了。

班里同学一向避免和池烈正面接触，即使在发作业本发试卷的场合，也不会直接把东西递到池烈手上，而是远远放在桌角。

但这一回，物理课代表没有立即离开。他神色略显紧张，咽了咽口水，拿起第二张测验卷，递向池烈："给、给你。"

物理课代表头一回做这种事，不太熟练，声音都在发抖。

池烈同样毫无经验。

一向习惯了和班里同学保持距离的他愣了下，直到身侧的少女用手肘轻轻碰了碰他，他才伸手接过。

他依旧皱着眉，也没说谢谢。

物理课代表完全不在乎这个，见池烈接过测验卷，明显松了一口气。他有些激动，笑容还是稍显拘谨："那我走了！"

池烈的眉头没松开，用两根手指夹着那张薄薄的纸，转头看向喻见："什么意思？"

少年眼尾勾起，狭长黑眸里少见的带上几分疑惑，冲淡了往日惯有的冷漠。

喻见抿了下唇，有点想笑，小声地把刚才没来得及说出口的猜测告诉他："那些零食可能也是他们放的。"

他们？

池烈反应了一会儿，明白过来这个代词指的是七班同学，不由得挑了下眉："不可能。"

这群学生有多怵他，池烈自己心里很清楚。

他还记得开学第一天进班时的寂静与议论，还有李文章宣布名次时，班里那道唯一的、孤零零的掌声。甚至这次郊游全程，除了喻见和钱思域，都没有人和他主动说话。

他们明明恨不得远远绕开他走，怎么会突然莫名其妙往他抽屉里塞零食？

池烈否定得毫不犹豫，喻见眨了眨眼，没立刻反驳，只是顺着他的话点点头："那可能就是钱思域放的吧，毕竟你算救了他一命。"

池烈嘴角隐隐一抽："幼稚。"

他完全不能理解钱思域这种行为，打算待会儿一回班，就喊对方把那些乱七八糟的零食全拿走。

池烈想得很好，但李文章并没有给他这个机会。

第二节上课铃还没敲响，李文章就从外面走了进来，站在讲台上，还是那副笑眯眯的模样。

"都回座位都回座位。"李文章把同学们赶回座位上，又清了下嗓子，"占用大家的课间时间，说点儿重要的事啊。"

说着，他往教室后排扫了一眼。

池烈接收到李文章的视线，面无表情地看回去。

他想，有那个必要吗？反正又是和之前一样的结果，没有人应声没有人鼓掌，大家彼此都尴尬。

果然，李文章清完嗓子，就开始大力表扬池烈昨天在郊游中舍己救人的行为，活灵活现的，口才好得像是个语文老师。

一直说到上课十分钟之后，他终于意犹未尽地做了总结："那咱们给池烈同学鼓鼓掌！"

池烈嘲讽地扯了下嘴角。

已经做好只有喻见一个人应和的准备，他冷淡地低下头。

下一瞬，教室里响起的掌声几乎要把天花板掀翻了。

下一节是体育课，绕着操场跑了两圈后，体育老师安排大家自由活动。

钱思域探头探脑地到处看："烈哥人呢？"

"我看他刚才一下课就往外走，该不是害羞了吧？"钱思域一点儿不长记性，没心没肺地吐槽，"不过换我我也害羞，瞧这待遇！全班同学给塞零食，再没有第二个了啊！"

喻见不由得多看了他一眼："真的？"她以为有一小半就很不错了。

钱思域点头："那必须！"

他来得最早，目睹了大家往池烈抽屉里放零食的全过程。

"其实烈哥人挺好的，就是以前……呃，总板着个脸，显得脾气太差了。"钱思域想了想，又说，"我觉得烈哥该多笑笑，这样大家就不害怕他了！"

"这话你可千万别跟烈哥说！"随即，钱思域脸色一白，"我可不想他揍我……"

喻见一直抿着唇，听到这里，终于没忍住笑了出来："我不会告诉他的。"

自由活动，老师完全不管。喻见在操场上待了一会儿，找了个机会，偷偷溜回班。

池烈果然在班里，坐在最后一排。

喻见进班时，他肉眼可见地僵了一下，抬眼看见是她，又隐约松了一口气，面无表情地低头，继续在草稿纸上写写画画。

喻见没戳穿池烈，也没在意他没搭理自己。

教室里没有其他人，她索性直接走到他旁边，拉开椅子坐下，指着抽屉里的一包牛奶饼干，问道："这个好吃吗？"

池烈低头扫了一眼："不知道。"

自从确认这堆零食真是班里同学送的，他碰都没碰。

喻见"哦"了一声，直接把牛奶饼干拿出来，撕开包装，取出一片，小小咬了口。

“挺好吃的，很甜。”她拿了一片饼干递过去，“你要不要试一试？”

少女白皙指尖伸到眼前，池烈喉头微动：“拿走。”很是不耐烦的语气。

喻见没有恼火：“你干吗呀？”她轻声问，“还在生他们的气？”

池烈沉默许久：“没有。”

池烈一向不在意别人对自己的看法，七班同学不主动招惹他，他也懒得搭理他们。本来以为日子就这么过了，谁知道又冒出来这么一出，让人非常不习惯。

喻见坐在一旁，看见少年微微攥起手，草稿纸被揉成一团，皱巴巴的。

她抿了下唇：“之前的事，是他们不对。”

喻见没替钱思域他们说好话，毕竟这也是事实，明明池烈什么都没做，就被人云亦云地疏远了。

池烈愣了下，没料到喻见会这么说。

随即，坐在他身侧的少女又笑了起来：“现在他们反思了，你原谅他们好不好？”

昨天下了雨，今日是晴天。

大片大片的云朵映在少女清澈的双眸里，被风吹过，漾开一圈细碎波纹，温柔的，带着几分缱绻。

池烈眼神稍黯：“为什么？”他并不觉得有这种必要，总归以前就是这么过的，也已经习惯了。

喻见就知道池烈会这么问。她已经想好了怎么回答他，不过总觉得像是在哄大虎他们，有点儿不好意思。

即使教室里没有其他人，她也忍不住稍稍往池烈那边靠了些，又压低声音，凑在他耳畔，飞快地说了几句话。

九月清晨，飞鸟从风中路过，云里落下几片羽毛，落在少年骤然泛红的耳尖上，微微发痒。

他极其不自然地偏了偏头，又咳嗽一声，试图掩盖脸上怎么也止不住的热意。

“行吧。”最后，池烈含糊道，“下不为例。”

体育课下课后，钱思域惊喜地发现，池烈不但没把那些零食都扔出去，桌上甚至还放了包吃了一半的牛奶饼干。

他大大咧咧地跑到池烈身旁，拍着胸脯保证：“烈哥，我钱思域这条小命是你救回来的！以后你指哪儿我打哪儿，绝对没有二话！”

池烈淡淡瞥他一眼，没说话，又拿了片牛奶饼干。

其他同学和池烈没有这么熟，不敢像钱思域这样直接跑过来，但一同被推开的那几个学生还是结伴来道了谢。

下午放学后，有男生鼓起勇气主动上前，表示要替池烈分担这周的值日。

池烈原本想要拒绝，想起今天喻见说的话，只能简洁应道："麻烦了。"

离开学校，池烈按着往常的行程，放学后去废品站打工，被暴怒的吴清桂举着扫帚直接赶出来，差点儿打伤另一侧肩膀："给我滚出去！郊游也能把自己搞成这德行！没好全之前敢出现在这条街试试看，看我不打断你的腿！"

池烈只能灰头土脸地回家，左手拎着吴清桂才烙好的饼。

简单吃过晚饭，洗完碗，坐到课桌旁。

他写作业写得快，大部分在学校就已经完成，伸手从裴殊昨天看过的那沓草稿纸里抽出一张，准备接着没写完的部分继续往下写。

然而池烈捏着碳素笔，始终没有动作。许久之后，直到天色暗淡，草稿纸上也没有多出新的字迹。

池烈深深呼出一口气。

今天格外心烦意乱，他写不出任何一行代码，干脆盖上笔帽，起身去卫生间洗脸。

凉水泼在脸上，池烈随意用手背抹了把，单手撑在水池边缘，抬头去看镜子。

镜中的少年神情冷淡，眼尾微微上挑，嘴角却沉沉压着，一双眼睛又黑又凉，透出十足的漠然不屑。

池烈盯着镜子，想起今天喻见说过的话。

"我只是希望你能开心一点儿，不要一天到晚都板着个脸。"少女的语气轻快而俏皮，眼眉弯弯，"池烈，你知道吗，你笑起来的时候特别好看。"

池烈扬了下嘴角，镜里的少年跟着露出一个笑容，有些拘谨、稍显别扭，瞧上去有种说不出的僵硬。

真不知道那小姑娘是怎么夸出来的。

他看着镜中的自己，半晌后，又低声笑了起来。

但只要她喜欢，就已经足够了。

第十二章 /// 他想好好保护她

接下来的日子过得很平稳。

池烈还是不爱和人打交道，但班里的同学已经不会再像以前一样无视他，发作业发试卷都递到手上，甚至还有学生大着胆子来问题目。

池烈虽然不耐烦，最后还是一个一个认真讲解。

时间很快过去，一转眼的工夫，中秋节要到了。

中秋节假期前一天，沈知灵带了一大堆各种口味的月饼来班里分给同学。

“都是我妈妈单位发的，家里实在吃不完。”沈知灵往喻见手里塞了个咸蛋黄口味的月饼，“快帮帮忙吧！就当拯救我全家了！”

喻见哭笑不得：“你这说的是什么话？”

沈知灵在教室里转了一大圈，分完月饼，回到座位上：“好不容易放假，我妈打算带我出去逛一圈儿。见见，你呢，在家待着还是出去玩？”

喻见摇摇头：“不出去。”

沈知灵有点儿可惜：“那你可有的无聊了。”

喻见温和地笑：“不会无聊。”

喻见已经和方书仪打过招呼，中秋节那天回福利院，方书仪没有拒绝，很爽快地答应下来，似乎并没有意识到这个节日的特殊含义。

喻见懒得去想，方书仪究竟是忙到忘记了中秋节的存在，还是压根儿不关心那天她会不会在家。

岑平远夫妇好像只是完成了一个任务，把喻见从福利院领回来，扮演几天挑不出错的模范父母，然后不了了之。

总归能回福利院是好事，喻见惦记程院长每年给孩子们统一庆生的事，已经期待很久了。

这么想着，喻见又记起那个夏夜。

荒草地里流动的璀璨星河、老式花露水的薄荷清香，还有鸡蛋糕甜蜜的砂糖气息。那是她度过的，第一个真正的生日。

喻见想到这里，放学后，就去找了池烈。

他正在收拾书包，见她过来，也没抬头，掀了掀眼皮："有事？"

"明天你来福利院吧。"喻见没提统一庆生，只说院里要过中秋节，"大虎他们都很想你。"

池烈拿书的手一顿："大虎？"那个先拿头砸他，又往他手里塞大青虫的小孩儿？

估计挺想再搞一回恶作剧是真的。

喻见也想起了那条大青虫，一本正经道："你……听错了，我说的是兔子。"

少女的神色没有丝毫不自然，改口改得特别快，池烈轻嗤一声："我不过中秋节。"这种团圆的日子和他一向没什么关系。

他回答得斩钉截铁，喻见难免有几分气馁："好吧。"

知道他油盐不进的脾气，她没打算再劝，正要离开，听见一道略显沙哑的笑声。

"小矮子。"池烈嘴角勾了下，单手托着下颌，慢条斯理道，"我只是说我不过中秋节，又没说不去福利院。"

喻见相信，倘若世界上有口是心非大赛，池烈绝对是当之无愧的第一名。

"那你记得早点儿来。"不过喻见脾气好，不和他计较这点儿小事。

池烈漫不经心地点了点头："嗯，知道了。"

第二天，喻见早早就回了阳光福利院。

一年有两个节日，是福利院里人最齐的时候，一个是除夕夜，另一个就是中秋节。

今天孩子们不用写作业，个个都顶着生日帽，在院里疯跑疯玩，上蹿下跳。一直玩到程院长从外面匆匆赶回来，这帮已经疯到忘乎所以的小豆丁才收敛起来，乖乖坐在榕树树荫下。

大虎眨巴眨巴眼，伸手扶住自己的生日帽："姐姐，你在看什么呢？"

明明院长奶奶已经回来了，姐姐为什么还在一直往门外看？

喻见摇摇头："没什么。"

奇怪，明明昨天已经和池烈说好了，让他早一点儿来，眼看天都要黑了，怎么还不见人影？

喻见搬着小板凳，坐在程院长身旁，趁着董老师给孩子们安排座位的时候，拿出手机，点开通讯录。

喻见迅速编辑了一条短信，发送出去，然后一把按住大虎："你别拆兔子的生日帽！待会儿拆散就戴不起来了！"

与此同时，几条街外。

池烈刚走进点心店，还没来得及和老板说话，放在衣兜里的手机振了一下。

“这个，这个，还有这个。”池烈指着玻璃柜里的月饼，一边把手机拿出来，一边补充，“这些都来点儿，不要五仁的。”

老板笑眯眯地答应：“好嘞！”

老板去称月饼的工夫，池烈点开短信。

少女语气一如既往的轻快：【你在忙吗？已经不早了，什么时候过来呀？】

池烈飞快地回复：【现在。】

“家里人催你了吧？”老板拎着月饼过来，看见少年正盯着手机看，不由得多说了几句，“也是你来得巧，再晚来一会儿，我也该回家吃饭了。”

今天是中秋节，阖家团圆的日子，当然要早早回去和家人团聚。

池烈没解释，冲老板点了点头，付过钱，拿上月饼离开。

初秋的夜晚，天空晴朗，气温不算低，但街上已经没有多少行人。

偶尔有人走过，也是步履匆匆，脸上却禁不住透出几分喜悦，一看就是在期盼待会儿见到家人的时刻。

这样应该就行了？

池烈走在街上，低头扫了眼手里的袋子。

他原本的打算，是和以前一样，放假后就去废品站打工，或者到书店做题。

肩膀的伤还没好全，吴清桂禁止他出现在废品站，那就只剩下去书店做题这一个选择。

没想到喻见会突然邀请他。

池烈其实压根儿不知道中秋节该怎么过。

很小很小的时候，他应该也曾经庆祝过这个节日，然而时间隔得太久，这么多年下来，早就忘了个干净，只记得要吃月饼。

后来只剩下自己一个人，池烈就没再吃过月饼。

认真算起来，这或许是他这么多年，第一次买这种东西。

点心店和阳光福利院的距离不算太远，少年腿又长，按理很快就能走到。

但池烈慢吞吞地走，走了很久很久，直到衣兜里的手机又响了起来，才拐进福利院所在的小巷。

池烈沿着巷子，走到尽头，隔着大铁门的栅栏，看见榕树下一群戴生日帽的小孩儿，就是一愣。

而喻见已经眼尖地看到了他。

“去去去！”她赶紧指挥身旁的小豆丁，“兔子大虎，去把大哥哥抓过来！”

最终，池烈被一群还没有他腰高的小孩儿当场抓获，扭送到喻见身旁，七手八脚按在早就准备好的小板凳上，甚至顺带抢走了他手里拎着的月饼。

少女笑盈盈的，仿佛什么都没看见：“这个给你！”

她把刚叠好的生日帽递过来。

池烈还有点儿蒙，拿着生日帽，四下看了一圈："你……"

他以为她喊他来过中秋节。

见池烈脸上难得露出几分茫然，喻见就笑了。

"谁叫你上次不愿意说你的生日。"她小声说，"反正今天大家一起过，也不差你一个。"

说着，喻见干脆直接抢过他手里的生日帽："低头，我给你戴。"

小姑娘绵软的指尖探过来，按在少年略长的黑发上，动作很轻，很温柔。

一种带电的酥麻感顿时从头顶往下蹿，池烈不由得一僵，等回过神来，头上已经被戴了一顶生日帽。

"无聊。"

池烈嘴上这么说，但还是伸出手，小心翼翼地扶住自己的生日帽，又冷冷扫了眼一旁虎视眈眈的大虎，制止小破孩儿想要跑来捣乱的心。

喻见看见他的动作，微微抿唇："你忍耐一会儿吧，很快过去了。"

池烈不置可否地扬了下眉。

池烈不是第一回来福利院，院里的老师和小孩儿对他已经很熟悉。小豆丁们搬着凳子排排坐好，有几个还胆大的坐到他旁边。

榕树下灯光亮起，重重树影里，稚嫩的歌声在小巷上空回荡。

唱完《生日歌》，董老师给大家分蛋糕，每个人都有，自然也有池烈一份。

"你们这儿倒是挺特别。"池烈端着手里的纸碟，似笑非笑，"中秋节不吃月饼，而是吃蛋糕。"

简直是老城区独一份儿。

喻见用叉子叉了一小块蛋糕，送进嘴里，声音有些含混："反正都一样嘛，想吃月饼的也可以向董老师要。"

只要大家在一起，吃什么并不重要。

池烈不知道她哪儿来这么多奇奇怪怪的道理。他挑了下眉，没说什么，正要吃蛋糕，大虎把手背在身后，噔噔噔跑过来。

和上次一样，大虎一脸天真："大哥哥！我有好东西给你！"

池烈一愣，什么好东西？蝗螂、甲壳虫，还是大蜘蛛？

池烈警惕地看了大虎一眼，完全没有伸出手再上一回当的打算。

大虎嘿嘿一笑，直接把手里的东西放在池烈的蛋糕碟上，转身跑掉了。

和之前的大青虫不一样，这一回，大虎放在蛋糕碟里的，不是什么乱七八糟的虫子——一小块月饼静静躺在纸碟里，显然是才从董老师那里拿到的。

池烈纳闷："为什么给我这个？"

喻见也没明白。

她盯着那一小块月饼看了一会儿，确定月饼干干净净，既不是大虎吃剩下的，也没在土里滚过。

“那……”喻见斟酌片刻，迅速想到了一个完美的解释。

“没问题的，你就吃吧。”她眉眼一弯，笑盈盈看向池烈，“大虎肯定是喜欢你，把你当一家人嘛！”

喻见自觉这个解释毫无问题，下一瞬，就看见少年眼底稍显促狭的笑意。

池烈笑起来的确很好看。

他垂着眼，单薄眼皮向下压着，拉出一道稍显锋利的褶皱。夜风吹过，飘摇不定的灯光里，那双向来冷漠的黑眸里夹杂着几分戏谑，并不是嘲讽，在九月的夜晚里，甚至隐隐有些温柔。

池烈盯着喻见，挑眉笑了：“一家人？”

低沉的笑声从胸膛里震出来，磁性的，落在耳朵里有些发痒。

喻见愣了一下，回忆了一遍自己刚才说过的话，脸颊顿时烧了起来。

“你不要乱说。”少女细白额头沁出一层薄汗，磕磕绊绊地别开眼，“大、大虎是大虎，我是我，要分开算！”

这个家伙，什么时候变得这么不正经，一天到晚都在联想些什么?

喻见耳根有些烫。

不知道为什么，她莫名想起之前去郊游时，少年眉眼冷淡，手里拎着个粉蓝色书包的模样。

池烈只是笑：“嗯，分开算。”

他尾音懒散，像是应和，又像是藏着点儿难以捉摸、无法言喻的情绪。

喻见脸更烫了。她瞪了他一眼，起身，拿起小板凳，跑去找在院子另一头的兔子和大虎。

见小姑娘眼神羞赧中带着几分恼火，池烈嘴角略微翘起，没有起身去追，依旧懒散地坐在榕树下，许久之后，才伸手摸了下自己的耳尖。

烧成一片，滚烫的，燎燎灼人。

小豆丁们吃过蛋糕，又在院里疯跑疯玩了一会儿，没过多久，到了该洗漱休息的时间。

老师领着孩子们去房间，收尾的工作就交给了喻见和池烈。

喻见记着少年方才的调笑，埋头收拾东西，全程眼神都盯在地上，根本不往他那边飘。

好在池烈也没再说什么不着边际的话，两个人一起收拾，很快弄完了。福利院也慢慢安静下来，静谧无声。

初秋的夜，晚风微凉，树影婆娑。

寂静悄然的夜色里，一轮圆月高高挂在天空中，离人间很近又很远。

喻见在水房洗过手，一出来，就看见池烈站在榕树下。

他抬头，盯着夜空里那轮明月，面上是喻见从未见过的神情。

大多数情况下，池烈眉眼都冷冰冰的，长满了刺，锋利而尖锐，哪怕无意间多看两眼，也会被划得满身是伤、鲜血淋漓。

此刻，少年眼睫沾着银色的月光，风吹过，无声流淌开来。向来漠然的眉眼浸在清辉里，少了几分生人勿近的锐利，多了一点儿掩藏不住、难以自抑的清冷。

喻见站在远处，遥遥看了一会儿，最后还是走上前去。

“池烈？”她有点儿担心他。

池烈保持着仰头的姿势，下颌抬着，拉出一道利落流畅的颈线，过了一会儿，才稍稍眯眼。

“蛋糕很好吃。

“以前过生日的时候，爷爷也会给我买。”

喻见微微一怔，目光从他手里叠好的生日帽上扫过。她反应了一会儿，明白他说的是那个照片摆在他课桌上，露出慈祥笑容的老人。

也是她从来没见过的亲爷爷。

喻见抿唇，没有说话。

过了一会儿，她轻声问：“爷爷是个很好的人吧？”

从池烈对待岑老爷子的态度就能看出来，即使已经离开岑家，还把照片带到身边，放在每天都能看见的课桌上。

尽管他讨厌岑平远夫妇，却很怀念岑老爷子。

池烈闻言，没什么表情，沾着月光的眼睫微微垂着，许久之后，才应了一声：“他确实很好。当年我会去岑家，也是爷爷提出来的，想让我过得高兴一点儿。”

晚风吹过，榕树被吹出沙沙的声响，喻见快速眨了眨眼。

她还记得方书仪曾经说过，是岑平远主动提出要把池烈接回岑家。现在看来，显然完全不是那么一回事儿。

喻见没有追问，池烈也没继续往下说，直到路过的野猫不慎踩到枯枝，惊恐地“喵呜”一声，才偏头看过来。

漆黑的双眸浸着月色，有些冷，有些凉。

他看着她：“你想听吗？”

少年语气平静，没有任何波澜，似乎并不介意接下来可能会得到的答案。只是那双被月光照着的眼睛始终盯着喻见，一动不动，带着几分谨慎和小心翼翼。

喻见没犹豫，轻轻点了点头。

最初，的确是岑老爷子首先提出，想要把池烈带回岑家生活。

岑老爷子和池烈生母娘家那边有点儿关系，心疼这个没人管的小孩儿，和池烈生父打了招呼，就直接把人带回了平城。

岑老爷子育有两子，那个时候，作为次子的岑平远还不是现在的岑总，只是被大哥常年压制的岑家二少，即使已经结婚生女，他也始终没能进入岑家最中心的利益圈，徒有虚名。

得知岑老爷子接回池烈的消息，岑平远立刻提出，愿意让池烈来自己家住，并列举了一大堆理由，试图证明成天飞来飞去的岑家长子，以及上了年纪的岑老爷子并不适合照顾池烈。

方书仪也在一旁敲边鼓，以已经失去了一个女儿为由，说服岑老爷子，把池烈交给他们抚养。

一开始的时候，有那么一两年，池烈在岑家生活得还算可以。

岑平远夫妇做事挑不出毛病，衣食住行一应安排周全，偶尔岑清月和池烈起了争执，都会二话不说维护池烈。

直到岑老爷子突发脑溢血，不得不在病重的时候叫来律师准备遗嘱。

“他们让我去爷爷病床前哭。”池烈淡淡道，“说这样可以让爷爷多心疼我一点儿。”

喻见不由得一愣：“这是……”话里的含义实在太明显了，由不得她不多想。

“我不愿意，在病房外大哭大闹，他们拗不过我，第二天就让我搬了出去。”

从那个摆着变形金刚和漫画的房间，搬到了狭小到连一张床都摆不下的楼梯间。而池烈就是不去。

不管岑平远和方书仪怎么劝导恐吓，他始终不肯去岑老爷子那里说谎，还试图联系岑老爷子的秘书，想要把岑平远夫妇的所作所为告诉对方。

没等池烈联系上秘书，病情急转直下的岑老爷子就再度被推进手术室。

术前，在律师见证下，岑老爷子签署了一份文件，将名下百分之五十的股份转给岑平远，另外百分之五十由兄弟二人平分。

待到在国外调研的岑家长子匆匆回国，赶到医院，岑平远已经拿到了绝大多数的股权，一跃成为岑家新一代的领头人。

而岑老爷子在ICU住了两个月，终于脱离生命危险，人却有些神志不清，大多数时候连两个亲生儿子都认不得，更不要说池烈。

喻见顿时感到窒息，说话都有些磕绊：“怎么、怎么能这样！”

利用小孩子在病重的父亲床边争家产，这么下作恶心的事，岑平远夫妇居然也做得出来。

池烈垂眸，没再提起岑平远，只是扬起脸，看着天上那一轮圆月。

夜风渐起，月亮周围有毛茸茸的风圈，柔和地漾开一层又一层光晕。

“不过我去看爷爷的时候，他还是会笑眯眯地问我叫什么名字，今年几岁了，爱吃什么，学习好不好。”温柔月色下，少年脸上的神色也稍显温和，“有一年我过生日，他闹着不肯吃饭，一定要等我过去陪他一块儿吃蛋糕。”

喻见抿唇，很难想象当岑老爷子离开的时候，池烈会是什么心情。

对于葬礼上发生的事，她也能猜到个七八分，大概是岑平远夫妇终于不用伪装，彻底惹恼了少年。

这么多年，被当作利用工具可以忍，住在楼梯间可以忍，池烈唯独忍不下岑平远和方书仪对岑老爷子的态度。

葬礼这样的场合，还能同宾客言笑晏晏，甚至连装都懒得装，一副松了口气的模样。

“其实我后来挺后悔。”池烈闭了闭眼，“不管怎么样，应该让爷爷安安静静离开，而不是在最后一程还被打扰。”

月亮攀到最高空，夜寂静无声。风停了下来，榕树沙沙的声音消失。

一片悄然的静默中，喻见突然伸出手。

她小心翼翼又毫不犹豫地握住池烈的手，没敢太用力，只是轻轻牵着，指尖拢起，温柔贴在少年掌心，绵软的，在初秋微凉的夜里，有几分格外的暖意。

池烈顿时一僵。

“爷爷不会生气。”少女声音轻软，透着莫名让人心安的笃定。

喻见只是想安慰一下池烈。

说完这一句，片刻后，她意识到自己还牵着他的手，有些无措，顿时想要把手收回。

还没来得及动作，少年反客为主。他冷白的手指扣住她的手腕，稍显微凉，指尖轻轻在她腕间划过，又分开她的五指，严丝合缝、慢条斯理地缠上来。

十指相扣，掌心贴住掌心。

喻见整个人都僵住，愣在原地，任凭池烈一点点收紧手，将本就亲密的距离一再缩短、避无可避。

月夜里，榕树下。

少女被少年紧紧牵住，月色清朗，拖出一高一矮的两道细影。

初秋的夜晚，风带上凉意，纠缠相扣的手指却格外滚烫，细密酥麻感沿着指尖往上蹿，一阵一阵，连带着脸颊和额头也一起烧起来。

灼热得连呼吸都燎人。

直到踩断枯枝的野猫再一次路过，歪头好奇看着树下的两人，“喵呜”一声，潜入漆黑夜色中，池烈这才松开手。

贪恋少女柔软的指尖，他放开得很慢，一寸一寸，渴望又不舍地离开。

“以后别这样了。”

夜风里，少年沉沉地叹了口气。

三天中秋假期很快结束，玩到疯的沈知灵一回学校，就隐约察觉到几分不对劲儿。

即使池烈和班里同学的关系已经缓和下来，喻见还是会经常拿着英语题去问他，然而收假回校后，一连好几天，喻见都没有去找过池烈。遇到不会的题目，她宁可来问沈知灵甚至钱思域，也绝对不往教室后排走。

“见见。”做完课间操，回班的路上，沈知灵小声问，“你和池烈闹别扭啦？”

喻见听到那个名字，不自然地抿了抿唇：“没有。”

“没有吗？”沈知灵很是怀疑，上下打量喻见，“可你们已经整整三天没说过话了。”

她掰着指头一天一天数的，绝对没有错。

喻见心想：为什么要特意关注这种事？专心学习不好吗？

学生三三两两朝教学楼的方向走。人群中，喻见抬头，往前看了一眼，捕捉到那个双手插兜、散漫前行的瘦削身影，再度抿了下唇：“真的没有。”

没有才怪。

光是想到池烈那一晚的话，喻见就十分赧然，脸烧着，一阵一阵发烫。

原本只是纯粹的、带着善意的安慰，被他那么一说，莫名多出几分说不出的暧昧，搞得好像她想对他做什么一样。

明明是他先……

喻见不由得动了下指尖，掌心里似乎还残留着少年的体温，微凉的，被风一吹，却又滚烫起来，像是有火在烧。

少女重新低下头，微红着脸，没有看到走在前面的少年突然转身，黑眸中藏着笑意，漫不经心地扫了她一眼。

喻见是个相当有脾气的小姑娘，说不搭理池烈，就真的一句话不和他说，甚至连晚上固定的晚安短信都没再回复过。

然而池烈好像也一点儿不着急。

即使钱思域在身边旁敲侧击，话里话外都在提喻见，但池烈依旧平淡地坐在最后一排，不主动去找喻见，更没再提那天晚上发生的事。

就这样又过了两天，一转眼，到了期中考试前夕。

一中对于所有考试都很看重，期中期末这样的大考更是格外重视。年级组专门腾出一下午的时间，用于布置教室、打扫考场。

喻见和沈知灵被分去打扫多功能厅，那里也是考场之一。多功能厅平时不经常用，打扫起来不算很麻烦，几个人收拾一会儿，很快收拾完。

沈知灵拉了拉喻见的衣袖：“我和周家明把工具拿回班，见见，你去器材室拿个钟表吧。”每个考场都要有时钟。

喻见点头，细白小脸上笑容温和：“好。”

器材室在教学楼最深处，说是器材室，更像个什么东西都能塞的杂物间。足足有两个教室那么大的空间里放着书籍、体育器械、生活物品等，里面也有不少钟表。

喻见走到器材室门口，门上贴着一张纸，她仔细看了看，是一张手写的告示。提醒同学们最近进器材室不要顺手关门，门锁出了问题，关门很有可能把自己反锁在里面。

喻见推开门，用一个门球架挡在门边，这才走进器材室。

钟表放在靠后的位置，摆在高高的置物架最上面。喻见个头不高，去够钟表有些费劲儿。

池烈站在几步开外，就看见小姑娘踮着脚，努力伸着胳膊，够了好半天，也还是没能碰到钟表的一点儿边。

但她分外倔强，丝毫不气馁，实在够不到，干脆直接跳起来，一连跳了好几回，结果依旧没能拿到钟表，反而将时钟往里推了些。

喻见有些沮丧，正准备去找把梯子，身后，少年的笑声磁沉而勾人。

器材室安静，他低哑的尾音格外明显，带着几分散漫：“真是个不折不扣的小矮子。”

这么说着，一只冷白的手从喻见头顶探过来，轻而易举拿到了她怎么也够不到的钟表。他往下移了移，放在她眼前：“拿着。”

喻见没有伸手接过，直接僵在原地。

器材室置物架之间的间隔不大，此刻他站在她身后，抬着手，两个人距离便格外近。

少年呼吸细细扫在头顶，温热的。喻见的发顶顿时滚烫起来，脸颊也有些烧，仿佛能听见坚实胸膛里一声又一声的心跳。

池烈同样觉察到了这一点。

喻见不动弹，他若无其事地收回手，往旁边跨了一步，嗤笑：“怎么就这么记仇啊？”

这小姑娘脾气真不是一般的大。

之前敢踹他的腿、拍他的手，中秋夜之后，还敢一句话都不说，直接不搭理他，一副两个人从此不往来的模样。

置物架上常年积灰，些许灰尘随着少女方才跳跃的动作，落在蓝白短袖上。校服洗得干干净净，这些灰尘格外显眼。

池烈伸手，在她肩上轻轻一掸："小白眼狼。"

冷硬指尖在肩上划过，喻见微微颤了下，随后瞪大眼睛，转头不可思议地看他。

这人乱说什么呢？他自己说出那样不讲道理的话，现在还说她是小白眼狼？

小姑娘一双杏眸瞪得溜圆，雪白小脸上写满不可思议。

池烈磨了下牙，嘴角微勾："我是为你好。"

再有下一次，他可不保证能不能克制住自己。

少年双眼微眯，嘴角弯起，笑得有点坏，喻见手心又开始隐隐发烫。

她小声嘟囔："那我还是为你好呢……"结果被恩将仇报了。

池烈没想到喻见会这么说，愣了下，轻笑一声："嗯，我知道的。"

"既然是为我好，那就从一而终，别半途而废。"池烈瞥喻见一眼，似笑非笑，"今天晚上给我回短信。"

这小姑娘，就是等着他主动来向她低头。

即使喻见早就习惯了池烈的脾气，此刻，也被他的强词夺理惊到了。

愣怔片刻，她又羞又气地挤出两个字："有病！"说完，她伸手，从少年手里拿过钟表，头也不回地跑了。

直到回到多功能厅，喻见的心还怦怦跳得厉害。她把钟表放在中央的讲台上，又伸手摸了摸自己的头顶。

她不太愿意去想池烈话里的含义，同样不想知道，他那晚为什么突然紧紧抓住她的手。

喻见也不明白为什么，反正就是不愿意仔细想。

但不论她想不想，少年稍显轻佻的语气还是在耳畔回荡。喻见揉了揉发热的耳尖，忍不住去摸放在衣兜里的手机，然后摸了个空。

手机去哪儿了？

喻见把两个衣兜都翻了一遍，又回教室找了一趟，书包里没有，抽屉里也没有。

难道是刚才落在器材室了？

喻见这么想着，重新去了一趟器材室。

手写告示依旧贴在门上，她和刚才一样，用门球架挡在门边，按着先前的路线仔细寻找。

还没找到手机，背后传来一个有些尖厉的女声："喻见！"

喻见回头，看见岑清月正红着眼睛瞪过来。

自从上次被警告之后，岑清月就再没和喻见说过话，连上次举办生日宴会，都难得没在喻见面前炫耀。但她现在瞪着喻见，还没说什么，直接自己把自己气哭了。

“我讨厌你！你为什么不老老实实待在福利院？爸爸妈妈从去年开始一直念叨你也就算了，你现在还要和我抢林宁之！”岑清月是真的伤心，边哭边质问喻见，“你有池烈还不够吗？为什么还要来抢林宁之？”

喻见皱了下眉，这都是什么乱七八糟的？

岑清月现在的状态显然不太理智，喻见不想和她在这时起冲突，往旁边走了两步，试图绕开她，结果被拦住。

“你不许走！今天你得把话跟我说清楚！”岑清月哭得抽声噎气，伸手想来拽喻见。

“砰！”

还没够到喻见，从门口方向传来一声巨大的响动。

喻见愣了下，一把甩开岑清月的手，迅速朝门口跑去，十几秒的工夫，很快跑到门边。

方才挡在门口的门球架已经被挪到了一旁，大概是岑清月刚才为了进来，直接挪开了门球架。

走廊里的风一吹，器材室的门重重关上。

喻见心里一沉，伸手扭动门把手，木质的门把手纹丝不动。喻见又用力拧了两下，门还是没有一丝一毫被打开的迹象。

在学生基本已经离校的时候，她和岑清月一起被锁在了器材室。

被锁在器材室里并不是最糟糕的情况，最糟糕的是，器材室位于教学楼最深处，当初修建时为了省事，做的是传统仓库的规格，只开了门，一扇窗户都没留，如今门被锁上，想要开窗呼救都做不到。

喻见转头看向岑清月：“你带没带手机？”

岑清月呆呆地愣在那里：“没有……”她过来得急，手机落在教室里。

这么答着，岑清月竟然还惦记着来找喻见的目的：“你和林宁之……”

喻见毫不客气地打断她：“闭嘴。”

岑清月会这样失态，多半是林宁之对她说了什么。喻见懒得去想其中的细节，眼下最关键的，是要离开器材室。

平城位于北方，早晚温差大。初秋的天气，白天可以穿着夏季校服，到了夜晚温度下降，蓝白短袖很难再起到保温作用。

事实上，喻见现在已经觉得有点儿冷了。

喻见从置物架里找出扳手线钳一类的工具，挨个在门上试了一遍，最终还是没能打开器材室的门。

眼眶通红的岑清月如今脸色发白："现在怎么办？"在这儿挨上一夜肯定受不了。

"妈妈会来找我的，妈妈肯定会来找我的。"随即，岑清月喃喃自语，"不要怕不要怕，绝对不会有事。"

喻见顿时有些沉默。

是啊，方书仪发现岑清月没回家，肯定会来找岑清月，到那个时候，她们就可以出去了。

但喻见还是忍不住去想，在这个世界上，会有人察觉她也不在了吗？

方书仪打来电话时，裴殊正死皮赖脸扒在池烈的院墙外："同学！我真不是骗子！咱们也算是见过好几次了！你那代码就再给我瞅一眼呗！我不抄你的！我保证！要不这样，你干脆直接进我们队里，和我们一块儿去比赛吧！"

池烈坐在堂屋里，专心致志地在草稿纸上写写画画，压根儿不搭理门外的裴殊。裴殊求才心切，碰壁了也不走，在门外硬是号到天黑，等铃声响起，才换了一口气。

"清月？没碰到啊，要不您给周老师打电话问问？今天我和小见没课，周日才有呢。对，一直都这样。唉，您客气了，回见。"

裴殊挂断电话，正回忆该从哪里继续号起，"吱呀"一声，院门开了。

少年的眼睛盯着他的手机："刚才什么事？"

"就是我说的……"裴殊话说到一半，发现池烈没看他，尴尬地咳嗽一声，"小见她姐姐现在还没回家，她妈妈打电话问我有没有见过她。"

裴殊其实有些莫名其妙，他和岑清月从来没说过话，方书仪何必打电话问他，不过孩子不见了，当妈的着急失态也正常。

裴殊清了清嗓子，正要接着往下说，就看见池烈拿出手机，飞快地拨了一串号码。

直接敲的，很熟稔，没有丝毫停顿，显然早就把这串数字熟记于心。

然而一连拨了三遍，对方始终无人接听，少年的脸色也逐渐冷下来。他看向裴殊，眼神分外肃杀："那喻见呢？你有没有见过她？"

北方的秋夜格外寒凉。

器材室高而深，又在教学楼里的背阴面，常年阴冷。慢慢地，随着太阳下山，温度变得更低。没有能够御寒的东西，岑清月由最初的大声抽噎变成无声哭泣，木愣地缩在墙角。

喻见的脸色也开始泛白，她抱着膝盖，感觉自己连呼吸都是冰冷的。

不知道过了多久，走廊里骤然响起一阵嘈杂的脚步声，其间夹杂着女人尖锐的气音："清月！清月！"

腿脚瘫软的岑清月顿时有了动力，哭叫着扑到门边，拼命叫喊着："妈妈！妈妈！我在这里！"

喻见眼睫颤了下。她默默把自己抱得更紧了些，寒意却一阵一阵从心口往上蹿，像是处在寂静无声的冬夜，从头到脚都发冷。

"砰！"

门被一脚踹开，稍显温暖的气流涌进，喻见动了动僵硬的手指，想要自己站起来。

下一瞬，她落进一个结实有力的怀抱里。

年级组长的办公室，一张大办公桌的两边，分坐着两拨人。

喻见身上披着一件秋季校服，男生穿惯了的码数对她而言，实在过于宽大，几乎能把整个人都裹在里头，拉链一直拉到最上面，领口立着，遮去大半张脸，只露出眼睛和额头。

她把手贴在刚灌好的热水瓶上，看向一旁一言不发的池烈。

喻见原本想问池烈怎么会出现在这里，看清他的脸色，又默默把话吞了回去。

池烈神情实在过于阴沉。

少年黑漆漆的眼里没有任何情绪，嘴角沉沉压着，比从前见过的任何一次都凛冽。他把校服脱给了喻见，只穿着一件短袖，拳头捏得很紧，手臂上鼓起分明的肌肉线条。

察觉到她在看他，池烈攥紧的手若无其事地松开，轻轻碰了碰她的脸。

在器材室里待得太久，即使已经缓了一会儿，少女的脸颊还是冰凉一片。

"喝点儿热水。"池烈收回手，平静地说，"别冻坏了。"

少年语气毫无波澜，站在他们背后的裴姝则憋得脸色通红，最后用尽毕生修养，才没有对办公桌另一边的一家三口当场破口大骂。

岑平远夫妇似乎忘记他们还有一个女儿，从器材室出来后，两个人就一直围在岑清月身旁嘘寒问暖，连向来老成的刘秘书都面露尴尬，低头站在墙角不吭声。

十几分钟过去，方书仪母女还抱在一起哭，岑平远终于记起还有个喻见："小见，你没事吧？今天这是怎么回事？你和姐姐怎么会一起被锁在那里了？"

重点落在何处不言而喻。

岑平远抬头，看见池烈，脸又沉了下来："小见，爸爸也和你说过了，不要和那些乱七八糟的人待……"

岑平远话没说完，向来好脾气的李文章先忍不住了。

“岑先生，瞧您这话说的。”老实人李文章发起火来，脸上挂着皮笑肉不笑的笑容，格外瘆人，“喻见同学和池烈同学都是我们班上的好孩子，您说的乱七八糟的人是谁？确实，器材室大门出问题是我们学校的错，您要这么说我，我这个当班主任的也认了。”

李文章今天才知道，喻见和岑家竟然有关系，但这和没爹没妈又有什么区别？

作为班主任，李文章竟然还是从池烈那里，才知道喻见迟迟没有回家。

岑平远被噎了一下：“不是，这位老师，我没有这个意思。”他连李文章的姓都不清楚。

“我和你妈妈一知道消息，就来找你们了。”他看向喻见，试图描补一二，“还好没出什么大事，不然可让我们怎么办。”

好脾气如喻见，听到岑平远这么说，当下顿时一个皱眉，而后迅速转头看向池烈。

已经目睹过池烈和岑平远动手，方才又看见他攥紧的拳头，她真怕他被岑平远激怒，当着这一屋子人的面，再把人打进一次医院。

好在少年并没有动作，只是坐在那里，面无表情又极其漠然地冷冷扫了岑平远一眼。

岑平远装作没看到。

“既然已经找到清月和小见，虚惊一场，那也就没什么事了。”岑平远冲李文章和另一位班主任笑了笑，“辛苦两位还往学校跑一趟，待会儿我让司机送你们回去。”

“小见。”见方书仪和岑清月依旧哭作一团，岑平远起身，“既然没有什么事，咱们就一起回家吧。”

岑平远自认对这个女儿还是有几分了解。喻见脾气好，性格乖巧，即使今天受了几分委屈，也不会违拗他的意思。

岑平远想得不错，话音刚落，办公室里同时响起两道声音。

“我不回去。”

“她不回去。”

少年声音低沉，少女嗓音清脆，重叠在一起莫名和谐。

喻见微微一怔，下意识地看向池烈，他已经站了起来。

和夏天被堵在小巷里那一次极其相似，池烈向前一步，挡在喻见前面，穿着蓝白短袖的背影清瘦而有力，隔开岑平远投过来的视线。

“她不回去。”他平静重复一遍。

岑平远之前吃过池烈的亏，在少年起身时，就不由自主往后退了一步，然后反应过来，顿时有些恼火：“池烈，这是我们岑家的事！你一个外人没有插手的资格！”

岑平远反应激烈，池烈倒是没发火，也没和之前一样动手。

“是吗？”他只是掀了掀眼皮，漫不经心地看了岑平远一眼，“岑叔叔。”

少年语气淡淡的，甚至还用了敬称，岑平远蓦然有些发冷。

这个称呼，他已经很多年没有从池烈口中听到了。上一回，还是岑老爷子重病那次，年纪尚幼的池烈哭喊着：“岑叔叔！我不去！我不去！我不能骗爷爷！”

那时候，岑平远就知道，眼前的这个孩子绝不会轻易受人钳制。

七岁时不会，十七岁时更不会。

对上池烈那双黑漆漆的眼睛，岑平远莫名气短心虚，下意识地别开视线，避开少年的眼神。

岑平远把攻势转向喻见：“小见，听话，大晚上别麻烦老师了，咱们回家。”

岑平远错开一步，终于看见被池烈挡在身后的喻见，顿时僵在原地。

有那么一瞬间，他甚至以为他又看见了少年的眼睛，明明还是往日温和无害的杏眼，此刻平静看过来，像是雪夜里滚动的玻璃珠。

清冷的、淡漠的，似乎在看一个毫无关系的陌生人。

喻见和岑平远对视一会儿，倏忽笑了起来。

少女眉眼弯弯，平和温柔，语气也一如往常的甜软，说出来的话却分毫不让。

“爸爸。”这是她第一次这么喊岑平远，“我不回去。”

最后，还是李文章出面调停。

毕竟是自己班上的学生，他更心疼喻见，偏心偏得也理直气壮：“岑先生放心，咱们学校有学生宿舍，您看现在确实时间不早了，不是说话的时候。不如您先领着您孩子回去，有什么事等明天再说。”

李文章往日脾气好，不代表他一直是泥人性格。

岑平远被皮笑肉不笑的李文章盯了半天，悻悻败下阵来：“那就这样吧，辛苦老师了。”他还是不知道李文章的姓名。

岑平远一家三口先行离开，岑清月的班主任也跟着一起离校。

李文章跑去找宿管沟通，顺道支使裴殊去校外，给喻见买点儿生活必需品，留下喻见和池烈在宿舍楼前。

平城一中向来不缺资金，即使根本没几个学生住校，宿舍楼也修得典雅漂亮。白色大理石外墙干干净净的，门前种着两排已经有些年头的白杨。

李文章一进去就不出来，喻见等得有些累，索性直接坐在门口的台阶上。

夜风吹过，她瑟缩了一下，还没来得及裹紧校服，池烈就坐在了她身旁。

吹来的晚风被少年尽数挡去，明亮灯光下，他偏头，不轻不重地看了她一眼：

“穿好。”

简简单单两个字，制止住喻见想要把校服脱下来，还给池烈的动作。

两个人一起坐在台阶上。

喻见抱着还有余温的热水瓶，盯着台阶下的两道影子，没一会儿，轻轻笑出了声。

“池烈。”她小声说，“好熟悉。”

眼前的场景的确似曾相识。

几个月前，蝉鸣阵阵的夏天，她和他就像现在这样，并肩坐在马路牙子上。怀里是冰冰凉凉的橘子汽水，头顶是夏日热烈灿烂的骄阳。

几个月后，马路牙子变成台阶，橘子汽水变成热水瓶，她依旧和他并肩坐在一起。

风吹动白杨，叶隙间投下的月光零星细碎。

少女语气轻快，尾音带着明显的笑意。池烈先是一怔，而后才反应过来她在说什么。

他扯了扯嘴角，又很快压下，把背挺得笔直，挡住一阵一阵吹来的晚风。

想起那一日的对话，池烈笑容淡了些：“抱歉。”

当初喻见并不想回岑家，是他拦下了她，自以为是地讲了一堆莫名其妙的道理。如果他不说那些话，让她去找程院长商量，或许根本不会出现今天这种情况。

池烈难得这么郑重，喻见微微一怔，抿了抿唇：“不是的。”

她想了想，轻轻摇头：“我也……不能逃跑。”这是池烈那天的原话。

池烈没想到喻见会这么说，转头去看，正对上她清凌凌的双眸。

少女眼尾浸在银色月光里，微微上翘，像是把才开刃的小刀，很是锋利。她静静地看着他，重复一遍：“不能逃跑。”

岑平远夫妇不是老城区游手好闲的小混混儿，喻见也不能像摆脱红毛那样，一味躲避退让。

有血缘牵扯，不管再怎么逃避，有朝一日，她总要面对他们。只有清楚他们究竟是什么样的人，她才能好好活下去。

喻见从来不是个只知道逃跑的小姑娘。

从来都不是。

少女坐在台阶上，巴掌大的小脸被校服遮去大半。夜风换了个方向，从侧面吹过来，吹动她的发丝，落在额间，稍显凌乱。

池烈眼神微暗。他伸手，替她别了下头发：“嗯，我知道。”

少年体温本就偏低，他把外套给了喻见，穿着短袖坐在风里，手难免比平时更冷。微凉指尖掠过额头，捏着一绺碎发，很慢很慢地，轻轻别到她的耳后。

喻见顿时感觉被触碰到的地方有些发烫。

她眨了眨眼，不太自然地低下头："你……你今天怎么和裴老师一起来了？"

先前在办公室没来得及问，这两个毫不相干的人凑在一起，怎么看怎么奇怪。

池烈喉头动了动："凑巧。"

喻见不太相信这个解释，想要继续追问，李文章一把推开宿舍大门："好了好了！手续弄完了！"

裴殊这时候也正好赶回来，手里抱着崭新的床单被套等一大堆东西。

一中学生基本走读，宿舍楼常年住不到十个学生，所以条件很不错，没有所谓的四人间六人间，都是一个人一间宿舍。

晚上不好让李文章他们跟着进去，宿管老师跑了两趟，帮喻见把东西拿进屋。

池烈离开前，从衣兜里拿出喻见的手机，说："你落在多功能厅了，还是刚才找人的时候发现的。"

喻见伸手接过："谢谢。"

"李老师，裴老师，你们快回去吧。"大晚上让李文章和裴殊跑前跑后，喻见很不好意思，"我没事的，不用你们操心。"

李文章呵呵一笑："那我就走了。"熬夜可是要掉头发的。

裴殊似乎有话想叮嘱，最后被池烈看了一眼，不情不愿地点点头："那我也走了。"

位于一楼的单人间并不大，和喻见在岑家的卧室完全不能比。喻见收拾好床铺，坐在床沿，有些发愣。

虽然今天已经和岑平远撕破了脸，但想要离开岑家，也不是说上一句话那么简单，何况中间还夹着阳光福利院和程院长，喻见依旧不想让程院长知道这些事。

喻见坐在床边发了好一会儿的呆，直到手机轻声响起，才回过神来。

她拿起手机，通知栏弹出一条新消息。

【早点睡，以后的事情以后再说，别再乱想了。】

并非往日简单的晚安二字，少年发来的短信难得出现了一个较长的句子，语气却很不耐烦。喻见隔着屏幕都能想象到他深深拧着眉，一脸不耐烦的暴躁模样。

喻见嘴角扬了下。

不知道为什么，看见这条短信，她有种莫名的安心感。

喻见想了想，飞快地敲打：【我知道了！你也早睡！】

发完这条短信，她关了灯，躺在床上，几乎一秒就坠入了梦乡。

深夜。

宿舍楼正对的马路上，路灯下，池烈看着那个亮着灯的窗口暗下去，又等了一会儿，这才把手机重新放回衣兜。

时间已经很晚了，路上没几个人。裴殊还在恨恨咬牙：“什么垃圾父母，简直不配当爹当妈！”要不是李文章刚才拉了一把，他早就一拳砸在岑平远脸上。

池烈没应和。

冷风一吹，他头脑越发清醒，在脑海里迅速盘算了一下接下来要做的事，想了想，看向裴殊：“电话号码。”

随即，他补充道：“我说你的。”

裴殊一愣。

还沉浸在怒火里，他有些糊涂：“你这是想通了？打算和我们一起搞代码？”

池烈垂眸，算是表态。

裴殊就更蒙了：“不是……你之前……”明明还宁死不屈。

池烈没吭声，只是又朝宿舍楼看了一眼，然后淡淡收回目光。

没有什么特殊的原因。

他一个人活，可以单打独斗、孤军奋战，不在意别人的眼光，不理会别人的看法。

然而现在，他想好好保护她。

第十三章 /// 她就是觉得他好

李文章是个非常聪明的人。

说让岑平远第二天再来，等岑平远第二天来了，他又找出“今天期中考试我们不要影响孩子”“明天期中考试我们也不能影响孩子”“实在对不住，咱们学校期中考试一连考三天，不如您回去歇着下周来”这样能噎死人的借口，硬是把谈话时间拖到了期中考试后。

然而等到了周一，岑平远没来，方书仪也没出现。喻见在办公室见到的只有刘秘书，还有送刘秘书过来的司机徐叔。

刘秘书待喻见还是客客气气：“小见想在学校住也没问题，该办的手续我都替你办好了，你要是想回家里住，随时给我打电话，我立刻过来接你。

“我还要去给清月办转学手续，就不多留了。”

喻见先前还平静地听着，听见这一句，诧异地抬头。

岑清月怎么突然转学了？

就算是被林宁之拒绝，也不该伤心到这种地步吧。

刘秘书是个人精，点到为止，并不多说。

倒是一起来的徐叔，在离开办公室后，跟上喻见：“小见，你也别难过，这次实在是清月在家里闹得厉害。岑总和夫人一向溺爱她，这才让你受委屈了。”

徐叔嘴上这么说，但和杨阿姨私下里嘀咕，以岑平远夫妇偏心眼的程度，喻见还是搬出来更好。

喻见愣怔几秒：“我知道了，谢谢徐叔。”

这一节凑巧是体育课，喻见和徐叔道别后，沿着走廊慢慢往操场走，脑袋里一直琢磨刚才徐叔说的话。

喻见走得很慢，到了操场，大家已经开始自由活动。

她四下看了一圈，拽住沈知灵：“池烈呢？”

沈知灵一边低头玩手机，一边抬手指了指篮球架的方向：“那边，钱思域刚才叫他过去打篮球。”

喻见又是一愣。

这段时间，池烈和班上同学相处得不错，除开钱思域和她，也有几个人和池烈闲聊几句，但远远不到一起参加集体活动的熟稔程度。

更何况，他肩膀上的伤还没好全呢。

这么想着，喻见往篮球架那边走去，走得近了，才发现根本不是沈知灵说的那么一回事儿。

钱思域和一群男生在场上打得火热，场外，池烈一个人坐在看台上。

一眼望去，似乎和从前并没有什么不同，他依旧孤零零的，离所有人都很远。

但仔细一看，少年身边乱七八糟堆着些校服水瓶一类的零碎玩意儿。他也不嫌乱，两条长腿散漫分开，手肘撑在膝上，低着头，专心致志地看着手里砖头厚的书本。

偶尔有男生过来喝水，池烈甚至还顺手帮对方递个水瓶。

喻见在旁边看了一会儿，走上前去。

池烈翻过新的一页，听见少女带着笑意的嗓音传来："钱思域他们现在胆子可真大，都支使起你了。"

池烈轻嗤了声，没抬头，嗓音发沉："那倒是没你胆子大。"

钱思域怎么敢真的来支使他，无非是揣摩到了喻见的心思，这才拉着他参加这些无聊透顶的活动。

喻见稍稍抿唇。她没坐下，在他旁边站好，试探着说："岑清月转学了。"

池烈又往后翻了一页："嗯。"

少年语气毫无波澜，淡淡的，听不出一点儿情绪。

喻见一时有些拿不准，池烈和这件事究竟有没有关系。

喻见斟酌着，还没开口，一直低头翻书的池烈抬眼，从衣兜里摸出一个东西："拿着。"

少年冷白的手伸过来，修长手指并起，夹着张薄薄的卡片。

喻见看清那张卡片，立刻往后退了一大步："我不要，你自己留好。"

这家伙好好的又犯什么病，干吗莫名其妙跑来塞银行卡给她？

少女语气警惕中透着不可思议，池烈嘴角勾了下，淡淡重复一遍："你拿着。"

才从岑家搬出来，岑平远夫妇肯定没有给喻见多少生活费。他知道她那个脾气，看着柔软温吞，实则倔强得要命，这种事一时半会儿还不会告诉程院长。她一个小姑娘在外面独自生活，到底还是不容易。

少年语气不容置疑，喻见直接把两只手都背到身后："我不缺钱。"

喻见没骗池烈。

从小到大的奖学金都存在卡里，来到一中后，一中给的奖学金更丰厚，光是上次期初考试的奖励，都能抵得上普通学生三四个月的生活费。

所以喻见是真的不缺钱。

说完这一句，喻见顿了顿，茫然地看向池烈：“你的……奖学金呢？”

喻见听沈知灵说过，池烈初中也在一中就读。这么几年下来，以他的成绩，即使不能像普通小康家庭生活得那样好，也绝对不该到吃不起饭的地步，更别说还能把自己活生生饿晕。

喻见问得疑惑，池烈答得自然：“买书，去网吧。”

喻见愣住了。

先不说她见过池烈跑去书店现场做题，光说后者，池烈怎么看也不像那群成天逃课去网吧通宵打游戏的少年。

今日天气很好，天空高远无风。少女瞪圆了眼，澄明瞳孔里落进大朵大朵雪白的云，又干净又漂亮。

池烈低笑了声，把手上的书举起来给她看：“就是这种书。”

喻见其实没怎么看懂。

足足有砖头那么厚的书分量十足，似乎是外国原版，封面封底都是英文。喻见看清价格，按着汇率换算一下，一本书的价钱能买上几十套英语习题。

是真的很贵。

“以后不买了。”池烈淡声，“裴殊从他们大学图书馆给我借。”

裴殊办事很利索，敲定了要一起写代码，就包圆儿了所有的事，池烈不用再去买价格昂贵的原版书，也不用为了验证代码，把一大半生活费都花在网吧包夜上。

喻见倒是知道裴殊在做什么。

裴殊出身平城大学计算机学院王牌专业，有时候周日上课，都会接到好几个求他帮忙改程序的电话。

她下意识说：“你好厉害。”

裴殊瞧着性子好，实际是个要求很严格的人，池烈能被他另眼相看，一定有远超常人的地方。

少女显然还没太反应过来，模样怔怔的，一双杏眸不自觉眨着，眼睫飞快颤动。她的语气非常自然，惊讶里透着不加掩饰的赞叹，是真心实意觉得他特别厉害。

池烈眼神稍沉。

挺奇怪的，明明裴殊这些天没少在他耳边疯狂输出各种溢美之词，听得池烈最后都有点儿烦。但当喻见小声说他好厉害，少年的心莫名磕了一下。

像是被轻轻抓住，说不出是什么感觉。

他咳嗽一声，身体坐直，唇线绷紧：“你拿着。”说着，把银行卡又往前递了递。

喻见再度摇头：“我真的不要，你还是自己收好。”

她要他的银行卡干什么呀。

喻见拒绝得坚定，池烈没说什么，沉默了一会儿，倏忽笑了起来。

“你现在不要也行。”

他嘴角勾起，眼尾上扬，露出一个透着坏的笑容，向少女的方向倾身。

喻见虽然站着，池烈却坐在高一级的看台上，此刻他俯过身，正好凑在她耳边。

初秋的风有些凉，灼热气息扫过耳畔，微微发痒。

少年刻意压低了声音，一句话说得又快又含混，被篮球场上嘈杂的喧闹声衬着，很不明显，但喻见还是听清了。

她浑身一僵，耳尖顿时沁出一层薄粉，连带着细白脸颊也一起红起来，又羞又急地推了一把他的肩膀：“你、你闭嘴！”

说的都是什么乱七八糟的话!

喻见不再问岑清月的事，红着脸，跳下看台，头也不回地跑了。

池烈被推了一把，脸上的笑容更盛。

这小姑娘，都气成这样了，居然还记着他右肩有伤，专门拍在左边。

池烈没去追喻见，只是稍稍偏头，看着那个纤细的蓝白背影消失在看台尽头，直到再也看不见少女身后上下晃动的马尾，嘴角才重新压下。

池烈把书放在一边，起身。

他走到篮球场旁的垃圾箱处，把手伸进衣兜，面无表情地把所有玻璃弹珠都丢了进去。

喻见一路没停，一直跑到沈知灵那里才停下脚步。

沈知灵刚结束一局游戏，抬眼看到喻见，很是纳闷：“都自由活动了，你怎么还去跑步呀？瞧你这脸红的，累着了吧，快坐下休息。”

喻见在操场边坐下。

这边是风口，微凉的风断断续续吹过，吹乱少女脸侧的碎发，却始终没能吹散她脸颊的薄红。

喻见低着头，攥紧手，想起池烈方才含着笑意的嗓音。

“现在不要也行，等你长大，我来养你。”

这话说得实在太直白。

不同于曾经纠缠相扣的掌心，轻轻勾过耳郭的指尖，还有每天一条的晚安短信，那些都是说不出口又心照不宣、无法言语却彼此明白的秘密。

可他现在居然直接这么说。

太直白了，直白得让人没法儿再若无其事、佯装不知地维持表面上的平衡。

喻见垂着头，耳尖发烫，额头也烧着，一颗心更是猛烈地跳动起来，一下又一下，根本不受控制。

她莫名想起他们第一次见面的时候，青砖嶙峋的小巷，阵阵蝉鸣声里，少年眉骨冷硬，一双眼睛又黑又凉，漠然、不善又傲慢。

可后来他看她的时候总带着笑，眸子里、嘴角处、眼尾上。他笑起来的时候很好看，瞳孔里满满的全是她。

喻见攥紧手，细白手指绷得很紧，脸颊止不住发烫，殷红的一小片，晕在细腻的肌肤上。

喻见坐在操场边，不知所措又无可奈何，一直等到下课铃敲响，这才慢吞吞地起身回教室。

下午。

第一节是物理课，这节课做实验，大家早早就去了实验楼。

实验楼的座位安排不一样，按着学号来。分班之后，学号又依据成绩重新排列。所以喻见和池烈自然坐到了同一张实验台上。

一开始，池烈没察觉哪里不对。

他一向不是个爱说话的性格，现在又是上课，即使偶尔和喻见坐一回同桌，也没必要趁着这四十五分钟多做什么。

直到物理老师讲解完实验流程，安排他们自己开始做，才感觉喻见有点儿不太对劲。

少女低着头，露出一段雪白的脖颈，眼睫微颤，温和而漂亮。然而她始终不肯抬头，交流也是从来没有过的言简意赅。

“我做实验你记录。”

“嗯。”

“刚才那组数据记下来了吗？”

“记了。”

“都做完了，可以收拾东西了。”

“好。”

整整一节实验课，小姑娘就这么一个字两个字地往外蹦，除此之外，一句话不多说。甚至在收拾实验器材时，她也一直低垂眉眼，细白手指摆弄着手里的东西，看起来很专注认真。

如果没再有意无意瞥他一眼，又在下一秒迅速避开，就更像那么回事儿了。

池烈没立刻戳穿。

他眯着眼，看了喻见好一会儿，直到少女觉察到他的视线，不自然地偏了偏头，这才轻嗤一声。

“你躲我啊？”池烈下颌收紧。

少年的语气一贯慵懒散漫，尾音上扬，含着几分漫不经心的笑意。喻见手一抖，砝码直接滚到地上。

她没回答这个问题，更不敢看他，立刻蹲下身去捡。

砝码沉，滚也滚不了多远。喻见蹲在地上，把手伸向砝码，刚握在手心里，下一瞬，手背就是一凉。

喻见眼睫一颤。离她几步远，池烈也蹲了下来，他伸出手，直接覆在她的手背上。

实验室里，其他同学还在做实验、收拾器材。大家忙忙碌碌的，没有人注意到他们这边的小动作。

喻见一惊，砝码再一次掉落在地。

这个家伙怎么这样？太过分了。

池烈完全不觉得自己过分，直到察觉到她微微颤抖，这才终于肯放过她，捡起砝码。

“不许躲我。”他霸道又不讲理地说。

放学后，喻见不敢在教室多待，拎着书包直接跑去食堂。

平城一中的高一高二不设晚自习，直到进入高三，才会统一组织学生上晚课。喻见在食堂随便吃了点儿，买了一个奶油面包当作明天的早餐，就回了宿舍。

“今天回来得真早！”宿管老师笑着和她打招呼。

喻见冲宿管老师点点头，也露出一个笑容。

回到自己的房间，她和往常一样，从书包里拿出作业，坐在桌前认真写了起来，写着写着，想起白天发生的事，渐渐有些走神。

碳素笔停在纸面上，少女捏紧笔，细白手指绷起，抿着唇，脸颊泛出一层羞赧的红，根本不知道该怎么办。

福利院并不教这些。

喻见知道该如何在老城区自保，懂得怎样从混混儿的纠缠中逃脱，明白好好学习将来才能有出路，唯独不清楚，当一个男生说“我来养你”的时候要怎么处理。

少年低沉勾人的嗓音仿佛还在耳边，喻见一道习题也看不进去。

今天天气不错，她开了半扇窗户。天色渐暗，校园里白色路灯接二连三地亮起，晚风一阵阵吹进房间。

喻见正在对着习题发呆，“啪”一声，夜风里，有什么东西砸在她的额头上。

不怎么硬，也不是很软，力度不大，倒是不疼，但喻见还是吓了一跳，连忙抬头。

一颗绿葡萄躺在桌面上，晶莹饱满，圆滚滚的。

喻见一怔：学校里什么时候种了葡萄？而且竟然还能被风直接吹进来？

喻见一时没回过神，错愕地盯着葡萄，几秒后，“啪”的一声，又一颗葡萄从窗口飞了进来。

飞得特别有水平，从下往上飞。

喻见顿了顿，起身，双手撑住桌面：“池烈！”她探出头，果然看见正坐在她窗户下面的少年。

他靠着墙，懒散地坐在地上，单腿屈起，搭在膝盖上的左手拎着串颗粒饱满的葡萄。听见她叫他，他也不抬头，揪下一颗，看都不看地往上面丢。

差点儿又被砸中的喻见腹诽：这家伙怎么总是喜欢在别人窗户外面待着？

喻见抿了抿唇：“你起来。”

叫别人看见了总是不像话。

这一次，池烈倒是出乎意料地听话。喻见这么一说，他就直接站了起来，把那串葡萄放在她桌面上，双手搭着窗沿，一条腿撑住地面，一条腿微屈。

天色已暗。

路灯沿着宿舍楼外的两排白杨渐次排开，灯光漫过来，少年冷硬眉眼浸在光线中。晚风吹过，吹动他额前漆黑碎发，也吹深眼里时明时暗的光芒与阴影。

他仰着头看她。

“喻见。”少年轻声喊了她的名字，低沉声音里带着几分笑意。

喻见的心磕了一下，突突跳得厉害。

她想都没想，下意识地伸手，直接捂住他的嘴，制止住接下来可能会听到的话：“不、不许说。”

她完全不知道该怎么办，一边捂着池烈的嘴，一边茫然又紧张地看他。

少女一双杏眸明亮，小鹿般慌张地看过来，清凌凌的，倒映出少年骤然一紧的眉眼。

两个人僵持片刻，谁都没说话。

一段漫长的、仿佛没有尽头的沉默后，池烈叹了口气。

“好。”嘴被捂住，他含混不清地哄她，“我不说了。”

不确定池烈到底是不是在哄她，喻见别开眼，磕磕绊绊地发问：“真、真的？”

小姑娘鲜有这么手足无措的时候，眼睫颤动，捂在池烈嘴上的手直发抖，虚虚盖着，根本起不到任何让他噤声的作用。

池烈眯了眯眼，笑了。

“嗯。”他沉声道，“真的。”

看他一副逗小孩子的模样，喻见唰地抽回手，把手背在身后，又羞又急地指责他：“你……你烦不烦！”

池烈轻嗤一声。

逆着路灯的光，他趴在窗台上，伸手懒洋洋地点了点桌上的葡萄：“不是你惦记这个？”

话题转得太快，喻见有点儿茫然。

反应了一会儿，她才明白池烈是说上一回，她在他的小院里，一个劲儿盯着葡萄架看。

喻见的脸更烫了，细白手指缠在一起，小声嘟囔：“谁惦记了？”当初只是多看了两眼而已。

少女难得嘴硬一回，池烈也不戳穿，眼尾挑着，低低笑出声：“随便你。”

反正他带来的是小院里葡萄架上最饱满的一串葡萄，已经洗干净了，吃不吃由她。

没其他事要做，池烈耸耸肩：“那我走了。”说着就要转身。

喻见有些蒙：“哎……”

这就走了？

少女脸上还透着薄红，一双杏眼明澈中带着几分愣怔，傻里傻气的，又有点儿可爱。

“怎么？”池烈故意逗她，“舍不得我走，想听我继续往下说？”

少年轻笑着，尾音懒散，喻见想都不想地摇头：“不、不听！”

喻见也不知道自己为什么不想听。

或许她只是害怕这种直白分明的变化，就好像当初被接回岑家，离开程院长和兔子他们一样。

有些事朦朦胧胧、点到为止就很好，说透了、说穿了，以后也许再也没有了。

说完这句，喻见低下头，有一下没一下勾着手，不再吭声。

夜已深，晚风渐起。

清朗月色里，池烈倏忽笑了起来。

他不再趴在窗台上，而是直起身，朝喻见那边靠过去。

察觉到她骤然僵硬起来，池烈低低地笑，轻声安慰，而后又看进她的眼睛，视线直接而锋利，分毫不让。

少年声音发哑：“我不说，但你知道，对不对？”

即使一再掩饰、不言不语，也会从眼睛里不断往外冒的青涩秘密。

白月高悬。

少年逆着月光，眉眼上光影深深浅浅，眸色晦明难辨，那幽深的、藏着海潮般汹涌的情绪，分外压人。

许久之后，夜风停了下来。

初秋安静微凉的夜晚里，少女沉默着，轻轻点了点头。

这一次的期中考试，喻见发挥得特别好，直接压过了池烈，成了年级第一。而池烈则拿了进高中以来头回的年级第二。

这倒是在同学间又掀起了一阵议论。

李文章再度笑得见牙不见眼："好好好！这次第一第二又在咱们班！其他同学也要努力啊！"

期中考试结束后，时间过得飞快。

又一个周日，喻见按着往常的时间，在福利院吃完午饭，背上书包，说："董老师，我先走啦！"

董老师忙着收拾餐具，头都不抬："走吧！路上注意安全！"

关于岑家的事，喻见一直牢牢瞒着，如今从岑家搬出来，也没和董老师提起。她依旧每个周末按时来福利院，周日下午，和从前一样准点离开。

院里人手少，几个老师照顾孩子都十分勉强，一时半会儿，却没察觉到接送喻见的司机似乎比从前年轻了许多。

"你就真不打算给你们院长说？"

裴殊踩下油门，直到离开福利院所在的小巷，才偏头看向副驾驶上的少女。

喻见摇头："没必要。"

她是真的不想给程院长再找什么麻烦，程院长一天到晚在外奔波已经非常辛苦，没有必要再因为她和岑平远夫妇争执。

"裴老师。"喻见现在在意的是另外一件事，"我觉得咱们的课……"

"没必要没必要。"喻见话说到一半，裴殊学着她开口，"小见，咱俩伟大的师生情谊谈钱可就生分了啊。"

离开岑家后，最困扰喻见的不是生活开支，而是给裴殊的家教费。作为平城大学的学生，裴殊的家教费是一个昂贵到有些离谱的数字，即使喻见每回考试都拿奖学金，也很难负担得起。

喻见并非第一次和裴殊提这件事，但裴殊坚决不同意她停课，更不收她的钱。

"你不让我倒贴你钱就不错了！"他激动地捏紧方向盘，"小见！你可千万不要丢下我！没你，我连池烈他家院门都进不去！"

喻见知道池烈和裴殊在一起折腾代码，但听裴殊吐槽，池烈对他一直都很冷淡，倘若他主动上门，十次里有九次都被关在门外。

于是裴殊干脆直接抓喻见过来当吉祥物，这样一边上课一边写程序，两不耽误。

喻见一开始还不太习惯，久而久之，也就适应了裴殊每周日接她去池烈那边。

深秋已至。

天气转冷，小院里的洋槐叶子跟着变黄。凛冽北风刮过，扑簌落下，在空中打出好几个轻盈的旋儿。那株能结出甜蜜果实的葡萄藤一早被剪去了多余的枝叶，灰褐色的枝条攀附在木架上，静静沉睡着，等待明年春日第一声清脆的鸟鸣。

“冻死了冻死了，这风刮得真要命！”裴殊把车停在巷口，短短一截路，吹得脸都发白了，一进屋就开始嚷嚷，“有没有热水给我喝一口！”

池烈坐在桌边，头都没抬，淡淡地指了指放在桌边的暖水瓶：“那里，你的杯子在厨房第二个柜子。”

而后，他很自然地伸手，直接探到喻见书包侧面，拿过她的保温杯。

喻见不太好意思地看了眼裴殊，小声说道：“我有热水，出门前董老师专门倒的。”

正在草稿纸上奋笔疾书的少年“嗯”了一声，没什么特别的反应，重新把保温杯塞回去，继续琢磨刚才写出的代码。

池烈写代码时的状态和平时完全不一样，一改往日里的慵懒散漫，下颌收紧，眉头轻轻皱起，神情疏离而冷淡。

把保温杯放回喻见书包后，池烈仿佛就忘了屋里还有两个人，专注而认真地在草稿纸上写写画画，再没有多余的动作。

没人管的裴殊给自己倒上水，冲喻见小声说：“你先做题，做完我给你改。”

喻见乖乖点头。

裴殊也是个不折不扣的工作狂，喝过水，就开始在键盘上敲敲打打。

堂屋里，三个人各忙各的，互不干扰。

喻见写完这一面的习题，正准备翻到下一页，还没来得及动作，一只冷白的手伸过来。

池烈许久没和人打架，指节上那些曾经新旧不一的伤口早已愈合，指甲修剪得整整齐齐，干净漂亮。

“这道题答案不对。”他站在她身后，稍稍俯身，带着她分解这个长句，“你看这里，这里才是真正的主语。”

两个人距离近，他的体温和气息顿时越发明显，充满侵略性地铺展过来，汹涌压迫，避无可避。

她几乎下意识地想到那个初秋的夜晚，窗边，他逆着月光，盯着她，眸中的情绪炽热鲜明，直白得让人难以直视。

从那之后，池烈其实没再说过什么。

两个人心照不宣，对那个秋夜闭口不言，仿佛一切都没有发生过。

但总有些事情慢慢变得不一样了。

就像他会自然而然拿过她的保温杯倒水，会熟稔地站在她身后，耐心地给她讲解复杂的题目。

池烈把整个句子的结构都细细拆分开来，一低头，却发现小姑娘不知道在琢磨些什么，耳尖微微泛红，眼睫垂下，随着呼吸轻轻颤动，显然完全没在听他讲题。

喻见还在走神，“啪”的一声，额头被不轻不重弹了下。

她一个激灵，抬手捂住额头，顾及着裴殊还在旁边，咬牙压低声音：“池烈！”

这家伙想干吗呀！

“嗯？”池烈收回手，磨了磨牙，似笑非笑地眯眼，“在想谁呢？”

他就在她旁边，不知道这小姑娘莫名其妙出什么神。

池烈这话说得无心，喻见却有点儿心虚，捂着额头，不吭声了。

少女脸颊透着层轻薄的粉色，漂亮又可爱，池烈眸光稍沉：“好好学习。”

他轻笑一声，稍稍偏头，正好对上裴殊若有所思的目光。两个人对视一瞬，池烈平静地收回视线。

裴殊不是个傻瓜，自然能看出来当时那种古怪的气氛。不过他本身就是个大孩子，所以没说什么，只在送喻见回学校的路上，转而提起另一件事：“小见，池烈有给你说过我们比赛的事情吗？”

喻见有些走神，闻言一愣：“什么比赛？”

一周后，平城大学。

大礼堂外墙上拉开数道红色横幅，“国际学生程序设计竞赛亚洲预选赛”的字样清晰鲜艳，在秋日阳光里格外显眼。

预选赛尚未正式拉开帷幕，后台休息室，来自全国各地的选手三三两两分散坐开，整理待会儿可以带进场内的纸质资料。

裴殊把手上的东西整理好，左顾右盼一会儿，回头看池烈：“我就不明白了，你为啥不愿意告诉小见啊？”

池烈盯着手上的草稿纸，眼皮都懒得掀：“不需要。”

仅仅是亚洲分区的预赛，能不能拿到名次还未可知，根本没必要专门告诉喻见。

“可是这样显得我们好孤寡啊。”裴殊拄着下巴，忧心忡忡，“你看别人都有那么多亲友团，就咱俩身后一个人都没有，这比赛还没开始，气势就输了一半。”

池烈轻嗤一声，把草稿纸翻到下一页，抬头扫了眼裴殊，淡淡地说：“那你现在可以退赛，反正已经输了一半。”

裴殊腹诽：我只是随便说说而已。

裴殊脾气好，被噎了一下也不生气，反倒是池烈觉得刚才自己的语气有点儿冲，难得道了句歉："抱歉，我不是针对你。"

裴殊笑眯眯地点头："没事儿，我知道的。"

毕竟这是个很有分量的比赛，如果能在预选赛中拿到第一，直接冲进之后的全球决赛，即使不能拿到金牌，也是相当不错的一次经历。

池烈再怎么早熟沉稳，到底也只是个还没成年的孩子，第一次参加这种比赛，紧张是人之常情。

池烈完全不知道裴殊在想什么，检查过自己所有的纸质资料，把它们一一收好，偏头："我出去透会儿气。"

裴殊的手机响了一声，他拿起来，扫了眼屏幕，不太在意地挥挥手："去吧，别待太久，十分钟就回来。"

池烈淡淡应了一声。

他走出休息室，礼堂走廊上，随处可见被家人或者同学围住的选手，他们面色或沉着或激动，但无一例外，都被亲友团簇拥着。

池烈穿过人群，一直走到走廊尽头，才停下脚步。

平城大学的礼堂很大，是请了国内最有名的建筑设计师设计的，构思巧妙，只是转了个弯，喧闹声就被遥遥抛在身后。

少年靠在走廊尽头的玻璃上，深深呼出一口气。

池烈其实没有裴殊想象的那么紧张。

他一向对比赛名次一类的东西看得很淡，在一中回回拿年级第一，也没什么感觉，总归没人会为他取得的成绩感到激动和高兴。

和走廊里那群选手不一样，他没什么朋友，更没有家人，从来没承载过别人的期待，也不需要因此背负压力或痛苦。

池烈以前觉得这样挺好，自由自在的，没任何拘束。

但当裴殊有意无意提起喻见，他心里总有种说不清楚、莫名难挨的烦躁。

池烈自己都不明白为什么。

他可以直接告诉喻见比赛的事，而她也多半会来观看比赛，为了他取得的名次开心，和从前一样笑着夸他很厉害。

又或许……

池烈垂眸，毫不犹豫地掐断脑海里尚未成型的想法。

没有什么或许，喻见来不来都一样，如果没拿到名次，他就当作从来没参加过这次比赛。如果成绩理想，下一回，他再邀请她去看决赛也不迟。

池烈再一次路过那些被团团围住的选手，面无表情地推开休息室的门，走向裴殊的方向，而后脚步一顿。

"小见，你真是太贴心了，我现在就缺这一口可乐！"裴殊乐呵呵地拉开易拉罐的扣环，目光一转，笑得有些狡黠，“我这边没事儿了，你去给他加加油吧。”

池烈僵在原地。

他一时间没能接受这个现实，有些发愣，直到喻见脚步轻快地走到面前，仰起脸看他，才缓慢回神。

“你……”

池烈刚想问喻见怎么来了，下一瞬，怀里挤进一个小小的少女。

“待会儿加油呀！”她伸出手，轻快又友好地抱了他一下。

少年胸膛结实，少女却软乎乎的，绵软手臂虚虚搂在腰间，没怎么用力，很轻很短暂地抱了他一下。

池烈整个人都僵住了。

他嗓音有些沙哑：“你怎么来了？”

连开口都有点儿艰难。

喻见轻轻地笑，眉眼弯弯：“来看你们比赛啊。”

她想起这件事，还有几分嗔怒：“要不是裴老师说，我都不知道。下次再有比赛，一定要提前告诉我。”

池烈没说话，沉默了一会儿，最后平淡垂眸：“又没什么。”

池烈逃避的态度太明显，这个时候，喻见也察觉到了。

她想了想，伸手轻轻拍了拍他的手臂：“就五个小时，很快的，结束了我们去吃糖炒栗子。”

刚才从西门进来时，喻见看到门口有卖糖炒栗子的小贩，时间紧没来得及排队，现在还一直惦记着。

池烈突然就不知道该说些什么了。

先前在走廊里，路过那些被家人同学团团围住的参赛选手，他也顺道听了一两句，无非都是宽慰他们不要紧张，重在参与，最后的名次并不重要。

虽然这么说，但话里话外还是很重视成绩。

结果眼前这小姑娘提都不提，想的竟然是一包糖炒栗子。

莫名地，少年心口那种难挨的烦躁顷刻间无影无踪，顿时静了下来。

他眉眼不自觉地渐渐柔软，低眸看她：“你等我？”语气中还带着一丝不太敢确定的犹疑。

而他面前的少女想都没想，认真点头：“我等你呀！”

她点头的模样特别乖，笑盈盈的，脸上还有一个不太分明的酒窝。

池烈顿时跟着笑了。

“好。”他嘴角扬起一个微小的弧度，手指动了动，最后还是没忍住，抬手揉了把她的发顶，“那就等我回来。”

喻见和池烈他们打完招呼没多久，志愿者就开始提醒各位选手准备入场，顺道请无关人员移步观众席。

考虑到赛事的特殊性，需要安静无干扰的比赛环境，观众席和正式比赛的场地分别在两个会议厅。参赛选手在主会议厅比赛，观众在副会议厅观看直播。

主、副会议厅里都设置了查看实时排名的屏幕。

赛制并不复杂，组队选手需要在规定时间内，完成并提交组委会给出的数道题目。实时名次根据答题时间和正确率排出，最后一小时关闭排名，直到比赛结束，进行统计后才会公布。

喻见一个人来，找了个相对靠前的座位，刚坐好，抬起头，意外对上另一个人的目光。

隔了几个位置，林宁之也正好看到了喻见。

视线相接，他愣了愣，低头在手里的参赛名单上研究了一会儿，又了然于胸地冲她露出一个笑容。

“你来看池烈比赛？”林宁之笑得依旧温和，说出来的话也一如既往的阴阳怪气，“这次比赛挺难的，能拿个参与奖挺好。”

他不喜欢把他从第二名挤下去的喻见，对一直拿第一的池烈更没什么好感。

喻见还没忘记之前岑清月被林宁之挑拨的事。

她是真烦这种自己没本事，还格外小心眼的人，于是盈盈一笑：“确实，毕竟有些人连名都报不上。”预赛资格也不是人人都能有的。

喻见这话说得非常不客气，林宁之的脸顿时就黑了。

这时，其他观众坐在了他们中间的位置上，喻见顺势转头，不再搭理林宁之，专心看着前方的屏幕。

题目刚刚给出，实时排名还没有更新，镜头逐一扫过已经开始答题的场内选手。

高清大屏上，池烈向来冷硬的眉眼被放大，依旧棱角分明，锐利深刻。他脸上没什么表情，下颌收紧，眼睫微微垂下，手指不断地敲击着键盘，游刃有余又淡定自若。

喻见盯着屏幕看了一会儿，直到摄像机切换机位，才移开视线。

喻见想，先前在休息室，他还是紧张吧。

喻见其实很能理解池烈的心态，也明白他为什么不告诉她比赛的消息。

小学时，第一次去参加奥数比赛，喻见也没和程院长说。其他小朋友都被爸爸妈妈送到考场门口，只有她独自坐公交车去了市里的考点。

那个时候她还很小，只知道程院长和董老师她们一天到晚都在忙碌，偶尔有空叮嘱几句，大多都是嘱咐孩子们乖乖念书，不要乱跑。

她不知道老师们对她究竟有没有期待，更害怕自己会配不上这种期待。

九岁的那一年，喻见就是怀着这样的心情，慢吞吞地在公交站下车，一个人走到考点门口，然后看见了一早守在那里的程院长。

程院长什么也没说，只是笑眯眯地摸了摸她的头："去吧，待会儿考完奶奶带你吃糖葫芦。"

奥数比赛的成绩，这么多年过去，喻见早忘了个干净。

但她还记得那个考完试的下午，程院长牵着她的手，祖孙两个走在路上，一人手里拿着一串亮晶晶的糖葫芦。

今天她看见池烈推开门走进来，就好像看见了当年小小的自己，倔强、谨慎、努力地掩饰着，不透露任何情绪。

可他今年已经十七岁了。

这十七年里，没人期待过他，他也不懂该如何回应。

喻见突然有些坐不住。

她微微吸了口气，抬头看了眼屏幕，犹豫了一会儿，最后起身，朝会议厅出口的方向走去。

池烈和裴殊配合得很好，两个人分工默契，解题过程非常顺利。

比赛结束时，已经提前一小时锁定的排名上，他们和另一组来自申城的选手并列第一。最终的成绩，要在组委会核算之后统一放出。

"出去转两圈吧。"连续比赛了五个小时，裴殊肩膀都僵住了，"反正现在也看不到成绩。不过咱们应该是稳的，就算拿不到第一，名次也不会差。"

裴殊的自信心一向爆棚。

池烈对此没什么异议，收拾好资料，和裴殊一起走出会议厅，远远地，就看见坐在礼堂廊下的少女。

小姑娘没在观众厅里等，而是坐在走廊窗边，秋日阳光穿过落地窗，照在她柔顺乌黑的长发上。

不用去上学，天气又不热，今天她没扎马尾，头发松松散散，为了方便，右边的发丝被别到耳后，露出的侧脸线条干净而漂亮。

喻见低着头，难免有一缕头发不安分地垂下来，挡在眼前，有些遮挡视线。但她现在手上没空，顾不上重新别好，只能暂且先这么将就着，直到一只微凉的手轻轻碰到耳郭。

少年在面前站定，将那绺发丝别到她耳后："你在干吗？"

喻见没抬头，手上动作不停："剥栗子啊。"

喻见其实不是很会剥栗子，即使董老师教过她好几个方法，也总是剥得磕磕绊绊。糖炒栗子买回来不久，温度没降下来，按理应该是最好剥的时候。

但栗子还是被喻见剥得坑坑洼洼，她不太懂如何用力，指尖有些红。

池烈皱眉："你别动了，我来。"

说着，他很不客气地把剩下大半袋栗子拿过来。手指在栗子底部一按，掐出一道明显的折痕，连小贩附赠的工具都没用，沿着折痕稍稍用劲，就剥出了一个完整的栗子。

喻见有些气馁："是我力气太小。"

她也试过池烈的办法，结果栗子完全不给面子，不仅纹丝不动，手还疼得要命。

少女手指细白，衬得指尖的红格外明显。池烈剥着栗子，看了眼她的手，眉头皱得更深："就这么着急吃？"

说好了等比赛结束再买。

少年不太高兴，语气有些重。

喻见就跟没听出来一样，轻轻摇头："我不着急。"她把放在身侧的纸袋拿过来，给他看，"给……给你吃。"

还是有点儿不好意思，少女说这话时有几分羞赧，声音很轻，微不可闻。

但池烈依旧听清了。

他先是一愣，低头看了眼纸袋，声音里带上笑意："你就给我吃这些？"

纸袋里剥出的栗子显然有被仔细挑选过，算不上光滑好看，至少都挺完整。

喻见被笑得有些脸红："那你不吃算了。"

她刚想把纸袋往回拿，就被直接按住。

池烈扣住她的手腕，很是不讲理地笑起来："这些是我的，不许拿。"

大部分选手和观众都没出来，走廊空旷，少年的低笑声回荡开来，磁沉的，稍显沙哑。

落在耳朵里，勾得人心尖一阵一阵发痒。

喻见被捏住的手腕都有些酥软，眼睫颤动，小声说："哦，知道了。"

这个口是心非的家伙。

不过她也不算亏。池烈剥栗子剥得快，没多久，剩下的糖炒栗子就被全部剥干净，装在另一个纸袋里，每一颗都饱满干净。

他把这个纸袋塞进喻见手里，在她旁边坐下，拿起自己的纸袋，往嘴里扔了颗栗子："怎么突然想起来给我剥栗子？"

少年语气懒散，漫不经心，视线却落在身旁的少女身上，一动不动。

喻见察觉到他灼热的视线，抿着唇："就……想起来了。"

她其实想和池烈说，他没必要紧张，更没必要担心。她的确会为了他取得的成绩感到高兴，但如果没有名次，那也没什么大不了的。

就像程院长不会介意她的成绩一样，她也完全不在乎池烈的名次。

但这些话没法直白说出口。

喻见能做的，只有在最终结果没出来之前，就把先前许诺好的栗子买回来，一颗一颗剥好。

无论结果如何，她答应他的承诺是不会变的。

喻见不清楚池烈懂不懂她的意思。因为池烈听了这个回答，愣了下，没说话，坐在她身边，吃了一会儿栗子后，突然俯身过来，凑在她耳边，气息带着几分糖炒栗子的香甜。

“小矮子。”他不怀好意地笑，“你专门给我剥栗子，是不是……”

少年故意把语速放得很慢，一字一句，尾音拖长。

喻见顿时呼吸一窒。

“没有没有没有！”她都能想象到他接下来要说什么，急忙开口，“不许说！”

这人怎么总是能想到不正经的地方？小姑娘急得脸都红了，脖颈染上一层绯红。

池烈垂着眼，低笑了声：“行吧。”

再逗下去她要被逗哭了，还是别说了。

“结果要出来了。”他吃掉最后一颗栗子，起身，偏着头看她，“我们回去？”

虽然是疑问句，却透着种分外的笃定。

喻见这时候反倒有点儿紧张。她抓紧手里那袋剥好的糖炒栗子，轻轻地点了点头。

池烈再一次走进会议厅。

大家都期待着结果，现场气氛透着隐约的躁动，他回味着糖炒栗子甜蜜的味道，内心分外平静。

想起少女泛红的指尖，少年嘴角轻轻扬了下。

他其实明白她的心思，他知道的，他都知道的。但正因为这样，他才想做得更好。

池烈这么想着，最终，当屏幕第一排缓缓打出他和裴殊的名字时，少年脸上并没有什么表情，平淡而理所当然。

反倒是裴殊激动得差点儿跳起来：“池烈！我们是预赛第一！”

裴殊这么高兴也有原因。

亚洲地区的预赛第一，可以不用参加接下来的复赛，直接进入明年五月的全球总决赛。

池烈淡淡点头：“嗯。”

名次逐一列出，举行过简短的颁奖仪式后，他找了个机会，留下裴殊应付媒体的长枪短炮，自己则快步朝会议厅外走去。

尽管清楚喻见肯定也知道了最终结果，在这个时候，他还是想第一时间看到她。

池烈走出会议厅，仗着身高优势，在走廊里的人群中睃了一圈，很容易发现了那个熟悉的单薄身影。

和之前不同，旁边还多了一个人。

池烈眯了眯眼，认出那是林宁之，想起喻见从前说过的话，神情瞬间冷下来。

他绕开人群，快速朝两人的方向走去。

少年腿长，只迈了几步，就走到了喻见和林宁之所在的角落。

这个角落避开大部分观众，极其安静，因此，说话声听得一清二楚。

“没错，你就是哪里都不如他。”和先前快被逗哭的脸红模样不一样，少女语气里带着几分薄怒，“我就是觉得他好，你有意见吗？”

第十四章 /// 以后他都听她的

喻见被林宁之烦得不行。

成绩出来之后，林宁之又开始管不住他那张嘴，一会儿嘀咕平时没听过池烈有编程的本事，一会儿嘟囔能拿第一绝对是裴殊的功劳，最后还添了句："没看出来你居然觉得他好。"

喻见原本不想在公共场合和林宁之起冲突，但是林宁之一直唠唠叨叨停不下来，喻见又不是完全绵软温暾的脾气，上次郊游能把林宁之气走，这次反驳也不在话下。

果然，林宁之被怼得哑口无言。

喻见说完最后一句，林宁之果然讷讷说不出话，随即脸色一白，嘴唇动了动，竟然直接转身，朝另一个方向跑了。

喻见一愣，怎么就直接跑了？这胆量还不如岑清月呢。

人都走了，喻见也没有继续追上去的打算，准备去会议厅找池烈他们。

她一转身，脚步直接顿住。

池烈站在那儿，就看见几步开外的小姑娘短暂愣了下，几秒后，细白小脸瞬间沁出一层薄薄的红，眼角眉梢的薄怒被惊惶取代。

她无措地一连眨了好几下眼："你、你什么时候来的？"

怪不得林宁之直接跑了！

喻见一开始还没太反应过来，过了一会儿，才想起自己最后怼林宁之的那一句，本就泛红的脸顿时滚烫，火烧火燎的，一阵一阵发热。

"我不……不是那个意思。"喻见先前对上林宁之时还口齿伶俐，现在说话都磕磕绊绊，不太利索，"是他先……我就是顺着他的话，我没有……"

说着说着，喻见声音越来越小，最后干脆破罐子破摔道："你到底听到了什么呀？"

要是他从一开始就在听，那也不用再解释了。

池烈不说话。

他站在原地，回味着少女方才带着几分怒火的话，缓慢地，嘴角微微上扬，声音里藏着不易察觉的颤抖：“你……”

池烈只来得及说出一个字，剩下的话尚未出口，肩膀就被轻轻拍了拍。

与他们角逐第一名的申城选手站在他身后，看了他一会儿，不太确定地问：“阿烈，是你没错吧？我是大杨，咱俩小学当过同桌的！”

采访结束，主办方开始收拾场地。

喻见和裴殊站在走廊里，看着不远处寒暄的两个少年。

裴殊纳闷：“池烈认识杨益？那小孩儿不是申城过来的吗？”

喻见轻轻摇了摇头：“我也……不知道。”

深秋时节，才开始供暖，暖气不算很热。

走廊里温度低，喻见伸手摸了摸自己的脸，还是隐约有些烫，但先前羞赧茫然的情绪已经褪去不少。她微微抿唇，担心地望向池烈的方向。

少年背对着，她看不见他的表情，只能看到他挺直的脊背。即使穿着秋季很有厚度的黑色卫衣，也显得比同龄人单薄瘦削许多。

此刻他站在落地窗前，灯光从头顶照下，玻璃上映出一个泛着光晕的虚影，朦朦胧胧的，像是一触碰就会碎裂。

池烈和杨益多年没见，两个人不咸不淡地说了些话，交流过近况，互相留了联系方式，就没再继续聊下去。

转身对上少女的视线，他没回避，平静地对视片刻，朝她走过来。

“你回去休息吧，我送她回学校。”这话是池烈对裴殊说的。

裴殊虽然不知道刚才发生了什么，但现在也没有任何当电灯泡的心思，笑眯眯地打过招呼，就直接拐去了宿舍楼的方向。

池烈拿过喻见手上的糖炒栗子：“走吧。”

平城大学很大，礼堂位于东南角，而他们要从西门出去，几乎跨越了整个校区。

即将入冬，日头渐短，天色黑了下来，林荫道上的路灯散发出淡白的光。

天气冷，呼吸间能看到白色的水汽。并肩走在路上，两个人谁都没说话，就这么沉默着，路过一株又一株枝叶凋敝、光秃秃的落叶乔木。

北风从枝干间穿过，凛冽肃杀。

许久之后，喻见盯着路面上一长一短的两个影子：“池烈……”她叫了他的名字，又顿住，不太知道要说些什么。

喻见完全不清楚池烈的事。有关岑家的一切，还是少年在中秋夜自己说出来的，再往前，他对原生家庭只字未提，仿佛那是一段空白的、从来没出现在人生中的时光。

没有父母，没有家人，什么都没有。

直到杨益今天拦下池烈，喻见才惊觉，不论池烈在岑家待了多少年，在此之前，他应当有一个属于他的家庭，至少该有一对能让他喊爸爸妈妈的父母。

可池烈从来没有提起过。

少女声音很轻，被北风一吹，少年的名姓被吹得断断续续、支离破碎。

池烈扬了下眉。

“怎么？”他淡淡地笑，“心疼我啊？”

池烈语气轻描淡写，带着一点笑意，却听不出任何情绪。

喻见抿了抿唇，犹豫一会儿，把藏在薄毛衣袖子里的手伸出来，小心翼翼地轻轻拍了拍他的手。

池烈手上还拿着糖炒栗子，寒风吹着，手背一片冰凉。

小姑娘的手软乎乎的，很暖和，拍了两下之后，犹豫着、试探着往上勾，想要抓住他的手指以示安慰。

池烈心跳快了一瞬，垂下眼，避开她的手：“放回去，外面冷。”

他知道她想安慰他，但风实在太凛冽，她的手被吹久了肯定受不了。

“其实也没什么。”北风呜咽声中，少年语气分外平静，“就是一些别人茶余饭后的谈资。”

池烈出生在申城。

作为全国经济中心，这个城市的夜晚甚至比平城还要熠熠生辉。每天都有无数人奔涌进申城，怀揣着朝气蓬勃的梦想，试图在永不熄灭的霓虹里，拥有一盏属于自己的灯火。

而池家是申城的老牌家族，早就在这个城市站稳了脚跟，不需要再下场拼搏厮杀，靠着家族联姻，就能稳固住池家的地位。

池烈就是家族联姻的产物，或者说，是利益交换的产物。

他的父母完全没有爱情，只是在长辈的安排下领证结婚，举办盛大的结婚典礼，在催促声中迅速生了个小孩儿，然后在外面各玩各的。

池烈小时候没怎么见过爸爸妈妈，一直由保姆带着。

直到四岁那年，池母突然染上重病，他才终于在家里见到了一年碰不上几次面的妈妈。

很长时间没相处，母子俩的感情其实非常淡薄，即使池母在家养病，两个人也不太亲近。

池烈在楼下花园里踢皮球，池母在楼上主卧里挂吊水，偶尔她精神好，也会把他叫上来说一会儿话。

池父依旧很少回来，只每个月吩咐秘书按时结算医药费。

日子就这么过着，半年后，池母病情恶化，很快就撑不住了。

临走前，池父还是没出现在病床前，池母只能把池烈叫到床边，跟他说：“从前是妈妈不好，妈妈对不起你，以后妈妈走了，你一个人要坚强，别太听你爸爸的话。”

那时池烈还小，尽管平常和母亲感情一般，但当人真的在眼前离开，他也难过得不得了，根本没空也理解不了母亲所说的最后一句话。

等到葬礼结束的第一天晚上，他才明白这是什么意思。

白天举行葬礼，晚上，池父就带了年轻漂亮的女人回家，丝毫不顾及妻子刚刚去世，也不在乎家里还有一个不到五岁、刚失去妈妈的孩子。他甚至还指着那个女人，醉醺醺地和池烈说：“来，叫声妈。”

池烈直接没忍住。

那一夜，是闻声赶来的保姆拼命劝着，他才松开了死死咬住池父的嘴。

但池父风流成性，依旧每晚都带不同的女人回家，里头不乏起了坏心思的，趁着保姆不注意，偷偷拧一把池烈的胳膊，或者给他递滚烫的热水。

池烈一开始还主动告状，后来看池父根本不管，下一次，就大力扯住了女人的头发。

久而久之，申城圈子里都知道，池家出了个脾气暴躁、性格顽劣的小霸王。

喻见刚开始听就一直皱着眉，听到这里，她心都揪了起来，也不管池烈愿不愿意，重新伸出手，抓住少年。

小姑娘这回用的力气特别大，仿佛生怕他会甩开她。

池烈被抓得都有点儿疼：“我没事。”

他没再让她把手放回去，回握住她：“至少这样没人敢欺负我。”

池烈声名远扬之后，那些被池父带回来的女人不敢再针对他，有些还亲亲热热地贴上来，想要博得他的好感，好当下一任的池夫人。

然后全被池烈折腾走了。

“后来，他娶了第二任妻子，她很好很温柔，也不嫌弃我调皮，把我当亲生小孩儿一样，教我写字教我念书。”回忆起那段时光，池烈声音里甚至有几分笑意，“那个时候我觉得这么过下去挺好的，等林姨有了孩子，我就能当哥哥了。”

但这样难得的美好并没有持续多久。

池父的第二任妻子是普通家庭出身，并不知道他风流成性的脾气，生下一个女儿后，才发现池父婚内出轨。在产后抑郁症和丈夫出轨的双重折磨下，她选择带着女儿离开池家。

池烈又成了孤零零一个人。

这一次，池父充分汲取了上回的经验教训，当岑老爷子提出想照顾池烈一段时间时，他想都没想，直接把这个不省心的儿子打包送去了平城。

不闻不问，一连十年都没有再见面，他不知道、更不在乎池烈在岑家过得怎么样。

喻见抿着唇。

北风呼啸，冷冷刮在脸上，她觉得全身都凉，寒意一阵一阵从心口冒出来。她没吭声，只是抓紧了池烈的手。

说话的工夫，他们已经走出了平城大学的校区，来到最近的公交车站。

池烈似乎走累了，直接坐在广告牌下的等候椅上，抬头看着面前紧紧抿唇的少女，轻声笑：“怎么，把你说难过啦？”

喻见垂着眼睫，路过的星子被风吹落在眸子里，泛着一层水光。

清澈的，干净的。

少年语气听起来吊儿郎当，很是无所谓，她吸了下鼻子，小声问：“那你呢？”

会难过吗？

公交车站只有他们两个。

入夜，道路两旁霓虹璀璨，不远处的高层里亮起一盏又一盏等待归家的灯火，车流和路灯汇聚成金色河流，从满心期待、想要回家团圆的人身旁静静淌过。

池烈笑了下，说：“有点儿。”

他曾经以为自己不会再有这种软弱的情绪，即使只剩自己一个人，也可以横冲直撞、不管不顾地活下去。

可他现在不过十七岁。

偶尔睡不着的时候，枕着手臂，也会想起七岁那年，看着小朋友们都被家长接走，自己却在教室孤零零等司机的羡慕心情。

他还是，很想有一个正常的家。

“好了，不说这些。”池烈看着喻见把唇咬得更紧，懒散地笑了声，“之前我听你跟林宁之说……”

池烈原本只是想转移话题，下一瞬，深秋萧索的寒风里，他突然被抱住了。

和之前那个一触即离的短暂拥抱不一样，这次，少女伸出手臂，紧紧抱住了他。

“我说你很好。”喻见轻声安慰道，“池烈，你真的很好。”

池烈手里的糖炒栗子“啪”的一声掉在地上，下意识地推开喻见，又顷刻坐直了身，眼底浮于表面的笑意消失无踪，眉目在一瞬间冰冷下来。

“喻见。”他抬头，直勾勾地盯着她，声音有些发抖，“你什么意思？”

喻见眼睫颤了颤。她站在原地，无措又不敢动，对上少年黑漆漆的眼睛，下意识地绞紧了手指。

片刻后，她轻声说：“我……”

喻见其实没有其他意思，只是不想让池烈再难过了。

但或许，她又非常明白自己的心思。

尽管她从不肯从他那里听到确切清楚的表达字句，也不许他玩笑般地说出口，但她很清楚那些柔软悸动、暧昧难言的情愫，所以今天反驳林宁之才会那么干脆。

喻见紧张又羞赧，手捏得很紧，修剪干净的指甲深深掐在掌心里。

她鼓起全部的勇气，细声细气地开口："我……"

根本来不及说出后面的话，少年手臂一伸，喻见肩上一沉。

他低下头，把脸埋在她的颈窝里，哑声道："那你要一直觉得我好。"

这话说得其实很不讲道理，甚至还凶巴巴的。然而少年嗓音压得很低，撒娇一般，透出几分平日未曾显露的柔软。

喻见心里一下软得不行。

她听过池烈很多种语气，冷漠的、嘲讽的，总是带着些许似是而非的笑意，十足漫不经心。

唯独没听过现在这样，小孩儿赌气般不讲道理，却又小心翼翼、充满期待的祈求。

喻见抿了抿唇。

"好。"深秋萧索夜风里，少女声音很轻，"我答应你。"

他永远都是她心里最好的那一个。

听见这个答案，趴在她肩头的少年没说什么，只含混笑了笑。

北风呼啸，头顶光秃秃的树枝噼啪作响。他的心口被一种绵长而尖锐、冰凉又灼热的情绪填满。

平城大学和平城一中的距离不算远，坐公交车十几分钟就能到。

车刚停稳，池烈根本来不及伸手抓住喻见，少女就径自跳下车，拿出在老城区里躲避小混混儿的速度，直接冲进了不远处的校门，一路跑远，根本不回头。

喻见和宿管老师打过招呼，回到自己的房间，关上门，脸上泛起一层薄红。

应下池烈时还不觉得如何，偏偏回一中的路上，少年坐在一旁，一直看着她笑。他动作太过明显，毫不掩饰，连带着周遭乘客的眼神也意味深长起来。

喻见这才意识到不对。

太过分了，哪有他这么给她挖坑的人。

回想起当时的场景，喻见耳尖都在发烫，自暴自弃地往床上一躺，拿被子捂住脸，心脏在胸口一下一下猛烈跳动，几乎要破骨而出。

待到密集如鼓的心跳渐渐平息，已经是将近一个小时之后。

在床上滚了一圈儿，喻见头发有些乱，几绺发丝贴在依旧泛着红的脸上。

她坐起身，从手腕上摘下一个发圈，随便绑了个稍低的马尾，然后拿起手机，点开通讯录。

喻见的联系人很少，总共没有几个，通讯录里，那个被池烈特意改过的备注依旧在第一位。

不太知道现在该说些什么，她捏着手机犹豫了一会儿，最后，指尖落在短信图标上。

手机提示音响起时，池烈刚离开公交车站。

郑建军租给他的小院离车站有一段距离，下了车，还要步行十五分钟才能到家。

老城区原本就不如市里繁华，眼下正是深秋初冬交替的时节，日头短天又冷，街头巷尾的小摊更是少了许多，两边的店铺也早早关门。

路灯时明时灭，广告牌上一圈小彩灯闪烁。

池烈从小彩灯下走过，无意间踩到几截枯枝，发出噼啪的声响。

听见提示音，他拿出手机。小巷里出现一抹淡白的光。

【忘记祝贺你了，预赛第一真厉害！】

屏幕上，少女的语气一如既往明快活泼，特别自然，似乎刚才那个直接丢下他跑了的人根本不是她。

池烈不由得挑了挑眉，指尖敲打屏幕，迅速回复。

喻见发完短信，就红着脸抱住枕头等待回复，没想到信息居然在十几秒后就发了过来。

她点开通知栏。

【早点睡，晚安。】语调平淡，竟然只比平时的晚安短信多出三个字。

喻见顿时一怔，不明白池烈这是什么意思。

喻见盯着短信界面，有些犹豫。思忖一会儿，她慢吞吞地打字，认真回复他：【我知道了，你也早睡呀。】

的确是和从前没什么区别，短信界面里，这样类似的对话数不胜数，一点儿都不稀奇。

但喻见的脸莫名有些烧。

这种没来由的羞赧似乎与以往又有点儿区别，一个字一个字打出来，心跳跟着加快。

节奏磕在心尖上，扑通扑通。

喻见正在脸热，手机又响起来，这回更简单，只剩下一个字：【嗯。】

这不对劲。

喻见捏紧手机，还没想好该怎么回复，手机振动起来。这一回不是短信，而是电话。

她接起，少年嗓音透着漫不经心："怎么，现在不躲我了？"尾音上扬，笑意沉沉，带着些许不加掩饰的促狭。

喻见原本就急促的心跳顿时变得密集，下意识地摸了摸自己的脸，垂着眼睫，磕磕绊绊地反驳他："谁、谁躲你了？"

小姑娘显然有几分恼，话说得又快又急，为了掩饰，甚至还心虚地咳嗽一声，然后又问："你……你到家了吗？"

"嗯，到家了。"

池烈一个人走在小巷里，头顶照明的灯泡被北风吹得飘忽不定。傍晚温度低，他无声呼吸着，口鼻处白雾缭绕。

少年语气平静，喻见心跳也跟着一起莫名平稳下来。

她试探性开口："那……晚安？"

明天还要上学呢。

从前都是互相发短信，这是池烈第一次听到喻见亲口和他说晚安。

小姑娘声音软软的，带着点儿羞赧，细声细气，又乖又可爱。

于是池烈就笑了："好，晚安。"

他应得简单，甚至还没一开始回复的那条短信字数多，语速倒是很慢，一字一句，在深秋的夜晚里清晰分明。

喻见好不容易稳定的心跳又有点儿急促起来。

她捏着手机，不知道该说些什么，安静听了一会儿他绵长的呼吸。

随后，"嘟"的一声，池烈听见电话被挂断的声音。

原本熄屏的手机屏幕瞬间亮起来，淡白光线映出少年微微上扬的嘴角。

通话已经结束，他依旧保持着把手机举在耳侧的动作，直到确定少女不会再打来电话，才重新把手机放回口袋。

锁屏之前，池烈逐字逐句、认认真真地把她今天发来的消息看了好几遍，连标点符号都没有放过。

很快回到小院。

深秋时节，洋槐叶早已掉得干干净净，枝丫光秃秃伸出院墙。没开灯，堂屋和院里都是一片黑暗，北风呜咽吹过，显得格外萧索。

凛冽风声中，少年站在黑暗里，却突然笑了起来。

真好。

从此之后，他也是被人记挂着的人。

喻见这一夜意外睡得很不错。

她原本以为自己肯定会失眠，然而洗漱后一躺上床，刚沾到枕头，就陷入了深沉黑甜的梦境，早晨连闹钟都没听到，直到响了好几遍才醒来。

时间有些晚，喻见匆忙收拾好，在食堂随便买了个面包，边吃边往教学楼的方向走。

睡得晕头晕脑，她上楼梯时，终于后知后觉地想起昨晚发生的一切，脚步随之一顿。

不知道该怎么面对池烈。

接下来短短一段路，喻见走得格外缓慢，磨磨蹭蹭的。等到离早读铃声还有三分钟，她才慢吞吞地走进教室。

她视线根本不往教室后排看，径直朝自己的位置走去。

一中每次考试后都要调整座位，喻见期中拿了第一，自然还是坐在第一排。

生怕对上少年黑沉沉的双眸，她盯着地面，走到座位旁，把书包放下，抬起头，顿时愣在原地。

原本应该坐在最后一排的少年，正坐在喻见旁边的位置上，指间夹着一根碳素笔，专心致志盯着面前的草稿纸。

十几秒后，察觉到她正愣愣站在一旁，他转头瞥她一眼，眼角眉梢都浸着笑意。

“你好啊，新同桌。”

这样说其实并不完全准确。

池烈从高一入校开始就是一个人坐，升入高二，李文章又给了单独的位置。所以某种意义上，喻见不能算是他的新同桌。严格来说，她应该是升入高中后，他的第一个同桌。

少年还是那副懒散惯了的模样，两条长腿散漫地搭在一起，向后靠去，看见喻见愣在当场，嘴角弧度明显了些。

他指了指身边的空位：“坐。”理所当然的语气。

喻见一时间不太能接受。

从他们两个开始说话起，周围就不断有人看过来，甚至还交头接耳，议论声压得挺低，听不清究竟在说什么。

反倒是喻见自己莫名心虚，脸上一阵阵发热。

她把书包放在座位上，迅速坐下来，低着头，又快又急地问：“你怎么坐到这里了？”

小姑娘显然紧张得要命，坐好之后都不敢往他这边看，双手用力抓住校服下摆，无意识地绞紧，难得露出几分手足无措的慌张。

池烈眼底笑意更明显了些。

“我为什么不能坐这里？”他轻嗤一声，眼尾勾起，带出几分平时惯有的傲慢，为表强调，他冷白手指在桌面上轻轻敲了两下，“我是年级第二，本来就应该坐这儿。”

按着一中排座位的规则，池烈给出的理由确实无可辩驳。喻见完全找不到任何反驳的理由，嗫嚅了好一会儿，最后低低“哦”了一声。

池烈正装模作样地盯着草稿纸，就听见少女细声细气地和他商量：“那我们好好学习，不要互相影响。”

后排竖起耳朵偷听的沈知灵听到这里，差点儿没憋住，连忙伸手捂住自己的嘴，努力不直接笑出声。

池烈一愣，什么玩意儿？什么叫好好学习，不要互相影响？

但小姑娘语气认真，态度更是说不出的温软，又乖又可爱，他嘴角不由得一抽：“行吧。”

这个上午，喻见过得格外提心吊胆，既害怕池烈做出什么超出分寸的事，又担心班上同学误会他们的关系。

好在池烈一上午都很安分，除了早晨刚进班时把她吓了一跳之外，剩下的时间都和以前一样，待在座位上不动弹，自顾自在草稿纸上写写画画。

两个人互不打扰，就这样到了上午最后一节英语课。

池烈盯着草稿纸，余光瞥见喻见坐得笔直，脊背绷成一条平直的线，不由得笑出声：“紧张什么，我提前说过了。”

换座位这种事肯定得经过李文章的同意。

“你好好的，”他磨了下牙，懒洋洋开口，“认真听课。”

还说让他好好学习，瞧她自己都紧张成什么样了。

喻见确实很紧张。

但池烈说得格外笃定，李文章进班后也神色如常，只往他们这边扫了一眼，随即和平时一样开始讲课，并未多说什么。

喻见慢慢放下心来。

尽管期中考了年级第一名，可英语依旧是喻见的弱项，她边听李文章讲课边做笔记，很快沉浸在学习中。

而池烈完全没有听课，心思压根儿不在课堂上，他指间夹着碳素笔，笔尖轻轻点着桌面。

一声又一声，像是昨夜辗转反侧时急促的心跳。

他佯装无事，偏头向身侧看去。

喻见正在记笔记，低着头，一绺发丝垂在白皙耳侧，随着落笔的动作轻轻摇晃。

不过池烈还记得现在是在上课，终究压住了伸手替她别头发的冲动，若无其事地别开视线。

池烈靠在墙上，懒洋洋地想，现在这样还不错。

从前并不觉得一个教室的距离有多远，可今天一进班，他就无法再忍受和她分坐教室两端。

他想要离她近一点，再近一点。

李文章站在讲台上，就看见上课从来不抬头的少年难得抬起了头——完全不看他，散漫地坐着，半个身子懒懒靠住窗台一侧的墙面，视线落在一旁的少女身上，毫不掩饰、不加隐藏，没过一会儿就要看过去。

终于，当池烈再一次看向喻见，李文章实在忍不住了。

当着全班同学的面，李文章也不好直说让池烈别再看喻见，装模作样地咳嗽一声，点了喻见的名："喻见，来，你来给大家分析一下这道语法题的考点。"

这节课是习题课，李文章在讲的是一套难度很高的试卷，相应地，他点出的语法题难度不低。

喻见其实不太会，但李文章已经点了她的名，不好不回答，只能捏着习题，犹犹豫豫地起身。

喻见还没站起来，椅子和地面摩擦，发出一声稍显刺耳的响动，身旁的少年径自起身。

池烈站起身后，才反应过来叫的不是自己，不过他根本无所谓。

对上李文章快瞪出来的眼睛，少年伸手，不耐烦地挠了下眉头："叫她就是叫我。"

说完，他顶着身后同学们骤然热烈的目光，逐字逐句地分析起来。

喻见完全不知道，自己是怎么上完的这堂英语课。

好在接下来的几天池烈没闹腾，毕竟英语课那次实在太过火，李文章脾气好归脾气好，再在课堂上被顶撞一回，也难免不会反悔，直接把他赶回最后一排。

在学校的时间总是过得很快，一转眼，又到了周六。

池烈决定和裴殊一起搞代码后，就暂时停了吴清桂那边的工作。上一次预赛第一有奖金，裴殊也会把手上接的外包分给他做。他付清了接下来的房租，连明年的生活费和学费都有结余，不再需要去废品站打工。

但这个周六，吴清桂还是一早就打来了电话。

"我就在你们这巷子口，赶紧的！你没看短信？说了我今天过来啊。就两箱橙子，老家寄过来的。行了，少废话别说那么多！赶快出来拿！待会儿还要给程院长他们送。"

吴清桂这一通说话都不带喘气，说完就挂。池烈哑口无言，只能换上衣服出去拿。

沉甸甸的两箱橙子，拿在手里特别有分量。

“你现在忙不忙？”天冷，吴清桂脸都冻红了，“不忙的话跟我一块儿去福利院。”

面包车上装的橙子多，院里都是小孩儿，她后面还有活儿，一个人装卸害怕时间来不及。

池烈跳上小金杯车，说：“我没事。”

不用去废品站打工，他的空余时间很多，处理裴殊分过来的项目用不了多长时间。

“那好。”吴清桂就笑了，“我怕耽误你的事！你搞的那些东西我也不懂，怪玄乎的。”

池烈专门和吴清桂解释过不打工的原因，吴清桂听不太明白，只知道是好事，高高兴兴地答应了。

“以后你忙不过来可以叫我。”池烈扣上安全带，“我也没那么忙。”

“那不行！”吴清桂踩下油门，“该学习的时候就要学习！你吴姨我就是吃了没文化的亏，不然现在早搁城里买房了！”

池烈闻言笑了笑，没说什么。一开始，他还会和吴清桂争上两句，后来实在说不过，干脆直接闭嘴。

和喻见沾边的人似乎都和她一样，生长在这种环境里，依旧保持着一种温柔的善意。

池烈最初很不适应，现在也已经习惯了。

“哦哦！大橙子！大橙子！”小金杯开进福利院，车刚停稳，小豆丁们一窝蜂拥上来。

其中大虎跑得最快，他奔到车门前，看见池烈，又大喊：“哇哇！大妖怪！大妖怪！”然后掉头朝着反方向跑走了。

池烈一愣：行吧，反正这小孩儿看我不顺眼也不是最近一两天的事。

池烈帮着吴清桂把橙子卸下来，没让董老师他们动手，自己把橙子抱去食堂，一箱一箱放好。

董老师给他倒热水：“赶快坐这儿歇歇！这都多长时间没过来了！”

池烈接过杯子，道了声谢。

前两天刚下了雪，眼下是化雪的时候，温度格外低，往常在院子里疯玩疯跑的小孩儿都躲在走廊里。他一眼扫过去，其中并没有少女的身影。

池烈想，大概是在楼上吧，

来之前没和喻见说，她肯定不知道他现在就在这儿。

池烈答应吴清桂一起来送橙子，除了帮忙之外，也想再顺便看看喻见。尽管他们昨天还坐在一起，头碰头地讲题，甚至被李文章幽怨地看了好几眼。

池烈正在琢磨是直接上去，还是先发个短信，还没等他想好，裹成棉球的兔子从外面噔噔蹬跑回来，手里拎着个塑料袋。

“噫！大哥哥！”兔子看见池烈，高兴地笑起来，想了想，把塑料袋递给池烈，“你给姐姐送上去吧！我身上冷，会冻到姐姐。”

说着，他又噔噔蹬跑去屋里换衣服。

池烈有些莫名其妙。

塑料袋是透明的，他下意识地低头瞥了一眼，眉头紧紧皱起。

楼上。

喻见把窗户关得很紧，从柜子里找出最厚实的棉被，又往热水袋里灌了刚烧开的滚水，这才抱着热水袋缩进被子里。

福利院供暖条件其实不错，暖气烧得很热。室内温度高，有时甚至可以只穿一件长袖，孩子们很少会被冻着。

但喻见还是感觉很冷。

因为喻见从小身体偏弱，每次生理周期都会不舒服，必须要提前吃止痛药，否则会疼得连床都起不来。

这次回福利院她忘了带药，本来想自己出去买，然而小腹已经开始隐隐作痛，只能拜托兔子去买布洛芬。

喻见把自己裹在被子里，蜷起来，听见急促的敲门声。真的很急，比起敲门更像是捶门。

喻见有气无力开口：“门没锁。”她实在是不想起来了。

话音刚落，少年高挑的身影几乎立刻压在她眼前。

“你……”池烈看着她，声音都在发抖，“你伤到哪儿了？”

喻见有些茫然：“啊？”

一时间不知道该先疑惑池烈为什么突然出现在福利院，还是奇怪他怎么会这么问，她裹着被子动了动，想要稍微坐起来，结果就看见少年骤然一变的神色。

喻见眼中的池烈，不外乎两种模样：眼尾勾起，嘴角挂着嘲讽的笑，漫不经心，透着种什么都不在意、什么都不在乎的味道；又或是冷着一张脸，唇线绷成平直的一道，眉目冷硬，眸色冰凉如深海浮冰，疏离而淡漠，对这个世界敬而远之。

然而现在，池烈站在床边，低着头，喻见能看清他不断颤动的睫毛，随着呼吸凌乱地扑簌，搭在她肩上的手更是止不住发抖：“是谁？又是红毛那帮人？”

他这句话咬字绷着，能听出紧张之下无法克制、压抑不住的怒火。

喻见就更糊涂了：“你在说什么？”

怎么都乱七八糟的，红毛明明早就被警方带走了。

喻见一头雾水，仰头看了池烈好一会儿，视线从他捏紧的手里掠过，看见那个被揉到不像样子的塑料袋，终于后知后觉明白了他的想法。

“池烈。”喻见沉默片刻，选择了一种相对委婉的说法，“或许，你曾经上过生理卫生课？”

“……”

最后，真没上过生理卫生课的池烈给喻见倒了热水，看着她吃完止痛药，抱着被子重新躺回床上。

喻见没什么精神，揣着热水袋，很快昏昏沉沉睡过去。

平城冬日多雪，不多时，外面的天空灰暗下来，北风呼啸，裹挟着细密冷硬如盐粒的雪刮过枝头。有枯枝被风吹起，砸在窗户上，噼啪作响。

池烈把药片装回包装盒，放进抽屉，抬眼看见窗外凛冽飞雪，不自觉长舒一口气。

天知道他刚才看见止痛片时是什么想法。

受伤这种事，池烈已经很习惯了，忍耐力远超常人，他从来不吃止痛药，只凭意志力就可以扛下去。

但他完全没办法想象这种事发生在喻见身上。

池烈关上抽屉，搬了个小板凳，坐在床边。

躺在床上的少女睡得正熟，身量单薄，整个人埋在厚实的棉被里，几乎看不出太大起伏。被角拉得很高，只露出一张巴掌大的细白小脸。

或许是生理期的缘故，她脸色比平时看上去要苍白几分。

池烈突然想起夏夜里的社区医院。

那一晚，他站在医院走廊里俯视她，淡白灯光下，少女低着头，露出的后颈纤弱细瘦，热风吹过，似乎就会被飘飘摇摇吹走。

而她后来逃走时的身影格外灵巧，像只机敏而警觉的猫。

这是个很奇怪的小姑娘。

不害怕老城区里无所事事的小混混儿，不因为亲生父母忘记自己的生日掉眼泪，甚至在搬出岑家的那一晚，与池烈并肩坐在宿舍楼前的台阶上，还能自顾自地笑出声。

明明她看上去脆弱到轻轻一碰就会碎。

喻见昏昏沉沉睡了很久，醒来时还有些意识不清，茫然地眨了好几下眼，才明白这里是福利院。

她抬头，对上一双熟悉的狭长眼睛。

窗外风雪声凛冽，雪愈下愈大，天光昏沉暗淡。拉着窗帘，屋内没开灯，光线极其微弱。少年坐在床边，背对窗户，眉目浸在阴影中，并不分明。

但喻见莫名看懂了他眼中的情绪。

温柔的，缱绻的，带着不加掩饰、毫不隐藏的柔软。

喻见顿时以为自己睡糊涂了。

她用力眨了两下眼，再看过去，池烈已经起身，拎起暖壶倒了杯水，试过温度后递过来："喝吧。"

水里加了红糖，杯子捧在手心里暖乎乎的。

喻见小口小口地、慢慢地喝了大半杯，感觉舒服许多才有空问他："你怎么在这儿？"

池烈简单解释了一下送橙子的事。

喻见就笑了："吴姨总是这样。"

吴清桂自己没孩子，对这群福利院里的小孩儿就格外照顾，逢年过节更是一车一车往这边拉东西，要是不收，她还要站在院子里发脾气。

少女靠在床头，捧着杯子，笑得温和绵软。窗外天色暗淡，她的笑容温暖而明媚，在风雪声里闪闪发光。

片刻后，似乎想到什么，喻见眉眼耷拉下来，垂头丧气，整个人都有点儿蔫。

"我也想吃橙子。"

她不抱任何希望地小声嘟囔。

吴清桂老家在橙子产地，每年都选最好的橙子送过来，比市面上供应的都好。但照喻见现在只能抱着热水袋吃止痛药的架势，别说吃橙子，光是拿在手里，估计都受不了那种冰冰凉凉的感觉。

小姑娘难得露出沮丧的神情，眼睫有气无力地垂着，显然不太高兴，手指有一下没一下地揪着被角。

池烈嘴角微扬："贪吃。"

少年嗓音里带着笑，喻见撇了下嘴，难得孩子气地反驳："就是想吃。"

喻见很少这么不讲道理，池烈闻言一愣，随即笑出了声。

"行。"他伸手给她掖了下被角，"等着。"

池烈起身，去楼下拿了两个橙子和一个大瓷碗。

喻见坐在床上，抱好热水袋，看着少年站在桌前，把橙子放进碗中，又拎起暖壶，往里倒热水。显然是要拿热水烫橙子。

喻见想，行吧，虽然热水烫过的橙子不如原来好吃，但有总比没有强。

喻见乖乖等着，过了一会儿，莫名觉得眼前的场景有些熟悉。

精力有限，她认真想了许久，直到池烈把橙子从碗里捞起来，坐在床边开始剥皮，才终于意识到究竟哪里眼熟。

几个月前，少年就躺在这张床上，面色苍白，双眼紧闭，即使已经擦干了被水打湿的黑发，仍旧像坠溺在水中。嘴唇抿成一条锋利的线，单薄的眼皮上能看见淡青色的血管。

他甚至在醒来后一把拍开了她的手，毫不犹豫，又凶又狠。

那时他们还不太熟悉，喻见就装作什么也不知道，若无其事揭过。

总归每个人都有不想被知道的秘密，没必要刨根问底。

然而现在，屋里拉着窗帘，桌上开着一盏台灯，暖黄色光晕中，少年向来锋利尖锐的眉目被衬得柔软平静，带着往日从没有过的温和。

他坐在床边，低头剥着橙皮，那双曾经捏着啤酒瓶、新旧伤口交错的手动作轻快，没过多久，就剥出一个圆滚滚胖乎乎的橙子。

池烈把橙子递过来，挑眉："看什么呢？"

从刚才就感觉这小姑娘一直在看他。

掌心里的橙子一点儿也不冰凉，温温热热的，喻见眨了下眼，轻声问："为什么？"

为什么他会那么害怕水，明明只是一条很浅很浅的水渠，连十二三岁的小孩子都敢在里面玩闹，唯独他直接昏迷过去，甚至还发起了高烧。

喻见这话问得有点突兀，没头没尾。

池烈微微一怔，随即，很快反应过来她在问什么。

他笑了："你这是什么记性。"

夏天的事竟然一直惦记到冬天。

喻见不说话，捏着橙子看池烈，一双杏眸清凌澄澈，静静与他对视。依旧是平和温柔的眼神，却带了几分不容拒绝的坚定。

池烈就有点儿无奈，指了指她手里的橙子："你先吃，待会儿要凉了。"

"其实放到现在根本没影响。"他尽量语气轻松，"就是我那时候年纪太小，经不住事。

"你也知道我一直脾气不好，总和我父亲带回来的那些女人对着干，她们在他耳边吹风，把从前照顾我的保姆辞退了。"

当时，池父的确没把辞退保姆当作一回事儿，没有保姆，池家还有厨师，一日三餐总不会饿着池烈。

但小孩子毕竟是小孩子，没人看着，很容易发生各种各样的意外。

"那天我把球踢到后院水池里，看着离岸边不远，就找了个树枝去够，结果没够上，自己反倒栽进去了。"

池烈说到这里，甚至还笑了笑："也不知道当初是怎么想的，蠢得不行。"

这的确只是个普通的意外，没有人故意推池烈，也没有人刻意想让他出事。

但同样，在他落水后，也没人来救他。

“那天太阳挺大的，保安都在门口岗亭，其他人也没往后院去，我在水池里自己扑腾了好久。”

小孩子体力极其有限，池烈很快就失去挣扎的力气。

水漫上来，无穷无尽，他缓慢沉进池底，昏迷之前的最后一眼，看见皮球孤零零地漂过头顶，穿过蓝天里的朵朵白云。

那个瞬间，他神志模糊又头脑清醒地意识到一件事。

与其说被讨厌、被憎恨，不如说他是一个没人要的、不被在意的存在。

“还好后来园丁路过，把我救了上来。”池烈语气听起来特别轻松，像在说一个笑话，“就是从那之后落下个怕水的毛病，连浴缸都不能用。”

每一次水漫上来，都在提醒他，这个世界上，没有人会管他，更不会有人在乎他。

所以被红毛捅刀子之后，池烈除了疼，并没有太大感觉。他的确一个人磕绊着，跌跌撞撞、拼尽全力地试图活下去，但要是失败了，那也没什么大不了。

总归没人会在意。

而他自己早就无所谓了。

喻见从池烈开始说话就抿着唇，慢慢地，嘴唇咬得很紧。

“以后不许这样。”她紧紧抓住他，小声说，“我在乎你。”

所以不许他再胡思乱想，不许他吃饭有一顿没一顿的，不许他只有一个人还琢磨和小混混儿打群架，不许他觉得这世界上没人心疼他。

她在乎他。

她会心疼的。

小姑娘说话声音很轻，软软的，隐约带着点鼻音。

池烈笑了声，温柔道：“嗯。以后我都听你的。”

第十五章 /// 他是最好的

第二天，喻见离开福利院之前，硬是被董老师追着，往车上塞了好几箱橙子。

“也不是啥稀罕东西，就拿回去让你爸爸妈妈都尝尝，反正你吴姨送了这么多，吃不完到时候都浪费了。”董老师关上车门，不许喻见把橙子拿下来，“听老师的话，你年纪小还不懂呢，乖啊。”

喻见莫名有些心酸，低着头，飞快眨了两下眼：“我知道了，老师你快回去吧，外头站着冷。”

“哎！”董老师站在院门口挥手，“路上注意安全！”

喻见哪里能不明白董老师的用意，无非是惦记她在岑家过得怎么样，害怕她刚回去人情世故不周全，所以想着替她圆回来。

这让喻见更没办法主动开口说岑家的事。

程院长和老师们希望她过得好，她就不想让她们再为了自己劳神费心，总归离考上大学也没有多长时间了，她可以照顾好自己。

池烈那里已经有了两箱橙子，不能再拿。喻见分给裴殊一半，留出给李文章和班里同学的数量，还剩下好几箱。

她想了想，决定把这些橙子送给在岑家照顾过她的杨阿姨，还有司机徐叔。

喻见搬来学校宿舍后，杨阿姨和徐叔来看过她好几次，他们对她确实很不错，至少比岑平远夫妇强出许多。

喻见把橙子放在校门口警卫室，打电话给徐叔，让他自己来拿。

电话刚接通，她听见另一头杨阿姨的声音：“真是疯了！真是疯了！这还是人吗？连畜生都不如！”

喻见愣了下，没说话。

“小见有事？”见她不吭声，徐叔先开口，“最近在学校过得怎么样？是不是快考试了？生活上缺不缺东西，缺的话我给你拿过来。”

“不缺的。”喻见说了橙子的事后，迟疑片刻，问，“阿姨怎么了？”

杨阿姨脾气特别好，轻易不会这么生气。

徐叔顿了下，说：“没什么。”

“我明天来拿橙子。”他谢过喻见，又说，“最近天气冷，你照顾好自己。”

进入冬天后，时间流速逐渐快了起来。雪一场一场地下，积雪厚厚压在枝头，树枝断裂时发出噼啪响声。

愈来愈密的风雪中，转眼到了元旦前夕。

要跨年了。

今年春节格外早，元旦和春节只相差二十多天，所以寒假也一并提前。因此，一中的期末考试干脆安排在元旦假期之后，学生休息三天，回来就进考场考试。

这项安排直接导致校内毫无节日气氛。

每天发下来的各种习题和试卷比外面下的雪还多，哪怕是课间休息，大家也不像以前那样聊天闲谈，而是坐在座位上，埋头苦写作业。

直到放假前一天，这种情况才勉强有所好转。

李文章专门给每个同学都写了新年贺卡，明显是熬夜写的，他站在讲台上眼红得像秃顶兔子：“大家这两天专心复习，争取回来考个好成绩，寒假好过一点儿！”

喻见打开贺卡，上面写着：“认真学习，争取明年回回都拿年级第一！”

很朴实诚恳的祝福。

她看完自己的贺卡，又好奇李文章给池烈写了什么，还没探头去看，就看见他嘴角隐约一抽，然后“啪”的一声，直接把贺卡合上。

喻见不解，新年祝福也能把人看生气吗?

她疑惑地看向池烈，他不说话，冷着一张脸，面无表情地把贺卡压在草稿纸下，一副不想被人看到的模样。

然而越是这样，喻见越想看：“李老师给你写了什么？”

两个人坐在一起，想拿贺卡只是一伸手的事。喻见没费什么力气，就拿到了贺卡，好奇打开来看，表情也是一僵。

李文章写这张贺卡时，显然极其真情实感，愤怒力透纸背，龙飞凤舞写下大大一行字：“专心学习！上课管住眼睛，别老是看同桌！”

比起新年祝福，更像是警告。

池烈抱着手臂坐在座位上，好整以暇地看着身侧少女蓦然红了脸，嘴唇抿紧，白皙纤细的脖颈染上一层绯红，捏着贺卡的手指攥紧，指尖透出轻薄的粉。

“你说……”他这时反倒笑了起来，挑眉，“我是不是该听李老师的话？”

大家都在拆贺卡，教室里一片吵嚷，热热闹闹的。

少年笑得很轻，微哑磁沉，在喧嚷声中并不明显。但喻见的耳尖还是迅速红了起来，小声嘟囔：“闭嘴。”

要不是他总是在上课时盯着她，李文章也不会把新年祝福写成这个样子。

姑娘脸红的样子又乖又可爱，池烈嘴角扬起一个愉悦的弧度：“放心，我就看你一个。”

明天是元旦，下午收拾出考场后，一中提前给大家放了假。喻见收拾好要带的东西，和池烈一起坐上公交车。

回去的路上又下起雪。

今年平城的雪格外多，几乎场场都是大雪。不过一个多小时的路程，下车时，地面上已经积起厚厚一层雪，能没过人的脚踝。

池烈把喻见送回福利院，转身想走，被董老师叫住：“哎哎，你上哪儿去？”

“今天要跨年，我们做好吃的，你就别走了！”董老师一把抓过池烈，上下打量一番，不满意地摇头，“你这孩子怎么冬天看起来也这么一丁点儿的，还是平时不好好吃饭！快来快来，正好帮我打个下手！”

身高早就超过一米八的池烈愣了愣：我哪里一丁点儿了？

拗不过董老师，池烈只能跟着进去。

董老师嘴上说着打下手，实际早就准备得七七八八。喻见和池烈放好东西，再下楼，就被安排了去叫小豆丁们来饭厅吃饭的任务。

前面几个房间的孩子都比较好叫，喻见一说要吃饭，他们就自己噔噔蹬跑去饭厅乖乖坐好。

后面行动不便的小孩儿则稍微困难些。

喻见熟门熟路地找出轮椅，推过来，看见池烈一手抱着一个小豆丁，就笑了：“还是你有力气。”

池烈看着喻见抱起一个孩子放在轮椅上，没说什么，淡淡挑了下眉。

两个人来回跑了几趟，终于在开饭前，把所有孩子都弄到了饭厅。

程院长也冒雪赶了回来，和中秋节一样，说了几句祝福的话，大家才开始吃饭。

雪势渐渐变大，北风刮着，小白楼外风雪声呼啸凛冽。饭厅内暖气充足，开着电视，孩子们吵嚷的欢笑声应和着跨年晚会的音乐，格外热闹。

喻见胃口小，没几筷子就吃饱了。孩子都在这里，乱糟糟的，她索性帮老师们管起了小豆丁。

好不容易能坐下休息一会儿，喻见一回头，发现池烈被团团围住。

兔子带着一帮小孩儿守在池烈旁边，崇拜又憧憬地看着他：“大哥哥好棒！再叠一个！再叠一个！”

喻见走过去：“你们干什么呢？”

向来稳重的兔子难得有些激动：“大哥哥在给我们叠小动物！”

他把手里用草稿纸折出的小兔子给喻见看：“姐姐你看！大哥哥超级厉害！”

喻见失笑："是是是，大哥哥最厉害。"

她还记得夏天集市上，池烈塞进她手里的那个草蚱蜢。他的手确实非常巧，很会编这些小玩意儿。

最后，每个小豆丁手里都有一个小动物。那些腿脚不便，没围住池烈的小孩儿也被他塞了折纸，一个个高兴得小脸都红了。

这一顿饭时间吃得久，结束后，老师带着孩子们去洗漱，喻见和池烈留下来收拾餐具。

池烈不让喻见碰凉水，她只能站在水房门口，看他戴着乳胶手套洗碗，说道："你今天真有耐心。"

她没忘记他之前拒绝小豆丁们举高高的事儿。

池烈挑眉，没说话。

洗完所有餐具，他把手套挂好："你们这里的小孩儿也挺不容易。"

池烈说这话时语气很认真平静，不带任何笑意或嘲讽。

喻见愣了下，想了一会儿，轻轻笑起来："还好吧。

"我这种被拐跑的也就算了，像兔子和大虎他们那样，因为身体原因被亲生父母丢掉，生活在家里估计还不如在福利院。"

能狠下心把十月怀胎的孩子丢弃的父母，怎么可能会尽到养育小孩儿的责任。

池烈闻言一顿："大虎？"

那小孩儿看起来挺活泼。

"他……"喻见指了指自己的脑袋，"听董老师说是出生时缺氧，刚抱来那一年傻乎乎的，也不会叫人。现在好多了，除了学习跟不上，其他都算正常。"

"所以你也别和大虎计较。"喻见小声说，"他有时候……不太明白。"

喻见偶尔会觉得，大虎一直这么没心没肺也不错。比起被小混混儿欺凌、被同学嘲笑穿哥哥姐姐的旧衣服，福利院的孩子们更在乎自己为什么会来到这里。

这个世界上，没有什么比从一出生就被父母放弃更难过。

所以喻见希望大虎永远不要懂。他只要记住哥哥姐姐照顾他，老师们对他好，阳光福利院是他从小到大的家，这样就够了。

见少女的表情稍显小心翼翼，池烈就笑了："行，我不和大虎计较。"他本来也没和那小孩儿真生气过。

他擦干手，顺手揉了下喻见的发顶："一天天的，就知道心疼别人。"

这话乍一听有点儿醋意，喻见眨了眨眼，温暾地笑："我挺好的。"

被人贩子拐走的时候太小，喻见并不记事，没受到多少伤害。在福利院，程院长和老师们又很照顾，即使时不时会被外头的小混混儿欺负，终究平平安安地长大了。

何况，和大虎他们相比，岑平远夫妇也只是偏心，她到底不是被父母抛弃的小孩儿。

两个人收拾完所有的东西，已经到了夜里十一点。

雪还在纷纷扬扬地下，程院长自然不可能让池烈在这时候回去，和夏天时一样，给他安排了一个单人间。

回房间之前，池烈往喻见手里塞了个东西。

“给你的。”他说，“弟弟妹妹都有，当姐姐的也要有。”

喻见摊开手，掌心里是一只惟妙惟肖、活灵活现的小纸猫。

少年极其坏心眼地用黑色水笔在小猫脸上勾出几个小小的尖牙，很可爱，又透出几分张牙舞爪的锐利。

他笑着说：“我觉得特别像你。”

看起来软得不像话，一旦招惹上，就会被咬得生疼。

喻见瞪池烈一眼：“晚安。”

她没再搭理他，径自进屋，关上门后，看着那个小小的纸猫，嘴角轻轻扬起。

喻见把小纸猫小心收好，洗漱后躺下，看了眼时间，离零点还有一会儿，就蜷在被窝里玩手机。

程院长和老师们都在，她不好和池烈待在一起太久，但新年的第一声祝福，她还是想按时说给他听。

喻见这么想着，捏在手里的手机突然振动起来。

通话界面显示一个熟悉的备注：徐叔。

一墙之隔。

池烈躺在床上，什么也没做，出神地盯着天花板。直到窗外的风雪声里遥遥传来烟花爆裂的响声，这才噙着笑，拿起手机，拨出那个已经熟记于心的号码。

等待接通的时间里，少年懒洋洋地想，这种感觉真好。

他记不清楚去年的跨年是怎么过的，大概是躺在那个狭小阴暗的楼梯间里，一边忍受胃里一抽一抽的疼痛，一边琢磨白天没来得及写完的代码。

他从来没想过，有一天，跨年夜，他会怀揣着隐秘的期待，惦记一个被他放在心口的小姑娘。

而她也同样珍视他。

池烈嘴角的弧度越发明显，笑意愉悦而柔和。片刻后，当长时间无人接听的通话被自动挂断，他才敛起嘴角。

池烈有些疑惑，怎么了？这小姑娘怎么不接电话？

他又重拨了一遍，依旧无人接听，只有机器女声冰冷提醒：“您拨打的用户暂时无人接听，请稍后再拨。”

池烈皱眉。

他起身，开门，来到喻见房间门口，轻轻一敲。还没来得及敲第二下，没掩好的房门自动滑开，单人间面积不大，一眼就能看到全貌——床上被子卷起，喻见并不在里面。

池烈眉头皱得更紧。

他走到床边，伸手试了下被子里的温度，不太高，显然已经离开有一段时间。

池烈想了想，没惊动程院长，下楼在饭厅和水房里转了一圈，依旧没找到喻见。

站在走廊里，池烈犹豫着要不要去孩子们的房间再看看，一抬头，就是一怔。

雪越下越大，遮天蔽月，天空灰白一片，暗沉沉的。

寒风料峭，漫长寂静的雪夜里，少女双手环膝，坐在院里那棵榕树下，把脸深深埋在臂弯中。不知道在树下坐了多久，她瘦弱的双肩上覆着一层薄薄的雪。

小白楼的楼门直接被池烈一脚踹开。

顾不上会惊动别人，他飞奔到喻见身旁，把自己的外套扯下来裹在她身上，语气中带着心疼与责备：“你疯了！”

零下十几度的天气，她穿一身睡衣坐这里，简直是不要命。

喻见不说话，保持着那个姿势一动不动，仿佛没听见池烈骤然拔高的声音，也感受不到他气急败坏的动作。

眼前的场景有些熟悉，池烈想起那个去看萤火虫的夏夜，深深皱眉。

“是不是岑平远给你打电话？没事，之前说了不回去就不回去，你别怕，有我在，还有李老师，不可能让你再回岑家。”

他一边说着，一边蹲下身，伸出手，想要捧住少女的脸，指尖却毫无预料碰到一抹水迹。

冷风吹着，水渍尚有余温，甚至有些灼热。

池烈心里一沉：“喻见。”

他喊了她的名字，手上用力，强行捧起她的脸。

池烈一直知道，这是个看似柔软，实则非常坚强的小姑娘。

被他故意恶声恶气凶了不会哭，被老城区的小混混儿欺负不会哭，哪怕因为亲生父母的偏心忘记了生日，她也只是在浴室里自己给自己唱生日歌，一滴眼泪都没掉。

然而现在，他一伸手，就有滚烫灼热的泪水掉在掌心，成串成串的，烧得他手心和胸口一起剧烈地疼起来。

可喻见的神色竟然很平静。

脸被捧着，她被迫仰起头看他，一双杏眸映着越发密集的风雪，清冷淡薄，像是雪夜里滚动的玻璃珠。

她甚至扬起嘴角，轻轻对他笑了一下。

又一串泪水落在他手里，风吹过，凝结成细小尖锐的冰晶。

“池烈。”喻见轻声说，“你知道吗，我其实没被人贩子拐走。是他们，是他们主动把我丢掉的。”

这个“他们”指代的是谁不言而喻。

少女声音很轻，夹在冬夜的风雪声中，几近微不可闻。

池烈收紧手：“你听谁说的？谁告诉你的？”

喻见并不回答这个问题，她只是看着他，自顾自地往下说：“所以他们不给我过生日，不担心我失踪，永远都偏心岑清月，对岑清月更好。”

因为她是被放弃的那一个。

和大虎他们一样，从一出生，喻见就被自己的亲生父母放弃了。而荒谬可笑的是，她并没有什么身体残疾，也没有任何严重疾病。况且以岑家的财力，即使真的有什么问题，养育一个孩子长大成人也不在话下。

但她还是被放弃了。

池烈下意识地问：“为什么？”

岑平远夫妇对他这个毫无血缘的孩子不上心，勉强能算情有可原，但喻见是他们的女儿，血浓于水，就算不喜欢，也万万不该到抛弃亲生小孩儿的地步。

池烈这么一问，喻见莫名想起被困在器材室那一晚，岑清月对她吼出来的话。

“我讨厌你！你为什么不老老实实待在福利院！爸爸妈妈从去年开始一直念叨你也就算了！你现在还要和我抢林宁之！”

喻见那时只注意到了林宁之，忽略了岑清月的另一句话。

派出所民警第一次来通知 DNA 比对结果是在三月，而提前一年，岑平远夫妇就有了把她接回来的打算。

为什么呢？她已经“被拐走”了十几年，为什么偏偏在去年，他们琢磨着把她领回家？

喻见轻声问：“爷爷的病情，是去年恶化的，对吗？”

这个问题乍一听毫不相关，池烈却蓦然收紧了手，还捧着喻见的脸，她毫无血色的脸顿时被掐出两道印子，鲜红的，触目惊心。

雪越下越大，北风凛冽吹着，小刀一般割在脸上，喻见牙齿都冷得发颤，脸被少年狠狠掐着，又隐隐作痛。

又疼又冷，她的头脑反倒逐渐清醒，明晰到不可思议。

“对不起，池烈。”她向他道歉，“因为他们从丢掉我这件事上得到了好处，所以后来又接你回来受罪了。”

程院长被院里的动静吵醒，披上衣服下楼时，救护车已经闪着急救灯赶到了福利院。

郑建军从车上冲下来：“怎么搞的！见见这是怎么了？”

靠在少年怀里的少女半闭着眼，脸色雪白，站都站不住，即使已经神志不清，但手中依然死死抓着一部手机。

池烈把喻见抱到救护车上：“她情绪起伏太大，又冻着了，情况应该不会太严重。”

“您最好现在就报警，她是被岑平远故意遗弃的。”池烈转身看向程院长，一双黑眸在雪夜里深沉不见底，幽暗如旋涡，“这是录音证据，但其他人证物证还要靠警方去查。”

池烈小心翼翼，一根根掰开喻见的手指，把手机递给程院长：“我有点儿事，先走了。”

说完，他径自转身，根本没给程院长任何反应的机会，迅速奔跑起来。

几乎只是一眨眼的工夫，少年瘦削的身影就消失在小巷里，被越来越大的风雪埋没，彻底看不见了。

同样披着衣服出来的董老师惊呆了：“他刚才说什么？什么故意遗弃？”

郑建军也皱眉：“这是怎么回事？”

到底是独自扛起福利院几十年的人，程院长此刻冷静得多，她先一步坐上救护车：“小郑，咱们先去医院。”

董老师也跟着一起去。

在路上，郑建军给喻见简单做了检查，确认她除了发烧外没有其他问题，到达医院后，就安排了病床吊水，然后给住在附近的同事打电话，拜托对方过来顶班。

处理完一切，他来到病房，从程院长手里拿过手机：“别着急，先听听看，也许孩子们误会了。”

一共有两个录音文件，郑建军先点开第一个。

“好处拿了，家产分了，你现在要来和我闹？是，这个主意是我提的，可你岑平远当年反对过吗？在你爸面前哭着喊着没了女儿想要自杀，最后拿到股份的时候，回来不是高兴得睡不着觉？”

方书仪的声音有些模糊，但也能听清：“我不要脸你算什么？天底下找得到第二个把亲生女儿丢了博取同情的父亲？”

“你和我说这些有什么用！”岑平远不耐烦地反驳，“你挑的保姆！你选的人！当时说好了付钱之后一了百了不再出现，现在急吼吼跑回来是什么事儿？”

“你爸留给你那么多钱别不舍得花？还是说你想进监狱坐牢？”

“你……你少装模作样，我要完了你也跑不了！别以为你把女儿从福利院接回来就行了，她跟咱们俩谁都不亲，当年选了她看来也是天意！”

“砰！”是门被关上的声音。

录音结束，董老师已经气得要跳起来：“这是当爹当妈的吗？报警！现在就报警！”

程院长制止她：“小郑，放下一个。”

郑建军又点开第二个文件。

第二条录音清晰度高得多，内容则更简短些。

“把钱打到这个账户上，然后送她走吧。”听起来是岑平远在吩咐什么人，“找人送远一点儿，最好你也别知道送去哪儿了。要快，最晚赶在年前必须送走。”

郑建军捏紧手机：“畜生！”

董老师则直接气哭了：“两个挨千刀的玩意儿！”

最平静的反而是程院长。

这个已经满头白发的老人沉默了好一会儿，最后看了眼病床上沉睡的少女，拿起手机，按下三个数字。

喻见做了一个梦。

梦里，她是四五岁的年纪，个头很矮，扎着歪歪扭扭的羊角辫，坐在福利院的榕树下吃苹果。

吃着吃着，岑老爷子从门口进来。

他的笑容和喻见在照片上见过的一样慈祥，他笑着摸了摸她的脑袋：“哟，这就是我们家见见啊，长得真漂亮。”

喻见眨巴眨巴眼，一声不吭，继续吃苹果。

岑老爷子也不生气，坐在她旁边，过了好一会儿，叹息一声：“都是爷爷不好，要是爷爷不心软、不糊涂，你也不会受这么多苦。”

“我没受苦呀。”喻见用小奶牙啃着苹果，声音也奶里奶气，“奶奶和老师都很喜欢我呢！”

岑老爷子笑了：“是，我们见见最招人喜欢了。”

一老一小就这么在榕树下坐着，直到喻见吃完一整个苹果，起身拍拍裙子，说道：“快开饭了，我要回去啦！”

“嗯。”岑老爷子摸摸她的头，“去吧。”

喻见蹦蹦跳跳地走到小白楼门口，回头看去，榕树下空荡荡的，一个人也没有。

不知道为什么，她突然很难过，坐在地上，“哇”地哭出了声。

…………

“见见！见见！”

有人在大声喊她的名字，喻见费劲地睁眼，就看到眼眶通红的董老师表情由悲转喜：“老郑！郑建军！快来！见见醒了！”

郑建军匆匆赶来，坐在床边，给喻见检查过一遍，说道：“问题不大，烧已经退了。”

说完，他又严肃地看向喻见：“你这孩子也是，不是说过好几遍，有什么事一定要告诉大人，自己扛着算怎么回事儿？”

他们还是报警之后，才知道喻见早就从岑家搬了出来。

“学校那边程院长给你请假了，你这两天先回来休息吧。”到底是看着长大的孩子，郑建军不忍心多责备喻见，“总归现在已经报了警，剩下的事不用你操心。”

喻见醒来没多久，徐叔和杨阿姨结伴来看她。

“上次你送橙子那回，我们本来就想说，又害怕打草惊蛇闹出事。”徐叔安慰喻见，“不过好歹有录音，到时候也算个证据。”

在第一段录音前，杨阿姨无意间听见了岑平远夫妇的争吵，于是多留了个心眼儿，趁着打扫的机会多往书房跑了两趟。

没想到会听到这样的事。

喻见轻声说：“是我连累了叔叔阿姨。”

徐叔和杨阿姨都在岑家工作，把录音交给喻见，和直接向岑家递交辞呈也没什么区别。

“你这孩子说的是什么话，我和你徐叔都心疼你呢。”杨阿姨连忙反驳，“你和阿烈都是好孩子，这些年我们都看在眼里，哪能让你们受委屈。”

池烈还在岑家的时候，徐叔和杨阿姨经常私下偷偷给他塞吃的。

杨阿姨提起池烈，喻见眼睫颤了颤。

烧了一整夜，她精力极其有限，此刻才缓慢回想起昨晚发生的事。

喻见看向董老师：“池烈呢？他去哪儿了？”

董老师茫然地挠头：“不知道啊。”

风雪夜之后，池烈就消失了。

没人知道他到底跑去了哪里，手机一直关机，喻见拨打过无数次，都只得到机械女声冰冷的回应。

与此同时，已经立案的案件进展得不算太顺利。

尽管查到了转账记录，保姆却始终没找到，岑平远和方书仪依旧坚持那只是正常的资金往来，他们并没有指使保姆故意离开喻见，导致她最终被人贩子抱走。但依然有旁枝末节的细节佐证岑平远夫妇的心思。

比如这么多年，他们嘴上说着在找女儿，但一直拖到去年岑老爷子病重后，才终于将信息录入打拐数据库。

又比如比对成功后，刘秘书曾经去了喻见的小学初中，详细收集过她的各项资料，岑平远夫妇才同意和她见面。

喻见想起方书仪第一次见到自己的眼神，分明带着观察、分辨、试探。

方书仪不是来接她回家，只是在掂量她值不值得被接回去。

“他们明明都把我丢了，为什么最后还要找我？”

今天难得是个晴天，程院长没出门，喻见坐在院长办公室里，看着窗外小山一样的雪堆。

程院长沉默了一会儿，到底还是决定直说：“不管是什么原因，总之他们都是为了自己考虑。”

或许是觉得抛弃亲生女儿问心有愧，或许是害怕留下太多把柄，没人知道岑平远夫妇究竟是怎么想的。

“你是运气好，被解救后就送到了这里。万一你运气不好，已经被人买走了怎么办？”万一被卖到偏远地区……

喻见没吭声。她捧着杯子，过了好一会儿才开口，声音颤抖得不像话：“池烈……”

光是说出这个名字，她就红了眼眶，眼泪砸在水杯里，荡出一圈圈涟漪。

“他不会有事的，小刘他们也在找他了。”程院长搂住喻见，“奶奶活了这么多年，看人最准，那是个有福气的孩子，他会好好回来的。”

那天晚上少年走得急，程院长没来得及拦住，后来才想到，他大概是去找保姆了。

说起来也挺荒谬，什么都没有，什么都没带，他只从徐叔那里打听到保姆从前的信息，就单枪匹马地追了出去。

这怎么可能找得到?

程院长对此不抱任何希望，只盼着池烈早点儿被警方找回来。一个半大少年孤身一人在外，年关将至，正是各种犯罪事件层出不穷的时候，万一遇上点儿什么事就完了。

喻见没说话，把脸埋在程院长怀里。

“好了好了，别哭。”程院长安慰喻见许久，最后牵起她的手，“该吃晚饭了，咱们先去吃饭啊，回来让他看见你健健康康的多好。”

祖孙俩往饭厅的方向走，路过楼门时，喻见往外看了一眼。

这些天她总是这样，下意识地往门口看，好像眉目锋锐的少年随时会从大门走进来，和以前一样，嘴角噙着无所谓的笑，笑着伸手来揉她的发顶。

喻见习惯性看去，脚步直接顿住。

门口，一辆警车堪堪停稳，车顶红蓝光芒闪烁。

派出所小刘还没跳下车，就先扯着嗓子大喊：“程院长！程院长！找到了找到了！两个都找到了！”

说着，他扭头：“快快快，你快下车啊！磨蹭什么呢！”

喻见愣在原地，看着池烈被小刘直接从警车上赶下来。目光对上的瞬间，她几乎认不出他了。

池烈原本就瘦，半个月过去，整个人更是比年前瘦了一大圈，几乎回到喻见刚见到他的时候，一件冬季外套随意套在身上，风一吹过，很是空荡。

他比从前更瘦，也黑了些，头发更是乱糟糟的，一双眼睛却亮得发光，即使连日积雪折射太阳，灿然生辉，也远远没有少年黑眸里的神采璀璨。

但这些都不是喻见最在意的。

即使他们隔了一个前院的距离，阳光下，她也看见了池烈额上那道明显的伤疤。从额头一直拉到眼侧，沿着眉骨斜斜劈下，截断向来总是张扬翘起的眼尾，险些就要落在明亮的瞳仁上。

那道疤有些狰狞，显然才拆线不久。

凶狠、凌厉又可怕。

他却轻轻笑了起来。

“见见，我回来了。”

池烈现在其实有点儿站不稳。

一连半个月没怎么合眼，也没好好吃饭，他只在回来的路上睡了一觉，看东西都隐约带着一层重影。但当少女红着眼眶，直接扑过来的时候，他还是稳稳接住了她。

“别哭。”池烈伸手在她发顶揉了把，又按住她发颤的瘦弱双肩，“你不要哭。”

喻见把脸埋在池烈胸膛里。

少年比看起来还要瘦削，隔着厚厚的冬季外套和毛衣，她摸到他坚硬结实的脊骨，硌在掌心里一阵生疼。

“你……”她哽咽着开口，眼泪洇在他胸前。

“我没事。”池烈顶着额上那道疤，语气满不在乎，“我真没事儿。”

“程院长。”小刘转向程院长，“保姆现在已经被我们控制了，分局那边正在抓紧时间审，估摸着问题不大，很快就能结案。”

小刘又看了一眼池烈：“这次还真多亏了这小孩儿。他也辛苦了，让他好好休息吧，明天我再过来做问询。”

警车闪着警灯开走，喻见从池烈的怀里退出来，眼眶通红地看着他：“你先休息，有什么事等你起来再说。”

池烈揉了揉她的头顶，温声道：“好，我都听你的。”

董老师紧赶着煮了碗面，池烈吃完，上楼洗过澡，擦干头发，一挨枕头，一直紧绷的神经终于放松下来，几乎立刻失去意识。

他的确很累，需要好好睡上一觉。

池烈睡过去不久，“咔嗒”一声，门被轻轻推开。

喻见放轻脚步，小心翼翼地走到床边，看见昏睡在床上的少年，好不容易褪去薄红的眼眶又开始发酸。她伸手捂住眼睛，控制着自己的呼吸，尽量不发出任何声音。

喻见没办法想象，池烈这段日子究竟是怎么过的。

不过半个月的时间，他躺在床上竟然比之前落水时还要单薄。头发没擦太干，尚显潮湿的碎发凌乱搭在额前，却始终遮不住那道显眼的伤疤。

他遇到了什么，为什么会伤成这样？

喻见坐在床边，咬着唇，勉强平静下来，又伸手悄悄抚上他的伤疤。

少年眉眼冷硬，那道伤疤也凹凸不平，从额间延伸到眼角，光是轻轻触碰，都能想象出当时的情况有多凶险。

只要再偏一点点，他的右眼大概就保不住了。

喻见这么想着，手上力道有些失衡，池烈显然有所感觉，不太适应地偏了偏头。

而后，陷在沉眠里的少年嘴唇微动。

“见见。”他轻声呢喃。

池烈这一觉睡了很久。

自离开平城后第一次安心合眼休息，他睁眼时有些茫然，盯着房间的天花板看了好一会儿，这才反应过来，自己已经回到了平城。

这段时间实在过于疲惫，靠睡上一觉并不能完全恢复过来，池烈手脚还有些没力气。

但意识到这是在福利院，记起喻见泛红的眼眶，他几乎立刻想从床上坐起来。

池烈支起手臂，还没起身，一转头，借着窗外明亮的雪色，发现房间里还有一个人。

少女趴在床边，正沉沉睡着。

不知道她待了多久，呼吸均匀绵长，眼睫细密垂着，细白小脸上有两道泪痕，伸手轻触，还有几分柔软的潮湿。

池烈先是一愣，随后又笑了。

这小姑娘，这么睡不嫌难受？

不想吵醒喻见，他尽量动作缓慢地起身，想要把趴在床头的喻见抱到床上去睡。然而手刚碰到她，她就突然惊醒，一把抓住了他："池烈！"

力道很重，池烈都被捏得有点儿疼。

"嗯，我在这儿。"他嘴角扬了扬，眼看喻见又想哭，不由得叹了口气，"别哭，听话，不许哭。"

他就是因为不想再看到她掉眼泪才偷偷跑出去，如今她还这么哭，他哪里受得了。

少年语气温柔，喻见眼睛更酸，最后还是咬唇忍住："你饿不饿？我去给你拿点儿吃的。"

他瘦成了这样，一看就是没吃好。

"不用你拿。"池烈看着她小心翼翼的样子，又心疼又好笑，"我没那么脆弱，下去吃吧。"

池烈睡了整整一个白天加半个晚上，凌晨三点，院里其他人都休息了。

不过董老师琢磨着他醒来肯定要吃东西，提前准备了很多成品，只要加热就行。

回来只吃了一碗面，池烈确实很饿，坐在饭厅里吃了一会儿，发觉喻见一直盯着自己，低笑了声。

"和你说我没事你还不信。"他擦了擦手，"现在不就是瘦了点儿，多了道疤，总比你第一次见我时好吧？"

那时他可是直接昏倒，眼看就要死了。

少年语气满不在乎，极其无所谓。喻见收紧手，摸到他硬朗分明的指骨，淡青色血管脉络起伏，清晰又脆弱。

"怎么弄的？"她轻声问。

她不想知道他如何找到的保姆，她只想知道他经历了什么、遭遇了什么，才会变成现在这副模样。

"你放心。"池烈捏了下喻见的手，"我没做任何违法的事。"

他先是找出了刘秘书的行程和联系人，判断出保姆最有可能在哪几个城市，然后利用手上的资源逐一排查，最后锁定地点。

接下来，他在那个小城里挨家挨户找了一周，终于找到了保姆。

"我也没受苦，就是有的时候赶时间，来不及吃饭，有一顿没一顿。"他笑了笑，"所以才瘦了，你放心，董老师绝对两天就给我补回来。"

池烈说得轻描淡写、避重就轻，仿佛只是出去玩了一趟，再轻松不过。

喻见抿了抿唇，抬头，目光从他额上的伤疤一寸寸划过："我问的不是这个。"

向来说话绵软的小姑娘语气有些硬，严肃又慎重，容不下半点儿逃避敷衍。

池烈没有办法，长叹一口气，想了想，最后还是直说了。

“这伤其实不该有，就是我找到那保姆的时候，她和别人起了争执，那人拿着刀要砍她，我上去挡了一下。”

保姆十几年前能答应方书仪做出那种事，十几年后又上门来勒索，自然不会是什么好脾气。一朝乍富，她更是一副谁都瞧不起的模样，当街和人大吵大闹，接着竟然打了起来。

对方火气上头，失去理智，直接抢了路边西瓜摊上的刀，朝保姆头上劈去，结果在半途被池烈挡下。

喻见从池烈开口就面色发白，听到最后一句，原本就毫无血色的脸更加苍白几分。

“你……”她颤抖着唇，抓紧他的手，“你疯了！”

那是刀!

保姆和人起争执是咎由自取，并不无辜，他上去替她挡刀算什么!

少女一双杏眼惊惶地看过来，握住少年指骨的小手牢牢攥紧，很用力，似乎稍一松开，就会重新回到刀迎面朝他劈下的那一刻。

池烈垂眸，对上她泛着水色的眼睛，看了一会儿，倏忽笑了起来。

“我没疯。”池烈笑着，口吻却是喻见从来没听过的平静，明明平和而从容，又像带着窗外隐约呼啸的风雪声，凛冽得透出刀剑般的锐利，“我很清醒，我知道替她挡刀我会受伤，但我要她活着。

“我要她活着，送那两个人一起进监狱。”

保姆很快在审讯中供出了一切，甚至还向警方提供了额外的证据——早在十几年前，她就很有心眼儿地留下了和方书仪谈话的录音，里面详细记录了方书仪如何交代她选择人流量大的医院，如何借着去卫生间的机会把喻见“忘”在那里，然后悄悄躲起来，亲眼看着人贩子将喻见抱走。

警方从刘秘书那里也查到了很多东西。岑平远夫妇再也找不出任何借口，只能承认了自己的罪行。

“我当了几十年警察，头一次碰到这种父母！”

分局对这个案子极其重视，结案时，那个看起来很严肃的刑警队长对喻见说:“你放心，这种情节恶劣的案子一定会重判，绝对不会轻饶了他们！”

喻见谢过刑警队长。

结案需要当事人签字，喻见是未成年人，涉案的另一方又是她法律意义上的监护人，结案手续稍微麻烦一些。

程院长在分局办公室处理相关手续，喻见下楼，来到分局大厅。

她一进大厅，就看到池烈站在角落里的仪容镜前。

这段时间他一直住在福利院，董老师顿顿拿着锅铲盯着他吃饭，硬是把人又重新喂了回来，虽然和同龄人相比还是偏瘦，但比刚回来时就剩个骨架的模样要强出许多。

如今还没出正月，少年脖颈上围了条红围巾——那是喻见强行给他戴上的。他站在仪容镜前，先整了整围巾，又理了下头发，接着伸手，轻轻摸着额上的伤疤。

瘦了的肉可以重新喂回来，这道疤却是去不掉了。

鲜明深刻又凌厉地落在面容上，看起来又凶又狠，格外不好惹。好几个来办事的人看见他的模样，都默契选择远远避开。

喻见看着少年抚摸伤疤，抿了抿唇。

他其实还是很在意吧？

尽管这段时间他在她面前一直都表现得极其无所谓，还和大虎显摆有疤才是真爷们儿，但毕竟伤在脸上，他不和她说，心里大约还是计较的。

这么想着，喻见走过去。

还没想出该怎么安慰他，就看见少年转过身，径直朝她望过来。

“喻见。”池烈皱着眉，一脸忧心忡忡，“你不会嫌弃我变丑了吧？”

喻见直接愣在原地：“啊？”

这说的是什么话？

她一时间没反应过来，愣愣地看向他。

池烈就拧着眉，脸色凝重地重复一遍：“这道疤是不是显得很难看，你真的很在意吗？”

喻见一时间都不知道该怎么开口。

这家伙一天到晚在想些什么乱七八糟的东西！

“哪、哪里难看！”她被惊得说话都有点儿磕绊，“你不要乱想好不好！”

平心而论，池烈脸上这道疤只是看起来凶了一些，并不影响容貌。他眉目本来就偏硬朗，如今添了一道伤疤，将以往的懒散戏谑压下几分，骨子里的漠然冷峻被放大，瞧上去十分不好招惹。

但还是很好看，甚至比从前更引人注目。

“你确定？”池烈将信将疑，“可是大虎说你不喜欢这样的。”

今天早上出门前，大虎言之凿凿、一本正经地告诉他，姐姐不喜欢长得不好看的男生，而他额头这道疤瞧起来的确很不怎么样。

喻见腹诽：那一刀是砍在了脸上还是砍到了脑子？

“大虎的话你也信！”她彻底哭笑不得，“还不是你天天去逗他，在他面前炫耀有疤才是男子汉，他被逗急眼了，跑来跟你闹！”

喻见对这一大一小也是非常服气。

中间差了整整十岁，还能天天互相给对方找麻烦。大虎前两天被池烈忽悠得晕头转向，差点儿想给自己也搞个疤，被喻见发现后狠狠打了一顿屁股。还以为他能安分几天，没想到转头就来打击报复池烈。

但大虎毕竟只有八岁，而且小脑袋瓜时灵时不灵。

可池烈今年都该十八岁了!

见少女无语又无奈，池烈难得有点儿尴尬，咳嗽一声，试图转移话题："今天办完手续，应该就没问题了吧？"

喻见轻轻点了点头："嗯。"

接下来就是走诉讼程序，裴殊帮忙找了平城相当有名气的律师，全权委托给对方。正式开庭时，喻见就不需要到场了。

这是程院长的意思，而喻见同样觉得这样很好。

她和岑平远夫妇之间没有半点儿情分，也不想在法庭上再听他们重述当年的行径，一切交由法律审判，岑平远夫妇会受到应得的惩罚。

少女垂着眼睫，表情略显清冷，池烈捏了捏她的手，问道："还难过？"

他至今都记得那个雪夜，她抱膝坐在榕树下，身影单薄到一碰就会碎。这个画面偶尔也会出现在梦中，让他一整晚心悸后怕到睡不着觉。

他再也不想看见她那么难过。

少年掌心结实宽大，轻轻松松包裹住喻见的手。她回握住他，摇头："早就不难过了。"

最初听到录音时，喻见的确很伤心，可后来想通了，也不过就是那么一回事。她的家在阳光福利院，她的亲人是程院长、董老师，还有兔子、大虎，岑平远和方书仪跟她没有任何关系，她甚至连姓都没改。

喻见这么想着，突然笑了起来。

池烈纳闷："想到什么这么开心？"

喻见摆摆手："没有，我就是突然想起，岑清月之前还说我没有改名，算不上岑家的人。"

那时喻见还有几分怅然，现在回头来看，大概是冥冥中注定。

这辈子，她不会和岑家产生任何联系。

程院长办完手续，分局派了警车，一路把他们送回福利院。

大虎正在院里和小伙伴高高兴兴堆雪人，看见池烈和喻见一起下车，十分心虚，丢下堆了一半的雪人，啪嗒啪嗒往楼里跑。

池烈在他背后喊："你给我站住！"

裹成小圆球的大虎跑得更快了。

池烈自然不可能和一个小孩儿计较，见大虎迅速钻进小白楼，也没真追，双手插兜，闲闲挑了下眉：“我看这小子是越来越机灵了。”哪里像脑袋不太灵光的样子。

话音刚落，身侧的小姑娘就抬头，神色莫名地看了他一眼。

喻见什么都没说，但池烈看懂了，这是在说他笨得可以，竟然会上大虎的当。

“我这不是担心嘛。”他笑了，“万一呢？”

池烈自己倒是觉得男人有疤没什么，他身上这么多年七七八八的伤也不少，从来没在意过。

但他会在意喻见的看法。

少年笑得很无所谓，语气却又带着几分认真，喻见抿了下唇，轻声说：“你……过来一点儿。”

池烈依言俯身：“嗯？怎么了？”

他以为喻见要和他说悄悄话，然而刚俯下身，少女就伸出了手，轻轻抚在他额前的伤疤上。

动作真的很轻，很温柔，像羽毛般缱绻又勾人。

“你放心。”喻见轻声说，“我答应过你，不管你变成什么样，在我心里，你都是最好的。”

第十六章 /// 然后重新遇见我

寒假过去，开学后，池烈脸上的伤疤在班里引起了一段时间的议论。议论完，大家各干各的，谁都没真把他的伤当一回事儿。

而沈知灵偷偷告诉喻见：“你不知道！外班那些女生都说池烈越来越帅了！”

少年眉目锋锐，那道伤疤确实多出几分同龄人没有的凌厉冷峻，极其惹人注目。

喻见对此并没有很在意。

反倒是池烈有些不自在，暗戳戳地指使钱思域过来辩白了好几次：“喻见同学，你放心！咱们烈哥的人品那绝对没得说！你看我这段时间帮他退情书两条腿都跑细了……哎哟，我去！沈知灵你死命掐我大腿干吗！”

沈知灵腹诽：赶紧闭嘴吧你！池烈知道你过来帮倒忙吗？

高二下学期，即将进入压力最大最紧张的高三，卷子和习题一套一套往下发，时间流逝越来越快。

几乎只是一眨眼的工夫，福利院里的榕树又重新枝繁叶茂起来，树影浓密，覆盖几乎大半个前院。

五月了。尚未入夏，春天还剩一个尾巴，但气温已经节节攀升。

喻见从公交车站走回福利院，不算长的一截路，额上已经出了薄薄一层汗。

董老师正在收拾院子里的杂物，抬头看见她：“这周回来这么早？”

喻见轻轻地笑：“今天放学早，路上也没堵车。”

开学后，为了上学方便，喻见还是住在一中宿舍，和以前一样，一周回来一次。

“哦。”董老师点点头，又问，“池烈是不是下周才回来？”

董老师现在看池烈就跟看自己小孩儿一样，方方面面都惦记着，哪怕一顿饭没在院里吃，也要问个清楚。

喻见点头：“明天，明天他能回来。”

三天前，池烈和裴殊一起前往申城，去参加国际编程大赛的决赛。

按着赛事进程，几个小时后就该有结果。

果然，还没开饭，喻见就接到了电话。

手机那端，少年声音懒散，轻松又满不在乎：“猜猜我们是什么名次？”

喻见坐在书桌前，风从开着的窗户吹进来，她听见会场那一头源源不断的祝贺和喧闹声，嘴角扬起：“肯定是第一名。”

少女嗓音软软的，却十分笃定，于是池烈也笑了起来：“对我这么有信心？”

“你就是这么厉害呀。”她温吞地笑。

连续比赛了几个小时，神经高度紧张，池烈现在其实有点儿疲惫，但听见喻见的声音，他眉眼又带上几分柔和。

“别担心我。”他说，“我和裴殊坐明天一早的飞机。”

听到他这么说，喻见彻底安心：“好。”

最初，得知决赛安排在申城，她其实有些忐忑。毕竟池烈就出生在那里，他的生父、他从前的家都在申城。尽管只是回去参加一场比赛，也难免不会生出什么事端。

有那么一段时间，喻见甚至想请假和他一块儿去，最终被池烈拦下：“没必要，我比赛完就回来，不会去见他。”

池烈是真没有这个念头。

以他现在的处境，只是个普普通通的学生，即使回到池家，也没有任何话语权。池父依旧会和从前一样，把他当作一个随时可以送出去、不管不顾的玩意儿。

池烈很清楚这一点。

所以他不会在这个时候见池父。

“我给你带了蝴蝶酥。”池烈还想多说几句，裴殊在不远处冲他招手，他只能加快语速，“这是我小时候特别喜欢吃的，还有事，先挂了。”

电话被挂断，喻见放下手机，在脑海里想象了一下小池烈乖乖啃蝴蝶酥的模样，不由得轻轻笑了起来。

池烈和裴殊回到酒店时已经很晚了。

两个人对今天的比赛结果没有太惊喜，总归这只是一个赛事，拿下奖项之后还有更长的路要走。

池烈手上还有一部分项目没做完，正在调试。

裴殊拎着瓶汽水坐到他旁边，说：“池烈，有个事我得告诉你。”

听出裴殊语气有些严肃，池烈抬眼：“嗯？”

“就之前你参加那个项目，最后那边挺满意的。”裴殊说，“后来他们大领导看过，说另外有几个比较重要的项目，想专门安排人过去搞。你懂的，就保密的那种。”

裴殊这话说得稍显含糊，池烈听懂后挑了下眉：“你开玩笑吧？”

他确信裴殊分给他的不是什么涉密项目，这种东西裴殊也不敢乱来，怎么就能突然被上面的人看中？

裴殊摆摆手："我没开玩笑，真的。"

"他们那边前两天就在接触我，今天也有人来看咱们比赛，我担心影响你发挥，就没提前说。

"条件给得很不错，也就几年的工夫，虽说过去的话正常生活肯定会受影响，但结束后待遇非常好，你要不要考虑一下？"

裴殊说完就闭上嘴，给池烈留出思考的时间。毕竟这也不是小事，肯定得让他好好想一想。

结果少年头都不抬："不去。"

池烈回答得过于斩钉截铁，裴殊噎了一下："你不仔细考虑考虑？"

池烈噼里啪啦敲打着键盘："不用。"

裴殊就不说话了，直到池烈调试完代码，才迟疑着开口："是为了小见？"

池烈瞥裴殊一眼，没吭声，自顾自先去洗漱。

明天要赶清晨的飞机，两个人早早关灯上床。今天累，裴殊一沾枕头就睡了过去，池烈躺在床上，枕着自己的一条手臂，睁眼盯着天花板。

池烈知道，裴殊是为了他好。

这种参加涉密项目的机会不是人人都能有，只需要几年的时间，回来后该上学上学，该工作工作。有了这段经历，以后的事业肯定是一番顺遂，即使做不出什么惊天动地的大事，至少也能保证衣食无忧。

放在外面，这种机会能让人抢破了头，可池烈还是不想去。

裴殊其实没说错，池烈不想去的原因，确实和喻见有关。但不是为了喻见，而是为他自己。

池烈不想和喻见分开。或许说起来有些自私，然而他确实这么想，别说完成项目需要几年，就算只是坐两个小时的飞机来申城参加比赛，他也时刻琢磨着早早赶回去，所以才订了第二天最早的机票。

现在这样的生活就很好。

他和她一起上学一起吃饭，周末一起回阳光福利院，有空的时候坐在榕树下给小豆丁们补习，没空的时候头碰头坐在书桌前做习题。

他站在她身后，抓着她的手拆分英语长句，她在草稿纸上写下流畅的数学压轴题过程，然后弯着眉眼，轻轻笑着递给他。

他们会一起参加高考，考上同一所大学，一起完成学业。

等到毕业之后，他就可以向她求婚。

她想要小孩儿就要，不想要的话可以养上两条狗，或者直接从福利院里绑架一只圆滚滚胖嘟嘟的三花小野猫。

这样就很好，这样就足够了。

黑暗里，池烈想着想着，低笑出声。

搞什么，大半夜不睡觉躺床上想东想西。

有时候，他觉得自己好像越来越矫情。明明以前从来没想过，也根本不会在意这种与他无关的事情。

曾经，这对他而言，不过是虚无缥缈、永不可及的存在。

明天还要赶飞机，池烈又看了一会儿天花板，这才闭上眼，带着笑意睡过去。

翌日。

从酒店到机场要坐近一个小时的地铁，池烈早早起床，下去吃饭时，在餐厅遇到了杨益。

上次预赛碰面之后，两人互相留了电话号码，但没怎么联系。这次决赛杨益没拿名次，心态好，也不沮丧，高高兴兴端着盘子坐到了池烈旁边。

毕竟是小时候的玩伴，杨益对池烈印象很不错，恭喜过他获奖，说着说着，就开始替池烈担心起来："你一直在平城待着也不是个事儿，对了，你知道吗，你爸前几天往家里领回来一个……"

杨益父母也是商圈里的，对池家那点儿事很了解。

见杨益欲言又止，池烈平淡地说道："他爱领什么样的女人领什么样的，我无所谓。"

反正从小就习惯了。

"不是。"杨益有些尴尬，"他领回去的……是个小孩儿。"

"也……也不是你林姨的女儿。"说到这里，杨益都替池烈糟心，"好像是……是外面生的。"

池父在申城商圈里就是个笑话。

亲生儿子待在平城十几年不回来，第二任妻子带着孩子搬出家门。从前往家里一个一个带女人，如今竟然直接把私生子领回家。

再没有比他更荒唐的人。

"阿烈。"杨益看着少年骤然阴沉的脸色，想了想，最后提醒一句，"我琢磨你还是上点儿心，你爸不是个头脑清醒的，万一到时候他再把外面那人领进门，你和你林姨真要没地方站了。"

池烈拖着行李箱回来时，喻见正坐在榕树下，给孩子们批改之前布置的功课。

小豆丁们原本还拿着作业本乖乖排队，一见到池烈，顿时把喻见忘了个干净：

“哥哥！哥哥！”

他们噔噔噔跑过去，围住池烈，两眼放光地盯着他手里的行李箱。

池烈挑眉，不说话也不动作。

最调皮最闹腾的大虎抱住他的腿，小嘴噘着，不情不愿地喊：“大哥哥最好了！”

他这才笑了笑，直接蹲下，打开行李箱：“不许伸手，别抢，每个人都有。”

这次去申城，池烈只简单带了几套换洗的衣服，半人高的行李箱里装的全是特产。

除了昨天和喻见提到的蝴蝶酥，还有双酿团、条头糕和鲜肉月饼。

孩子们分到点心，就欢天喜地跑开，在院子里七七八八散开坐着。

池烈拿着一包蝴蝶酥，也没搬凳子，直接坐在喻见身旁，靠在榕树树干上，问道：“尝尝？”

喻见伸手拿过一块，轻轻咬了口。

蝴蝶酥确实味道很不错，酥脆的，一口咬下去奶香四溢。她用手接着奶油酥渣，眉眼弯弯：“真的很好吃。”

池烈就笑了：“好吃就行，以后……”

他原本想说以后经常给你买，说到一半，想起杨益早晨的话，又顿住。

五月，蝉还没有破土而出。

有不知名的小虫在榕树上轻轻鸣叫，被风吹着，时断时续，隐约带出一点初夏的味道。

阵阵虫鸣声里，池烈沉默片刻，站起身，若无其事地开口：“我去把剩下的点心给董老师，天气热，在外头放不住。”

少女坐在树下，乖乖吃着手里的蝴蝶酥。似乎没有发觉任何异样，她笑着点点头：“那你快去吧！”

吃完午饭，老师带着孩子们去睡午觉。

喻见回到房间，没有上床休息。她走到窗边，把窗帘拉开一些，趴在窗台上，朝楼下看去。

池烈同样没午睡，吃饭时答应过董老师，要整理送去废品站的东西。现在，他正在院子里收拾那些杂物。

春末夏初，日头不算很大，阳光穿过榕树叶隙，细碎光斑温和地洒在少年瘦削结实的身影上，随风微微摇晃。

她和他认识也快有一年了。

这一年，和最初在小巷中的第一面相比，池烈变了很多。

他不再那么单薄，瘦得校服被风吹到空空荡荡，也不再浑身长满尖刺，拼命抗拒别人的好意，总是露出嘲讽又冷漠的笑，他甚至不再反感被小豆丁们围着要求举高高，院里大大小小的孩子基本都被他举过，如果功课完成得好，他还会勉为其难多举上几次。

池烈确实变了很多，可又有些一以贯之、始终不变的东西。

比如说，和从前一样，遇上有关于她、却又不能说出口的事，他还是会下意识逃避闪躲。

就像现在。

昨天比赛结束后，池烈还立刻给喻见打电话，今天一回来，他根本没和她说上几句，拖着行李箱匆匆进楼。

而吃饭时，池烈找了要帮董老师照顾小孩儿的借口，干脆直接坐去了另一桌。

吃完饭，他甚至都避免和她一起上楼，问清哪些物品需要送去废品站，就开始进进出出，一趟一趟搬东西。

明明董老师说过，过半个月再送去，一点儿都不着急。

喻见趴在窗前看了一会儿，思忖着拿起手机。

前院里，掉胳膊掉腿的板凳被池烈一个个摞起来，用绳子紧紧捆好。他退后几步，感觉摞得有点儿歪，又上前拆开绳结。

原本完全没必要这么做。

总归到时候都是往吴清桂的小金杯上一扔，卖废品又不是卖宝贝，歪不歪根本不重要。

但池烈还是把板凳又一个个拿下来，放在地上，将绳子扔在一旁，沉默着，开始重新整理。

他不知道该怎么面对喻见，只能借着这些烦琐凌乱的小事，尽量避开她。

其实池烈还没做决定，他甚至都没开始思考，究竟要选择哪一条路。然而听过杨益的话，对昨晚毫不犹豫拒绝裴殊的行为产生了一丝动摇，他尚未察觉到那点儿迟疑，就先鲜明感受到了另一种情绪。

羞耻与愧疚，让他根本抬不起头。

池烈从来没有过这种感觉，在他十几年的人生中，无论是为了谋生去捡瓶子、为了赚钱去废品站打工，还是曾经在集市上摆摊，被骗子当众污蔑成小偷，他都没有任何羞耻不安的情绪。

但现在，仅仅是站在初夏的树影里，他就像是被暴晒在七月的日头下。

阳光毒辣炽烈，将那些隐秘的、不为人知的小心思照得无所遁形，清清楚楚。

喻见惦记着他回申城会遇上麻烦，想要和他一起去。而他却因为别人的两三句话，就产生了不该有的、说不出口的想法和念头。

池烈头一回意识到，自己原来是这样一个卑劣的人，冷漠又自私，配不上那么干净美好的小姑娘。

池烈木着脸，把板凳再一次摆好，还没来得及打上绳结，白T恤下摆被拽了下。

轻轻的，温柔的，这世界上只有一个人会这样对他。

池烈深吸一口气。

他背对着喻见，调整好情绪，尽量不露出任何端倪，转过身："怎么了？"

喻见把手举到池烈面前："来，你选一个。"

她手里捧着一簇花，是生长在院墙旁，最普通常见的白色野花。小小的五边形花瓣，即使是一簇，捧在少女手里也并不拥挤，细细碎碎的一小把，衬得她指尖越发白嫩。

池烈没明白喻见想做什么。

但她站在他面前，眉眼弯弯，一双杏眸里漾着笑意，于是他随手挑了一朵，慢慢抽出，然后笑了："这什么意思啊？"

这种白色野花花瓣小，根茎长，池烈手里的这朵，却只有一截短短的草茎。显然才用剪刀剪过，切口新鲜，还在往外沁着清凉的汁水。

"这是董老师以前教我的。"喻见也跟着他轻轻地笑，"如果有什么做不了的决定，就用野花选，要是抽到被剪短的花，就去做自己想要做的事。"

五月里，榕树下。

少女的声音在风中清澈而干净，而少年上扬的嘴角瞬间僵住。慢慢地，他的神色逐渐冷下来，一双黑眸冰凉垂着，不带任何笑意，一动不动、直截了当地看向她。

喻见没躲。

她就站在那里，仰着头，手里捧着野花，安安静静地看着他。

两个人谁都没开口。

沉默对视了一会儿，池烈伸手，先扣住喻见的手腕，又耐着性子，尽量温和地一根一根掰开她收拢的手指。

白色野花掉在地上。

短短的、全被剪过的根茎。

榕树下生长着低矮的车轴草，野花落在草上，星星点点。有风吹过，白色花瓣微微拂动，像是夜空里一明一暗的星。

池烈突然一句话都说不出口。

他沉默着，松开握住少女手腕的手，背对着她，蹲下来，肩胛骨支起薄薄的白T恤，轮廓清晰而分明。

许久，他说："你不要这样。

"是我不好，是我的错。"少年声音微哑，尾音带着点颤抖。他努力控制着呼吸，不想被她听出任何异样。

是他冷漠又自私，辜负了她对他的信任和依赖。他甚至胆怯到不敢主动开口，开诚布公地谈起自己的想法，反而要她一个小姑娘默默来迁就他，替他周全考虑那些本不该有的、无法提及的选择和念头。

都是他不好。

都是他的错。

少年个头高挑，往日行走间犹如清隽瘦竹，格外惹人注目。然而此刻蹲在那片低矮的车轴草里，三瓣草叶浅浅没过脚踝，他整个人看上去都小了一圈，单薄又脆弱。

喻见叹了口气。

她拍了拍手上沾着的花瓣和草絮，上前两步。

“池烈。”喻见轻声说，“不是这样的，你很好。”

青砖小巷里，他上前一步，挡在她和那群无法无天的小混混儿之前；晴朗夏夜中，他带她穿越整个城市，去看跌入凡间、熠熠生辉的星斗；那个萧索孤独的冬天，簌簌风雪中，是他捧住她的脸，笃信坚定地告诉她别怕。

这个世界上，没有人比他更好了。

“我问过裴老师。”喻见看着池烈额间那道伤疤，半年时间过去，那里依旧凹凸不平，“这是个很好很好的机会，你会认识很多和你一样厉害的人，学到很多东西，你们会一起完成非常棒的项目，做出许多了不起的事。”

池烈闭上眼，开口时嗓音暗哑艰涩：“那你也应该知道……”

“是。”喻见打断他，“我知道。”

裴殊在电话里说得清清楚楚，因为是涉密项目，所以池烈必须离开她。

工作期间不能和外界有任何联系，他们无法见面，无法通话，甚至连一条简简单单的晚安短信也不能发。

她明白的，她都知道的。

池烈又无法开口了。

小姑娘太乖太懂事，他说不出任何反驳拒绝的话。

半晌，他痛苦地睁开眼：“为什么？”

他宁愿她生气发火，不高兴就骂他是个浑蛋，或者干脆直接狠狠打他几下也行，而不是像现在这样，温柔体贴，包容他不能见人、隐秘卑劣的小心思。

这个问题特别好回答，喻见没有任何犹豫。

“我只是做了你会做的事。”

喻见确信，如果今日立场调换，换作她要暂时离开，池烈肯定也什么都不会说。他说不定还会笑着夸她真厉害，替她收拾行李，高高兴兴地把她送去机场，然后自己一个人回家。

她很清楚他会怎么做。

所以同样不会留下他。

“你很喜欢这些东西的，对吧？”不然从前也不能连饭都不吃，跑去一本一本买原版书，宁可自己饿得胃疼晕过去，都要省出钱来去网吧调代码。

喻见把手虚虚覆在池烈眼前，感觉到他的睫毛随着呼吸擦过掌心，有些痒，又带着一些潮湿的滚烫：“既然喜欢就去做，做到最好最棒，然后回来给我看。”

从她把手盖上他眼睛起，少年就没有说话。他沉默着，直到听见最后一句，才慌乱又无所适从地飞快眨了眨眼。

“你……你会等我回来吗？”他怀着几分期待、几分紧张，还有更多的不确定，轻声问。

其实不应该这么问，毕竟池烈自己都不知道什么时候能回来。项目进度快，或许一两年就能完成，项目进度慢，也许需要三四年的时间甚至更多。

他不该为了自己的私念耽搁她。

可他就是忍不住想问。

十几年的人生里，他真正任性妄为的时候并不多。然而此刻，清风里，榕树下，他被少女轻轻蒙住眼，莫名地很想得到一个答案。

真的也好，假的也罢。

有一个答案就够了。

池烈原本以为，喻见会简短地给出答案。但他一问出口，身后的小姑娘却轻声笑了起来。

她凑到他耳边，说起了一个毫不相干、完全无关的话题。

“池烈。”喻见认真地问，“你知道兔子、大虎他们的大名是什么吗？”

最后，池烈和裴殊的出发日期定在了七月。

启程当天，董老师一大早就起来了，在厨房里忙东忙西，张罗着准备早饭。

池烈试图劝她：“咱们昨天不是已经吃过了？”

董老师专门在院里做了饯行宴，郑建军、吴清桂他们都来了，还请了李文章和裴殊，热热闹闹的，和过年相比也毫不逊色。

董老师莫名其妙：“你这说的是什么话？昨天吃过饭今天就不吃了？”

“快去再检查一遍你的行李！”她挥手把池烈往外赶，“别到了机场发现东西没带，那时候可耽搁不起！”

池烈没办法，只能出了厨房。

要带的东西其实不多，那边什么都有，但董老师硬是和吴清桂一起，把两个二十八寸的行李箱装得满满当当，光是吃的就塞进去好几大袋。

程院长总是在外面奔波，今天却难得没出门，看见池烈从厨房里出来，冲他招手："来来，过来。"

"该带的药都带了吗？"程院长笑得慈祥又温和，"去了那里多注意身体，一定好好吃饭，生病了就乖乖吃药看医生，别跟以前一样什么都硬扛。"

池烈点头："带全了，您放心。"

药品这块是喻见收拾的，从最普通的感冒药到处理伤口的止血药不一而足，往箱子里塞云南白药的时候，小姑娘还瞪了他好几眼，显然是在气他以前动不动和别人打架受伤。

池烈无法反驳，只能讪讪低头，乖乖挨瞪。

今天兔子和大虎起得也很早，两个小豆丁跑到少年前面，仰着脸："大哥哥，你一定要早点儿回来哦！"

大虎今天的小脑袋瓜格外开窍，想了想，又一把抱住池烈的腿："不许在外面看其他姐姐！"

说着，他张大了嘴，摆出一副要咬人的架势。

池烈哭笑不得："行行行，我知道了。"

他们姐弟几个的感情是真不错。

池烈被福利院的老师和小孩儿挨个叮嘱了一圈，等到吃早饭的时候，终于见到了喻见。

前一晚替他检查行李，小姑娘睡得迟，此刻坐在饭桌上，都是一副迷迷糊糊没睡醒的模样，茫然又困倦地看着他。

"你小心点儿。"池烈不得不伸手，替喻见端住碗，"汤要洒到衣服上了。"

今天她穿了一条崭新的白裙，裙摆从腰间一路散开，松松垂落，衬得莹白小腿纤细又漂亮。

喻见慢半拍地点头："哦。"然后把碗缓缓放在桌子上。

福利院离机场有一段距离，吃过早饭，就到了该出门的时候。

有专车来接，池烈把行李放上车，转头看向程院长他们："行了，就这样吧，不用送了。"

为了保密，他和裴殊事先都不知道要去哪里，去机场的路上也不许无关人员随行，只有到达机场后，才知道最终目的地。

程院长笑着，董老师背过身去拿手擦眼泪，兔子早就红了眼，大虎噘着嘴，低下头，抠着小胖手不吭声。

池烈的视线从众人身上一一掠过，最后定格在几步开外的喻见身上。

七月，阳光炽烈。

热风和蝉鸣声里，少女站在榕树树影下。和当初他第一次见到她时一样，白到近乎透明的小腿，纤细的脚踝，身上一件样式简单的白裙，裙摆随风微微拂动，勾勒出单薄稚弱的身形。

池烈看了一会儿，视线上移，对上那双清凌凌的眼，蓦然笑出声。

“我以为你早把这裙子扔了。”他说。

吃饭时没认出来，如今喻见站在那里，池烈才察觉到，这条看起来崭新的白裙格外熟悉——是去年盛夏里，他越过福利院高高的围墙，跳下墙头，强行塞进她手里的那一条。

喻见也跟着笑。

很快到了不得不出发的时间。

专车缓缓驶离小巷，车速逐渐提起来。路过缠着彩灯的广告牌、叫卖绿豆冰的小贩，将躁动不安的蝉鸣和少女雪白干净的裙角一起，遥遥丢在身后。

穿过那片他曾经骑车带她路过的洋槐，即将离开老城区时，池烈望向窗外，想起初夏午后，喻见趴在他耳边说的话。

“兔子叫喻川，大虎叫喻海。”小姑娘声音又轻又软，很温柔，带着童话般的缱绻，“我们院里的小孩儿都姓喻，程奶奶说了，我们不用和她同姓。这个世界上有这么多的人，大家原本没有任何关系，能在这里相遇已经很好了。所以我会等你回来。你去做你该做的事，然后重新遇见我。”

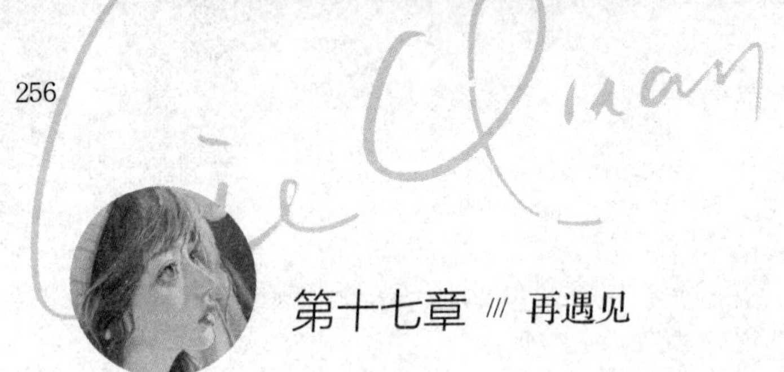

第十七章 /// 再遇见

五月，平城大学。

组间晨会结束时，导师看向喻见："听你手机一早晨响了好几次，快去接吧。是不是你弟弟又和别人打架了？"

导师这话一出口，大家都笑起来。喻见有些脸红，拿起手机匆匆躲到楼梯间。

她点开屏幕，果然是熟悉的——派出所小刘的电话号码。

不过按着年纪，小刘现在已经是大刘，从职务来算，还要叫一声刘队。

"也没什么事儿，就是你弟弟早上又和东边那帮小孩儿干了一架。都没伤着，没破皮没流血的，我教育了两句让他去上学了。但我看他那样子挺不服气，你这个周末要是回来，再和他谈回心。"

喻见就知道是这样："好的，我明白了，谢谢刘队。"

"叫什么刘队，这就见外了啊。"刘队在电话里笑，"行了，我这边还有事，不和你说了。"

喻见挂断电话，回到大办公室。

导师还没离开，见她进来就摇头叹气："我刚还和你师姐说呢，咱们这帮人天天围着孩子打转，整天把小孩儿研究来研究去，结果自己家的孩子一个比一个管不住。"

喻见听了这话也无奈："还好没出什么大事，不然我和奶奶她们要担心死了。"

当年高考后，喻见以市理科状元的成绩顺利进入平城大学，但她没有去读最热门的金融或者计算机专业，而是选择了相对不太好就业的心理学。

本科毕业，她又被保送了研究生。研究方向是幼儿和青少年心理发展，组里的师兄师姐也基本都是这个方向。

所以说一句成天围着小孩儿打转并不为过。

"行了，既然人家都打了电话，你就回去看看吧。"导师脾气好，平时对手下的学生也很不错，"给你放一天假，明天再回来。"

喻见不太好意思，还是谢过导师："那我先走了。"

她转身时，去年入学的小师弟在一旁打趣："老师最偏心师姐，我们的待遇都没师姐好。”

“你要是和你师姐一样招人疼，我也偏心你！”导师笑着点他，“别的不说，你那英语水平先向你师姐看齐吧，省得每次都求着师兄师姐帮你改论文！”

喻见已经走到门口，听见导师夸赞她的英语水平，脚步一顿，随即又若无其事地向外走去。

出了学校西门就是地铁站，喻见乘上去往老城区方向的五号线。

五月初，天气还不算很热，但地铁里已经开了冷气。不是早高峰，车厢里的乘客不多。

喻见随便找了个位置坐下，盯着窗外隧道里的广告牌，又想起出校前导师说的话。

今年是研究生在读的第二年，除了被福利院的孩子叫姐姐，喻见也成了其他人口中的师姐。

这么多年过去，不知不觉间，喻见已经不是从前那个要请家教专门补习英语的小姑娘。

她的口语和书面写作都很棒，有时组里的师兄师姐投 paper（论文），甚至都会专门找喻见帮忙润色成稿。

可偶尔，深夜里，当喻见翻看英文文献时，也会想起某个种着洋槐，葡萄藤结满果实的小院。

堂屋暖黄的灯光下，有个少年曾经站在她身后，不厌其烦地带她一遍一遍分析长句。

池烈已经离开了六年多，还差两个月，到了今年七月份，她和他就有整整七年没见过面。

将近七年的时间里，和当初说过的一样，没有电话、没有短信，甚至都没办法从别人那里得到只言片语。

那个眉目锋锐、神情冷淡的少年就这么消失了。

有的时候，喻见也会怀疑，或许池烈其实并没有出现在她的人生中。

毕竟七年时光实在太长，每当她试图回忆高二那一年，能清晰记起的只有夏日的刺眼阳光、聒噪蝉鸣，还有某一日被迫放在地上，最后融化了大半袋的绿豆冰。

这些零零碎碎的细节堆积在一起，覆盖住少年的眉目。随着岁月推移，愈积愈深，慢慢地，和那袋绿豆冰一起融化模糊，再也看不清楚。

喻见想，我们还会再见面吗？

尽管当年池烈离开时，是她告诉他，终究会有再见的那一天。

然而一年又一年过去，如今，喻见也不敢确定。

或许当初，她并不是在安慰他，而是在安慰同样毫无准备、惴惴不安的自己。

地铁广播报站声响起，喻见收回思绪。

出站后，她扫开一辆共享单车，沿着那条两旁种满洋槐的街道，往福利院的方向去。

还没骑出洋槐树荫的范围，手机又响起来。

“见见，你现在有没有空？”依旧是刘队打来的电话，“你弟弟刚才在学校和人打架，把对方头给打破了。你奶奶年纪大了，我不敢和她说，你来派出所把人领回去吧。”

喻见只想叹气：“我知道了，麻烦刘队了。”

那孩子小时候明明还挺可爱，怎么长大就成了这样？

喻见拐了弯，骑向派出所的方向，没一会儿，就看到了熟悉的蓝白建筑涂装。

她把共享单车停在门口，和大厅里的民警打过招呼，就往最里面的调解室走。

这几年，喻见来这里没有几十次也有十几次，已经很习惯了。但在推开调解室的门之前，她还是调整表情，一秒冷下脸。

“喻川。”喻见推开门，看向抱着手臂坐在桌旁的少年，“你又和人打架了？”

没错，是喻川不是喻海，是兔子不是大虎。

福利院里现在最让人头疼的小孩儿，就是当年最乖最懂事，平时老实到连话都不多说一句的兔子。

“姐姐……”明明是兔子和人打架，大虎却罚站似的站在墙角，看到喻见冷了脸，有些害怕，“兔子他不是故意的。”

“在你嘴里他哪一次是故意的？”喻见对这兄弟俩都快没脾气了，“一月份打架是对方先找碴，三月份动手是对方先骂人，说说吧，今天又是什么理由？”

兔子继续抱着手臂，不说话。

大虎看了他一眼，小声说：“好像是他们说我是笨蛋。”

喻见一听这话就懂了。

她看向大虎，心平气和地问：“那你觉得自己是笨蛋吗？”

平心而论，大虎出生时脑缺氧还是有点儿影响。小时候不太明显，长大后，他的反应确实要比别人慢半拍，但智商并没有什么问题，只是反应不快，有的时候琢磨不过来别人说的话。

大虎摇头：“我肯定不是啊！”

他期中考试考了班上第二、年级前十，怎么会是笨蛋？！

“这不就行了。”喻见想伸手摸摸大虎的头，然而十四岁的少年已经开始蹿个儿，她只能拍了把他的手臂，“那些人说的都是错的，你不用在意他们。”

大虎点头：“我知道了！”

别的他不懂，但姐姐说的一定全对！

“那孩子的家长在外地，晚上赶回来，到时候可能你们还得见面聊一下。”刘队在一旁见缝插针，压低声音，“事情我问清楚了，确实是那边先挑的事儿，但咱们孩子把那边头打破了，也不是完全没责任。”

喻见点头：“我明白，谢谢刘队。”

对方伤得并不严重，已经去医院包扎过，被老师送回了家。家长一时半会儿赶不回来，刘队就让喻见先把兔子和大虎都领回去，一切等明天再说。

出了派出所，兔子谁也不搭理，低着头手插兜，一个人走在最前面。

大虎很乖地跟在喻见身旁。

喻见看着兔子的背影，微微叹了口气。

其实她明白，兔子为什么会变成这样。

这些年，老城区治安状况好了很多，街头巷尾再没有红毛那样的小混混儿，福利院的孩子们可以放心大胆地走在街上，不用害怕会被围追堵截。可曾经留下的阴影，并没有那么容易消除。

小时候的兔子沉默寡言，看上去谁都可以欺负一下。长大后，他就学会了保护和反抗。然而心智没完全成熟，把控不好那个度，久而久之，就养成了现在动不动打架动手的脾气。

兔子的确不会主动招惹别人，但别人要是主动来惹他，或者惹到福利院里的其他小孩儿，他就会冲上去，二话不说直接动手。

“那些人编派大虎是他们不对，不过你也不能总是用打架来解决问题。”毕竟是和自己一起长大的弟弟，喻见对兔子还是很有耐心，“你可以告诉老师，告诉家长，也可以告诉我，打架不是唯一的处理办法。”

喻见讲了一路，兔子只是插着兜，继续走。

或许是听烦了，许久之后，他嘟囔一句：“哥哥以前就是这样的，你那时怎么不管他？”

小巷里没有其他人，安安静静，少年的声音稍显不耐烦，十分明显。

喻见脚步一顿。

大虎则十分茫然：“哥哥？什么哥哥？”

当初他年纪太小，脑袋瓜又不怎么好使，这么多年过去，早把池烈忘了个干净。

喻见没说话。

高中毕业后，她几乎再也没有从别人那里听到过池烈。最开始，程院长和董老师还会偶尔提起他，越往后，大家的默契越来越深，害怕提到池烈会让喻见难过，就统一地闭上了嘴。

这是这么些年来，喻见第一次听别人提起他。

曾经多次在深夜里出现的怀疑瞬间被粉碎干净——那个眉目硬朗、笑容散漫的少年，确实来过喻见的人生。他穿过那条青砖小巷，路过漫长炎热的夏天，经过她身边，然后又悄无声息地离开。

干干净净的，没留下一点儿踪迹。

兔子脱口而出那一句，就立刻开始后悔，停下脚步，转身："姐姐，对不起，我……"

喻见打断他："行了，你不用说了。"

喻见沉默一会儿，开口："当年他打架我也是管过的，只不过你那时候太小，不知道而已。"

少女声音清冷，这一回，兔子不敢吭声了。

大虎瞅着喻见的脸色，最终没问究竟是什么哥哥。

福利院里女孩儿多男孩儿少，年龄又有断层。这些年，大虎没喊过谁哥哥。只不过兔子这么一说，他倒是模模糊糊想起一个他小时候去抓大青虫的片段。

怪莫名其妙的。

今天一连两次想起池烈，喻见心情不太好。回去的路上，她没再说话，两个少年也乖乖闭嘴。

老城区最近在搞城建，不少街巷都在重新修葺。派出所和阳光福利院之间的近路只剩下一条，要先走到后院那边，才能绕回前院大门。

姐弟三个穿过小巷，才转过拐角，就看见一个人准备翻过后院围墙。

为了孩子们的安全，程院长后来又请施工队加高了院墙，还在顶端加了尖尖的铁栅栏。即使是当年弹跳力极好的池烈，也没办法和从前一样，轻松一跃就能越过围墙。

整治治安的那几年，没少有想来闹事的小混混儿被挂在院墙上，最后被刘队抓走。所以，现在想要翻墙的这个人就更奇怪了。

大白天的，又不是夜里，有门不走，他非要伸手去抓铁栅栏顶端。然而这人腿长腰细，西装笔挺，从背影看也不是什么招猫逗狗的流氓。

已经抓到栅栏上面的箭头，再稍一用力，他就能翻过院墙。

兔子就是在这时候冲上去的："给我下来！"

不允许任何人伤害到院里的孩子，兔子直接拽住对方的腿，把人拉下来之后，想都不想，朝着对方腹部就是重重几拳："你再欺负人！你再欺负人！"

打了两拳后，兔子想看看是谁这么大胆，抬头一看，愣在原地。

他整个人都是晕的，过了很长一段时间，依旧不知道该怎么办，回头去看，发现几步开外的喻见也呆在那里。

喻见曾经设想过很多重逢的场景——

整理完数据，离开实验室，推开门的瞬间，正好和踏进走廊的男人四目相对。七月阳光洒进走廊，两个人愣怔片刻，她直接扑进他的怀里；

又或是某一日，董老师打来电话，一定要她今晚回去吃饭。当她走进福利院，就看见他站在榕树下，一双黑眸落了细碎的树影，温柔又漂亮……

喻见想象过各种各样的画面，浪漫的、平淡的、梦幻的、简单的。

唯独从没想过眼前这一幕。

和当年她第一眼看见他时极其相似，才被兔子打了好几拳，他半靠在院墙上，低着头，漆黑碎发遮住眉眼，苍白的手捂住小腹。

不算太热的风吹过，额前碎发被撩动，他捂着小腹，抬眼看过来。

池烈莫名其妙地挨了一顿打，正想看看是哪个不要命的，然后就听见熟悉的平静嗓音。

“池烈。”喻见尽量心平气和，“这么多年了，你就不能换个出场方式吗？”

“我小时候真见过你？你还给我举高高？这不能吧，我是那么爱撒娇的人？”派出所里，大虎凑到池烈身边，细细打量着他，还是回忆不出任何一点儿关于眼前男人的片段，“你实话实说，你是不是想去院里偷东西，害怕我们把你送到派出所，所以才编谎话来哄我的？”

不待池烈开口，大虎又挠头：“不对啊……现在咱们已经在派出所了。”

难道他从前真的那么幼稚？

喻见正在和刘队讲话，背对着大虎，将他的嘟囔都收入耳中。

她抿了下唇：“没事的，刘队，他们家孩子被打伤了，家长着急也很正常。”

他们在后院围墙处刚碰到池烈，还没来得及说上几句话，刘队就急吼吼地打电话过来。

原本要晚上才能赶回来的家长，现在已经出了平城高铁站，正抓紧时间往这边赶，并要求一定要见到兔子和兔子家长，显然很为今天的事着急上火。

“待会儿你态度好点儿。”刘队也是看着兔子长大的，“毕竟你把人家头打破了嘛，多少道个歉服个软，让你姐姐少操点儿心。”

兔子虽然不情愿，听到最后一句，还是十分勉强地点了头。

不过当对方家长赶到的时候，兔子就不打算勉强自己了。

因为家长说话非常难听，还没踏进派出所大门，就已经传来了骂骂咧咧的声音：“我就说孤儿院出来的能有什么好东西！整天就知道欺负人！怪不得一个个没爹没妈的！都是报应！”

这话说得实在太过分，连一向好脾气的喻见都皱起眉，余光瞥见兔子已经攥紧了拳头，她下意识地伸手拉住他。

另一道高挑的身影却在这时擦肩而过。

喻见心下一紧。

仿佛又回到了十六岁那年的夏天，午后蝉鸣聒噪。那条青砖嶙峋的小巷里，少年上前一步，挡在她和那群小混混儿之间。

“池烈！”

喻见想要叫住他。

不管对方话说得多难听，这里毕竟是派出所，如果真的打起来，到时候肯定不好收场。

池烈脚步一顿。

他没回头，只是停滞了一秒，又顺畅自然地直接朝前走去，挡在正好踏进所里的家长面前。

喻见的一颗心瞬间揪了起来，但她想象中的暴力画面并没有出现。

“不好意思。”池烈站定后，淡淡道，“您刚才说什么？”

没有动手，没有对骂，他只是从容地站在那里，单手插兜，一身西装裁剪干净利落，勾勒出挺括的肩线和修长的双腿。

男人语气很平静镇定，听不出太多的情绪。他也很有礼貌，甚至特意用了敬称。

正因如此，这份矜持配上他额前那道依旧明显的伤疤，就显得压迫感极重。眼风一扫，几乎让人抬不起头。

先前还高声叫骂的家长立刻噤声，半晌后讷讷道：“没、没什么。”

他想着福利院里的小孩儿没人管，所以先前才气焰嚣张。可站在这个年轻男人面前，明明对方只说了两句话，他找碴的劲儿一下就蔫了。

“你们家孩子受伤是事实，这一点的确是我们不对。”池烈没理家长，自顾自往下说，“但您也要理解，都是从小一起长大的孩子，听到弟弟被当众辱骂，当哥哥的肯定不能不管。”

喻见站在几步开外，没有上前。

她隔着一段距离，看着池烈和对方家长交涉，心里莫名有种说不出的感觉。

曾经，夜里睡不着的时候，喻见也琢磨过，有朝一日相见，池烈会变成什么模样。

她知道他肯定会变得比从前更稳重、更成熟，褪去少年时的尖刺和锋芒，成为一个真正的男人。

但到底是近七年未见。

时间太久，记忆里，少年锋锐硬朗的眉目渐渐模糊，和眼前镇定从容的男人重合在一处，明明是再也熟悉不过的容貌，却有种让人无所适从的疏离，久违又陌生。

喻见非常不习惯。

池烈和家长交涉了一会儿，三言两语把对方的气焰打消了个干净，又让家长承诺，回去后会好好管教小孩，再也不会无故欺负同学。

自觉将事情解决得很圆满，他噙着一丝笑意转身，就看见喻见匆匆低头，径自别开了视线。

目光对上的刹那，他在她眼里看到了一些复杂的、说不清道不明的情绪。

池烈眨了眨眼，心里有了计较，但面上不动声色，仍旧带着笑意，走到她面前："时间不早了，咱们在外面吃个午饭吧。"

喻见抿了抿唇，没有拒绝："好。"

最后去了派出所附近的一家面馆。

池烈一进去，就笑着说："当年我在吴姨那儿打工的时候，晚上她经常带我来这里吃面，还总是给我加双份牛肉。"

大虎稀里糊涂的，只听到了最后几个字，当即对老板说："我也要双份牛肉！"

兔子拧眉瞪大虎一眼，大虎就不吭声了。

四个人坐在一张桌子上，喻见和大虎一边，池烈和兔子一边。

面对面坐着，喻见觉得气氛有点儿尴尬，一时间找不到什么话题，于是接着池烈刚才的话往下说："吴姨现在不在这儿了，她攒钱去郊区开了个处理废品的小厂，听说每年收益很不错。

"郑叔叔调去市里的医院当副院长，工作忙，一年也就回来一两次。哦对了，他前年结了婚，去年生了个女儿，已经当爸爸了。"

喻见尽力回忆她和池烈共同的熟人，从吴清桂说到郑建军，从李文章说到沈知灵，最后甚至提了一嘴那个曾经说话阴阳怪气的林宁之："他去了贸大，最近在投行实习，人比以前正常多了，同学聚会的时候还专门找我来道歉。"

池烈一直没说话，静静听着，听到这里，挑眉："那他变化还挺大。"

"是啊。"喻见点头，"毕竟……"

她犹豫了一会儿，后面的话并没有说出口。

毕竟已经过去了七年。

七年的岁月，足够一个人从懵懂变得成熟，从浮躁变得稳重。连林宁之那样的性格都能被磨砺出来，池烈有所变化是再正常不过的。

喻见不是觉得这样不好。

她只是很不习惯。

其实认真说起来，她和池烈真正相处的时间，从开始到结束，只有那短短的一年多。后来，他们各自分开，各过各的，彼此没有任何联系，更无从知晓对方的情况。

所以现在，久别重逢后，喻见把所有他们共同认识的人都说了一遍后，就不知道该说些什么了。

她甚至没法开口问，这些年他过得好不好。

没有立场，说不出来。

喻见稍显沉默，池烈反而笑了："我觉得你倒是没怎么变。"

褪去少年时的傲慢凌厉，男人声音微沉，磁性又迷人。

喻见也笑了："是吗？"

池烈点头："真的，不骗你。"

除了眼中那点儿情绪外，坐在对面的小姑娘看起来和从前没有什么区别，与他无数次夜里梦见的一模一样。

清凌凌的杏仁眼，细白纤弱的手腕，还是和以前一样爱穿白裙，头发低低束在脑后，没怎么长个子，看上去就像个青涩稚嫩的高中生。

池烈还想说点儿什么，老板把面端上来。

一直被兔子瞪着的大虎憋坏了："来来来！咱们先别说了，吃饭啊吃饭！有什么事儿吃完饭再聊！"

大虎这么一打岔，喻见和池烈谁都不好再开口。

四个人心思各异地吃完面，池烈付了账："我送你们回去。"

男人语气笃定，不容置疑。

喻见没说什么，点了点头。

回去时，依然是走的先前走的那条路。喻见和大虎走在前面，池烈和兔子稍稍落后。

"今天的事情暂时就这样。"喻见安静地走着，听见身后池烈教育兔子，"他家长肯定不会再来找你的麻烦，但是你自己还要注意，别一天到晚出去惹事。"

很难想象这居然是池烈说出来的话。

之前，喻见已经在派出所见识过他如今的行事风格，即使不太习惯，听到这里也没有很惊讶。

没有人永远是少年。

错过的这几年，在她看不见碰不着的地方，他悄悄成熟长大，变成稳重可靠的男人，又重新出现在她面前。

然而喻见还没来得及怎么难受，就听见池烈接着往下说："你要是打算惹事，就自己琢磨着藏好点儿。

"头容易破，真想让他长教训就往身上打，胳膊腿什么的都成，又能打疼又不怕出事儿……”

喻见一愣，等等，这是不是不太对劲？说好的成熟稳重呢？

她震惊又茫然，一脸蒙地转头去看，正好对上他带着笑意的黑沉双眸。

小姑娘那表情看得池烈只想笑。

“你不知道，我当年翻墙给你姐姐赔裙子的时候，她就是这模样。”池烈瞥了兔子一眼，又看向喻见，“我寻思这么多年没见，想给她个惊喜，你小子倒好，直接把我从墙上硬拽下来，甚至还气势汹汹补了好几拳。”

兔子涨红了脸，连忙向池烈道歉。

一连串的道歉声中，喻见站在原地，看着那双近在咫尺的眸子，眼皮一瞬间发烫，鼻子也酸起来。

她没想到他还记得这件事。

记得那个燥热的夏天声嘶力竭的蝉鸣声、他用力塞进她手里的白裙、树下滚烫的风，还有和这漫长的七年分隔相比，不算起眼又无比珍贵的那一年。

喻见红了眼，咬着唇。池烈上前两步，在她落泪之前，将她紧紧抱进怀里。

“对不起，见见。”男人俯身，下颌抵在她的肩上，嗓音沙哑而哽咽，“我回来了，我不走了。”

喻见本来强忍着，没想掉眼泪。

但当他紧紧抱住她，哑着嗓子，稍显哽咽地说出那句“我回来了”，就是那么一瞬间，这些年一直藏在心底、不为人道的委屈和难过都席卷上来，如浪潮般汹涌而来，尽数将她吞没。

七年过去，池烈比以前成熟了很多。

最明显的，他不再像曾经那样单薄，尽管还是偏瘦削，西装下的身躯却结实有力，手臂牢牢扣住喻见的腰，将她抱在怀中。

密不可分，几乎让人喘不过气。

可喻见被这么紧紧拥住，就像是回到了高二那一年，那个冬日的早晨，失踪半个月的池烈站在福利院门口，展开双臂，温柔地对她说：“见见，我回来了。”

仿佛两千五百多天的分隔只是一瞬。一别数年，再次相遇时，面对她，他仍旧是从前那个眉目锋锐、眼神璀璨的少年。

“你真的不走了吗？”方才在院墙外，喻见骤然见到池烈，一滴眼泪都没掉，此刻一开口，不可避免地带上颤音，“你不要骗我，你真的不走了吗？”

池烈把头埋在少女的颈窝处，感觉她瘦弱的双肩微微发抖，有灼热的泪珠断断续续掉下来，落在他后颈上。

炽热滚烫，烧得他也眼角发酸，心口一阵一阵地疼。

“对。”池烈抱紧喻见，“我不走了，我再也不走了。”

终于重新与她相逢，这一回，他不会再离开她。

两个人在小巷里纠缠了好一会儿，最后，喻见红着眼睛从池烈的怀里退出来，就看见兔子和大虎远远躲在巷口，伸出头悄悄偷看。

对上她的视线，兄弟俩一起嗖地躲到青砖墙后。喻见甚至还听到了大虎欲盖弥彰、此地无银的超大哼歌声。

“你快把他们都带坏了。”喻见哭得眼睛闷闷地疼，却还是笑着拍了把池烈的手臂，“奶奶知道肯定要训你。”

小姑娘一改先前吃饭时的生疏和局促，这一下拍得挺不客气，即使隔着面料厚实的西服，也有点儿疼。

池烈看着她眼角泛红，还要咧嘴直笑的模样，不禁也跟着一起笑了：“这算什么？以后他们不是早晚也要谈恋爱。”

男人语气促狭又戏谑，伸手过来替她擦眼泪。

冷白指尖轻柔落在眼角，喻见的脸就一下有点儿烧。她咬着唇，瞪了他一眼：“谁和你说这个！”

她说的明明是刚才他乱教兔子的事好吧。

少女眼睫上沾着泪，一双杏仁眼蒙着水光，娇嗔地瞪过来。

池烈心念微动。

顾及这里毕竟是时常有人走动的小巷，他没做什么，慢条斯理替她擦过眼泪，又顺势揉了把乌黑柔软的发顶：“我看你就是想得太多，所以个儿头才一点儿不长。”

算着年纪，喻见如今也该读研了，身量却还是和他当年第一次见她时一样，单薄纤细，瘦瘦小小，比起研究生，更像个还没发育完全的小女孩。

男人掌心宽厚，落在头顶动作温柔。

喻见眼睛又有些发烫，最后还是忍住，轻轻抽着鼻子问他：“你什么时候回来的，为什么不提前给我打电话？”

“就今天。”池烈低低地笑，“一下飞机我就往这边赶，衣服都没来得及换。这不，墙还没翻过去呢，就让那小子给我拽下来了，差点儿没把衣服也给拽坏。”

他声音还有些哑，笑起来尾音懒散，漫不经心，和从前别无二致。

喻见不由得抬头看他一眼：“你怎么穿这么正式？”

从前，少年大部分时间穿的都是校服。蓝白短袖洗得干干净净，风一吹，勾勒出笔挺瘦削的身形。如今他穿西装也好看，肩线挺括、双腿修长，宽肩窄腰。

只是喻见从来没见过他这副模样，多少有些不习惯。

“你们敲代码的不都是……”喻见原本想多说几句，意识到池烈这几年参加的都是涉密项目，眨了眨眼，伸手捂住嘴，“好了好了，我不问了，你就当什么都没听到。”

小姑娘自己乖乖捂嘴的模样实在太过可爱。

池烈简直想把人再按在怀里揉一回，抬眼看见巷口处探头探脑的兄弟俩，最后还是打消了这个念头。

大虎虽然不记得池烈是谁，但看见自家姐姐和对方抱在一起，一路上兴奋得手舞足蹈。还没回到院里，离大门十几米远，他就开始扯着嗓子喊：“姐夫回来了！姐夫回来了！”

五月里的风还不太热。

喻见脸上的薄红好不容易褪去一些，听见大虎这一顿没心没肺的大喊，额头和耳尖直接唰地滚烫起来。

抬起头，对上池烈似笑非笑的眼神，她脸颊更烧，慌乱无措地辩驳：“我、我没这么教过他！”

这糟心孩子，惹起麻烦来怎么比兔子还让人头疼！

见少女眼神躲闪，咬着唇，细白小脸沁出一层羞恼的粉红，池烈就笑了：“脸红什么。”

“我觉得挺好。”他挑眉，嘴角上扬，“大虎倒是比小时候懂事了。”

以前只会往他手里塞大青虫，现在都学会助攻了。

喻见本意是想解释，却没想到池烈会这样强词夺理。

他眉眼弯着，唇边那点儿笑容有些坏，透着几分故意的玩味和散漫。

喻见脸顿时更热，小声嘟囔了句：“过分。”

好在没过多久，听见大虎呼唤的董老师从楼里跑了出来，替喻见解决了这个问题。

七年过去，董老师也不再年轻，但她依然风风火火，利索冲到门口，看见池烈，眼眶霎时红了：“你……你……”

池烈冲她颔首：“董老师。”

这些年，深夜难以入眠时，他躺在床上，除了回想少女那双漂亮温柔的杏仁眼，也会逐一想起离开岑家后搬来老城区，遇到的这些人。

和他人生前十七年遇上的所有人都不一样，他们只是老城区里最常见、最平凡的普通居民，没有太大的理想抱负、没有长远的见识眼光，他们会为了一两块钱的东西斤斤计较，也会站在巷口和人无所顾忌地大声吵嚷。

但就是这样一群人，在他几近黯淡无光的十七岁，和身旁笑意温柔的少女一起，为他留出了一个干净温暖、遮风挡雨的地方。

池烈至今都记得第一次在阳光福利院留宿，尽管那晚一整夜没合眼，第二天他还是早早就醒来，趴在走廊窗边，朝楼下看去。

院里是疯跑疯玩的小孩儿，耳边是吵吵嚷嚷的笑闹声，那一瞬，不知道为什么，他莫名有种家的感觉。

池烈心口微酸，眼眶有些热，他努力克制着自己，正想露出笑容，就看见董老师顺手抄起了放在大门口的笤帚。

"你个小兔崽子！没良心的！"董老师毫不手软，一边红着眼眶，一边拿笤帚往池烈身上招呼，"这都多少年了！你还知道回来找我们见见啊！"

二十多岁的池烈，被董老师拿着笤帚，在院里追着打了一圈，从前院打到后院，从后院打回前院。最后还是喻见看不下去，拦下董老师："行了，老师，再打这笤帚就要断啦！"

"我这是为了谁啊？"董老师没好气地瞪喻见一眼，把笤帚往地上一扔，"是谁不许我们动他住的房间，逢年过节自己进去收拾，有时候还偷偷一个人抹眼泪哭鼻子？"

池烈离开后，他住过的那个房间并没有分给其他人，依旧保持着曾经的模样。

每过一段时间，喻见就要打扫一遍，偶尔也会对着少年留下来的东西发呆。

一本书、一支笔，哪怕是还没使用的崭新草稿纸，都让她想起从前。

他给她讲题时低沉的嗓音，捏紧碳素笔的冷白手指，和着蝉鸣的风从教室窗口吹进，撩动额前细碎柔软的黑发。

喻见哪里想得到，董老师居然会当面拆自己的台。

她都不知道该说什么，面红耳赤地站在原地，支支吾吾半天，狠狠瞪了眼已经开始抿唇的池烈，然后冲大虎伸手："笤帚给我。"

她看他就是欠收拾！

池烈立刻收起了笑容："别别别，够了，这么多小孩儿还看着呢。"

刚才那一场追逐闹得动静大，大虎又在一旁不嫌事大地替两边呐喊助威，除了腿脚不方便的小孩，院里的孩子都跑出来看热闹。

被一群小豆丁围着，喻见要保持姐姐的良好形象，最后忍了忍，没有真动手。

董老师也终于给了池烈面子："既然回来了，今天就在这儿吃晚饭吧。"

池烈笑着点头："那太好了，我想吃您做的红烧鱼块。"

董老师红着眼睛瞪他："把你美的！"接着转身往厨房那边走，还不忘带上闯祸的兔子，"你是不是又搁外面打架了？过来！给我收拾鱼！"

兔子灰溜溜跟上，顺便拐走了还想继续看热闹的大虎。

午饭刚过，现在还不到饭点。

和从前一样，喻见搬了两个小凳子，分给池烈一个，两个人并肩坐在榕树下。

七年的时间，大榕树生长得更为茂盛，树影绰绰，几乎能覆盖一整个前院。

而当年坐在树下，穿着蓝白校服的少年少女，也已经慢慢长大。

回到福利院，池烈就恢复了从前那副懒散恣意的模样。

他也不在意身上做工考究的西服，懒洋洋往树干上一靠，瞥了眼身侧的少女，倏忽笑起来："你怎么光看着我笑，不说话啊？"

已经在树荫下坐了好一会儿，喻见什么都没说。

她只是偏头看着他，眼尾还带着一点儿薄红，眸子落着细碎的光，亮晶晶的。

听到池烈这么问，喻见笑了笑。

并肩坐着，她的手被他抓住，他一如既往体温低，掌心相触的地方却滚烫。

想了一会儿，她轻声说："我过得挺好。"

通常情况下，久别重逢的时候，应该问对方过得好不好，但喻见并不问这个问题。

她又慢吞吞地重复一遍："真的很好。"

抛开等待池烈不谈，这些年，喻见过得确实很不错。

即使在人才济济的平城大学，她也是四年绩点第一。本科毕业后跟了现在的导师，导师能力强脾气好，又关心学生，喻见的学业可谓一帆风顺，算是完成了程院长让孩子们好好学习的嘱托。

少女说得平静温柔、云淡风轻。

池烈垂在身侧的那只手瞬间收紧，停顿片刻，才若无其事放松。

"吃完晚饭我有事，今天不能在这儿过夜。"他不说他过得好不好，也不继续追问，"明天，明天我去平大报到。"

项目归项目，当年高考时，他也被专门送出来参加考试。

喻见的眼睛顿时更亮了。

池烈涉及的东西太多，她不好详细问，只能坐直了看他："真的？"

小姑娘一双杏仁眼看过来，眼尾上扬，又干净又漂亮。

池烈含混地笑了笑，轻轻捏了捏她的手："嗯，真的。"

喻见在脑海里算了下年份和时间，如今不是入学的时候，池烈想要回平大念书，大概要比她低一级。

于是她抿唇："那你是不是要喊我学姐呀？"

想到这里，少女眸光闪动，唇边酒窝儿浅浅的，难得露出几分狡黠。

池烈也扬起唇，怀了点坏心思，他没打算和她详细解释，只是含混地应了句："随便你。"

有小孩子们跑来捣乱，这个下午，喻见和池烈没多说什么。

其实也没太多可说的，只是坐在那里，偶尔目光对视，她和他就会一起微笑起来。

吃过晚饭，池烈叫了顺风车："先走了，明天见，周末我再过来住。"后半句是对董老师说的。

顺风车沿着小巷开走，董老师拍了拍喻见："行了，人都回来了，就别搁这儿再看了！"

周围的小孩子不懂她们在说什么，但也跟着瞎起哄："就是就是！"

喻见不由赧然："我知道啦！"

明天还要早起去实验室，她看了会儿文献，就去洗漱。

洗完澡，喻见坐在床上，吹干头发，还没来得及收起吹风机，"嘟"一声，手机短信的提示音响起。

导师平时有事大多发微信语音，或者直接打电话联系。喻见以为是什么垃圾短信，没有立刻理会。

她把吹风机放进抽屉，收拾好卫生间，准备关灯休息，这才拿起手机，然后一怔。

其实直到晚饭后送走池烈，喻见都有点蒙。

她等待了那么久，经过好几个相似又不同的夏天，由期待变成平淡，依旧没能等到熟悉的身影。所以今天一时之间还不太能接受池烈突然回来的事实，整个人都像反应不过来一样。

但此刻，喻见指尖收紧，紧紧捏着手机，无比清醒而明晰地意识到——没错，他的确是回来了。

那个眉眼冷硬、笑容散漫的少年，终于又一次出现在了她的生命里。

手机屏幕上是一条措辞简单的短信。

跨越七年的时间，仍旧和从前一样，男人的语气即使隔着屏幕，也透出十分的细腻温柔：

晚安。

我的见见。

第十八章 /// 他是她一个人的池烈

池烈发完短信，嘴角微不可察地扬起一个弧度，随即又敛去那点儿笑容，放下手机，抬头看了眼站在一旁的许平生。

“许秘书。”他指了指沙发，淡淡道，“坐。”

许平生笑着应下，心里说不出是什么滋味。

一别数年，许平生还清楚地记得上次与池烈相见的场景。

如今，依旧是夜里，老城区的廉价小院变成市中心寸土寸金的高级公寓，一脸冷漠的少年变成神情平静的年轻男人。

而池烈对许平生的态度也温和了许多，不动手不呛声，反而客客气气地请他坐。

不过许平生非常清楚，池烈只会比从前更不待见他，或者说，不待见他身后代表的池父，所以许平生把姿态放得非常低，当然，他从前在池烈面前也没摆过谱。

“阿烈，池董的意思是……”

池烈靠在椅背上，听完许平生的转述，挑了下眉，随手松开领带，往旁边一扔，淡淡地说：“那就麻烦许秘书转告我父亲，我刚回来，事情多，暂时就不回申城看他了。”

池烈其实觉得挺可笑的。

涉密项目归涉密项目，他回来后的人事变动倒不是秘密，以池家的关系，很容易就能打听到。

于是十几年没见过面、更没关心过他一句的池父就派出了自己的秘书——是的，尽管坐飞机只要一个半小时，池父本人也并不乐意从申城主动来平城。

池烈几乎能猜到池父的心思——

曾经打包送走的儿子有朝一日竟然出息了，那就不好再不闻不问。然而毕竟多年未见，没什么父子情分，派许平生这个贴身秘书来已经很给面子。

池烈想到这里，轻嗤一声，察觉许平生正看向自己，又摆摆手：“就这样吧，辛苦许秘书了。”

池烈有时候也挺不明白，自己这个父亲究竟在想什么。在对方眼里，似乎派出许平生就已经是主动示好和道歉，自己这个做儿子的不该有任何怨怼，应该继续替他，替池家打算谋划。

池烈平静地想，凭什么呢?

这么多年过去，他早就不是当年那个掉进水池差点儿淹死，无依无靠被直接送走的小孩儿了。

“现在不早了，我明天还有事。”池烈抬头看向挂钟，起身，随手将脱下的西装外套搭在椅背上，“我送许秘书。”

许平生也站起来，顺势扫了眼那件外套，当秘书当久了眼睛毒，一眼就看出那是某顶奢品牌的春夏新款。

池烈没错过许平生的动作，但并没说什么。

他其实不太喜欢穿正装，白天喻见问的时候没解释，现在自然更不会和许平生多说——以他现在的身份地位，犯不着故意拿衣服打扮来压人。

只不过今天回来后有个不得不去的饭局，席间都是重要人物，所以才额外重视些。

许平生不是池父那样的傻瓜，自然明白池烈不是给他脸色看，于是走到玄关便抬手：“行了，不用送了。”

“对了，阿烈。”跨进电梯前，许平生又状似无意地回头，问了句，“你当年说过的话还算数吗?”

这一句问得有些没头没脑，却又格外直白。

池烈愣了下，笑起来：“再说吧。”

男人唇边噙着一丝笑，应得似是而非，漫不经心，充满了敷衍和不确定。

但许平生却从那双毫无笑意的黑眸里，看到了曾经语气坚定、神情凛冽的少年。

翌日。

喻见一向没有睡懒觉的习惯，去实验室也遵守时间，从不迟到，所以每次回福利院时都起得很早。

但今天，她比平时醒得要更早一些。

天光微亮，第一缕光线从薄荷色窗帘缝隙里透进，躺在床上的喻见几乎立刻睁开了眼。

昨夜睡得沉，然而睁眼的瞬间，她就清醒过来。昨天白日里发生的一切纷至沓来——男人硬朗锋锐的眉眼、结实有力的怀抱、看向她时温柔平和的眼神，还有深夜临睡前，那条措辞简单、久别重逢的晚安短信。

喻见还躺在床上，想到这里，抱着被子坐起身，拿出手机，点开短信界面仔细看了好几遍，脸颊顿时有些发热。

她无意识地伸手摸了摸自己的耳尖，盯着那条短信，最后轻轻笑起来。

真好，他已经回到她身边了。

想早一点见到池烈，喻见迅速起床。这个时间，院里的老师和孩子们都在睡觉，她悄悄洗漱收拾好，尽量不发出任何一点儿动静，轻手轻脚地下楼去。

然后在看到池烈的瞬间，她险些惊呼出声。

为了尽快赶到学校，早点儿见到池烈，喻见已经起得很早，但突然出现在院里的男人显然比她还要早——睡得晚起得早，一晚上又没怎么合眼，此刻，他正靠在榕树树干上，双手插兜，半闭着眼，头有一下没一下点着，一副根本没睡醒的模样。

这家伙是怎么进来的？！

喻见先是一惊，随后又反应过来，没有兔子在物理意义上拖后腿，翻墙这种小事，对于池烈而言根本不在话下。

眼看着他点着点着头就要往下栽，喻见匆匆打开楼门插销，放轻脚步，一路小跑到池烈身边。

“醒醒！醒醒！”她扶住他，又顺手拍了拍他的手臂，“别睡了！再睡要着凉了！”

也不知道池烈在这里站了多久。

五月份，春末夏初的天气，拂晓时分的气温算不上太低，却也没有很高。

显然已经等了有一段时间，他漆黑发梢上隐约有一点儿晨露，将坠未坠，随着点头的动作，泛出几分盈盈的光。

天没亮就从市里赶过来，池烈睡得有些迷糊，被拍了好几下才茫然地睁眼：“怎么了？几点了？是不是该出门了？”

喻见又心疼又好笑：“你这么早跑来干吗呀！”小姑娘声音很软，因为心疼，又额外带了几分恼火。

明明他今天也要去平城大学报到，两个人到时候在学校见面就行了。

池烈半靠着榕树，低下头，迟钝地听了一会儿，总算是醒了。

“我就要来。”于是，他很不讲理地说，“我要和你一起上学。”

从前，高二下学期，喻见周末回福利院住时，池烈也会在福利院留宿。

到了周一，两个人一起背上书包，穿过小巷，走到最近的公交车站，等待前往市区的首发早班车。

一改昨日成熟稳重的精英形象，男人语气满不在乎，理直气壮。喻见拿他没办法，最后只能咬牙又用力拍了他一下：“以后不许了！”

今天池烈没穿正装，而是穿的最简单的白 T 恤和黑裤子，喻见那一下直接拍在他手臂上，清晨福利院安静，“啪”的一声清晰可闻。

池烈低着头，看着少女拍完他后，自己反而疼得倒吸一口凉气，细白小脸都皱了起来，不由得失笑：“傻姑娘。”

他拉过她的手，轻轻揉了揉：“走吧，该去上学了。”

池烈说得平淡自然，仿佛这只是一个再普通不过的清晨，他和她像往常一样，吃过饭，在董老师的殷殷叮嘱下出门去。

喻见眼皮莫名有些发烫，但她的手还在他掌心里，被轻柔妥帖地包裹着，那点泪意就在顷刻间消弭无踪。

她小心翼翼地回握住他的手，轻声应了句：“嗯。”

清晨的老城区安静，阳光从云层上投下，街面上只有一两个早早出来摆早点摊儿的小贩跟前热闹，围着一些下了晚班，或者要赶去市里上班的顾客。

池烈和喻见买了糖油饼和豆浆，边走边吃，走到车站，正好赶上刚到站的早班车。

由公交车换乘地铁，一个小时后，到达平城大学的西门地铁站。

“你提前联系过你的导师吧？”时间还早，喻见不着急去实验室，便打算和池烈一起去见见他的导师，“感觉怎么样？性格好吗？是温柔还是厉害？”

池烈没说话，含笑听着身侧的少女一连串问了好多问题，连给他作答的时间都没有。

他扣紧她的手，捏着她软绵绵的指尖，嘴角笑容越发明显：“我的导师……脾气不太好，感觉还挺凶的，好像很多人都怕他。”

喻见就是一顿。

“真的假的？”她偏头看他，“真的很凶？为什么大家都怕他？”

喻见这个专业需要大量数据分析和建模，偶尔也会和计算机学院那边的老师有合作。印象里，计算机学院好像没有什么让人闻风丧胆，在学生中威名赫赫的导师。

小姑娘仰着头，一双杏眼黑白分明，疑惑又迷茫，还带着显而易见的担忧，池烈不禁低笑了声。

“放心。”他安慰她，“我不会被他欺负的。”

池烈说得笃定，喻见将信将疑，最后还是被他牵着，走到了网络安全研究中心。

平城大学在这个领域的研究世界排名非常靠前，网研中心与计算机学院教学楼独立开来，是一个专门的五层独栋。

池烈按着教学秘书发来的信息，找到标着“5001”的办公室。

办公室门外已经站了一个男生，喻见以为是池烈的同学，正想点头示意，池烈先一步开口。

“来，介绍一下。”他微笑道，“这是你师娘。”

喻见直接蒙了——师娘？什么师娘？这是在说谁呢？

喻见其实清楚听到了池烈在说什么，然而一时间还没能反应过来这个称呼，以及称呼背后代表的含义。

在门外等候的男生昨天收到池烈的邮件，说让他今天早晨过来一趟。好不容易联系上这么厉害的导师，自然要殷勤表现。

尽管在看清喻见的长相后，他明显卡顿了一下，还是迅速调整好心态，亲亲热热地喊她：“师娘好！”

池烈带的这个学生已经读了大半年研一，之前的导师因为某些不可抗原因离开学校，只能再想办法找愿意接收自己的导师，所以他的年龄并不算小，甚至还比喻见大一岁。

加上计算机学院的男生普遍不怎么爱收拾自己，喻见长得又稚弱，他看起来并不像喻见的同龄人，反而比她稍大一辈。

这声师娘他敢叫，喻见不敢应，也不能应。

她沉默一会儿，抬眸看向池烈：“什么意思？”

所以，原来池烈口中那个“脾气不太好，人凶又厉害，被很多人怕”的导师其实根本就是他本人？

小姑娘黑白分明的眼睛瞪得大大的，茫然中透着点儿气恼，恼火里又有几分疑惑。

她也不追问更多，就是站在他身前，仰着头，一动不动地盯着他看。

“就这个意思啊。”池烈指了指还站在门口傻笑的男生，低低地笑，“我来这里报到，顺便带学生，讲讲课。”

男人语气轻描淡写，仿佛这只是一件稀松平常，再普通不过的小事。

喻见又沉默了。

过了好一会儿，她不太确定地问：“你来平大当讲师？”

倒不是她怀疑池烈的水平，而是平大的地位摆在那里，最普通的讲师也是国内外名校毕业的博士生。池烈才忙完项目回来，在学历考核这个门槛上就不过关，更别说讲课带学生了。

喻见问得疑惑，池烈唇边笑意更盛。

他正想说点儿什么，手机铃声响起，他指了指喻见的帆布包：“你的电话。”

给喻见打电话的是她的导师，负责处理数据的师姐今天有事不能来，要喻见赶快赶到实验室帮忙。

导师催得很急，尽管喻见有一大堆问题想问，最后还是匆匆离开了网研中心。

要处理的数据多，喻见和组里其他同学一直忙到下午快上课，才结束上午的工作。

大家都很累，索性直接点了外卖，在办公室里吃。

“你们看匿名论坛了吗！”昨天和导师打趣喻见的小师弟兴致勃勃地翻着手机，“计算机学院新来了个教授，超级年轻！还不到二十五岁！”

“真的假的？”一旁扒拉外卖的师兄抬头，“二十五岁学都没上完吧？怎么评的教授？这么张扬，别到时候被扒出来学历造假。”

“呸呸呸！”小师弟用力地翻白眼，“我不就少说了两个字！客座！客座教授行了吧！”

与正式教授不同，客座教授并没有那么高的聘请要求，知名商业公司的CEO、高级公务员和社会名人都可以担任。

小师弟这么一说，师兄更好奇了：“那他是什么名人？”

“不是。”小师弟神神秘秘地摇头，在吸引了办公室里所有人的注意力后，才大声念出论坛上的内容，“关于我院聘请国家网络技术安全研究中心高级工程师池烈为客座教授的公告。”

是计算机学院自己发布的聘任公告。

“人家是外面那个网研中心的大佬！不是咱们学校里那个！”小师弟本科学的是计算机，研究生才跨考心理学，对于网研中心很熟悉。那里面都是专门负责国家网络安全，数一数二的计算机人才，真正的国之栋梁。

剩下的人，包括喻见在内，虽然不清楚网研中心具体做什么，但听见那一长串的名称和高级工程师的字样，大概也能猜到一二。

师兄手里的外卖顿时就不香了。

“人比人气死人，我这儿毕业都困难，看看别人，高级工程师、客座教授！”真是不给人留活路。

小师弟在一旁适时补刀：“而且听说他长得还很好看！大家都说下午计算机学院第二节大课现在就得占座位，不然只能被挤去走廊！”

师兄终于彻底放下了手里的饭，试图垂死挣扎：“我不信！人不能长得好又聪明！”

喻见一直没说话，闻言，看他一眼。

师兄立刻改口：“师妹，我说的是男人，众所周知，你们女孩子都是既漂亮又有头脑的生物。”

师兄说：“要不咱们下午也去看看，这个池教授到底长什么样？”

反正数据已经处理完了，小师弟也很想见识一下这位年纪轻轻就成了高级工程师的客座教授。师兄弟两个一拍即合，吃过午饭收拾好，正准备出门，被喻见叫住。

在小师弟眼里，这个漂亮师姐一向不爱凑热闹，最多也就是参加一下组里的聚餐，平时根本叫不出来，哪怕是隔壁体育学院的院草请她吃饭，十次也有九次拒绝，剩下一次还是他和师兄帮忙推掉的。

但现在，喻见背着她的帆布包，看了一会儿师兄，又把视线转向师弟。

“我……”她很小声地嘟囔，“我也和你们一块儿去。”

之前那位导师离开学校后，他任教的那门本科课程就顺延给了池烈。这是下午第二节课，安排在计算机学院的大阶梯教室里。

喻见他们出发得早，走到计算机学院时，第一节课还没下。

这节课，阶梯教室空置着，没有安排学生，但教室前排已然被占据——除了计算机学院的同学，还有更多和小师弟他们一样，从外院专门过来凑热闹的。

小师弟眼尖：“那儿！那儿还有几个位置！”说着就要往前排角落走。

喻见一把拉住他：“我们还是不要坐那么前面好了。”

她可不想被池烈发现，自己偷偷跑来听他的课。

他们说话的时候，已经有其他同学跑去占了座位。

小师弟只好作罢，退而求其次，选择了中排靠后，既能看清讲台，又不会太显眼的位置。

“我还是第一次见师姐这么积极。”坐下后，小师弟冲喻见笑，“姜瑞知道要气死了啊。”

姜瑞就是体育学院那个天天想请喻见吃饭的男生。

小师弟是个没心没肺的直男，说话大大咧咧，喻见还没说什么，反倒是坐在他们前面的一个女生回头，看了喻见一眼，表情怪异地转回身。

师兄给了小师弟后脑勺一巴掌：“就你话多！”

坐前排这女生他认识，是姜瑞的师妹。当时她追姜瑞的劲头比姜瑞追喻见还要猛，只可惜最后毫无结果，铩羽而归，不知道今天怎么又来听计算机学院的课。

很快，上课铃敲响。

阶梯教室里格外热闹，时不时有学生从前后门进出，因此，当池烈两手空空走进来时，谁也没把他当成传闻里的池教授。

倒是有坐在前排的女生和同伴小声说话：“快看！计算机学院原来还有这么好看的男生！”

池烈只穿了最简单的白 T 恤和黑裤，身姿挺拔，眉眼深邃硬朗，额前散着的碎发漆黑，隐隐露出一点儿伤疤，并不难看，反而多出几分锐利。

然后，大家就集体瞪圆了眼，看着这个额前带着一道疤的年轻男人，一脸平静地走上讲台。

池烈打开讲台上的麦克风开关，试了试音，目光淡淡扫了一圈教室："大家好，我是池烈。接下来的一个半月，我将接替何老师，继续给大家讲授这门课程。"

说完，他没理会台下的反应，自顾自拿起白板笔，准备上课。

"我的天——"

池烈低下头调试课件时，喻见听见周围此起彼伏的议论声，尽管刻意压低，聚在一起还是嗡嗡作响。

而师兄的抽气声最明显："居然真这么帅！"

说好的智商和相貌守恒呢？

池烈对学生的议论无动于衷，调试好课件，就正式开始讲课。

阶梯教室空间大，男人低沉磁性的嗓音由麦克风送出，落在耳膜里，一阵一阵发痒。

喻见对计算机只是入门水平，池烈讲的这门课主要面对的是大三学生，远远超出了她能理解的范畴。

好在喻见也不是专门来听课的，坐在人群里，她捧着脸，仔细看着讲台上正在讲课的池烈。

喻见还记得，高二那一年，池烈给班上同学讲题时的表情。

即使那时和同学的关系已经变好，他讲题时也仍旧很不耐烦，总是皱着眉，一副爱答不理，随时可能拍桌子发火的模样。

如今，那点不耐烦从眉眼间褪去，只剩下讲课时的认真和专注。

五月，春末夏初的阳光尚显温柔。从阶梯教室一侧的落地窗里斜斜照进，落在男人英俊的侧脸上。

他黑眸浸在日光里，颜色深，有些冷，透出些许漠然与疏离，偏偏又熠熠生辉，惹人注意。

喻见想，真厉害啊。

尽管她很早就知道她的少年很聪明，但她没有想到，他竟然真的能从那个狭小阴暗的楼梯间，一步一步走到万众瞩目、备受关注的这一天。

喻见还在盯着讲堂上的池烈出神，一旁，小师弟戳了戳她，把手机递过来。

池烈正式上课后，匿名论坛里的讨论越演越烈。

不外乎是"啊啊啊，池教授有女朋友吗，没有我就上了"一类的言论。

"师姐。"小师弟难掩担忧，"池教授可比姜瑞受欢迎。"

即使是体育学院院草，在论坛也没有这么大的热度。小师弟虽然觉得自家师姐最漂亮，但这竞争对手实在太多了。

喻见还没来得及说什么，坐在前排的姜瑞师妹又回头，恶狠狠瞪了他们一眼。

师兄再次拍了把小师弟的"狗头"："就你有嘴！"

这一天天的，怎么到处在外面给自家师妹招麻烦？

阶梯教室人多，池烈没注意到喻见就在台下。按部就班讲了一个小时的课，他开始点同学回答问题。

教室里兴奋的气氛随之一变。

原因无他，实在是池烈提出的问题比较难，而他本人对于提问的态度又很冷淡。倘若同学回答不出，他就会沉默一会儿，然后冷冰冰地让对方坐下。

喻见对池烈这种行为倒是很熟悉——从前，钱思域没少被池烈这种态度吓哭，实际上，他并没生气，只是有些困惑。

为什么这么简单的东西，他讲了一遍还是不懂，难道是自己水平太差了？

今天来听课的，除了计算机学院同学，还有许多外院学生。

隔行如隔山，被池烈点名后，自然支支吾吾半天，最后尴尬坐下——倒不是不可以说自己只是来蹭课的，虽然在座大半都是如此，但对上池烈的脸，就莫名地不好意思说出口。

池烈没带花名册，都是随口点的人，除了一两个学习优异的计算机学院同学能回答上，剩下简直全军覆没。

而他的表情也越来越沉重。

皱着眉，配上前额那道疤，看起来十分凶。

过了一会儿，池烈后知后觉，这里好像并不都是计算机学院学生，索性让刚才回答上问题的同学点人，然后依次点下去。

一开始，大家还认认真真点，后来发现池烈出的题目一道比一道难，神色一次比一次难看，索性开始胡乱叫人。

姜瑞师妹就是这时候被点到的。

她是体育学院的，自然回答不上来，站起来尴尬了一会儿，突然转头，看向喻见：“教授，下一道题目我点她。”

说完，姜瑞师妹又补充了句：“这是我们班学霸呢。”

这当然是胡诌的，姜瑞师妹只是心里不服气喻见，想让她当众出丑而已。

喻见……确实很尴尬。

完全不想被池烈发现，被姜瑞师妹点到时，她还小心翼翼地藏在对方背后，哪想到直接被推了出来。

她慢吞吞地起身，目光相触的瞬间，看见池烈骤然挑起了眉，他的嘴角也随之轻轻一扬，又在无人察觉的时候迅速压下，仿佛什么都没发生。

他看了她一眼，翻页，PPT 上出现新的一道题目。

这是池烈准备的最后一道题目，压轴题深而难，计算机学院同学基本都回答不上，更不要说喻见。

于是，当池烈一本正经问她会不会时，她很老实地摇头：“池教授，我不会。”

她就不该来！这都是什么事儿！

喻见尴尬得要命，说完这句，就直接低头。

视线错开，她并没有注意到，池烈在听到那句“池教授”后，眼中一闪而过的玩味。

小师弟和师兄急得不行，偏偏又不能做什么，只能和其他同学一起，等待池烈冷冰冰地让喻见落座。

几秒钟后，男人低沉的笑声被麦克风扩大，通过教室里的音响，落在每一个人耳中。

“嗯，不会没事儿。”他温柔地说，“坐下吧，回家我教你。”

池烈站在讲台上，隔着乌泱泱的学生，看不太清喻见的表情，只能看见她细白的肌肤。

不知道为什么，她瓷白小脸瞬间沁出一层绯红，即使他和她有着相当一段距离，也能轻而易举瞧见那片清透靡丽的粉。

池烈眼中笑意渐深，语气更温和了些，催促道：“快坐下吧。”

从前给喻见讲英语题时，池烈都没有过任何的不耐烦。

如今她专门跑来听他的课，视线相触的瞬间，他一颗心在胸膛里怦怦直跳，几乎要破骨而出，满心满眼都是喜悦，怎么可能会为这点小事为难她。

池烈第一次开口，偌大的阶梯教室就瞬间陷入了一种诡异的寂静。

包括小师弟和师兄在内，所有的同学愣在当场，既不敢相信这位冷冰冰的池教授突然温柔下来的多情语气，更难以理解自己刚才听到的话。

不会没事儿也就算了，什么叫作回家我教你？回哪个家啊？

小师弟脑子有些转不过弯来，正在思考自己是不是晕乎乎听错了，还没得出结论，又听见男人越发温和的口吻。

他震惊地抬头看喻见：“师姐你……和池教授到底什么关系？”

池烈这么一说，教室里的其他同学也纷纷反应过来。

大家一起看向喻见。

喻见低着头，依旧能感受到从四面八方投来的各种带着惊诧、好奇、难以置信又不可思议的视线。

她抿着唇，脸和耳尖都火烧火燎，一阵滚烫。

这个人！

也不看看现在是什么场合！

在容纳数百人的阶梯教室里当众说这种话，他到底是怎么想的？

喻见脸皮薄，一时间不知道该怎么办，站也不是坐也不是，只能绞着手，又尴尬又羞赧地站在原地，红着脸不吭声。

喻见不知道该说什么，前排，已经坐下的姜瑞师妹倒是很有话说。

之前听见小师弟说姜瑞在追喻见，她心里便很不服气，如今新来的年轻教授竟然好像也和喻见有关系，姜瑞师妹心里更窝火了。

“池教授，你刚才说的是什么意思啊？我们没听懂呢。”

池烈原本还在盯着喻见，听到姜瑞师妹的话，眼底那点儿笑意瞬间冷下来，目光一扫，漠然掠过对方的脸。

他从前和人相处得不多，不代表不懂人情世故。

姜瑞师妹先前一开口，那点小心思他清清楚楚，只是当着这么多人的面，懒得和一个不知所谓的人多计较。

没想到他轻轻放过，对方还不依不饶地纠缠。

坐在台下的学生就眼睁睁看着方才还有一点笑容的池教授面色一沉，视线冰凉扫过来，锋利尖锐，刮在人脸上一阵生疼。

音响里，男人声音低沉，落在所有人耳中清晰可闻。

“我的意思是，我是她的男朋友。”站在讲台上的池烈一脸冷漠又理所当然，“你们谁还有问题？”

大课结束后，一张“你们谁还有问题”的表情包在论坛上疯狂刷屏。

课前还在琢磨怎么追池教授的同学化身尖叫鸡，开始在楼里刷起了池烈的真人表情包。

喻见正在处理数据，就听见身后的小师弟发出鹅鹅鹅的笑声：“师姐！你和你们家池教授红了！”

现在论坛上都在讨论计算机学院池教授在课上当众对女友宣示主权的护妻行为。大家都不是傻瓜，姜瑞师妹那点不入流的挑衅，被看得清清楚楚。

见小师弟抱着手机傻乐呵，喻见木着脸，说：“我看你挺闲的，过来帮我弄数据。”

下午课堂上，池烈说完那句话，阶梯教室里的同学就沸腾了。

即使都是大学生，可以自由恋爱的年纪，这种毫不掩饰的当众表白也格外吸引眼球。何况这是在课堂上，其中一位当事人还是年纪轻轻就事业有成的英俊教授。

接下来，压根儿没人听池烈讲压轴题，大家都在暗戳戳看喻见。

喻见实在受不了各种打量的好奇目光，一下课，顾不上还在讲台上收拾课件的池烈，在小师弟和师兄的掩护下，红着耳朵逃回实验室，整整一晚处理数据时都脸热。

这个家伙真是太过分了!

让学生在办公室喊师娘也就算了，阶梯教室可是有足足上百人!

小师弟放下手机，凑过来：“那师姐，你给我讲讲，你和池教授是怎么在一起的啊？同学？发小？青梅竹马还是后来天降？”

喻见继续木着脸：“我不知道。”

八卦总是传得很快，她都能想象出明天组内晨会，导师当众问起这件事时的尴尬。

小师弟好奇心旺盛，正想多问几句，师兄推开门。

“师妹，你就别忙了。”他装模作样地看了下手表，“时间不早了，你先回去，剩下的我们俩来就行。”

傍晚十点刚过，现在其实并不是很晚。

平常忙起来的时候，往往要到凌晨一两点才能结束工作，或者干脆直接在实验室过夜。

喻见不禁有些茫然，还没来得及细问，就看见师兄和小师弟挤眉弄眼，眼神乱飞，一副你懂我也懂的模样。

师兄一再坚持让她先走，小师弟又在旁边拼命敲边鼓，喻见没有办法，交代了几句，离开了实验室。

刚推开门，视线一抬，果然在走廊尽头看到了熟悉的瘦削身影。

为了省电，走廊里安装的都是感应照明灯。男人静静站在窗边，一动不动，周身一片黑暗。

只有一束月光越过窗沿，静默落在他身上。他本就冷白的面容浸在月色中，漠然疏离，没什么表情，看上去像一尊冷冰冰的雕像。

听见开门声，他回头。

眸中月色瞬间融化开来，嘴角微微上扬，语气也温柔绵软：“忙完了？我送你回宿舍。”只字不提下午的事。

池烈一派坦然，喻见只能没好气瞪他一眼。

小姑娘还有几分恼，那一眼俏生生的，透着点儿含羞带怯的愤怒。

池烈眼底笑意更深，伸手，自顾自搂住她的肩：“走吧，今天你起得早，晚上要早点儿休息。”

落在肩头的手臂结实有力，隔着初夏轻薄的衣料，能感受到男人分明的体温。

灼热滚烫，从肩胛蔓到心口，随着心脏搏动的节奏，一下一下流淌到全身。

喻见眼睫动了动，垂下眼，默认了这个极其自然的亲密姿势。

两个人离开院系大楼，走在校园里。

初夏夜色清朗，一轮明月挂在树梢上，自叶隙间投下柔和浅淡的光。偶尔有风吹过乔木，树叶簌簌拂动，发出细碎微小的响动。

走着走着，池烈突然开口：“这是不是我们第二次走这条路？”

他问得毫无征兆，喻见愣了一下，片刻后反应过来，红着脸，轻轻点了点头。

喻见明白池烈在说什么。

曾经，高二那一年的冬夜，比赛结束后，他和她离开礼堂，就是沿着这条路走向西门。

当时北风凛冽，他们路过光秃秃的乔木，从凋敝的枯枝下经过，两个人怀揣着心事，各自沉默着。

然后他讲了那些发生在他身上、不愉快的事。

再后来……

直到现在，喻见回想起那晚的一切，双颊就不自觉滚烫，一颗心在胸膛里怦怦直跳，羞赧又无措。

她也不知道那个冬夜，她为什么会大着胆子主动去抱他。这件事至今想起来都让人面红耳赤，脸红心跳到不知道该怎么办。

但同时，喻见又很庆幸自己那么做了。

因为他现在还在她身边，揽着她的肩，和她一起走过初夏斑驳的树影，路过草丛间零星清脆的虫鸣。

问完那个问题，池烈一直注意着喻见的表情。见她低头不说话，白皙脖颈上透出粉，他低笑了声，手臂又收紧了些。

“以后我一三五都会过来上课。”他和她说，“其他时间要留在单位，不能陪你。”

毕竟担着高级工程师的职位，重心还是在网研中心那边。

池烈解释得认真，喻见下意识地点点头：“嗯。”

过了一会儿，她才反应过来，不由得快速眨了眨眼。

“你……”喻见仰头看他，“你是因为这个，才过来上课的？”

她敏锐察觉到男人话里的重点。

小姑娘仰着脸，一双杏眸落了月色，明澈又干净。

池烈对上她的视线，含混笑了笑：“嗯，我想多陪陪你。”

客座教授可以不带学生，也可以不上课，比较清闲，一年到头来做一次讲座就行。

但池烈不想那样。

他和她已经分别了七年，剩下的岁月里，他想尽一切可能，弥补他们失去的时光、错过的相处。

他再也不想和她分开了。

男人声线含笑，语气却笃定，一字一句说得清晰而分明，喻见的脸顿时更烫了。

不知道该说些什么，她红着脸“哦”了一声，想起下午发生的一切，又小声说：“池教授，那你以后也要好好上课才行啊，大家都在看着你呢。”

其实池烈讲课非常仔细，但今天课堂上的意外还是不要再出现了。

小姑娘那声“池教授”叫得一板一眼，丝毫不打折扣。

池烈挑眉，搂在她肩上的手臂一紧，最后还是没能忍住，伸手把人勾进怀里。

月色下，树影中。

男人吻得很轻很慢，小心翼翼。

仿佛害怕眼下的一切只是久别重逢的梦，经不起任何波澜起伏，稍一用力就会破碎。

许久之后，池烈终于肯放过她，喻见羞赧得不敢抬头。

周围偶尔有路过的小情侣和行人，她把脸深深埋在他怀里，隔着那件薄薄的白色T恤，听见他心口急促细密的心跳声。

过了一会儿，他俯身，唇瓣轻轻碰着她的耳郭，气息烧得一片滚烫。

“我或许会是很多人的池教授。”他轻声说，嗓音有些哑，“但我永远只是你一个人的池烈。”

第十九章 /// 驯服

池烈回来之后，喻见的生活和从前似乎也没有太大区别。

周内依旧天天待在实验室，周末按时回福利院住，其间偶尔和导师一起出门去做调研，还时不时接到派出所刘队打来的电话。

大学生活忙碌，论坛上的热帖过一段时间就沉寂下去了。大家都在忙自己的，没什么人再关注他们的恋情。

只有小师弟和师兄还会在池烈来接喻见时挤眉弄眼："快去快去！你们家池教授又在外头等你了！"

又到周末，喻见和池烈一起回福利院，却遇到了一个没想到会出现在这里的人。

岑清月站在树下，绞着手指，紧张地看了他们好几眼，最后低头，小声叫了句："小见。"

大虎拎着刚买的西瓜，才踏进福利院，就看见自家姐夫抱着手臂站在院里。

男人眉头紧皱，脸色很不好看。

"姐夫。"不过大虎从来不会看脸色，大剌剌地奔过去，"你怎么一个人在楼下站着，我姐呢？"

池烈皱眉更深，搞不清岑清月突然出现想做什么，淡淡应了句："她和她姐姐在办公室说话。"

喻见不让池烈一块儿跟着，他只能在楼下等。

大虎脑子转不过来弯，先"哦"了一声，随后瞪圆了眼："啊，那那那是……"

尽管大虎的脑袋瓜向来记不住事，但他对岑家还是有一点儿印象，偶尔从老师们私下的闲谈里，也得知了岑平远和方书仪的情况。

当年立案审判后，岑平远夫妇对一审结果不服，再次上诉，二审依旧维持原判。

而一直没露面的岑家长子也在这时出现，举报岑平远夫妇大额行贿，谋取商业利益等。

前后折腾一年多，直到喻见上大学，法院才确定了岑平远和方书仪的最终刑期。数罪并罚，岑平远夫妇要在监狱里待上十多年。

“那她现在来找我姐干吗啊？”大虎这几天跟着董老师看狗血偶像剧，吓得脸色都变了，“她爸妈蹲监狱多久了！这个时候跑来要谅解书也有点儿太晚了吧？”

大虎这么扯着嗓子一闹，池烈脸色更差。

捉摸不透岑清月的意图，他在院里站了一会儿，本就没多少的耐心逐渐耗尽，正想进楼去敲门，喻见和岑清月就从楼门里走了出来。

两个人之间隔着一段距离，不远也不近。

岑清月看见池烈，停下脚步，最后没说什么，只冲他点了下头，又转头和喻见说了几句。

顺风车在大门口按响喇叭，她冲喻见笑笑，径直离开了。

“姐姐！姐姐！”池烈没来得及开口，大虎就冲到了喻见旁边，“她来找你做什么？没欺负你吧？她欺负你你告诉我！我让兔子去揍她！”

喻见这才明白，怪不得兔子一天天不学好，原来旁边还有个不嫌事大到处拱火的！

“你去给我们切两块西瓜。”喻见懒得和大虎多说，先把他打发走，看见池烈越发阴沉的脸色，又指了指榕树下的小板凳，“坐。”

池烈依言坐下，偏头看向喻见。

天色已暗，榕树上挂着一串照明的灯泡。

昏黄灯光下，小姑娘脸上看不出太多的情绪，平静、从容而镇定，似乎只是和普通朋友简单寒暄了几句，然而一开口就扔下一颗炸弹。

“岑清月说她准备出国，之前他们给她名下留了财产，她今天过来，想要分给我一半。”

池烈虽然没有大虎那么思维发散，但也在心里琢磨了不少想法。

此刻听到喻见这么说，他愣了下，反应了一会儿，问道：“你录音了吗？让我听听她具体怎么说的。”

相不相信岑清月倒是其次，只是池烈最近还在和许秘书打交道，处理一些商业上的问题，慎重习惯了，难免要多想些。

喻见摇摇头：“我没录。”

“不过……”想到岑清月说的话，她抿唇，“我相信她是真心的。”

岑清月今天其实没和喻见说太多，讲完分财产的事，她沉默了一会儿，没等喻见说话，自己主动开口。

“这笔钱你就收下吧，当年被放弃的不是你就是我，都是一样的。”

无论是岑清月还是喻见，当岑平远夫妇决定抛弃其中一个，谋取更多的利益，她们就不再是孩子、女儿、亲人，而是一件冷冰冰、用来交换好处的物品。

“她这话倒也没说错。”喻见轻轻地笑，“如果当初他们放弃的是岑清月，现在就该我主动来这里找她了。”

倘若是喻见留在岑家，她不会被警方从打拐行动中解救，不会来到阳光福利院，不会生活在充斥流氓和小混混儿的老城区，也不会被叫作没爹没妈的野孩子。

她会是个正常的、在父母关怀下长大的小孩。

毕竟岑平远夫妇对岑清月确实不错，至少不会让她像兔子那样，到了十四五岁的年纪，还在因为小时候遭受的暴力和辱骂惶恐不安，只能通过打架这种偏激的对抗方式，试图保护曾经那个小小的、无能为力的自己。

夜风吹着，少女语气过于平静，没有一丝波澜。池烈忍不住伸手，握住她的指尖。

男人掌心宽厚，动作小心翼翼，喻见就笑了。

她往他那边靠了一点儿，回握住他的手：“不过我觉得没什么。”

“我很喜欢这里。”喻见轻声说。

她不是不记得那些在小巷里拼命奔跑、害怕被堵住挨欺凌的时刻，只是更多的时候，回忆起从前，喻见总是先想到一些其他的东西——

董老师到夏天就会做的木莲冻、吴清桂在冬天送来的一箱箱橙子，还有深夜，总会在窗户上映出的，无声又明显的蓝红巡逻警灯，以及郑建军每回上门给小豆丁看病，既担心又无奈的语气。

这么多年过去，混混儿们恶劣的嘲骂已然模糊。而每年中秋节，大家一起坐在院里唱的生日歌仍旧清晰嘹亮。

喻见喜欢这里，喜欢她在这里遇到的每一个善良又温暖的人。

池烈并不意外喻见会这么说。

从他遇到她的那天起，她就是这样一个既聪明，又带着点儿不切实际的天真的小姑娘。

不然他也不会爱上她。

“那你怎么想？”池烈捏了捏喻见的手指，又放到唇边，轻轻啄了一口，“要收下这笔钱吗？”

池烈没觉得喻见不该拿，即使她已经和岑家没有任何关系了，收下这笔钱也理所当然。

不论小姑娘的语气怎么无所谓又轻描淡写，那些和旁人不同的岁月，终究没办法用金钱去填满弥补。

喻见被池烈亲吻指尖的动作闹得脸红，瞪他一眼：“你注意点儿。”

院里还有正在疯跑疯玩的小孩儿呢。

见少女眼神羞赧里带着薄怒，池烈低笑，“嗯”了一声。

他抓紧她的手，没来得及说话，榕树背后突然冷不丁冒出一个脑袋：“是啊是啊，到底收不收啊？”

“喻海！”喻见哪里想到大虎竟然躲在榕树后面，吓得直接喊了他的大名，“我不是让你切西瓜去吗？”

在这里偷听算怎么回事？！

大虎无辜地端起手里的盘子：“我切完了。”

“说真的。”他给喻见和池烈一人分了一块西瓜，然后直接蹲在他们面前，“姐，这钱你要吗？”

大虎年纪小，三观还没完全建成。

一方面，他觉得这钱就该是姐姐的，另一方面，又觉得姐姐应该像电视剧演的那样，直接拿扫帚赶岑家人出去，一毛钱也不拿。

喻见没说话，咬了口西瓜。

西瓜才从冰箱里拿出来，冰冰凉凉的，她吃了一会儿才开口：“为什么不要？”

喻见和池烈想的一样。

岑清月不主动开口，喻见不会去问对方要这笔财产，但如今是岑清月先提出来的，喻见也不会拒绝。

“钱还是挺多的。”喻见回想了一下具体数额，开始兴致勃勃规划用途，“可以把咱们楼顶重修一下，给奶奶换个更好的人工晶体，还能在院里再盖个活动室……”

喻见还在掰着指头挨个数，大虎顿时兴奋起来，蹲在地上，像小狗一样眼巴巴看着她。

大虎什么都不说，但喻见明白他的意思。

她不由伸出手，用力弹了下他的额头：“那你让兔子乖一点儿，他要是一个假期不打架，我就给你买漫画书。”

“好耶！”大虎欢呼，“姐姐最好了！姐姐最疼我！”

喻见合理规划了一下这笔钱的用途，掰着指头数完，一抬头，就看见池烈正在看她。

一旁的男人神色有些古怪，说不上是什么表情，见她看过来，幽幽看她一眼：“你挺疼大虎的啊。”

语气也幽幽的，非常奇怪。

喻见一时没反应过来，愣了下，和他解释：“这学期大虎成绩不错，我原本就打算奖励他。”

不存在什么拿到财产之后乱花钱的行为。

喻见这么一说，就看见池烈的表情更不对头了。

“你给院里的所有小孩儿都买了东西，连外头的吴姨、郑叔，还有派出所刘队都有。”

喻见猛地回过神来——完了，我好像隐约摸到了一点儿边。

果然，喻见还没来得及开口，就看见在学校里以冷漠凌厉闻名的池教授充满忧愁地长叹一口气。

“那我呢？你就不疼我了吗？”

池烈说这话时的语气很委屈。

他明明已经是二十几岁的成年人，在学校里也是让学生闻风丧胆的池教授，此刻，他顶着额上那道依旧分明的疤，叹完这口气，又看了喻见一眼，然后转过身去，背对喻见，不理她了。

喻见心想，他这是在撒娇吗？

一时间，喻见有些反应不过来，磕巴了两句，试图解释：“我没……不是，那什么……”

她没有不疼他啊！

凌空飞来一口大锅，喻见毫无防备，被砸得头晕眼花。

要是福利院里的其他小孩这么说，哪怕是已经比她高出许多的大虎和兔子来撒娇，喻见都能拿出照顾弟弟妹妹的心态去哄人。

偏偏眼下语气委屈的是池烈，喻见就有点儿不知道该怎么办了。

池烈少年时一贯是恣意傲慢的模样，即使长大后沉稳许多，骨子里那种张扬锐利的劲儿也没有被磨去。

但现在，男人背对喻见，坐在树下，察觉到她在看他，向来结实有力的肩膀塌下几分，垂着头，不吭声。

肩胛骨将 T 恤顶出鲜明的轮廓，晚风吹过，挂在榕树上的灯泡轻轻摆动，飘摇灯光里，那点轮廓看起来就更显眼了。

喻见突然想起，很多年前，她在岑家那个狭小的楼梯间里遇到池烈时，他也差不多是这样，蹲在地上收拾东西，衣服被骨头支出单薄的凸起。

喻见心口一下软得不行，连忙站起来，伸手从背后抱住池烈：“没有，你不要多想，我……我疼你的。”

喻见其实很少说这样的话。

性格使然，她天生脸皮薄，容易害羞，既做不出池烈那样当众剖明关系的事，也不太习惯像他一般，直白干脆地表达情感。

尤其在福利院里，害怕给小孩儿造成什么不好的影响，喻见从来很注意两个人相处的分寸，所以刚才被亲了下手指才会瞪池烈。

但看他现在这样可怜兮兮地坐在那儿，喻见顿时有些受不了。

她倾身，手臂绕过他的肩，又把下颌轻轻垫在他头顶。

池烈的头发和他本人脾气不太像，很柔软，扫过肌肤并不会痛，只有微微发麻的痒。

“我没有不疼你。”喻见抱住池烈，认真和他解释，“我只是……”

喻见只是不太想把这笔钱用在自己身上。

这么多年，她和岑家到底还是有隔阂，喻见无所谓收下这笔财产，但并不愿意拿来自己花。

反正她现在过得很好，不需要依靠岑家。

而喻见知道，那些年，池烈在岑家过的是什么日子，所以同样不想用这些钱为他做任何事。

池烈低着头，看着地上重叠的两道人影。

小姑娘的手臂软乎乎地圈住他的肩，几绺发丝垂下，轻轻扫着他的脖颈，她解释得很认真很仔细，声音也软绵绵的。

于是他就笑了。

“那你的意思是……”池烈努力压着嘴角，不让自己偷偷笑出来，“你最疼我对吧？”

他的尾音上扬，带着点儿故意和坏心思。

喻见还沉浸在池烈方才委屈可怜的样子里，一时间没有察觉，顺着他的话往下说：“嗯，我最疼你了。”

这倒也不是假话。比起小时候天天闹腾的大虎，还有现在总是出去打架的兔子，的确是眼前背过身、垂头的男人更让喻见不放心。

明明他已经是别人口中的池教授，她还是会忍不住为他担忧。

喻见话音刚落，手臂下，被她抱住的男人短暂顿了几秒，终于没忍住，肩膀颤抖着，低笑出声。

笑声从胸膛里震出来，发丝细密勾着她的下颌。

“这可是你自己说的。”池烈心情很好，嗓音里都带着笑，“那我就记住了啊。”

他的小姑娘脸皮薄，说上这么一句不容易。

喻见回过神来：好嘛，合着这是专门来骗取我同情心的！

她一时不知道该说些什么，松开手，恼火地拍了把池烈的头顶，转身想走。

一直背对她的男人转过身来，手臂一勾，直接把她拉进怀里，按在腿上。

“不许走。”他搂着她的腰，又抓住她的手，低声控诉，“你才说过你最疼我。”

池烈声线磁沉，很好听，偏偏语气又十分不讲理，霸道得像个被纵容惯了的小孩子。

他们这边的动静稍微有点儿大，院里本来就有几个小豆丁在玩跳房子，此刻冲他们做鬼脸：“羞羞！”

“早就离开了”的大虎将他们赶跑了：“去！去！到后面玩去！”

喻见不由失笑。

腰和手都被抓住，她也不是一定要走，索性向后靠去，安心地靠在男人结实有力的胸膛上。

夏夜，晚风尚有余温。

远处几声清脆蝉鸣，后院传来笑闹声，喻见听到池烈沉稳的心跳。他没说什么，只是收紧了手，和她亲密地十指相扣。

许久之后，院里疯玩疯跑的小孩儿都被老师叫回去洗漱，月亮渐渐升高，吹来的风带上凉意，蝉鸣也停歇下来。

福利院安安静静的，一片悄然中，池烈捏了捏喻见的手。

“我最近可能要去一趟申城。”

回来后，池烈和许平生一直有联系，最近又找上了曾经给他通风报信的杨益。杨家在申城也有相当的地位，杨益大学毕业后接手家里的事业，现在已经做得有模有样，这次也算顺手帮一下池烈的忙。

喻见愣了下，随即不假思索地说：“那我和你一起去。”

她应得特别快，没有丝毫犹豫，池烈不禁笑了：“你都不问问我回去做什么。”

万一他是回去揍人的，她也和他一块儿去?

男人发哑的笑声落在耳尖，有些痒，喻见偏了偏头，认真地说：“没必要问啊。”

从喻见认识池烈到现在，他很少提起申城，更没有提起池家。

他一直谨慎同那里保持着距离，就连从前去申城参加比赛，都没有联系过池家的任何一个人。

喻见虽然不知道池烈究竟要做什么，但既然他肯主动说起，那一定是很重要的事。

少女语气笃定，带着不设防的信任和依赖。池烈沉默一会儿，手臂绷起，把喻见抱得更紧了些。

“我就知道。”他把头深深埋在她脖颈上，喟叹般笑出声，“你是最疼我的了。”

池烈说的是最近，然而一直等到期末考试完，喻见帮导师改过本科生的卷子，整理完手上的数据，终于可以放假休息，池烈才终于开始定出行计划。

“你别紧张。”他说，“问题不大，这次就当过去玩一趟。”

总要等杨益和许平生那边安排好再说。

喻见一开始还有些惴惴不安，后来无意间看到大虎偷偷塞给池烈的申城特产清单，顿时无语：“你能不能把这点儿心思都用在学习上？！”

A4纸上密密麻麻写了两大行，也是人才了。

池烈倒是完全不在意："让他写吧。"

当姐夫的给小舅子买东西，天经地义。

于是，日子在大虎反复修改清单中迅速过去。直到七月中旬，蝉鸣最聒噪的时候，池烈才定下了去申城的时间。

网研中心那边事情多，定下日期后，为了攒出假期，池烈这几天都在加班。他忙得昏天黑地，恨不得吃住都在网研中心，收拾行李的事只能交给喻见。

喻见对此倒是没什么意见，总归去申城的时间并不长，又是夏季，要带的衣服和其他物品并不多，整理起来很容易。

出发前一天，池烈依旧在网研中心加班。

傍晚，喻见吃过饭，见池烈还没回来，打算再检查一遍行李。她先看过自己的箱子，确定没有什么遗漏，又起身去了池烈的房间。

这么多年过去，池烈在福利院的房间还是从前的那一个，就在喻见隔壁。

喻见进了屋，清点过池烈的行李箱，发现印象里装进去的宽檐帽没了踪影。她把箱子翻了个遍，最后不得不重新去衣柜里找帽子。

福利院房间的设计大同小异，衣柜就在门边，里面挂满了样式相近的白衬衫和深色西装。喻见蹲下去，在一片黑白里找到深蓝色的宽檐帽，正准备起身，却发现帽子下压着一个笔记本。

笔记本很有厚度，看上去有些年头了，尽管主人保存仔细，但也已经稍显泛黄，曾经锋利的边角微微卷起，显然曾经被无数次翻开又合上。

喻见一向没有随便乱翻别人东西的习惯，这一次，如果不是池烈先开口，她也不会来翻他的衣柜。但此刻，喻见盯着笔记本封面，迟疑了一会儿，最终还是伸手，轻轻拿起了放在衣柜深处的笔记本。

没有其他字迹，封面上只写了两个字："喻见。"

少年脾气冷硬，笔迹也和性格一样锐利，即使是写下她的名字，一笔一画间也透着说不出的飞扬意气。只是和已经泛黄的纸页相比，这两个字要更陈旧些，似乎常常被带着滚烫体温的指尖抚摸，昔日尖锐的笔锋被磨得有些圆润，看起来毛茸茸的。

喻见捏着笔记本，犹豫许久，折返到门口，锁上门，把笔记本放在窗前的书桌上，顺手按下台灯的开关。

"啪"的一声，暖黄色灯光洒下，照亮更多埋藏在时光深处的文字。

【9月1日，天气，晴。一中大概早就开学了，不知道老李给你安排了什么样的新同桌。走之前忘了嘱咐老李，一定不能让林宁之转到班里。谁和你当同桌都没问题，但不能是林宁之那种人品不过关的人。】

【12 月 25 日，天气，大雪。今天降温，学校宿舍的暖气应该还算热。你晚上要记得关好窗户，太干燥的话，最好在暖气片上放几碗水。这样第二天起来嗓子不会疼，脸上也不会起皮。蜂蜜水配柠檬片很不错，有机会可以试一试。】

【7 月 19 日，天气，暴雨。今天是投档线出来的日子，提前恭喜你被平大录取。办庆功宴的时候少吃点冷饮，免得自己不舒服。不过我想董老师会盯着你的，吃木莲冻就很好，多加糖桂花，甜一点儿好吃。】

和一贯懒散恣意的语调完全不同，纸面上，池烈语气温柔得不可思议。他平均每天都会写上一段，语句并不长，有时是两三行，有时是两三句，仿佛喻见就坐在面前，他一边温柔地看着她，一边字斟句酌写下想说的话。

没有任何关于池烈自己的片段，比起日记，这本厚重如字典的笔记本更像是写给喻见的信。它们从未被寄出、从未被发现，默默藏在衣柜里，压在宽檐帽的最底下。

喻见的视线扫过池烈密密麻麻的字迹，视线几乎立刻模糊起来，她用力眨了下眼睛，抿住唇，强迫自己盯着“暴雨”那两个字，不要直接不争气地哭出来。

喻见盯着“暴雨”看了好一会儿，勉强忍住了泪意，目光顺势移到前面的日期上，短暂愣了下，抖着手迅速朝后面翻去。

从那个夏日，池烈拉着行李箱离开福利院，到他试图再次翻过墙头，被兔子直接拽下来，中间将近七年的时间，两千多个日日夜夜，喻见并不能精准记起当中的每一天都发生了什么。

她只记得一些极其重要，又有些特殊的日子。比如高考过后，投档线出来的那一天，平城下了罕见的暴雨。雨水冲垮了一部分线路，网络不好，最后还是郑建军帮忙查到的分数。

再比如，某年三月，已经开春，平城却落了一场迟来的春雪。大虎辛苦种出的花一夜之间被全部冻死，他还哭了好几天鼻子。

喻见按着记忆，翻到那一年的三月，在接连十几天的“天气，晴”当中，找到了那个显眼的“天气，中雪”。

【3 月 25 日，天气，中雪。雪下得好突然，不知道你有没有加衣服。不过下雪当天不算太冷，等之后开始化雪就冷了。记得多穿点儿，不要为了漂亮只穿一件单衣。你有件白色加绒的卫衣，好看又暖和，就穿那个，这样配校服不会冷了。】

喻见没有多看后面的文字，她怔怔地盯着那行“3 月 25 日，天气，中雪”，一直强忍着的泪水再也没有办法克制，啪地落在笔记本上，洇开一片湿痕。

空缺的近七年时光，喻见不知道池烈在哪里，也不知道他在想什么。有的时候，她也会忍不住去琢磨，在她思念他的同时，他也会和她一样想念她吗？毕竟比起未曾相见的两千多天，她和他拥有的，只是从夏天开始，又由夏天结束的短短一年。

现在，这些曾经的疑问都不重要了。

喻见抬手，用力擦了下眼睛，慢慢翻着笔记本。纸张一页页翻开，锋锐的字迹渐渐收敛锋芒，变得沉稳，唯一不变的是池烈的语气，温柔得像是俯身在耳边低喃。

窗外天色渐暗，直到月亮升到树梢，福利院大门传来响动的时候，喻见终于翻到了最后一页。

没有日期，没有天气，笔记本的最后一页，只有短短的一行字：

【喻见，我要回来找你了。】

池烈这一周在网研中心忙得头晕眼花，白天黑夜都分不清楚，好不容易能回福利院休息，刚走到小白楼门口，还没进去，就被喻见骤然扑了个满怀。

少女把脸埋在他胸口，声音闷闷的："你回来了。"

池烈突然被抱住，有些茫然，也没意识到究竟发生了什么。他只是顺势伸手勾住喻见的肩，俯身回抱住她："怎么，一周没见，想我了？"

男人语气十足戏谑，喻见贴着他的心口，听着熟悉的沉稳心跳声，把脸埋得更深："想你。"

怀里的小姑娘鲜少有这么直白的时候，池烈愣了下，低笑着说："嗯，我也想你。"

不论是一周还是七年。

与她分别的每一刻，他都在想念着她。

说让喻见把这次来申城当作玩一趟，池烈就真的带她出去玩。第二天，两人乘飞机到达申城，休息过一晚，池烈向杨益要了辆车，直接开去了申城周边的古镇。

路上，喻见还好奇："不该先在市里转转？"

外滩、南京路、东方明珠已经是申城的标志了。

喻见自己问完，愣了下，又说："我知道了，你别笑我。"

池烈已经扬起了嘴角，听到她这么说，含笑道："行，我不笑你。"

眼下是七月中旬，正值旅游高峰期，这几个热门景点放眼望去都是人，转上一圈下来都要被挤成纸片。

以喻见那个单薄小身板，池烈还真不放心带她去人特别多的地方。

毕竟是一年中的旅游旺季，即使池烈已经有意避开最热门的景点，到达古镇时，那里也有不少游客。

不过比起市里人头攒动的景象，实在是好太多了。

喻见上大学前很少出去玩，倒不是资金的问题，她的奖学金存起来也够去外面旅游了，但福利院里总是有各种各样的事要忙碌。董老师他们忙不过来，喻见作为院里年纪最大的小孩儿，自然要帮着照顾弟弟妹妹。

后来跟了现在的导师，为了调研和收集数据，她也算天南海北都跑过。

不过大多都是忙里偷闲、走马观花，而不是像现在一样，两个人慢悠悠地并肩走在青砖黛瓦的古镇上。

古镇没怎么开发，还保留着原始江南小镇的风貌。

一条小河自镇中穿过，岸边杨柳依依。七月的风吹过河畔，拂动柳枝，带着一点水汽和草木清香，温柔地撒在面颊上。

沿着河边走了一会儿，喻见眼睛一亮。

“池烈。”她叫他的名字，又伸手去指不远处的树荫，“我要那个。”

喻见很少主动问池烈要东西。

他愣了一下，顺着她手指的方向看去，然后就笑了：“行，我给你买。”

柳树树荫下坐着位满头银发的老婆婆，面前摆着一篮白兰花。

老婆婆上了年纪动作慢，也不着急，笑眯眯地坐在那儿，静静穿着手里的白兰花，速度看着不快，但一会儿就串出了好几个鲜花手链。

池烈去买了两串，随手给自己套上一串。

“小时候街上有好多阿婆卖这个。”他低着头，为喻见套上另一串手链，“现在市里倒是不常见，也就景点见得多。”

池烈话音刚落，就听见少女轻轻的笑声。

她笑得有些狡黠、顽皮，还带着点孩童般的淘气，显然不是因为他方才说的话。

池烈挑眉：“你笑什么？一串手链就高兴成这样？”

白兰花刚摘下来没多久，还带着几片新鲜娇嫩的绿叶，衬得少女手腕越发纤弱白皙。

夏日阳光穿过柳枝，明媚地落在她脸上，她仰着头看他，一双杏眸像是会发光。

“没有。”喻见爱惜地摸了摸腕间的白兰花，又抿唇，“我就是想到了从前……去郊游的那一次。”

喻见说的是高中那回。

她还记得那一次，少年坐在树下，明明很想要她编的野花手链，却还装出一副很无所谓，甚至满脸不高兴的模样，最后依旧乖乖伸出手来。

如今，立场调换。

他站在她面前，低着头，小心翼翼为她戴上白兰花编成的手链。

想到这里，喻见问：“我给你编的那个手链呢？”

在她提起郊游时，池烈眸色就一沉，黑眸中情绪骤然深了些，沉郁得即使被七月盛夏的阳光照着，也幽然不见底。

但他最后只是闲闲扯了下嘴角，反问道：“都这么多年了，你说呢？”

喻见对这个答案并不意外，笑着“哦”了一声。

野花手链本来就很难保存，加上池烈又离开了这么久，当初住的小院早被郑建军租给了别人。

即使当初他把手链带回了家，现在大概也被后来的租户丢去了垃圾堆。

喻见倒是不在意这个，毕竟那手链只是她随手用野花和野草编的，没有什么价值，如今不在也就不在了。

古镇并不算很大，从婆婆那里买完手链，他们又走了一会儿，就转完了整个小镇。

池烈准备随便找家当地人开的餐馆吃午饭，还没想好该去哪一家，手机先响了。

他拿出来看了一眼，面无表情地挂掉。但打电话的人非常执拗，没有打通，就一遍又一遍、毫不停歇地拨过来。

一开始，喻见以为是网研中心那边有急事。但随着手机铃声一遍遍响起，男人的表情也越来越冷淡，她心下就有了计较。

当手机再一次振动，喻见轻轻拍了下池烈的手臂：“你接吧。”

想了想，她又说：“我和你一起去。”

她来这一趟原本就是为了这个，无论发生什么，无论结果如何，她永远都和他站在一起。

少女雪白小手伸过来，腕间一串娇嫩的白兰花。

热风吹过，她发丝轻轻拂过他的脸，带着一丝隐约的甜香。

池烈嘴角微扬：“嗯。”

旋即，那点儿笑容被迅速压下，盛夏骄阳里，男人一双黑眸冰凉漠然，冷峻如深海浮冰。

他平静地接起电话。

“父亲。”

西郊一号。

作为申城价格最昂贵的顶级别墅区之一，陆号别墅，池家主宅内，许平生站在书房门外，听着书房里的池广业歇斯底里地咆哮：“不孝子！这个不孝子！”

随即是一堆东西被扫到地上的响动。

许平生想：何必呢？当初把孩子送走的时候没想起来自己是父亲，一忘就是十几年，等到如今人家回来拿属于自己的东西，又开始摆长辈的谱儿。

许平生心态很好，保持着贴身秘书的从容淡定，任由池广业不甘心地在书房里砸东西，直到听见上楼的响动，才抬头看向楼梯。

“我带喻小姐去休息室。”许平生一眼就看到池烈身侧的喻见，冲她点点头，又看向池烈，“池董在里面。”

尽管书房做了隔音设计，喻见站在走廊里，还是能听见池父愤怒的声音。

她不由担心地看了池烈一眼。男人脸上的表情依旧很平静，仿佛没听到那一连串的谩骂。

“没事。”他伸手揉了下她的头，“你跟着许秘书走，待会儿我来找你。”

池烈说这话时，眼底带上一丝笑，语气也温和下来，但喻见听出了他话中的不容置疑。

她犹豫了一会儿，当着许平生的面儿，抬手轻轻抱了他一下：“那你快一点。”

池烈眼中笑意更盛：“嗯。”

他没有立刻进书房，而是站在原地，看着少女纤细单薄的身影消失在楼梯口，这才转身。

回过头的瞬间，池烈面上的笑意已经无影无踪。

他抬头打量了一下这条有些熟悉的走廊，一脸平静地推开了书房的门。

池广业刚把最后一块镇纸从桌面推下去，冷不丁进来个人，他还愣了一下：“你是谁？”

池广业的确没认出这是自己的儿子。

一来，他压根儿不知道池烈已经来了申城，还以为池烈依旧待在平城。才结束一通并不愉快的电话，要飞来这里也要两个小时。

再者，眼前穿着手工定制西服，身姿挺拔、肩线展括的男人，和他记忆中的池烈没有半分相似之处。

池广业其实对池烈没有太多印象。

记忆里，那个总是给他找麻烦的小孩儿常常板着张脸，脾气暴躁，成天横冲直撞。他带回家的莺莺燕燕时常娇声向他告状，说池烈今天又跑来叮叮当当砸东西。

而眼前正盯着他的男人神色很平静，额上还有一道锐利可怕的伤疤，单手插兜，站在一地狼藉中，从容又镇定，用那双黑漆漆的眼睛盯着他。

这双眼睛倒是莫名有些熟悉。

很多年前，第一任妻子葬礼结束后的晚上，那个身量还没有桌子高的孩子，就是这么直直看着他，一动不动，瞳色漠然，

池广业倏忽一震：“你……你是！”

池烈淡淡笑了笑，看向眼前的男人：“父亲。”

在岑家待着的那些年，在老城区生活的那段时间，一直到后来与世隔绝忙碌项目的日子里，池烈也曾经想过与池广业再次相见时的场景。

他以为自己会愤怒、会生气、会控制不住自己，甚至会像小时候那样，直接冲上去揪住池广业的头发，毫不犹豫先揍对方一顿。

但当这一天真的来临，池烈看着书桌后面的池广业，突然心平气和下来。

眼前这个才砸完东西，情绪激动到满脸通红，却又因为长时间沉迷酒色，一脸萎靡衰败的男人，已经不是他记忆里那个只需要一句话，就能直接把他丢出家门的父亲了。

而池烈也不再是那个无依无靠，什么都做不了、什么也做不到的小孩儿。

因为那一声“父亲”，池广业已经开始喘粗气，脸色越发难看。

池烈却像什么都没看到，俯下身，将被丢到地上的文件捡起，一一整理好，重新放在桌面上。

“父亲还是尽快签字吧。”他甚至又笑着称呼了一句，“杨家那边还在等着，等明天过了时效，您可就坐不稳这个位置了。”

池广业在商业上其实没什么天分，靠的是父辈的累积和运气，加上前几十年忠心耿耿的许平生，才能成为池家的掌舵人。

所以在许平生倒戈后，池烈几乎没费什么心思，只是和杨益联手，随便做了个局，就把池广业逼到了绝境。

池广业气得浑身都在发抖：“你做梦！我不签！我不会签的！”

他还好好地活着，凭什么把名下的一切都转给这个将近二十年没见面的儿子？！

池广业暴跳如雷，池烈依旧没什么情绪波动，他只是伸出手，把文件又往那边推了下，淡淡道：“毕竟我和您还有血缘关系，所以得提醒一句，监狱里的日子不好过。”

说完这一句，池烈就不吭声了。

房间里一片安静，只有池广业越发急促粗重的呼吸声。

“我是你父亲！”他冲池烈大喊，几秒后又哀求，“我知道以前的事是我不好，那些女人和孩子我会处理！我现在就让许平生把他们都弄走，不会有人再碍你的眼！”

池广业不是不清楚池烈从前和那些女人的龃龉，他只是不在意，懒得管，也没想到事情会发展到现在这样的地步。

中年男人红着眼眶哀求的模样也挺可怜，池烈看了一会儿，摇摇头，轻声说：“我不在乎他们。”

这么多年过去，池烈早就记不住当初是谁故意拧他的手臂，也想不起给他倒滚烫开水女人的容貌。

至于池广业的私生子私生女，见都没见过，他更不会上心。

池烈不是傻瓜，他清楚地知道造成这一切的罪魁祸首是谁，并且不会因为那点血缘关系有半分动容。

听到上一句，池广业还没来得及露出几分喜色，就听见面前的年轻男人漠然、平静道：“同样，我也不在乎您。”

这是池烈内心的真实想法。

他从来都不是什么善良温暾、以德报怨的好人，谁打了他，他就要打回去，要还击、要反抗，要把那些欺负伤害他的人都打到躺在地上动弹不得，他才能活下去。

从前他就是这么过的。

在遇到喻见之前，他就是这么活下去的。

“所以——”池烈从西装外袋里取出一支钢笔，放在桌面上，“您还是签字吧。”

签了字，曾经发生的一切就一笔勾销。不然，他可不保证自己还会做出什么事。

从进书房开始，池烈说话的口吻始终很平淡，不像小时候那样歇斯底里地大喊大叫。

他语气冷静，神色从容，仿佛这只是一场事先商量好的，发生在会议桌上的商业谈判。

男人镇定自若，池广业的手却抖得越发厉害。

心里明白已成定局，他哆嗦着翻开文件，一份一份签好字，双腿一软，瘫坐在椅子上。

池烈没心思管池广业，检查过所有的签名，把文件收好，正要客气地同这个多年未见的父亲道别，凌空砸过来一个墨水瓶。

池烈护住文件，躲开。

墨水瓶砸在一旁的窗台上，顷刻摔得粉碎，细小的玻璃伴着鲜红的墨水，飞溅在他的面颊和西装上。

池广业摔了个墨水瓶，索性直接破罐子破摔。

“你这还算是当儿子的吗？养你还不如养条狗！”

池烈原本不想理会发疯的池广业，转身要走，听见后半句，脚步一顿。

池广业骂完没几秒，就开始后悔，但面上还强撑着：“怎么，是我生了你！我还不能说你几句？！”

之前那话池广业自己说出来都心虚，于是改了台词，没敢再提什么养不养的事，毕竟他是真的没怎么养过池烈。

池广业骂完，就看见年轻男人站在门边微微皱眉。他额间的伤疤随着这个动作一同拧起来，透着一种漠然、凶狠的凌厉。

池广业不由得后退半步，他还记得这个儿子小时候发起疯来有多可怕。

但池烈并没有对池广业动手，倒像是听到了什么荒谬滑稽、引人发笑的言论，他站在原地，愣了一会儿，嘴角勾起，莫名笑出了声。

书房里，男人笑声磁沉，嘲讽中带着不屑，又夹杂着一种池广业听不懂的情绪。

“然后呢？父亲。”在池广业越发惊恐的眼神中，池烈笑着，又喊了他一声，“你还想说什么？骂我是疯狗、丧家犬，或者没良心的畜生？”

池烈语气很平静，他脸上的笑容甚至更明显了几分，仿佛早就对这些充满侮辱、攻击、恶意的词汇习以为常、毫不在意。

“我和您说过了。”他淡淡扫了眼池广业，“我习惯了，我不在乎。”

说起来确实挺可笑，从池烈懂事起，这些羞辱他的言论似乎从来没有中止过。

池广业带回来的女人骂他是有娘生没娘养的狗崽子，方书仪、岑平远说他是不知道感恩反咬一口的小畜生，就连在街头游荡、无所事事的混混儿们，都能吐着口水骂上他一句疯狗。

可是他做错了什么？

他什么都没有做，什么都没有错，从来没对不起谁，也从来没伤害谁。

他没有想活得多好、没有想踩在谁的肩膀上上位，他只是想要简简单单地活下去而已。

仅此而已。

就是这么一个最普通最寻常的愿望，要他不得不咬牙拼命去实现。

一旦露出一丝胆怯、半点软弱，那些毫不掩饰的恶意和歹念就浪潮般打过来，拍断他的骨头、搅碎他的血肉，逼得他忍着疼痛，和着鲜血磨利爪牙，死死咬住对手的喉咙。

偏偏这种手段最有效。

他活了下来，活到现在，活到了站在池广业面前，云淡风轻拿回一切的这一天。

所以池烈是真的不在乎。

畜生也好，疯狗也罢，总归他活着，甚至还活得不错，这就已经足够了。

池烈没再理会池广业。

说完这一句，他连一个多余的眼神都没给对方，径自下楼去了。

喻见等在休息室里，见到池烈，吓了一跳：“你们打起来了？你受伤了！”

男人胸前一片鲜红，脸颊上有几道血痕，着实一副动过手的模样。可西装和头发丝毫不乱，不知道是怎么打的架。

“没有，没打架，这是墨水。”池烈看着少女陡然苍白的脸色，轻笑，“别害怕，我没受伤。”

喻见听了他的话，还是不放心，抓着他仔细检查了一遍，确认他真的没受什么伤，这才松了一口气。

她拽住他的衣袖：“我们走吧。”

虽然不知道池烈和池父都谈了什么，但看他的表情，大概事情已经解决了。

那就没什么继续留下来的必要。

尽管池烈很少提起在这里发生的事，喻见也能想象到，对于当年小小的池烈而言，这里大概并不是什么好地方。

充斥着各种不愉快的回忆，这里连家都称不上。

池烈一向很听喻见的话。

然而这一回，他犹豫了一会儿，将文件递给候在一旁的许平生，又看向喻见，说道：“我想去后面看一看。”

池烈这话说得有些没头没脑，乍一听让人不明白在说什么。

喻见愣了下，反应过来，伸手握住他的手：“好，我陪你去。”

少女的手很小，雪白又温软，池烈轻轻回握住她：“嗯。”

两个人离开休息室，穿过走廊，朝后院走去。

池家主宅后院挺大，每日都有园丁来打理，即使这段时间日头毒辣，园圃里的鲜花依旧繁盛可爱。

夏日午后滚烫的风吹过，携着几分花朵的甜香。

水池中央是个雕塑喷泉，池烈走到水池边站定，盯着眼前清澈透明的水看了一会儿，突然松开喻见的手。

喻见张了张嘴，还没来得及叫住池烈，他已经迈开腿，轻松跨越边缘，直接走进了水池。

盛夏，即使被太阳晒着，水也依旧寒凉。

冰凉刺骨的水漫上来，池烈顿时僵住。他咬紧舌尖，忍住想要夺路而逃的冲动，逼迫自己低下头，一动不动，去看那些记忆里无穷无尽的浪潮。

和印象里铺天盖地的寒冷完全相反。

水池里的水只堪堪没过他的腿，在不到腰际的地方停住。即使再不甘心，也无法漫过更多。

可在那个同样烈日炎炎的午后，他躺在池底，看着皮球从白云间漂过，无论怎么挣扎、抵抗，都只能看着皮球越漂越远，漂向他永远够不到的地方。

波光粼粼，那张充满惊恐的稚气小脸只闪现了一瞬，就被男人锋锐硬朗的眉目取代。

池烈同自己对视片刻，倏忽笑了。

“有时候我也挺纳闷，我怎么能活到现在。”

他三两步走回池边，长腿一迈，跨过水池边缘，然后随意坐在岸上，冲喻见摇头：“真是想不通。”

那些生长在正常家庭的小孩，在父母爷爷奶奶外公外婆的看护下，都会遇到各种各样的意外和危险。

而他没人在意，没有人管。

原本早该死在那个阳光灿烂、碧空如洗的夏日里。

池烈说这话时语气很轻松，极其无所谓，眼角眉梢都带着笑。

从池烈进水池起，喻见就没说话。

此刻，听见男人低沉沙哑的笑声，她抿唇，沉默了一会儿，突然开口：“池烈，我们结婚吧。”

有风吹过，少女的声音很轻，池烈直接愣住。

他嘴角笑意凝固一瞬，又很快扬起：“你知不知道自己在说什么？”

实在太过突然，男人语气里更多是调侃与戏谑，显然并不怎么相信她说的话。

喻见垂下眼睫，轻轻点头：“我知道的。”

和从前那个主动拥抱他的冬夜一样，她很清楚自己在做什么，也很明白自己在想什么。

此时此刻，她只想给他一个家，一个温暖的、美好的、永远幸福甜蜜的家。

喻见说得坚定，语气不容置疑。

池烈顿住，愣怔片刻，挑眉：“那你觉得现在这场合，说这些合适吗？”

他也真是服了喻见。

差点被墨水瓶砸中，他胸前洇着一片红，脸上的血痕到现在都隐隐作痛，才从水池里爬出来，大半个人都是湿漉漉的，正坐在岸边往下淌水，活像个刚和人打架打去河里的小混混儿。

结果这姑娘挑这时候和他谈结婚。

池烈口吻稍显揶揄，又带着几分无奈。

喻见摇摇头，轻声说：“无所谓啊，你什么样我没见过。”

她确实见过太多他狼狈不堪的时刻。

不戴帽子不打伞，坐在盛夏最毒辣的日头下卖废品；三天打鱼两天晒网地吃饭，硬生生把自己饿昏迷；落水后挣扎着爬上岸，没走两步就一头栽下去……

又或者回到最初，回到他们最开始相遇的时候。

他靠在墙上，浑身是血，一双眼睛又黑又凉，困兽般警惕小心地看过来，眼神里充满了提防和戒备。

所以喻见是真的无所谓，想到什么就说什么，她现在就想和他结婚。

少女语气平淡而冷静，透出一种少有的、理所当然的执拗。

池烈简直无话可说。

他沉默一会儿，有点儿被气笑了："行吧，你要觉得这求婚现场没问题，我也不是不可以。"

听他这么说，喻见也笑了。

水池旁，两个人一站一坐。南方水汽多，滚烫而黏稠的风吹过，七月阳光灼热毒辣，晒得人脸颊发烫，头脑发晕。

没仪式没戒指，也没围观群众的祝福，只有树丛间的蝉声嘶力竭地鸣叫，一声又一声，几乎要刺破耳膜。

简直是灾难般的求婚现场。

"那你是答应我了？"但喻见眉眼一弯，露出一个更加明显的笑容。

盛夏里，骄阳下，少女杏眸澄澈，唇边酒窝儿浅浅的。

池烈抿唇。

他不知道该说些什么，默然片刻，最后伸手，从西装内侧的衣兜里掏出一个东西，递到喻见面前。

喻见低头，看清那是什么，轻轻地笑："我就知道，你不会随便乱丢我送的东西。"

男人冷白掌心里托着一只银镯。

镯子显然已经有些年头，没那么亮，甚至有些陈旧发乌，但喻见还是一眼就认出了银镯上的花纹。

不是普通的吉祥如意纹路，也不是常见的属相花纹，银镯上镌刻的，是山间最不起眼的野花、最不惹人注意的草叶。

是那一年，夏天的尾巴上，她和他一起坐在树下。

山风吹过，拂动少年额前漆黑的碎发，也吹动他腕间深绿的草叶和蓝白的野花。

喻见分辨了一下银镯圈口的尺寸，纳闷地问："平时怎么没见你戴呀？"

池烈回来也有好几个月了，这段时间，她从没见过他戴这只镯子。

男人冷白手腕上一直空荡荡的，什么也没有，什么都没戴。

喻见问得疑惑，几秒后，就看见坐在水池边的池烈猛然站起身。不待她抬头去看，他又后退一步，身子低下去，单膝跪地。

先前，她站着，他坐在水池边，一站一坐，原本就比她矮上一截。

而他此刻跪下去，姿态就更低了。他一改往日骄傲张扬的不驯，跪在她面前，抬起头，一双黑眸直直仰望她。

七月阳光炽热，男人神色虔诚又笃定。

喻见心尖顿时一跳。

聒噪蝉鸣中，池烈眯了眯眼，保持这个姿势，继续看着眼前有些愣怔的少女。

这么多年过去，和最初相遇时一样，她仍旧纤细而单薄，稚弱幼小，没有什么攻击力，仿佛一碰就会碎。

就是这么一个小姑娘，在青砖嶙峋的巷口、吵嚷拥挤的社区医院、昏暗狭小的楼梯间，每一次、每一回，当他费力抬起眼，总能看到她澄澈明净的杏眼。

温柔又包容。

不嫌弃他毫不掩饰的戾气、不厌恶他刻意露出的桀骜。

她宽宥他所有的倨傲卑劣，饶恕他一切的愤懑躁动。

喻见的心仿佛被抓住。

她屏住呼吸，看着池烈握住她的手，翻过她的掌心，将那只银镯塞到她手中，又举起自己的手，冷白手腕横亘在她眼前。

和十六岁那年的夏天一模一样。

不同的是，他半跪着，仰起头，温柔又虔敬地看向她。

不说惯有的求婚宣言，也不讲甜蜜的海誓山盟，他跪在她面前，静静地看了她一会儿，倏忽笑了起来。

七月盛夏，蝉鸣、烈日、风滚烫。

“喻见。”他轻声说，“你愿意驯服我吗？”

池烈问得自然坦荡，喻见心跳有一瞬停滞。

她没有回答，也没有点头，只是轻轻拉过他的手，小心翼翼替他套上那只从未戴过的、刻着野花和野草的银镯。

池烈人生的前十七年，为了活下去，他跌跌撞撞、磕磕绊绊磨利所有的爪牙。

即使已经鲜血淋漓、十指锥心，也要拼命扼住一切恶意和歹念，从不露出半分胆怯和软弱。

直到那个漫长的夏日午后。

热风里，蝉鸣中，他捂着小腹、视线眩晕，头重脚轻往下栽去的瞬间，看见身前的少女朝他伸出手。

跌进柔软怀抱中的那一霎，他就知道，这一生，他永远会为她收起獠牙。

心甘情愿被驯服。

番 外 /// 过年

除夕清晨，放在床头的小猫闹钟刚响起第一声，喻鹿就睁开了眼。

从来没赖过床的她一把掀开被子，关掉闹钟，坐在床边晃了晃小脑袋，迅速跑去浴室洗漱后，踩着绒毛拖鞋啪嗒啪嗒跑出了自己的卧室。

喻鹿的卧室在二楼最里面，她眯着眼，根本不看路，横冲直撞来到走廊另一侧的主卧门外，伸手用力拍门："妈妈！妈妈！妈妈！"

喻鹿人小劲儿大，主卧大门被拍得啪啪作响，甚至有种即将要被拍裂的错觉。

在喻鹿过于用力的拍门声中，很快，门就被打开了。

不过来开门的并不是喻见，而是池烈。

还穿着睡衣的男人微微皱眉，蹲下身来，试图和喻鹿讲道理："小鹿，爸爸之前不是和你说过，以后敲门要轻点儿，不能这么用力吗？"

时年五岁的喻鹿看看自己的小手，又看看前几天才更换过的主卧大门，十分委屈："我也没有使劲呀！"

上一扇门坏了一定是质量问题！绝对不是她每天一拍给拍坏的！

她只是个五岁的小孩子，哪里有那么大的力气呢？

"爸爸给我扎辫子！"喻鹿委屈了一会儿，认定不是自己的问题，很快不纠结了，"快扎快扎！要公主辫！要小花苞！要缠粉红色的丝带！爸爸你会打蝴蝶结吗？你要是不会我还是等妈妈起床吧。"

喻鹿一口气不停地说完，就看见爸爸露出一脸想说点儿什么又说不出口的表情。

她眨了眨眼睛，很快体会到爸爸的意思，于是十分体谅地拍了拍他的手臂："没关系，爸爸，不会就算了。小鹿不嫌弃你，妈妈也不嫌弃你，不如你下去做饭，我在这儿等妈妈醒。"

根本来不及开口的池烈内心复杂：不是，闺女，你能不能稍微停下来喘口气，让你的老父亲插句嘴？

不过池烈还真不会扎喻鹿说的什么公主辫，索性大手一挥："那你等吧，我先下楼去做饭。"

现在正是过年的时候，家里的保姆和做饭阿姨都回老家了，于是做饭洗衣的事全是他在做。

喻鹿虽然善解人意，此刻听了池烈的话，也不免忽闪着大眼睛，说道："爸爸好笨！"

其他小朋友的爸爸都会扎辫子，她幼儿园同桌的爸爸还会扎好几种不同的花样，就自己的爸爸什么都不会！

不过不会又能怎么样呢？

自己的亲爹，既然不能嫌弃，那就忍着呗。

池烈站在门口，无语地看着自家闺女说完这一句，投过来一个"我很大度，我原谅你"的眼神，然后就放轻脚步，蹑手蹑脚跑到主卧大床边，轻轻掀开被子，悄悄和喻见躺在了一起。

喻鹿全程的动作小心翼翼，生怕吵醒喻见，轻之又轻，和刚才大力拍门的响动形成了鲜明对比。

池烈看看已经蹭到喻见身旁躺下的喻鹿，再看看自己手臂上两道分明的红印——很好，原来他闺女不是不知道什么叫作轻重，只是他在这个家里的地位太低，还享受不到被女儿细心考虑的待遇。

喻鹿完全不知道池烈在想什么。

她钻进被子，往喻见怀里一躺，开始兴奋地规划起了今天的行程。

自从喻鹿有记忆起，每一年的除夕和春节，他们一家三口都是在阳光福利院过的，今年自然也不例外。

喻鹿已经准备好了待会儿带去阳光福利院的礼品，有玩具、书本、零食，还有她精挑细选过的小裙子，每一件都漂漂亮亮的！

福利院里有很多小孩，有些比喻鹿小，有些比喻鹿大，甚至还有一些叔叔阿姨。不过喻鹿想不明白，明明她也喊程院长叫奶奶，兔子叔叔和大虎叔叔也喊程院长叫奶奶，为什么他们两个就是她的叔叔，而不是哥哥呢？

喻鹿也不是很纠结这个问题，琢磨了一会儿，就不想了。

期待着马上就能去福利院玩，喻鹿很是兴奋，根本睡不着，索性抬起头，眨着眼睛看喻见。

喻见前一晚收拾给孩子们的礼物，睡得迟，迷迷糊糊醒来，就发现喻鹿正睁着大眼睛，一动不动地盯着自己。

"小鹿看什么呢？"她笑着把喻鹿搂进怀里，"怎么这么早就过来了？"

"妈妈真好看！"喻鹿一本正经地回答，"等我长大了，也想和妈妈长得一样好看！"

喻鹿觉得妈妈是世界上最漂亮的妈妈，哪怕她同桌的妈妈天天在电视上念稿子，长得也没有她的妈妈漂亮！

“不过我还有一半爸爸的基因。”喻鹿人小鬼大，很是聪明，想到另外一件事，又迅速沮丧起来，“妈妈，要是我随爸爸，会不会长丑啊？”

虽然爸爸不是不好看，但爸爸头上的疤也太凶了！

她一个女孩子要是有疤，梳公主辫就不美了！

“说什么呢？你爸又不丑。”喻见失笑，揉了揉闺女的小脑袋，“不许说爸爸不好看，你爸很帅的。”

喻鹿神情复杂地看了妈妈一眼——好吧，这大概就是同桌说的，情人眼里出西施了。

不过喻鹿很听喻见的话，从来不反驳，蹦下了床：“妈妈快起床！给我梳头发！”

喻见从床上坐起来，看着一溜烟往外冲的喻鹿，提醒道：“小鹿跑慢点儿！别摔着了！”

也不知道这孩子脾气到底随了谁，她和池烈都不是急性子，偏偏喻鹿从小就风风火火，从来没有能安静下来的时候。

喻见起床，洗漱，先收拾好自己，这才给喻鹿扎头发。

“爸爸不会扎呢。”喻鹿看着镜子里的自己，瘪了瘪嘴，“妈妈，爸爸真的好坏哦。”

尽管是自己的亲爹，喻鹿一点儿不嫌弃，可仔细想一想，她觉得亲爹是真的不行。

也不和外人比，就和她相比，爸爸一个成年人，还没有她一个小孩儿听话。

喻鹿每晚会乖乖睡觉，爸爸却总爱待在书房，要妈妈催促好几遍才不情不愿回主卧休息。

喻鹿每天都记得按时喝水吃水果，爸爸从来记不住，妈妈得专门给爸爸定闹钟，他才会老实吃水果。

上面这些都不算什么，最可恶的是，爸爸竟然还跟她抢妈妈！

明明她是只有五岁的小孩儿，爸爸是三十大几的成年人，每次妈妈出差回来，她都不能和妈妈在一起睡！

喻鹿记得非常清楚，她睡觉前还和妈妈躺在主卧，第二天醒来，居然就回到了自己的卧室。

爸爸可真是太坏了！

喻见给喻鹿编着头发，就看见镜子里自家闺女的表情越来越僵硬，最后好像还生气了，很不高兴地跺了两下脚。

别瞧那小胳膊小腿的，跺起来分外有力气，喻见甚至觉得地板都在震动。

“爸爸怎么坏了？”毕竟是自己养大的女儿，喻见哪里会不清楚喻鹿在想什么，极其耐心地教育她，“小鹿，你想想，爸爸平时是不是对你也挺好的？哪一次你打哭了小朋友，不是爸爸去幼儿园，替你挨老师的骂？”

说到这个，喻见其实有点儿头疼。

喻鹿把她和池烈的大部分优点继承了十成十，五官漂亮，脑袋聪明，不管是在小区里还是在幼儿园，都是一群孩子里最出挑、最惹眼的那一个。

唯一美中不足的是，这姑娘有时候实在是凶得不行。

喻鹿倒也不主动招惹人，别人不来欺负她，她绝对不会欺负别人。

但要是有调皮捣蛋的小孩儿撞上来，喻鹿也绝不手软，曾经创下过以一打五的辉煌战绩——一个还在读幼儿园的小姑娘把五个已经上小学的男孩揍哭了。

那几个男孩欺负福利院里新来的小朋友，被喻鹿当场撞见，硬是拿着笤帚挨个揍了一遍。

事后，她还谦虚地对喻见说：“妈妈，那天的笤帚不太趁手，趁手的话，再来五个我也不怕！”

喻见内心在呐喊：不，好孩子，不要这样。就算你不怕，妈妈也是怕的，妈妈实在不想被老师叫去幼儿园挨批评。

听到喻见说起这件事，喻鹿嘟起嘴，勉强承认：“好吧，那爸爸不是坏爸爸，是好爸爸。”

说起来都是那群家伙太弱！

明明是他们去揪其他小女孩的辫子，被她发现后制止，最后竟然全部哭着去找老师。

她根本就没动手好不好！

不过喻鹿也承认，在这一点上，她爸爸确实做得没得挑，那次还在办公室替她据理力争——“一群男孩子欺负一个小姑娘，我们小鹿上去帮小姑娘，他们自己打不过小鹿，怎么还好意思告状？”

于是，在厨房做饭的池烈，难得在把饭端上饭桌后，收获了自家闺女的一个亲亲：“爸爸！你最好了！你是小鹿的好爸爸！小鹿爱你！”

除了叫家长外几乎被喻鹿遗忘的池烈一愣：这不对劲。

是他还没有睡醒，还是小鹿过年太开心，短暂提升了一下他的家庭地位？

不管池烈心里怎么想，吃过饭，一家三口还是带着礼物，驱车前往阳光福利院。

福利院在前年重新整修了一遍，由池烈出资，在小白楼的基础上，又添了两栋副楼。

后院原本放晾衣架的地方改成了一个小型篮球场，旁边还有乒乓球桌。前院种着榕树，没怎么大动，只是添置了一些简单的健身器材，供院里的小孩和老师使用。

“奶奶，奶奶，奶奶！”车一停稳，喻鹿也不管自己今天梳着公主辫，穿着公主裙，直接小炮弹一样冲出去，“奶奶！小鹿来了！”

程院长都是八十多岁的人了，经不起喻鹿这么横冲直撞，好在兔子眼疾手快，一把抄起喻鹿：“小鹿！光知道找奶奶！忘记叔叔了是不是！”

“那不能的！”喻鹿亲亲热热地抱住兔子，“兔子叔叔！小鹿好想你！”

“你俩也是才回来？”喻见看到行李箱还放在走廊里，好奇看向一旁的大虎，“怎么这么忙？”

“临时出了点儿问题，我俩过去看了看，折腾了一周左右。”大虎摸头憨笑，“还好没晚，总算赶在过年前回来了。这不，还拎回来两袋子红薯。”

兔子和大虎前年研究生毕业，两个人学的都是电气工程，一毕业就进了某事业单位。这两年单位负责建设入村电力系统，他们也跟着全国各地跑。

兔子一改中二时期别别扭扭的性格，大虎向来都是老实孩子，驻村没多久，很快就受到了村里老人们的关怀喜爱，每次离开，都恨不得把他们全身上下的衣兜塞满。

“那好。”喻见打量了一下红薯，“晚上可以吃烤蜜薯。”

他们在这边说话的工夫，喻鹿已经在兔子怀里待不住了，挣扎着跳下来，把礼物分给小朋友们，又冲角落招手：“喻声！喻声！过来玩呀！”

喻声就是从前被喻鹿路见不平拔刀相助的那一个。

他视力不太好，性格也腼腆，平时不爱说话，看起来弱弱的，所以才会被欺负。此时被喻鹿这么一喊，喻声脸都红了，摸索着慢慢走过来。

喻鹿是个急性子，嫌弃喻声走得太慢，索性噔噔蹬跑过去，一把抓住他的手：“快来！我牵着你！”

喻见看着好笑，出声提醒：“小鹿，你慢点儿，别让哥哥摔着了。”

是的，按着年纪，喻声还比喻鹿大两岁。

但喻声格外爱照顾人。

她是独生女，家里没弟弟妹妹，只好把无处安放的照顾欲全投射到福利院的小孩儿身上。

看着闺女莽莽撞撞的，池烈也想开口提醒，但想起从小到大，他们家闺女从来没把他放在眼里过，人前说一不二、雷厉风行的池烈纠结了一会儿，只能接受自己在家毫无话语权的残酷事实。

他拉起喻见的手，轻轻捏了捏：“还是你好。”

男人脸上的神情过于幽怨，喻见忍着笑，拍拍池烈的手背：“快打住吧，这大过年的，就别伤春悲秋了。”

喻鹿和喻声他们在院里玩，喻见和池烈一起在厨房帮着董老师打下手。

董老师如今也不年轻了，却始终不肯离开一线掌勺岗位，甚至还嫌弃他们两个不利索：“池烈！我让你剥蒜！是蒜不是葱！见见，你怎么回事？这饺子皮擀得像馄饨皮！要不你俩还是出去吧？叫喻川和喻海来！”

被嫌弃的夫妻两人只能悻悻出了厨房。

“我怎么感觉今年我的地位走哪儿哪儿下滑？”池烈摸不着头脑，“以前董老师可从来不这么说我。”

池烈从前可是董老师心头的大宝贝。

除了当年回来时，在院里差点儿挨上的那一顿笤帚，剩下的时间，董老师恨不得亲手喂他吃饭，简直把他当成了亲儿子。

喻见倒是比池烈清醒。

“喏。”她抬起下颌，往喻鹿的方向指了指，“有本事你去问你闺女。”

喻鹿正带着喻声和一群小豆丁玩，玩着玩着，就玩到了厨房。

董老师收起对池烈和喻见的嫌弃脸，一边把他们往外带，一边往喻鹿嘴里塞糖，笑容慈祥又温和：“小鹿乖，不能到这里来玩，奶奶给你吃糖，是你最喜欢的柠檬味！”

池烈：“……”

行吧，有了喻鹿之后，他就不是董老师眼里最可爱的小孩儿了。

不缺吃不缺穿，也没有小混混儿骚扰，院里的小孩儿们如今过得都很幸福。

董老师准备晚饭的工夫，他们已经在院里堆起了好几个雪人。

喻鹿还拉着喻见和池烈过来看她的杰作：“看！这是我们一家三口！”

喻见很给女儿面子，立刻捧场：“小鹿真厉害！”

喻鹿有些不太好意思：“也不是我一个人做的，喻声也帮忙了！”

一旁的喻声红着脸嘿嘿地笑。

而池烈皱着眉头，先看看大雪人头上的粉红色蝴蝶结，又看看小雪人胸前的同款蝴蝶结，最后把目光投向一旁极其敷衍潦草的大雪团。

是真的敷衍，大雪团形状都不怎么规整，勉强看出来是一个雪球。

喻声有些尴尬：“叔叔……”

池烈摇头：“不用解释了，我懂，我都懂的。”

作为家庭地位最低的那一个，他有一个雪球已经很不错了，不能要求太多。

大家一起热热闹闹地吃过晚饭，小孩子对春节晚会不感兴趣，挨挨挤挤凑在一起，在大虎准备的红纸上写心愿。

这是从前没有的习俗，是兔子他们出差的时候从某个西南小镇上学来的。程院长觉得喜庆，兆头也好，于是就保留了下来。

人人有份儿，喻见和池烈也各拿了一张红纸。

喻见想了想，在红纸上写下“岁岁平安”四个字。

如今衣食无忧，什么都不缺，她最希望的，就是眼下幸福无虞的时光能再长一些。

无论是他们一家三口，还是院里的老师和小孩。

这么多年过去，她盼望大家都平安健康，好好长大，好好老去。

喻见写完自己的红纸，又去看池烈手上的。

他也没藏，大大方方给她展示。

“新的一年，希望见见和以前一样爱我，小鹿能多疼我一点儿……”喻见念到一半，哭笑不得，“池总，不是我说，你怎么就这么可怜啊？”

前半句还好，后半句简直是闻者伤心，听者落泪。

池烈给喻见指院里的大雪团：“那我能不可怜吗？”

天底下当爹当这么憋屈的可不多。

喻见看着大雪团，一时间无话可说。

两个人把自己的红纸挂在榕树上，又帮院里的孩子们挂红纸。

孩子们年纪还小，愿望大多很朴实，有希望新年成绩进步的，有期待今年手术顺利的，也有小孩儿偷偷写下想要爸爸妈妈找到自己的愿望。

喻见把这些愿望都挂在榕树上。

挂着挂着，她拿起一张新的红纸，目光一瞥，不由得笑了。

“来来，你过来。”她看了眼远处的喻鹿，冲池烈招手，“快过来。”

池烈也在挂红纸，磨蹭了一会儿才走到喻见身边：“怎么了？”

喻见冲他眨眨眼，把红纸塞到他手心：“你闺女写的。”

池烈顿时为之一振，低头看向红纸，纸上的内容很简单——

【爸爸妈妈是小鹿最爱的人，我们一家三口要永远都 xin fu！】

喻鹿还在读幼儿园，写字有些歪歪扭扭，最后两个字喻鹿不会写，写的还是拼音，因为年纪小，甚至拼错了前后鼻音。

不过这并不影响喻鹿的认真，她一笔一画写得很仔细，因为用的力气太大，红纸都有些发皱。

喻见站在池烈身旁，看见男人的眼眶有些发红。他用力眨了好几下眼，又咳嗽一声，试图掩饰此刻涌上来的情绪。

“哭什么呀？”喻见轻轻地笑，拍了把他的手臂，“快把咱们小鹿的心愿挂上去。”

池烈应了声：“嗯。”

他踩着梯子，把喻鹿的心愿挂到了最高处。

这样，小鹿的心愿一定会实现的。

他们会岁岁平安，永远都是幸福的一家人。

后 记 ///

认真地说，按着写文顺序，池烈最开始出现在我脑海里时，不是十七八岁的青涩少年，而是二十八九岁的成熟男人。

在旁人眼中，他是高级写字楼里风光无限的精英，是推杯换盏间受人敬仰的池总，是在不见血的厮杀中活到最后的聪明人。他手腕铁血，行事果敢，仿佛没有人能限制他，没有人能约束他。

但这显然有些问题。

再桀骜的烈犬也会有它臣服的主人、忠诚的对象，会自觉钻进皮圈，心甘情愿被驯服。它会喘着气，对旁人露出獠牙，也会蜷起身子，用耳朵轻轻蹭主人的小腿。

所以同样，池烈也心甘情愿地对喻见低下了头。

我很喜欢喻见，她不是那种遇事只会掉眼泪的小姑娘，她聪明、有头脑，善良而不懦弱，勇敢又不张扬。于是她对池烈伸出手，毫不在意他浑身尖锐的刺，包容他一切的不驯恣意，爱上这个坐在高高的围墙之上，漫不经心打量她的少年。

其实很难说究竟是谁先动的心，也很难说动心的时候具体是哪一瞬间。也许是夏夜盛大的萤火虫群，也许是烈日下那罐冒着气泡的橘子汽水，又或许直接回到最初，青砖小巷里，少年和少女眼神对上的一刻。

毕竟他们相爱是顺理成章的。

在那个漫长无尽头的夏日，视线相触的瞬间，池烈和喻见就该一直在一起。

感谢大鱼文学和喵团编辑给我的出版机会，让池烈和喻见的故事能够被更多人看到，也感谢每一个看到这里的读者，越山渡海，我们终有再会之期。

江有无

· 全文完 ·